Für Marvelous Martha
und die Juniper Jumping Beans,
einen unverzagten Haufen,
der das Ziel direkt ansteuerte

1. Kapitel

Ungefähr zwei Sekunden, nachdem er ins Zimmer gekommen war, vermasselte sich Sonny Starr alle Chancen, die er vielleicht gehabt hatte. Aufgeblasener, kleiner Affenarsch. Hatte braune, glänzende spitze Lederschuhe an und hellbraune Hosen mit messerscharfer Bügelfalte, dazu ein grellgeblümtes Hemd, das bis zum dritten Knopf offenstand, und dann diese schwarzen Haare auf seiner Hühnerbrust, die dem runden Goldmedaillon, das dort baumelte, als Kissen dienten. Dabei hätte Sonny bloß sagen brauchen: »He, Buster, wie geht'sen so?« Irgendwie freundlich und lässig, und dann die braune Papiertüte abstellen, die er anschleppte, eine von diesen dunkelgrünen Weinflaschen rausnehmen, die Buster in der Tüte sehen konnte, sie entkorken und ihnen beiden ein Glas einschenken. Das wär's gewesen. Aber Sonny tat's nicht. Statt dessen schielte er nur mal schnell zu Buster, der, ein Bein über die Lehne drapiert, in einem zerschlissenen, grün bezogenen Sessel saß, gakkerte wie ein Huhn und versuchte, auf den Flur rauszuflitzen.

Buster verfolgte, wie der lange John-Boy aus seinem Versteck gleich hinter der Tür, wo er sich an die Wand gedrückt hatte, raustrat und Sonny den Weg abschnitt. Der lange John-Boy, gewaltiger Bizep vom Eisenstemmen, als er vier öde Jahre auf der Darrington Prison Farm abbrummte. John-Boy, mächtiger Brustkasten, der gegen ein pinkfarbenes Muscle-Shirt ankämpfte, Halbglatze, die restlichen Haare glatt und schwarz. *John-Boy! John-Boy Driggers! König der Wild Frontier.* Stand da, die Beine gespreizt, die taudicken Arme wie ein Pandschabi verschränkt.

Sonny blieb wie angewurzelt stehen, seine schwarzen Knopfaugen huschten wie bei einem gefangenen Wiesel zwischen John-Boy und Buster hin und her. Dann grinste Sonny. »Hallöchen, John-Boy. Buster. Sagt mal, wo habt ihr 'n so lang gesteckt?«

Buster dachte, zu spät, Sohnemann. Mit dem Alte-Kumpel-Quatsch hättste schon vor drei Sekunden anfangen müssen. Busters rechter Arm lag über der Rückenlehne des Sessels, die Hand war nicht zu sehen. Jetzt brachte er sie zum Vorschein, spürte dabei das Gewicht des 45er Winchester-Revolvers in seiner Hand. Er hielt die Waffe locker, den Lauf seitwärts gerichtet, in seinem Schoß, während er sagte: »Na so was, dasselbe wollten wir dich grad fragen, Sohnemann. Wie's zum Beispiel kommt, daß du dich abgesetzt hast, ohne deinen alten Spezis 'ne neue Adresse zu sagen? Was is 'n los, Sohnemann, haste für alte Knastkumpel keine Zeit mehr?«

»Also ...« Sonny ging in den spitzen Schuhen mit kurzen, fast trippelnden Schritten zum Tisch in der Frühstücksecke. Die weiße Farbe des Tisches war abgeblättert und vergilbt. Die Tapete mit dem Wasserfallmuster war ausgeblichen und bekam Risse, hinter denen der nackte Verputz vorlugte. Sonny stellte die Tüte auf den Tisch. »Also, das wollt ich ja. Sobald ich 'ne Bleibe habe, wißt ihr, als allererstes. Also, wie isses euch 'n so ergangen? He, wie wär's 'n mit 'nem Schluck?« Jetzt spielte er Theater, bemühte sich, nicht zu dem Winchester hinzusehen, und schielte trotzdem ständig hin, ein eingefrorenes Grinsen auf dem mageren Gesicht.

Buster lehnte sich zur Seite und spuckte einen braunen Tabaksaftstrahl in den Papierkorb, wo er auf das Zeitungspapier am Boden platschte. Buster hatte rotes Kraushaar und einen struppigen Vollbart, eine Backe beulte sich über dem gewaltigen Priem in seinem Mund. »Nee, Sonny, ich und John-Boy wollen nix trinken. Das hier is nämlich kein so 'n verdammter Höflichkeitsbesuch. Bist schwer zu finden, Kleiner. Wir ham ganz North Dallas, Scheiß, West Dallas abgeklappert. Was machst'n in Oak Cliff, Sonny? Beschissene Gegend, Sohnemann, bei dem Geld, das du im Sack haben müßtest.« Er sah sich mit einem halb höhnischen Lächeln zu den reichlich schäbigen Möbeln um, den altmodischen Holzjalousien an den Fenstern. Ein schwacher Geruch von schmalzgebratenem Fleisch hing in der Luft.

Sonny stieß ein nervöses Kichern aus. »Ach, weißte. Bißchen bescheiden leben, das Geld soweit strecken, wie's geht. Ihr zwei habt bei dem Geschäft genausoviel eingesackt wie ich. Sagt mal, wie habt ihr Jungs mich eigentlich gefunden?«

Buster schaute John-Boy an, der mit den gewaltigen Schultern zuckte und tief in der Kehle gluckste. Buster sagte: »Hatten so was wie'n Fremdenführer. Stimmt's, John-Boy?« Er richtete den 45er auf die Wand links von ihm, den Lauf schräg nach unten. »Clarice. Dein Zuckerpüppchen, Sohnemann. Die hat uns hergebracht.«

Ein kurzer panischer Blick. »Clarice? Is die hier?«

»Klar doch, Sonny. Nur willste jetzt vielleicht gar nicht mehr mit ihr spielen. John-Boy, er hat's 'n bißchen doll mit ihr getrieben.« Buster deutete mit einem Kopfrucken zum Schlafzimmer. Er trug ein schmutziges weißes T-Shirt. Seine Haut war fahl und fleckig.

Sonny blickte zum Schlafzimmer. »Nee, das habt ihr doch nich – Herrgott noch mal, Buster! Nich die Puppe, nich Clarice. Sie weiß doch überhaupt nix.« Es war ein bettelndes Winseln.

John-Boy machte eine Schritt auf Sonny zu, senkte die muskulösen Arme. »Kannste Gift drauf nehmen, daß die jetzt überhaupt nix weiß. Aber du weißt was. Stimmt's?«

Allmählich dämmerte es Sonny, Buster konnte es an seinen Augen ablesen. Die unsteten, blitzschnellen Blicke. Erst der Schock, sie hier zu sehen, dann die schwache Hoffnung, daß er sich, hallöchen, vielleicht noch irgendwie rausquasseln konnte. Mit diesem Rumgealbere. Aber jetzt wußte er's garantiert. Sonny spuckte aus. »Ihr Schweine.«

Buster erhob sich gemächlich. Er war dick und bullig, kein Muskelprotz wie John-Boy. Aber ebenso gefährlich. Die Waffe hing in Busters Schoßhand, Lauf nach unten. »Setz dich, Sonny. Jetzt wern wir uns mal unterhalten.«

Sonny sah verunsichert, unschlüssig aus. John-Boy griff sich einen wackligen hölzernen Küchenstuhl, stellte ihn hinter Sonny auf den Boden, legte Sonny eine Hand auf die Schulter und drückte ihn auf den Sitz. Dann standen John-Boy und Buster Schulter an Schulter da, und Sonny auf dem Stuhl schaute zu ihnen hoch. Der Küchentisch war direkt hinter Sonny. Das Linoleum auf dem Fußboden hatte Altersrunzeln. Buster zielte träge mit der Knarre zwischen Sonny Starrs Augen.

»Hättstes uns sagen solln, Sonny«, sagte Buster beinahe bekümmert. »Schau mal, wenn wir gewußt hättn, daß du draußen Koks und Gras verscheuerst und dich schnappen läßt, hättn wir vielleicht geholfen. Aber du hast nie 'n Wort gesagt. Da wird einer verhaftet und sagt seinen Freunden nix davon – also, das heißt doch, dasse seine Freunde nich mehr sind. Also, was war los, Sohnemann. Haste so was wie 'n Geschäft mit den Feds gemacht? Haste zum Beispiel mich und John-Boy ans Messer geliefert, damitste dein eigenen Arsch aus der Scheiße ziehn kannst? Scheiße, vielleicht ungeschoren rauskommst, aus deiner dämlichen Dopekiste und der andern Sache auch noch. Isses so, Sohnemann? Wir meinen, daß es vielleicht so is, vor allem seitste nich mehr Kontakt hältst wie früher.«

Sonnys Lippe kräuselte sich. »Kontakt halten? Mit euch blöden Scheißkerlen? Nee, ich hab euch nich ans Messer geliefert. Aber ich könnt's. Ich hab' nämlich 'nen Anwalt, Mann. Der hat 'ne Akte, die hab ich ihm gegeben, alles drin über das – wißt schon, das Geschäft. Wie gefällt euch zwei Schweinen das, hä? Wenn mir was passiert, wandert ihr in die Todeszelle von Huntsville. Schwupp, Nadel in euerm Arm. Also, macht bloß kein Scheiß mit mir.«

Buster sah John-Boy an und zuckte die Achseln. »Siehste, ich hab's dir ja gesagt. Er wird nich eine ehrliche Antwort gebn. Was meinste, was wir machen solln?«

Die buschigen dunklen Augenbrauen gerunzelt, sagte John-Boy. »Deine Sache, Bus. Is mir egal.« Er brauchte eine Rasur.

Buster machte ein nachdenkliches Gesicht. Dann, halb lächelnd, Speichelbraun an fleckigen Zähnen, brachte er die Knarre in Anschlag. Er schoß zweimal auf Sonny Starr. Der 45er ruckte heftig in Busters Hand. *Plop! Plop!* Die erste Kugel riß Sonny die Schulterspitze weg. Die zweite drang ihm in die linke Brustseite. Sonny flog nach hinten, Kopf voran, der Stuhl krachte zu Boden und zersplitterte. Auf dem Tisch hinter ihm zerplatzte eine der Flaschen in der Tüte. Der Geruch von billigem Wein vermischte sich mit dem Brandgeruch des Schießpulvers. Einer von Sonnys Armen und eins seiner Beine zuckten gleichzeitig. Dann wurde er schlaff.

John-Boy kratzte sich am Schädel. »Hättn vielleicht warten solln, Bus. Vielleicht hätt er uns ja was erzählt – Scheiße, glaubste, daß er die Wahrheit gesagt hat? Über den Anwalt?«

»Könnt sein«, sagte Buster. Er spuckte Tabaksaft auf den Boden. »Wer issen der Anwalt von dem Stutzer, John-Boy? Haste 'ne Ahnung?«

2. Kapitel

Winston Bennett Anspacher III., von jeher kleinwüchsig, doch auf Bino Phillips, der ihn von der anderen Seite von Anspachers dunklem, handballfeldgroßem Holzschreibtisch aus betrachtete, zwergenhaft wirkend, nahm eine Aktenmappe aus der obersten Schublade und öffnete sie mit weichen rosa Händen. In der Mappe waren zwei Blatt Papier. Bino erkannte den Briefkopf des Bezirksgerichts auf einem von ihnen wieder. Das andere war eine interne Mitteilung der Anwaltskammer, ein Vordruck, der per Post von einem Mitglied zum anderen geschickt wurde, damit jedes einen Kommentar wie »Sein Kopf soll rollen« oder »Dieser Anwalt ist ein Arschloch« abgab, dann seine Initialen dazusetzte und an den nächsten weiterschickte.

»Ich muß dir eine Mitteilung machen, Bino«, sagte Anspacher. »Keine gravierende Angelegenheit, aber dafür eine ziemlich heikle.«

Aha, jetzt kommt's. Heute morgen klingelt das Telefon. Schau doch heute mal im siebenundsechzigsten Stockwerk des InterFirst Towers vorbei, Bino. Du weißt ja, wir haben uns seit vielleicht achtzehn Jahren nicht mehr unterhalten, und wir freuen uns immer sehr, wenn sich viele Strafverteidiger bei Anspacher, Anspacher und Mortarhouse tummeln. Macht sich immer gut, wenn die Chrysler-Vizes oder die Jungs aus Washington reinschauen. Dann der übliche Honig um den Bart, den Bino sich anhörte, während er Kaffee trank: »Freut mich, daß du soviel Erfolg hast« und »Erinnerst du dich noch an damals im Phi-Delt-Haus, als wir das dolle Essen hatten und einer von den Jungs sich besoff und in die Schüssel mit dem Kartoffelbrei pißte?« Klar, nur daß Winston Benett Anspacher III. den Kartoffelbrei *gegessen* hatte. Bino Phillips hatte damals das Essen serviert, als er sich ein paar Extradollar, die er Wäschegeld nannte, verdienen wollte, um die zehn Dollar pro Monat, die die Sportfakultät beisteuerte, aufzubessern.

Bino schlug die Beine übereinander, rutschte ein wenig auf seinem Stuhl hin und her und betrachtete Anspacher aus vielleicht einer Meile Entfernung über den Schreibtisch hinweg. »Ach? Worum geht's denn, Winnie?«

»Also – vielleicht ist es besser, wenn ich dich das einfach lesen lasse.« Er hielt ihm den Brief des Bezirksgerichts hin. Bino lehnte seine vollen einsachtundneunzig aus der Taille heraus aus dem Stuhl und über den Schreibtisch, streckte die Hand aus und bekam den Brief gerade noch mit den Fingerspitzen zu fassen. Er setzte sich wieder und las ihn. Richterin Hazel Burke Sanderson haßte Bino Phillips wie die Pest.

»Nun, Bino«, sagte Winnie Anspacher, und durch das Panoramafenster hinter ihm wirkte die Mercantile Bank wie ein Minispielzeug, »du weißt ja sehr wohl, daß die Anwaltskammer sich eher alle Zähne ziehen lassen würde, als sich in eine solche Sache hineinzerren zu lassen. Die Mitglieder wissen, daß du und ich alte Kommilitonen sind, und haben mich gebeten, mit dir über diese Sache zu plaudern und zu sehen, ob wir sie nicht inoffiziell, ohne großes Federrupfen aus der Welt schaffen können.« Was bedeutete, oh, wir kriegen dich, Bino, und es ist ein Heidenspaß für uns, jemandem die Hölle heiß zu machen.

Binos Blick schweifte von Winston Bennett Anspacher III. nach links ab, worauf er direkt in die Augen von Winston Bennett Anspacher I. starrte. Es war eine jener Aufnahmen, vor denen Fotografen warnen: Die Person schaute direkt in die Kamera anstatt auf das Vögelchen, mit dem der Knabe, der das Bild machte, herumwedelte, und der alte Winnie I. schien jeden, der irgendwo im Zimmer saß, zu hypnotisieren. Bino hatte die Geschichte über Winnie I. gehört, wie er einmal einen Mann, der angeblich das alte Lakewood Post Office ausgeraubt hatte, verteidigte und einen Freispruch erwirkte; die Kanzlei Anspacher hatte danach ein Jahr lang kein Porto mehr zu zahlen brauchen. Wenn ihm irgendwer auf die Zehen trat, scherte sich Old Winnie I. einen Dreck darum, *wessen* Federn er rupfte. Bino wandte seinen Blick wieder Winston Bennett Anspacher III. zu.

»Nun, Winnie, ich habe den Fall gewonnen, wie du weißt«, sagte er.

Anspacher erhob sich. Er schritt um die Schreibtischecke herum zu einem Servierwagen aus handgeschnitztem Holz und schenkte sich Eiswasser aus einem Silberkrug in ein Kelchglas, wobei sich sein Scheitel auf gleicher Höhe mit dem Unterrand von Großpapas Foto befand. Winnie III. hatte eine Silberrandbrille auf und eine Glatze, deren Haarkranz um die Ohren herum und am Hinterkopf kurz geschnitten war. Neben dem gewaltigen Schreibtisch und mit dem ihm bis zur Taille reichenden Servierwagen sah Winnie wie der schrumpfende Mann in *Die unglaubliche Geschichte des Mr. C* aus, ungefähr in der Mitte des Films, als der Bursche schon rund sechzig Zentimeter eingebüßt hat. Winnie brachte das Glas Wasser hinter den Schreibtisch zurück und setzte sich.

»Ja, ganz recht«, sagte Winnie, »das kann niemand bestreiten. Nichts ist so erfolgreich wie der Erfolg und dergleichen. Aber mal ehrlich, Bino« – er nahm seine Brille ab, hauchte die Gläser an und reinigte sie mit einem makellosen Taschentuch – »machen wir uns doch nichts vor. Vince Lombardi hat nicht als Anwalt praktiziert. Gewinnen ist *nicht* alles. Das alte Mädchen sagt ja selbst, daß du das Beweismaterial der Regierung roh verspeist hast; das steht wörtlich in dem Brief. Aber, Himmel noch mal, über die Richterin herzuziehen, die die Verhandlung einen Tag über die angesetzte Vertagung hinaus fortsetzt, und das auch noch direkt vor ihren Mitarbeitern zu tun, also, das ist –«

Bino Phillips sagte: »Er hat gelauscht.«

»Was?« Winnie steckte das Taschentuch weg und setzte, Bino wie eine kleine Eule anblinzelnd, die Brille wieder auf. »Wer hat gelauscht?«

»Der Justizwachtmeister. Als ich sagte, daß mir die alte Schachtel garantiert meinen Tee-Abschlag versaut, waren Half-a-Point und ich grade im Klo und machten eine Pinkelpause. Der Wachtmeister muß in der Toilette auf dem Scheißhaus gewesen sein. Gibt's daran was auszusetzen?«

Anspacher lachte. Etwas gezwungen, wenn man es recht überlegte. Er legte die Fingerspitzen zusammen und klopfte sie leicht aneinander. »Na ja, eigentlich nicht. Sie hat nicht gesagt, daß du etwas *Unethisches* getan hättest, nur – daß – na ja, es ist das Gesamtbild, Bino. Sie sagt, daß du einen Buchmacher als Ermittler einsetzt –«

»Das ist Half-a-Point«, sagte Bino. »Horace Harrison. Er hat schon vor Gericht gestanden, Winnie. Die Geschworenen haben ihn freigesprochen.«

»Das ist stadtbekannt, Bino. Du hast ihn verteidigt, und der Regierungszeuge konnte seine Stimme am Telefon nicht von der Stimme des Staatsanwalts Marvin Goldman unterscheiden. Ihr habt Goldman auf Band aufgenommen, als er eine Wette setzte. Der Fall ist legendär. Aber daß du deine Sekretärin neben einem Tisch voller Geschworener zu Mittag essen läßt . . .«

Bino wurde es warm im Nacken. »Hör mal, Winnie. An vier von

fünf Tagen ißt Dodie im Bluefront. Es war nicht geplant. Und Goldman ist derjenige, der dem Richter davon erzählt hat. Wieso, zum Teufel, glaubst du wohl, hat *er* davon gewußt? Er hat nämlich das verdammte Mittagessen bezahlt, Winnie, hat zwischen zwei der Geschworenen gesessen.« Bino stand auf und fing an, auf und ab zu tigern. »Es gibt eine Menge, was du über Kriminalfälle nicht weißt, Winnie, insbesondere über solche vor einem Bundesgericht. Wenn du die Feds schlägst, sind alle stinksauer – der Richter, der Staatsanwalt, selbst der Justizwachtmeister. Und auf einmal wollen dich alle vor Gericht als Stinkstiefel brandmarken.«

Anspacher trank einen Schluck Eiswasser. »Also, ehrlich, Bino, ich habe dir ja gleich zu Anfang gesagt, daß wir unsere Nase wirklich nicht in diese Sache stecken wollen. Sieh mal, wir müssen doch alle zusammenarbeiten und umeinander herum. Nun, du spielst in einem anderen Ballspiel mit als wir Zivilverteidiger, das ist klar. Wenn jedoch eine Bundesrichterin einen von uns fertigmacht, macht sie uns alle fertig. Und das kann sich keiner von uns leisten. So, nun habe ich dir die Botschaft direkt von der Kammer her verkündet. In dieser Sache werden keine Schritte unternommen werden, aber bringe bitte künftig die alte Hazel nicht mehr in Rage. Das wäre für uns alle von Nutzen. Schließlich waren die meisten von uns in derselben juristischen Fakultät.«

»*Du* warst in derselben juristischen Fakultät, Winnie, du und die meisten anderen Anwälte in dieser Stadt. Nicht ich. Als mein Basketball-Stipendium ablief, konnte ich mir die SMU nicht mehr leisten. Ich bin zur Abenduniversität gegangen, South Texas C. of L., habe tagsüber gearbeitet.«

»Das hatte ich vergessen, Bino. Wir sind jetzt alle schon so lange hier in der Gegend tätig, daß man dazu neigt, das Sprungbrett eines jeden zu vergessen. Nun, wie auch immer, sieh dich künftig bei dem alten Mädchen einfach ein bißchen vor, sei so gut, ja?« Winnie grinste. »Ein Buchmacher? Unter deinen Mitarbeitern? Oh, das ist köstlich, alter Knabe.«

Bino sagte: »Kann ich mal dein Telefon benutzen?«

»Gewiß, gewiß. Das draußen am Eingang, wenn du so gut wärst, neben den Fahrstühlen. Tut mir leid, aber auf mich warten ein paar Leute. Bleib das nächste Mal nicht wieder so lange weg, ja?« Sie schüttelten sich die Hände, was bedeutete, die Audienz ist beendet, scher dich raus. Bino ging.

Er benutzte das Telefon auf dem Schreibtisch der Empfangsdame, während sie Telefonzentralentasten drückte und Anrufe durchstellte. Er sah zu, wie sie atmete, als er auf die Telefontasten hämmerte. Er setzte sich auf einen kleinen Stuhl, während es am anderen Ende läutete, die Knie stießen ihm fast ans Kinn. Jeder in diesem verdammten Büro, alle Mandanten eingeschlossen, hatten offensichtlich genausogroß zu sein wie Winnie Anspacher.

Am anderen Ende sagte Dodie: »Rrrechts-annn-walts-Kanzlei.«

Er zuckte zusammen. »Laß uns zum schlichten alten ›Anwaltsbüro‹ zurückkehren, Dode.«

»Oh! Bino! Uff, bin ich froh, daß du anrufst. Sonny Starr wurde umgebracht.« Dodie kam gleich zur Sache.

Obwohl Bino nicht gerade die Tränen kamen, sagte er: »Das ist ja furchtbar, Dode. Was ist passiert?«

»Also, das weiß ich nicht. Mr. Goldman rief an und sagte, die Verhandlung ist abgesetzt, weil Sonny Starr gestorben ist. Läßt dir ausrichten, daß du ihn anrufen sollst.«

»Bist du sicher, daß er das gesagt hat, Dodie? Ich meine, daß Sonny gestorben ist, und nicht, daß mein Fall gestorben ist oder so was ähnliches?« Sie sagte, nein, sie sei sicher, und Bino konnte ihre blauen Kulleraugen blinzeln sehen. »Hol mal Sonnys Akte, bist du so lieb?« sagte er.

»Klar. Bleib dran.«

Jetzt würde sie ihren Sekretärinnenstuhl quer durchs Büro zum Aktenschrank rollen und dabei ihre stöckelbeschuhten Füße wie winzige Fährschiffpaddel bewegen. Nach ein paar Minuten sagte sie: »Hab sie.«

»Sind da irgendwelche Telefonnummern drin, zum Beispiel von Freunden oder Verwandten?«

»Nee. Hab schon nachgeschaut. Nur die Pension, in der er wohnte.«

Als er sich Sonny Starr vorstellte, die Füße auf Binos Schreibtisch gelegt, arroganter Ausdruck auf dem Gesicht, war Bino nicht überrascht, daß er keinerlei Freunde gehabt hatte. Möglicherweise hatte Sonny Starr nicht mal eine Mutter. Ob Winnie wohl irgendwelche Mandanten hatte, die in einer Pension wohnten? Oder ihre Anrufe an einem Münzfernsprecher entgegennahmen? Die Empfangsdame beobachtete ihn.

»Also, Dodie, versuch mal, an irgendwen ranzukommen, der uns aufklärt. Ich möchte erst mit Goldman reden, wenn ich weiß, was gespielt wird. Ach, und noch was, Dodie. Ich komme heute nicht mehr zurück. Ich habe noch eine Verabredung.«

»Oh. Heißt das, daß du Barney Dalton nicht sehen willst? Er rief nämlich an und sagte, daß du ihn in Joe Millers Bar antreffen würdest.«

»Na gut, Dode, das heißt – na gut, ich werd mich um Barney Dalton kümmern, okay? Bis morgen.«

»Okay, Boss. Halt die Ohren steif.« Sie war weg. Was hatte sie denn damit gemeint? Durch Dodie schien das Büro wie verzaubert.

Die Empfangsdame sagte hinter einer farbenfrohen Brille hervor: »Ist Ihr Haar gebleicht?«

»Nein«, sagte Bino, als sich die Fahrstuhltür öffnete. »Als Kind hat man mich mal zu Tode erschreckt. Da ist es einfach so geworden.«

Auf der Fahrt nach unten schäumte ihm der Magen hoch bis in die Nähe seiner Augäpfel. Expreßkabine, siebenundsechzig Stockwerke. Er ging zur Parkgarage, duckte sich leicht, als er das Kassenhäuschen betrat, bezahlte die Gebühr und holte den Lincoln Town Car ab. Weiß. Passend zu seinen Haaren.

Er fuhr auf der Akard Street in nördlicher Richtung stadtauswärts, bis sie mit der McKinney Avenue zusammenlief, machte auf dem Harry Hines Boulevard den kurzen, kurvenreichen Abstecher zur Auffahrt auf die Mautstraße und dachte, daß Winnie Anspacher heute wohl nicht mehr viel zu tun haben dürfte. Hatte nie viel zu tun gehabt oder zumindest tun *müssen*, als er in Highland Park aufwuchs. Himmelweit entfernt von dort, wo Bino und Half-a-Point herkamen.

In Meilen gemessen durchaus nicht weit, nur das nächste Stadtgrenzenschild östlich von Dallas. Mesquite, Mess-*kiet* ausgesprochen von den Leutchen, denen dort auf dem Weg von Tyler, Wills Point, Greenville und Texarkana nach Big D das Benzin ausging, und die weiße Fachwerkhäuser bauten und Autos reparierten und an breiten, staubigen Straßenecken Gemischtwarenläden betrieben oder Wetten annahmen und Poker spielten wie Half-a-Point und sein Papa, nur um das nötige Geld zusammenzukratzen, damit sie in die Stadt weiterziehen konnten. Die meisten von ihnen schafften es nie.

Bino war einer von denen, die es geschafft hatten, dank der Wucht eines weichen, sparrenschrammenden Hakenwurfs und eines nachlassenden Grundlinienspringers, der meistens nur Textilien erwischte. Beides brachte ihm ein Stipendium an der SMU ein, der Uni für reiche Kinder, wo er sein Examen schaffte und heiratete. Annabelle Bradley, Cheerleader-Faltenrock, der um ihre schlanken Beine wirbelte, Campus-Liebling und Tochter eines rauhbeinigen Ölquellenmillionärs. Ihr Papa wollte, daß Bino bei ihm ins Ölgeschäft einstieg, aber Bino wollte Anwalt werden und schaffte auch das. Kämpfte sich durch. Verlor dabei irgendwo Annabelle.

Was Bino wirklich gerne mal getan hätte, war, Winnie Anspacher nach Mesquite mitzunehmen, ihn von seinem Geld loszueisen und mit ihm in einer Kneipe an einem Pooltisch zu spielen.

◇

Joe Millers Bar lag an der Lemmon Avenue, einer düsteren alten Straße in einer düsteren alten Gegend. Die Bar war schummrig und schenkte guten Hauswhiskey aus. Bino Phillips kam früh zu Joe Miller und ging spät.

Am frühen Abend sagte Barney Dalton: »Du solltest dir 'n Schnurrbart wachsen lassen, Bino. Dein Bart ist genauso weiß wie deine Haare, und er würde dir großartig stehen. Einen dünnen wie der von Half.« Das Eis klirrte in seinem fast geleerten Scotch, als er damit, wie um ihm zuzuprosten, zu Half-a-Point Harrison hindeutete, der schmächtig auf der anderen Seite des kleinen, runden Tisches saß.

»Hab auch schon mal dran gedacht, Barney«, sagte Bino. Er saß am selben Tisch, mit Barney links und Half-a-Point Harrison rechts von ihm, und trank Michelob vom Faß. »Aber ich muß da aufpassen. Du bist ein Golf-Profi, kannst rumlaufen, wie's dir Spaß macht. Aber selbst heutzutage gibt's noch Leute, die was gegen Schnurrbärte haben. Ich muß drauf achten, welchen Eindruck ich bei den Geschworenen mache.«

»Im Moment machst du keinen besonders guten Eindruck, Bino.« Half-a-Point Harrison hatte ein mageres Falkengesicht, das zu dem schmächtigen Rest von ihm paßte. Er sah aus wie ein Leichenbestatter, der sich versehentlich selbst einbalsamiert hatte. Er trank schlichtes Soda mit Lime. »Du schuldest mir siebzehnhundert

Piepen. Siebzehn mit zwei Nullen dran, samt dem Gesöff von gestern abend.«

Bino sagte: »Das kann nicht sein, Half. Die Redskins lagen vorn, einundzwanzig zu zehn, nach drei Vierteln.«

»Deswegen haben sie ja vier Viertel gekriegt, Bino. Im vierten ist Marino ausgerastet. Miami hat gewonnen, einunddreißig zu einundzwanzig.« Half schlürfte ein bißchen Soda durch einen winzigen Strohhalm. »Siebzehn mit zwei Nullen dran.«

Bino dachte, ach herrje. Er tastete in seiner Tasche. »Also, hab's grad nicht bei mir, Half. Weißt du was, zieh's doch einfach von dem Anteil an der Büromiete und der Telefonrechnung ab, den du bezahlst.«

»Hab ich schon letzten Monat gemacht«, sagte Half-a-Point. »Jetzt kommen wir in den nächsten Monat.«

Bino schnippte mit den Fingern. »Schreckliche Neuigkeiten, Half. Dodie sagt, daß Sonny Starr umgebracht wurde.«

»Was ist daran schrecklich?« sagte Half-a-Point. »Hatte er Schulden bei uns?«

Später an der Bar, nachdem Half-a-Point gegangen war, sagte die tief solariumgebräunte Brünette und ließ dabei ebenmäßige weiße Zähne im Kontrast zu ihrer Walnußhaut blitzen: »Was frißt der Cecil-Fisch?«

Bino dachte, was, zum Teufel, ist das denn? Er sagte: »Cecil *heißt* er. Ein Oscar ist er. Ein Oscar-Fisch. Er frißt Elritzen, putzt sie weg wie Sahnetörtchen. Sie sollten ihn mal sehen – tut mir leid, ich kann mich nicht an Ihren Namen erinnern.«

»Syl. Sie meinen, Oscar ist ein *Kannibale*?«

Er heißt Cecil, dachte Bino. Oscar ist – ach Quatsch.

Der quirlige Rotschopf neben Syl, beide Mädchen saßen zwischen Barney und Bino, sagte: »Seid ihr Jungs Schriftsteller?«

»Nee«, sagte Bino. »Ich bin ein armer Provinzanwalt, und Barney ist Golf-Profi draußen in Crooked River. Er hat sich fürs Open qualifiziert, drei Jahre hintereinander. Was, Barn?« Barney zuckte geringschätzig die Achseln, der Alligator auf seiner Tasche hüpfte dabei auf und nieder.

»Komm, Syl«, sagte der Rotschopf. »Setzen wir uns an einen Tisch, wo wir vielleicht 'n paar Schriftsteller kennenlernen.« Sie packte ihren Drink und zog um.

Die Brünette nahm ihre Handtasche von der Theke. »Tut mir leid.

Aber Polly ist ganz wild auf Schriftsteller. War nett, mit Ihnen gesprochen zu haben – tut mir leid, ich kann mich nicht an Ihren Namen erinnern.«

»Bino. Abkürzung für Albino.«

◇

Viertel nach eins bezahlte Bino seine Rechnung, ließ Barney, der sich mit einem Mädchen in Leopardenhosen unterhielt, an der Theke zurück und ging zum Parkplatz. Er hatte ein bißchen Schlagseite. Die Herbstnacht hatte einen ziemlich schneidenden Wind aufgescheucht. Bino ließ sich in den weichen Veloursitz des Linc plumpsen, steckte eine Bob-Dylan-Kassette in den eingebauten Stereorecorder und fuhr los. Als er vom Parkplatz steuerte, zündete er sich eine Camel Filter an und öffnete das Fenster einen Spalt, um den Rauch abziehen zu lassen.

An der Ecke Lemmon und Wycliff blinkte er links und wartete darauf, daß die Ampel umsprang. Im Rückspiegel funkelten ihn Scheinwerfer wie Katzenaugen an. Er hielt im Spiegel forschend nach einem Rotlichtaufsatz auf dem Dach des Wagens Ausschau und warf schnell eine Cert aus dem Handschuhfach ein. Wie ein Streifenwagen sah er nicht aus. Trotzdem kurvte er, als die Ampel umsprang, ganz langsam um die Ecke.

Die Katzenaugen folgten.

Die Scheinwerfer blieben dicht, zu dicht, an seiner Stoßstange, als er auf der Wycliff südwärts fuhr. Bino verlangsamte das Tempo und zog vorsichtig die Schnauze des Lincoln weit nach rechts. Er blinkte kurz links, um anzudeuten: Los, fahr vorbei.

Die Katzenaugen verlangsamten das Tempo, zogen nach rechts und blieben hinter ihm.

Bino gab Gas, als er bergab fuhr, und der Lincoln rumpelte mit wippender Stoßstange auf die Auffahrt zum Dallas North Tollway. Die Scheinwerfer blieben ihm dicht auf den Fersen, wippten hinter ihm auf und ab. Er hielt einen Vierteldollar und ein Zehncentstück bereit, warf sie in den Korb an der Mautschranke und jagte die Tachometernadel auf siebzig hoch, als er auf den Freeway schoß. Die Katzenaugen passierten dieselbe Mautschranke und schlossen zu ihm auf. Die Freeway-Straßenlampen beleuchteten den anderen Wagen. Es war ein zweifarbiger Cadillac Seville.

Langsam, vorsichtig, mit einem Auge auf die Straße und mit dem anderen auf den Rückspiegel achtend, fischte Bino die Mauser-Pistole aus dem Handschuhfach. Zwei Patronen waren drin, soweit er sich erinnern konnte. Die Waffe war das Honorar eines Einbrechers, der zehn Jahre absaß und sie gerne zurück hätte.

Bino dachte, Half-a-Point? Nee, Half würde doch nicht –

Als er unter der Überführung an der I-635 hindurchjagte, trat Bino, ohne zu blinken, auf die Bremse und scherte mit quietschenden Reifen über zwei rechte Spuren hinweg auf den Dallas North Parkway aus. Dann bremste er erneut, bog scharf nach rechts ab und schoß auf den Parkplatz seiner Wohnanlage. Durch die Anlage schlängelte sich ein Bach, und in den Höfen standen hier und da hohe Bäume. Die Gürtelreifen des Caddy jaulten, als er folgte.

Bino steuerte in seine numerierte Parklücke und stellte den Motor ab. Das Beifahrerfenster des Seville glitt herunter, als der Wagen links neben ihm hielt. Bino öffnete seine Tür, zog mit dem Daumen den Hahn der Mauser zurück und hielt sie deutlich sichtbar bereit.

Aus dem Innern des Seville war ein scharfes Lufteinziehen zu hören. Ebenmäßige weiße Zähne vor tiefgebräunter Haut kamen zum Vorschein.

»Du lieber Himmel«, sagte Syl. »Ich wollte doch bloß Cecil kennenlernen.«

3. Kapitel

Wenn Buster während seiner Haft in Bundes- und Staatsgefängnissen eins gelernt hatte, dann, an wen man sich im Gerichtsgebäude wenden mußte. Ein Kinderspiel. Wenn so 'n Riesenblödmann in seiner Zelle rumsaß und Briefe an den Richter schrieb, wurden die nie gelesen. Der Blödmann konnte schreiben, bis er schwarz wurde.

Aber Sekretärinnen, vor allem junge Mädchen mit kleinen Brüdern, die davon träumten, daß man ihnen ein Kind machte und sie heiratete, die hörten zu. Wie damals im Bundesknast oben in Danbury, als Buster sich darum bemühte, daß sie seine fünf Jahre runtersetzten, und darum folgenden Begleitzettel zu einem Brief an den Richter schrieb:

> *Liebe Sekreterin,*
> *bitte tun Sie mir helfen. Ich weis das der Richter ganz ganz fiel zu tun hat. Ich tu nich so gut schreiben und lesen aber meine Mama braucht mich daheim ganz doll weil ich doch für sie das Geld verdienen tu, und für mich is es ganz nötig, daß der Richter das hier sehen tut. Bitte tun Sie's dahin legen wo er's tut.*

Dann sorgte er für ein paar Kaffeeflecken auf dem Zettel und schickte ihn ab, die Briefmarke verkehrt herum auf den Umschlag geklebt. Innerhalb von zwei Wochen war seine Strafe von fünf auf drei Jahre runtergesetzt. Buster ging jede Wette ein, daß der Richter den Brief weggeworfen hätte, wenn er ihm nicht von einem jungen Mädchen unter die Nase geschoben worden wäre, das den Richter im Auge behielt.

Weil er das nicht vergessen hatte und der Meinung war, daß jeder Blödmann, der genügend Grips hatte, um ein Schild zu lesen, das Büro der Sekretärin finden konnte, verließ er John-Boy, der mit Staubsaugen und Bettenmachen beschäftigt war, und machte sich auf den Weg zum Gebäude des Bundesgerichts. Er hatte ein sauberes kariertes Hemd angezogen, seinen Days Work in einer Kommodenschublade gelassen und stand jetzt wie ein dämliches Landei am Schalter.

Ein Mädchen, das gerade so viel Lipgloss aufgetragen hatte, daß die Lippen rötlich schimmerten, und eine dünne blaue Bluse trug, die etwas mehr als eine Handvoll Titten verhüllte, sagte: »Ja, kann ich Ihnen helfen?«

»Ja, also, Ma'am, ich glaub schon. Ich bin heut von Corsicana hier hochgekommen, weil ich 'ner alten Dame aus unserer Kirche helfen will. Arme Frau, hat 'n Jungen großgezogen, in dem so 'n richtig wilder Zug steckt, was ihm schon 'ne Menge Ärger eingehandelt hat. Der Junge is gestern abgemurkst worn, und seine Mama is vor Kummer ganz aus'm Häuschen. Ich hab ihr gesagt, daß ich versuchen will, sein Anwalt aufzutreiben und rauszufinden, ob der Junge vielleicht was bei ihm hinterlassen hat, das sie haben könnt. Also, ich kenn mich in so was ja nich so gut aus, aber ich glaub, daß das Jungchen schon 'n paarmal verknackt worn is, und wenn ja, dann habt ihr ja vielleicht den Namen von seim Anwalt hier unten. Ob Sie wohl mal – also, ich möcht Sie ja nich gern störn, aber sein Name is Andrew Starr. Mit zwei *R*s.«

Die junge Frau sagte: »Oh. Nun, ich kann bestimmt mal für Sie nachschauen«, und schrieb Sonnys Namen auf einen Zettel. Sie hatte kurze braune Haare, die wippten, wenn sie den Kopf bewegte.

Buster lehnte am Schalter und las die am Schwarzen Brett hängenden Plakate über Chancengleichheit im Beruf, während er aus den Augenwinkeln beobachtete, wie die junge Frau Hintern und Beine bewegte, als sie sich bückte und die Akten durchsah. Sie kam mit einer dicken Mappe zurück.

Sie kicherte, als sie schrieb. »*Wendell A.?* Ich wußte gar nicht, daß das Bino Phillips' richtiger Name ist. Da haben Sie's.« Sie riß den obersten Zettel von einem Notizblock ab, jenen, auf den sie geschrieben hatte, und gab ihn Buster.

Busters roter Schnurrbart, säuberlich gebürstet, bewegte sich auf und nieder, als er sagte: »Also, da ham Sie aber jetzt 'n dicken Stein bei mir im Brett, Miss, weil Sie mir geholfen ham. Könnt ich Ihren Namen ham? Damit Andrews Mama, wenn sie irgendwas über seinen Fall hier unten wissen will, weiß, wen sie anrufen kann?«

»Andrea. Andrea Morton.«

Als Buster ging, überlegte er, wie Andrea Morton wohl ausschaute, wenn John-Boy sie mit den Handgelenken am Bettpfosten festbinden würde. Zu Tode erschrocken vermutlich. Bei dem Gedanken wurde ihm wohler.

Als die Kühlkammerlade herausrumpelte und das Leichentuch zurückgeschlagen wurde, dachte Bino, daß Sonny Starr eigentlich besser aussah als beim letzten Mal, als Bino ihn gesehen hatte. Bino konnte jedoch nicht gleich herausfinden, *warum* Sonny besser aussah, und er mußte erst ein paar Sekunden nachdenken, ehe es ihm dämmerte. Sonny feixte oder grinste nicht.

Nachdem er, Assistant Coroner Shoesole Traynor und Assistant U. S. Attorney Marvin Goldman wie drei Männer, die einem Flohzirkus in einer Schachtel zuschauen, ein paar Minuten dagestanden und auf Sonny hinabgeblickt hatten, sagte Bino schließlich: »Ja, das ist er.«

Shoesole Traynor, nicht so groß wie Bino, aber doch ziemlich groß, mit dichtem ergrauenden Haar und einem Spitzbauch, der sich gegen seinen weißen, knielangen Kittel stemmte, rauchte Pfeife. Es war eine Bruyère, à la Sherlock Holmes, die er zwischen die Zähne geklemmt hielt, so daß sich nur seine Lippen bewegten, wenn er sprach. Er rauchte einen süß duftenden Tabak.

Traynor sagte, als er die Leichenkammer wie einen riesigen Aktenschuber zuschob: »Jetzt stimmen schon drei überein. Laut Mr. Goldman sagt die Vermieterin, es ist Sonny Starr. Mr. Goldman sagt, es ist Sonny Starr. Und jetzt sagen *Sie* auch noch, es ist Sonny Starr. Aber es ist nicht Sonny Starr, bis nicht irgendwer dieses Scheißformular unterschreibt, das ich in meinem Büro habe. Wie wär's, Bino? Unterschreiben Sie's?«

Binos Blick schnellte zu Goldman, der mit plötzlichem Interesse das Schildchen an Sonnys Schiebesarg studierte. Bino sagte: »Na gut, Shoesole, ich wüßte nicht, was dagegen spricht. Wenn's sonst niemand tut.«

Traynor seufzte. »Na, endlich. Gleich hier entlang, Herrschaften.«

Traynor marschierte vorneweg durch die doppelte Pendeltür, eine Rauchfahne aus seiner Pfeife hinter sich herziehend. Bino forderte Goldman mit einem Wink auf, vorauszugehen, dann bildete er das Schlußlicht und sah sich an, wie Goldmans Rücken unter der maßgeschneiderten schwarzen Anzugjacke zur Taille hin immer schmaler wurde. Goldman trainierte ziemlich viel. Bino nahm sich wieder einmal vor – zum fünften Mal in diesem Jahr –, in einen Fitneßclub einzutreten.

Shoesole Traynors Büro befand sich hinter einer Milchglastür im Keller des County Medical. Goldman wartete im Flur, während Bino hineinging und sich Traynor gegenüber am Schreibtisch niederließ und neben den Worten »Identifiziert durch« ein Formular mit seinem Namen unterzeichnete. Hinter »Verwandtschaftsgrad« schrieb Bino »Keiner – Anwalt«, überlegte dann eine Minute und fügte in Klammern »Freund« hinzu. Selbst Sonny Starr sollte wenigstens einen haben.

Traynor verdankte seinen Spitznamen »Schuhsohle« einer intensiven Beschäftigung mit Füßen, wobei er behauptete, daß sich am Fuß eines Leichnams mehr Hinweise fänden als sonst irgendwo. Behauptete, daß er allein durch eine Untersuchung der Füße sagen könnte, ob ein Opfer gesessen oder gestanden hätte, als es ihm an den Kragen gegangen war, und wo es sich in der Woche davor überall aufgehalten hätte. Seine Theorie war nicht bewiesen; Traynors Fußbeweismittel waren in den letzten vier Prozessen, in denen er als Zeuge aufgetreten war, als unzulässig abgewiesen worden. Viele Leute, Bino Phillips eingeschlossen, hielten Shoesole für nichts anderes als einen Fußfetischisten.

Bino sagte: »Eigentlich kannte Goldman Sonny genauso gut wie ich. Er hätte das hier ruhig unterschreiben können.« Bino dachte daran, wie Goldman ihn an diesem Morgen um sieben Uhr angerufen hatte, als Syl gerade davon sprach, Bino einen ihr bekannten Trick mit einem Eiswürfel im Mund vorzuführen. Bino fragte sich, ob Goldman gewußt hatte, was er da unterbrach. Nee – sonst hätte er noch früher angerufen.

Traynor sagte: »Die ganze Sache ist eigenartig, Bino. Daß sich die Vermieterin sträubt, uns eine Identifizierung zu liefern, leuchtet mir ja noch ein. Sonny Starr bezahlte seine Miete bar, und sie hat nicht mal gewußt, ob Andrew Starr sein richtiger Name war oder nicht. Aber Goldmans Verhalten in dieser Sache ist wirklich komisch. Goldman selbst hat die Meldung durchgegeben, von seinem Büro aus. Das ist in fünfzehn Jahren das erste Mal, daß eine Mordmeldung über die Feds gekommen ist, sofern es nicht die Feds selbst waren, die den Mord begangen haben. Normalerweise kommt die Meldung von der örtlichen Polizei oder von dem, der die Leiche gefunden hat.« Er klopfte den verbrauchten Tabak aus seiner Pfeife und füllte den Kopf erneut aus einem Beutel. Über seiner Schulter waren, schwarz gerahmt, seine Zeugnisse zu sehen. »Haben Sie irgendeine Ahnung, wer das Mädchen bei Sonny gewesen sein könnte?«

Bino schüttelte den Kopf. »Nicht die geringste. Aber um das festzustellen, würde ich nicht grade die Mitgliedslisten der Junior League überprüfen.«

Als Bino Traynors Büro verließ, fand er Marvin Goldman mit verschränkten Armen an der Flurwand lehnend vor. Goldmans schwarzgelockte Haare waren von feinen Silberfäden durchzogen. Er sagte: »Also, das war's wohl, Bino. Ich werde einen Einstellungsantrag vorbereiten und Ihnen zukommen lassen. Sie können ihn unterschreiben und an Richterin Sandersons Kammer schicken – oder ihn der alten Hazel persönlich überbringen.« Goldmans zukkende Lippe verriet, daß er über Richterin Sandersons Brief an die Kammer Bescheid wußte.

Bino sagte: »Woher wußten Sie eigentlich, daß jemand Sonny umgelegt hat, Marv? Wer hat Sie davon unterrichtet?«

Goldman lächelte. Er hatte schmale Lippen und trug einen gestutzten Spitzbart. Ohne Bino direkt anzusehen, sagte er: »Ach, ich erhielt die Nachricht von einem der Mädchen im Büro – ich kann nicht mit Bestimmtheit sagen, wer sie durchtelefoniert hat.«

Klar, dachte Bino, und ich kann nicht mit Bestimmtheit sagen, ob die Dolphins Washington schlagen. Half-a-Point hat's mir einfach gesagt.

Er sagte: »Das ist komisch, Marv. In Shoesoles Bericht steht, Sie hätten *ihm* gesagt, daß die Vermieterin Sie angerufen hätte.«

Goldman schaute auf die schmale Goldarmbanduhr, die einen starken Kontrast zu seiner blaßblauen Manschette bildete. »Na ja, schon möglich, daß es so war. Hören Sie, Bino, ich muß mich beeilen. Danke, daß Sie gekommen sind, alter Knabe. Ich hätte Sonny ja auch identifizieren können, aber ich fand, daß es keinen guten Eindruck machen würde, wenn der Ankläger seinen Namen auf den Schein des Leichenschauhauses setzt. Daß es besser wäre, wenn sein eigener Anwalt es täte.«

Plötzlich ging Bino ein Licht auf.

»Wer hat die Leichen gefunden, Marv?«

Goldman sah wie ein Ladendieb aus, der nach dem nächstgelegenen Ausgang sucht. »Was?«

»Die Vermieterin hat gar nicht angerufen, stimmt's, Marv? Wenn ich mich richtig erinnere, sagte Sonny Starr, daß der Verwalter seines Hauses eine Schwuchtel wäre. Lassen Sie mich raten. Das FBI hat die Leichen gefunden, stimmt's?«

Goldman sagte: »Ich bin wirklich spät dran, Bino. Ich muß – «

»Und das FBI hätte die Leichen nur dann finden können, wenn es in Sonnys Wohnung gewesen wäre, stimmt's, Marv?«

Goldman zuckte die Achseln und richtete seinen Krawattenknoten. »Klingt einleuchtend«, sagte er.

Bino grinste. Leise in sich hineinlachend, sagte er: »Dann sind die Jungs also reinmarschiert, um die Bude vom alten Sonny zu filzen, was? Ohne Durchsuchungsbefehl, versteht sich, und in der Annahme, daß niemand zu Hause ist. Und was finden sie außer dem armen Sonny, nur hier und da Sonnys fehlendes Zubehör. Was machen die FBI-Jungs also? Tja, den Mord können sie nicht melden, denn dann müßten sie ja erst mal erklären, was sie da zu suchen hatten. Also überlegen sie und sagen: ›He, rufen wir doch einfach den alten Marv an – der hat uns ja schließlich hergeschickt. Soll Marv sich doch damit abgeben.‹«

Goldman straffte die Schultern und sah zu Bino auf, die Stirn auf gleicher Höhe mit Binos Kinn. Er sagte: »Dann verklagen Sie uns doch, Bino.«

Bino ließ sich das Angebot durch den Kopf gehen, entschloß sich dann jedoch zu sagen: »Sie *verklagen*? Die Feds verklagen? Noch dazu vor einem Bundesgericht? Daß ich nicht lache. Land der freien Menschen, was, Marv?«

Goldman sagte trotzig: »Sie haben gehört, was ich gesagt habe, Bino. Wenn Ihnen das nicht paßt oder Sie meinen, daß wir was Illegales getan haben, die Tür zum Gerichtssaal steht Ihnen offen. Ich schicke Ihnen die Einstellungspapiere rüber, wie ich bereits sagte.«

Damit machte Goldman auf dem Absatz kehrt und stiefelte davon, mit steifem Rücken und glänzenden schwarzen Schuhen, die auf den Kellerfliesen des County Medical klackten.

Was für ein Arschloch, dachte Bino.

◇

Während Bino mit dem Lincoln die kurze Strecke vom County Medical am Harry Hines Boulevard die Inwood Road hinunter zum Stemmons Freeway zurücklegte, wurde er immer wütender und hätte um ein Haar eine Zugmaschine von Merchants Fast Motor Freight gestreift, als er den Wagen auf die Auffahrt zum Stemmons Freeway in Richtung Süden jagte. Der Fahrer des Lasters, der eine

Baseballmütze trug und mit dicken roten Backen auf einer aufgeweichten Zigarre herumkaute, zeigte ihm den Vogel.

Es war bedeckt und windstill, die Temperatur um die fünfzehn Grad, die Wolkendecke grau, geschlossen und reglos. Die schwarzen Schwaden, die aus den Fabrikschloten östlich des Stemmons aufstiegen, hingen da wie Gemälde.

Die Verfassung ist genauso tot wie der Dodo, dachte Bino, Typen wie Marvin Goldman walzen sie nieder, als wären sie führerlose Züge. Klar, Sonny Starr war ein Scheißkerl. Also los, brecht ruhig in seine Bude ein und filzt sie ohne Durchsuchungsbefehl. Nehmt Sonny seine Rechte, und hoch lebe Marv, dreifach hoch. Aber was passierte, wenn ihnen klar wurde, daß auch, wenn sie das mit Sonny machen konnten, der Bursche mit Hypothek, Frau und Kindern demnächst an der Reihe war? Alles steuerte darauf zu, aber Amerika hatte noch keine Notiz davon genommen. Würde es wahrscheinlich auch erst dann, wenn es zu spät war, was dagegen zu unternehmen.

Bis er auf einem Platz an der Südseite der Main Street geparkt und einen Parkschein für den Linc erhalten hatte, hatte sich Bino wieder abgeregt. Bei der Ampel an der Arkard-Street-Kreuzung überquerte er die Straße, Hupkonzert, tuckernde Busse, deren Auspuffe das beißende Cityparfüm zerstäubten. Er betrachtete den Hüftschwung einer hochgewachsenen Brünetten, die vor ihm die Straße überquerte, die Handtasche, die an ihrem Arm hing, pendelte hin und her.

Das Davis Building war alt, vor dreißig oder vierzig Jahren mal ein Bankgebäude, heute ein billiges Citymietshaus, das zwischen modernen Wolkenkratzern klebte. Bino mochte es. Es beschäftigte immer noch Liftführer, die auf an die Kabinenwände geschraubten Sitzen hockten und an Kurbeln drehten, die die Türen öffneten und schlossen und die Kabinen auf- und abwärts bewegten.

Teresa Valdez lächelte und nickte Bino zu, wirbelte die Kurbel herum, und die Kabine fuhr zum fünften Stock hinauf. Teresa war keine ein Meter fünfzig groß, reichte Bino nicht einmal bis zum Brustbein, hatte kurze, schwarze Haare und runde, rosige Wangen. Teresas Mama führte den Lift neben ihrem, ihre Großmutter den daneben. Bino grinste auf Teresa hinab, als er ausstieg.

Seine Schritte machten keinerlei Geräusch auf dem Teppich. Er schnickte ein Stäubchen vom Revers seines dunkelbraunen Anzugs, als er auf die Tür mit der schlichten Goldaufschrift W. A. PHILLIPS, RECHTSANWALT zuging, öffnete die Tür und schaute auf Dodies Hintern. Zu sagen, daß Dodie einen Hintern hätte, war so, als sagte man, daß Laurence Olivier Schauspieler wäre. Oder daß Lee Travino Golf spielte. Sie hatte sich über die unterste Schublade eines Aktenschranks gebeugt, den Rücken zur Tür.

Bino sagte: »Hübscher Anblick, Dode.«

Sie schniefte, schaute nicht auf. »Ich hab einen Strafzettel gekriegt. Liegt auf dem Schreibtisch.«

Und da lag er auch, ein langer Kohlepapierdurchschlag vom Block eines Verkehrspolizisten. Bino las, daß Dora Annette Peterson, Größe ein Meter zweiundsechzig Komma fünf, Gewicht einhundert Komma sieben Pfund, Haare blond, Augen blau, Fahrerin eines roten 1983er Trans Am, heute morgen um 8 Uhr 17 vom Southwestern Boulevard rechts in die Skillman Street abgebogen war. Von der linken Spur.

Sie mußte um 8 Uhr 30 im Büro sein. Die Kreuzung war einen Block von ihrer Wohnung entfernt.

Bino sagte: »Ein bißchen spät drangewesen, was, Dode?«

Dodie schob die Aktenschublade zu, hüpfte auf die Füße und tänzelte heran, um sich hinter ihren Schreibtisch zu setzen. Sie trug ein enganliegendes Strickkleid. »Uff, das war ja das Problem. Ich bin zur Skillman, weil ich dachte, ich könnte auf ihr links zum Northwest Highway abbiegen. Aber in der Richtung war alles total dicht.«

»Also bist du nach rechts abgebogen?«

Sie nickte, ein Lächeln erhellte ihr Gesicht. Ihre Augen funkelten. Sie hatten es nicht immer getan.

Bino hatte die stumpfen, leblosen, drogenbenebelten, von dunklen Ringen untermalten Augen nicht vergessen, die hilflos durch die Gitterstäbe in der Besucherzelle des Anwalts im County Jail blickten. Neunzehn bis fünfunddreißig. Üppige Kurven, die gegen einen groben Gefängniskittel ankämpften.

Er hatte auch das kurze Gespräch mit dem Rauschgift-Cop nicht vergessen. »Die seh ich jeden Tag. Die verhökern Dope, verhökern auch ihrn Arsch, wenn's ihnen genug Geld für 'n Trip einbringt.«

Aber da war etwas anderes an Dodies Art, sich zu bewegen und zu sprechen. Etwas, was damit zu tun hatte, wie sie sich ausdrückte, unverblümt, sachlich.

Der D. A. stimmte einer Bewährungsfrist zu, die Geschworenen hätten Dodie wahrscheinlich so wie so nicht mehr gegeben. Zunächst arbeitete sie für Bino, um das Honorar abzustottern, machte ein bißchen Ablage, erledigte ein paar Besorgungen. Wollte lernen.

Frische Luft auf dem Land brachte sie wieder auf die Beine. Dafür gebührte Half-a-Point Harrison Dank – ihm, Pop und der Farm. Abends College. Der Ausdruck auf ihrem Gesicht, wenn die Einser und Zweier nur so purzelten. Zweiundsechzig Vorlesungsstunden mit einem Abschluß von drei Komma vier, angespornt von Bino und Half-a-Point, obwohl Half oft nicht wußte, was sie da studierte. Jetzt ein Ein-Mädchen-Büro, das sich im Gericht auskannte und wie ein wild gewordenes Maschinengewehr tippte. Und ein Funkeln in den Augen.

Marvin Goldman hatte Half-a-Point Harrison wegen Annahme von Footballwetten – einige von Marvin Goldman selbst – ins Gefängnis stecken wollen.

Bino streckte ihr den Strafzettel mit den Worten hin: »Diesmal nicht, Dodie. Du wirst in den sauren Apfel beißen, die Zeche zahlen müssen, was auch immer. Du könntest das Problem lösen, wenn du dir einfach mal angewöhnen würdest, früher aufzustehen. Das ist dein dritter Strafzettel in einem Monat, alle auf dem Weg zur Arbeit.«

Dodies rosa Zungenspitze blitzte auf, als sie sich damit über die volle Unterlippe fuhr. Sie trug ein rosa getöntes Make-up. »Der Wecker ist schuld, Bino. Manchmal funktioniert er, manchmal nicht.«

»Dann kauf dir einen neuen. Einen von diesen raffinierten digitalen Radioweckern. Wirf deinen alten Wecker weg.«

»Aber –« Sie faltete die Hände, die langen Wimpern gesenkt. »Na ja, Bino, weißt du, das ist doch der Wecker, den du mir gekauft hast.«

Bino steckte die Hände in die Taschen und betrachtete seine Schuhe.

Es hatte da mal einen Abend gegeben. Vor zwei Jahren, Dodies Geburtstag, ihr dreiundzwanzigster. Abendessen. Bino schenkte ihr, mehr aus Jux, diesen billigen Drugstore-Wecker – damit sie rechtzeitig zur Arbeit kam. Sie hielt den großen Messingwecker mit beiden Händen fest und grinste Bino wie eine sexy Tinker Bell an, sanfte Kerzenlichtschatten vollführten auf ihren Wangen und ihrer Nase einen Trommeltanz. Dann kicherte sie wie ein Kobold, als sie die alte Bimmel aufzog und mitten in der ganzen Pracht des Old Warsaw Restaurant losscheppern ließ. Dodie ohhhte vor sich hin, während sie herumfummelte und versuchte, das verdammte Ding abzustellen, auf Knöpfe drückte, die sich nicht drücken ließen, und an Rädchen drehte, die sich nicht drehen ließen. Schließlich eilten zwei livrierte Kellner aus den schummrigen Ecken zur Rettung herbei, derweil Bino so tat, als bemerke er die abschätzigen Blicke von den Nebentischen nicht.

Sie klapperten noch ein paar andere Etablissements ab, und in jedes nahm Dodie den dämlichen alten Wecker mit und verkündete gelangweilten Kellnerinnen stolz: »Guck mal. Hat mir mein Boss geschenkt. Er klingelt.« Dann ließ sie das Ding erneut losscheppern, während ihr glockenhelles Lachen ertönte und Betrunkene an der Bar nach den Razzia machenden Cops oder den Feuerwehrautos, oder was auch immer, Ausschau hielten.

Einige Zeit später, in einer Nische bei Joe Miller, lehnte sie, ein bißchen Daiquiri-schwindlig, ihren Kopf an seine Schulter, einen schwachen Duft von Carnival in ihrem weichen Haar. Plötzlich waren warme, nachgiebige Lippen an seinen, lag eine kleine Hand auf seinem Arm, mit Nägeln, die sich hineingruben. Am nächsten Morgen schrillte ihn der billige alte Wecker in ihrem Apartment aus dem Schlaf, ihre glatte, nackte Hüfte fest an seinem Bein.

Bino nahm den Strafzettel, faltete ihn zur Hälfte zusammen und steckte ihn in die Tasche. »Ich regel das, Dode.«

Die Tür zu Half-a-Point Harrisons Bürokabäuschen mit der Aufschrift ERMITTLER war angelehnt. Bino ging hinein. Halfs Schreibtisch war alt, aber Dodie hatte ihn für ihn gestrichen, dunkelbraun. Auf dem Schreibtisch standen zwei Telefone. Eins war ein hellgrüner Wählscheibenapparat mit drei Leitungen, gekoppelt an die Büroanschlüsse. Das andere, schlicht schwarz, war an den Rand geschoben. Half-a-Point, in buntkarierter Weste und schwarzer Fliege, saß nach hinten gelehnt auf seinem hölzernen Drehstuhl, die Füße gegen eine Schreibtischecke gestemmt. Der Hörer des schwarzen Telefons, von Kiefer und Kinn festgehalten, drückte ihm das Ohr platt. Sein braunes Haar wurde schütter und war stramm nach hinten gekämmt. Er hielt einen linierten Block im Schoß und machte sich darauf Notizen.

Half sagte gerade: »Okay, Gil, les dir's noch mal vor. Cincy vier. Jets zweieinhalb. Philly zehn – Himmel, das ist ja 'n richtiges Schnäppchen, die Wette auf Indianapolis. New England eins, L. A. dreieinhalb ...«

Fotokopien von den Innenseiten der *Cosmo's Football News* stapelten sich zentimeterhoch vor dem Schreibtisch. Bino griff sich eine und setzte sich. Die Cowboys hatten sechs Punkte an Cleveland verschenkt, bei einem Spiel in Cleveland. Blöd.

Half knallte den Hörer auf die Gabel und sagte: »Wo, zum Teufel, liegt Dartmouth?«

»Äh, weiß ich nicht, Half«, sagte Bino. »Irgendwo oben im Norden. Warum?«

»Warum?« röhrte Half. »Weil die ganze verfluchte Stadt Dartmouth nimmt und sechs gegen Brown abgibt, darum. Und nicht mal weiß, wo, zum Teufel, das Kaff liegt.«

Bino schlug die Beine übereinander und sagte: »Hör mal, alter Freund und Sportgenosse. Ich dachte, es wäre vereinbart, daß der Buchladen erst aufmacht, wenn die Kanzlei schließt. Wäre ein gefundenes Fressen für Goldman, wenn er sagen könnte, daß wir hier ein Wettbuch führen.«

Half-a-Point hatte einen Kalender an der Wand hängen, der einen Monat nachhinkte. Er riß den Oktober ab. »Hab den Laden ja noch gar nicht aufgemacht. Hab bloß die Quoten 'n bißchen aufgefrischt, das ist alles. Hab da so 'n Typen, der beim Stardust jeden Morgen die Zahlen vom Brett abschreibt und dann draußen in 'ner Zelle am Strip auf 'n Anruf wartet.«

Bino klappte der Kiefer herunter. »Du rufst in einem anderen Bundesstaat an? Von diesem Apparat?«

Wutschnaubend sagte Half: »Ich bin Half, Bino, nicht irgendso 'n Bauer aus 'm Rübenacker. Nee – ich ruf Pop an. Er hat 'n Apparat, mit dem man in drei Richtungen reden kann, er ruft den Typen an, damit wir beide die Info gleichzeitig kriegen.«

Bino stellte sich Pop Harrison vor, Half-a-Points Spiegelbild in zwanzig oder dreißig Jahren, Hörer auf seiner Schulter ruhend, Notizbuch in der Hand. Und noch ein Bild: Pop, der Half und Bino in einem alten Drive-in-Lebensmittelladen in Mesquite, wo es nach frischem Aufschnitt und Käse roch, Grapetta-Soda in einer Flasche kauft und Lakritzstangen aus einem Glas.

Bino sagte: »Feiert ihr Thanksgiving zusammen?«

»Machen wir das nicht immer? Mom zaubert 'ne Füllung. Detroit-Oakland um elf, Dallas-Washington um zwei. Kommste?«

Binos Mutter war, als er noch ein Junge war, von einem LKW-Fahrer getötet worden, der vom I-30 abkam; in dem Laster wurde eine leere Halbliterflasche gefunden. Sein Dad hatte gewartet, bis Bino sein Diplom bekam, ehe er ihr folgte.

Bino sagte: »Möcht ich mir nicht entgehen lassen, Half. Würdest du gerne was ermitteln?«

»Klar, dafür bin ich ja da.«

»Es hat mit Sonny Starr zu tun.«

»Ich werd Handschuhe anziehen«, sagte Half. »Und mir 'ne Wäscheklammer auf die Nase klemmen.«

»Ich hätte gerne eine Aussage vom Verwalter von Sonnys Wohnung. Nur, ob oder ob er nicht derjenige war, der Sonnys Leiche gefunden hat. Und falls er's nicht war, wann und wie er festgestellt hat, daß Sonny nicht mehr lebte.«

Half-a-Point stand auf und verstaute den Stapel *Football News*-Hefte in seiner untersten Schublade, wobei er das oberste durchsah und ein paar Quotenänderungen eintrug. »Wozu soll das gut sein? Sonnys Fall ist doch abgeschlossen, oder? Ich meine, ich hab 'ne Menge zu tun, Bino.«

»Ich versuche, Goldman mit dem Finger in der Torte zu erwischen.«

»Bin schon unterwegs. Mein Mädelchen hat die Adresse?« Half nannte Dodie immer sein Mädelchen. Bino nickte.

Auf dem Weg nach draußen blieb Bino an der Tür stehen und drehte sich um. »Ach, noch was, Half. Wegen der siebzehnhundert.«

Half wedelte mit der Hand, als schlüge er nach einem Moskito. »Vergiß es. Ich hab's mit der Miete verrechnet. Du bist immer noch kreditwürdig, Bino.«

Als Bino die vier Meter Spannteppich zwischen Halfs Büro und seinem eigenen überquerte, sagte Dodie zu ihm: »Uff. Das war der verrückteste Anruf.« Sie hatte gerade aufgelegt, und ihre Hand ruhte immer noch auf dem Hörer. Sie zog die Nase kraus.

Bino sagte: »Was meinst du?«

Dodie rollte ihren Stuhl vom Schreibtisch weg und verschränkte die Arme, einen gelben Kuli in der Hand. »Es war dieser Typ. Er erkundigte sich, ob wir ein Kuvert hätten, das Sonny Starr gehört.«

Bino lehnte sich mit der Hüfte an eine Ecke ihres Schreibtischs. »Vielleicht meinte er, daß Sonny *ihm* was mit der Post geschickt hätte, das ins falsche Kuvert geriet – du weißt schon, an die falsche Adresse ging.«

Sie schüttelte den Kopf. »Das war's nicht. Er hat rundheraus gefragt, ob Sonny dir was gegeben hätte, Bino. Er redete ganz ähnlich wie einige von deinen und Halfs Freunden, die, die in Mesquite wohnen.«

»Was ist dran verkehrt?«

»Oh, nichts, aber da steckt mehr dahinter. Er – na ja, er klang einfach verrückt, das ist alles. Irgendwie unheimlich.«

Bino zuckte die Achseln. »Demnach hatte Sonny Starr ein paar verrückte Freunde. Sonny war selber verrückt. Warum sollten seine Freunde es nicht auch sein?«

◇

Bino verbrachte den Tag im Büro damit, zwei neue Mandanten anzunehmen und einen abzulehnen. Eine ältere schwarze Frau in einem Kattunkleid, die die Hände rang und sich die Augen mit einem Spitzentaschentuch betupfte, drehte einen Sozialhilfescheck in Höhe von 267, 80 Dollar um und unterschrieb ihn auf der Rückseite. Er sollte eine Anzahlung auf Binos Tausenddollarhonorar für die Vertretung ihres Enkelkindes sein. Ein Einbruchdiebstahl. Bino betrachtete ihn einen Moment, kramte dann in seiner Tasche und reichte ihr fünf Zwanziger.

»Sie können mir immer mal ein bißchen was zahlen«, sagte er.

Dodie fand zwei Vierteldollar in ihrer Handtasche und besorgte eine Coke, die sie der alten Frau gab und ihr dabei den Arm um die Schultern legte.

Ein weißer Heroindealer aus North Dallas, der eine Goldkette um den Hals und ein bis zum Nabel aufgeknöpftes Hemd trug, zählte fünfundzwanzig Hundertdollarscheine auf Binos Schreibtisch und gab die Rolex an seinem Handgelenk zur Aufbewahrung.

»Hier ist die Hälfte als Anzahlung«, sagte der Dealer, »und am Freitag werd ich Sie mit dem Rest beglücken. Kommt 'ne Lieferung rein. Los, Mann, holen Sie den Knilch raus.«

Bino zählte das Geld nach, steckte es ein und starrte den Dealer an. Er sagte: »Stell ihm eine Quittung aus, Dode. Wir werden die Kaution am Freitag stellen, wenn er den Rest bringt.«

Ein paar Minuten später traf Dodie per Telefon die Vereinbarungen mit dem Kautionssteller. Die Haftkaution würde bis heute um drei Uhr bereitstehen. Dann brachte sie die Rolex nach nebenan zur Metropolitan Savings & Loan und deponierte sie im Schließfach. Der Dealer murmelte: »Mieser, osterhasenhaariger Dreckskerl.«

Kurz nach dem Lunch zündete sich ein Mann in einem weißen Frackhemd mit offenem Kragen und Fünf-Uhr-Bart abrupt eine Camel an und legte sie nervös in einen Aschenbecher auf Binos Schreibtisch. Seine Hände waren mit Druckerschwärze befleckt.

Er sagte: »Das war ein gottverdammtes Wunder. Wenn ich an der Ross and Carroll die Ampel geschafft hätt, wär ich bereits im Laden gewesen. Hab ich aber nicht. Bis ich da ankam, hatten sie Tony schon in Handschellen und brachten ihn grad zum Wagen raus. Ich bin einfach weitergedüst und direkt hierher.« Der Mann hatte gelbe Zähne.

Bino holte einen winzigen, batteriebetriebenen Ventilator aus einer Schublade und stellte ihn an, damit er den Rauch in Richtung Tür blies. »Und was wollen Sie jetzt tun?«

Der Mann zuckte die Achseln. »Ein Geschäft machen. Ich hab die Platten, hübsch versteckt. Ich kann Tony 'ne Menge anhängen, hat 'ne Menge Zwanzigdollarscheine verhökert. Ich nehm an, daß ich's auf zwei Jahre runterhandeln kann, die ich in 'nem Camp ohne Zaun drumrum absitze. Rufen Sie die Feds an.«

Bino dachte einen Moment darüber nach, dann langte er nach hinten. Er nahm die Gelben Seiten in die Hand und warf sie mit einem kräftigen Plumps vor dem Mann auf den Schreibtisch.

Der Mann sagte: »Wozu solln das gut sein?«

»Soll Ihnen helfen, einen Anwalt zu finden. Ich vertrete keine Petzen, Sportsfreund. Vor Ihrer Nase liegt ein ganzes Buch voller Anwälte, die's tun, aber ich nicht. Petzen kotzen mich an.«

Der Mann ging.

Irgendwann im Laufe des Nachmittags beschloß Bino, sich die Anwaltskammer vom Hals zu schaffen. Über deren Sekretärin vereinbarte er für elf Uhr am nächsten Vormittag einen Termin bei Richterin Hazel Burke Sanderson.

Die Sekretärin sagte: »Ich habe den Pott gewonnen.«

Bino sagte: »Was?«

Die Sekretärin sagte: »Ich hab am besten geschätzt, an welchem Tag und um wieviel Uhr Sie anrufen.«

Ein paar Minuten vor drei erschien Dodie in Binos offener Tür. Sie kicherte, hielt sich die Nase zu und sagte: »Mrs. Satterwhite ist am Apparat.«

Bino blickte von den *Football News* auf. »Hast du was von Half gehört?«

Dodie nickte. »Er hat angerufen. Er kommt heute nicht mehr zurück. Ich soll die Anrufe auf dem schwarzen Telefon zu Pops Apparat weiterleiten. Möchtest du mit Mrs. Satterwhite sprechen?«

»Wer ist das?«

»Das ist die Sekretärin von Mr. Anspacher – der, den du gestern aufgesucht hast.« Dodie kicherte wieder. »Sie klingt, als ob sie durch die Nase spricht.«

Winnie Anspacher? Vielleicht war Bino schon aus der Anwaltskammer ausgeschlossen. Der kleine Ventilator lief immer noch, seine Batterie ging zu Ende, die Blätter wurden langsamer. Bino stellte ihn ab und sagte: »Ich übernehme, Dode.« Er haute auf die blinkende Taste und nahm den Hörer ab.

»Bleiben Sie bitte für Mr. Anspacher am Apparat.« Mrs. Satterwhite klang, als würde sie durch die Nase sprechen.

Nach einer Minute sagte Winnie Anspachers Stimme: »Bino? Hallo, alter Junge. Kleine Welt. Ist jetzt schon das zweite Mal in zwei Tagen, daß ich dich anrufen muß.«

Bino versuchte sich zu erinnern, ob Winnies Nase über seine Schreibtischplatte hinausragte, wenn er saß. Er sagte: »Hallo, Winnie. Ich werde mit der Richterin sprechen. Ist schon eine Beschwerde eingereicht?«

Winnie lachte. »Nein, nichts dergleichen. Sag mal, Bino, hast du gewußt, daß Art Stammer für Richard Bigelows alten Kongreßsitz kandidiert?«

Bino zögerte, stellte sich Art Stammer als mageren Jungen mit einem Erstsemesterhut auf dem Kopf vor. Und Richard Bigelow, ein feiner alter Herr, der sich mit herausgepusteten Eingeweiden in einer Gosse wälzte. Er sagte: »Ich habe davon gehört.«

»Gut. Ich sponsere eine Party für seinen Wahlkampffonds. Zufällig habe ich Art gegenüber erwähnt, daß ich dich gesehen hätte, und er *bestand* darauf, daß ich dich bitten soll zu kommen. Heute abend. Bei mir zu Hause.«

Bino dachte, was hat er für einen Grund, darauf zu bestehen? Er hat mich ja auch seit achtzehn Jahren nicht mehr gesehen. Er sagte: »Ich weiß nicht, Winnie. Bei mir türmt sich 'ne Menge Arbeit.« Dodie wölbte die Hände über den Mund, »Lügner« drückte ihre Gebärde aus.

Winnie sagte: »Immer nur Arbeit, Bino. Macht einen träge. Gib dir 'nen Ruck, wird wie in alten Zeiten. Über die Hälfte der Leute wirst du kennen.«

Früher mal. Bino dachte an die Anwaltskammer und seinen morgigen Termin bei der Richterin.

Winnie gab ihm seine Telefonnummer in Highland Park.

Winnie sagte: »Verlier sie nicht, Bino. Die Nummer ist nicht registriert. Irgendwann nach acht, ja? Ciao, alter Knabe.«

Bino dachte noch etwas darüber nach und beschloß hinzugehen. Nur für ein Weilchen.

4. Kapitel

Buster wartete, bis John-Boy seine Bauchpressen und Dreiviertel-Sit-ups machte, bevor er ihn wegen des Telefonanrufs runterputzte. Wenn jemand anfing, John-Boy runterzuputzen, wenn er gerade beim Essen war oder nur so rumsaß und sich an den Eiern kratzte, dann war John-Boy derjenige, der einem eine Abreibung verpaßte. Wenn er jedoch trainierte, war John-Boy zu sehr damit beschäftigt, seine Wiederholungen zu zählen, um sich mit einem einzulassen.

»So kriegt man nich die Bohne raus, John-Boy, wenn man einfach damit rausplatzt und danach fragt.«

Buster lag breitbeinig ausgestreckt auf der Matte und trank ein Coors aus. Er zerquetschte die Dose und beschloß, sich keine neue zu holen, bis er John-Boy runtergeputzt hatte. Buster hatte einen Jockeyslip an, sein Wanst stand vor, rotes Haar auf Bauch und Brust.

John-Boy sagte: ». . . dreiundvierzig, vierundvierzig, fünfundvierzig – Wie findst'n das, Bus? Achtundvierzig, neunundvierzig . . .« Er hatte blaue Joggingshorts an. Seine Flanken kräuselten sich und ließen dicke Muskelstränge sehen, als er sich auf dem Boden ausstreckte.

»Scheiße, echt, John-Boy, wir wissen kein bißchen mehr als vorher. Vielleicht hat Sonny Scheiß geredet, vielleicht auch nich. Aber sie ham's dir nich *verraten*. Vielleicht hamse ja grad drauf gewartet, daß irgendso 'n Dummbeutel anruft und sagt: ›He, ihr habt doch Sonnys Scheiß, oder?‹«

John-Boy sagte nichts, zählte nur. Er verringerte das Tempo, begann schwerer zu atmen.

Buster sagte: »Ich überleg grad, ob ich den Mann mal anruf, mal seh, was er vorhat.«

»Der Mann – (Pff) – hat uns gesagt, daß wir nich mehr anrufen solln, nich, bis wir über Sonnys Anwalt rausfinden, was er weiß.«

Buster dachte, du denkst nich nach, und sagte: »Es is dem sein Arsch, genauso wie's unserer is – vielleicht noch mehr seiner. Könnt ja sein, daß der uns nur 'n paar Piepen hinwirft, weißte, und dann sagt, verschwindet.« John-Boy strengte sich mächtig an.

Buster dachte, Scheiße, John-Boy ist nich mehr richtig in Form. Das bißchen Training war früher 'n Klacks.

Buster erinnerte sich an Cinderella in Darrington, den niedlichen kleinen Homo, der sich die Beine rasierte und einen Arsch hatte wie Tina Turner. Cinderella mit den tanzenden Augen, der sich auf der unteren Schlafkoje vorbeugte, in Minishorts, die Beine gekreuzt, und John-Boy und Drooper aufgeilte.

»Mach schon, großer John-Boy, los. Drooper holt dich ein; mach schon, John, willst doch, daß Cinderella dich nach Strich und Faden melkt, oder nich, Süßer? Streng dich an, John.«

John-Boy und der geschmeidige schwarze Drooper waren beide in Schweiß gebadet, der auf Droopers Schokoladenhaut richtig glitzerte. Buster zählte für John-Boy, vier achtundneunzig, vier neunundneunzig; Little Fletch, hervorquellende Augen, zählte für Drooper. Schwarze auf der einen Seite gaben Drooper Zunder, Bleichgesichter hinter Buster feuerten John-Boy an. Cinderella in der Mitte. Tolle Tunte. Gefährlich. Saß die beschissenste Zeit im Knast ab – Mann, du würdst nich *glauben*, wofür. Machte sich an einen Houstoner Cop von der Sitte ran, brachte ihn dazu, Cinderella nach Galveston zu fahren, blies ihm einen und ließ ihn mit Handschellen gefesselt nackt an einem Pier am Strand zurück.

Drooper machte bei ungefähr sechshundert langsam schlapp, wurde immer langsamer. Die Schwarzen schrien: »Verdammt, du Sauarsch, Droop. Mach schon, wird's bald? Laß dir doch nich von 'nem Weißen diesen Tuntenarsch wegschnappn.« Drooper gab schließlich auf, John-Boy machte kräftig weiter. Cinderella grinste, holte John-Boy gleich an Ort und Stelle einen runter, der zäh wie Leder, Cindys Lippen formten ein O, als er Erfolg hatte, die Weißen klatschten und brüllten.

Tja, damals war John-Boy noch in Form. Aber jetzt –

»Neunundneunzig – (Pff) – hunnert. Scheiße!« John-Boy entspannte sich, flach auf dem Rücken liegend. Dann stand er auf und fing an, seinen Bauch vor einem Spiegel anzuspannen. Diesen Teil des Trainings fand Buster ziemlich blöd.

John-Boy sagte: »Probiern wir's erst mal mit dem Büro von dem Lackaffen. Wenn das nich funktioniert, rufen wir vielleicht den Mann an, ja?« Er trommelte mit der geballten Faust auf seine Magengrube.

Buster dachte darüber nach, als er in die Küche ging, um noch ein Coors aufzureißen, der zottelige Teppich war rauh unter seinen nackten Füßen. Buster kam es völlig sinnlos vor, sich groß anzustrengen, wenn sie nichts weiter tun mußten, als den Mann aufzufordern, mit ein paar Mäusen überzukommen. Scheiße, der Mann würd's schon tun. Als Buster ins Wohnzimmer zurückkam, war John-Boy dabei, mit dem Rücken zum Spiegel und über die Schulter schauend seinen Bizeps anzuspannen. Herrgott, was für ein Armleuchter.

Buster sagte: »Was hättst'n dagegen, wenn wir verschwinden tätn, häh, vielleicht nach Kalifornien und uns mit 'ner Surfermieze amüsiern?«

John-Boy ließ die Arme sinken, drehte ein Handgelenk so, daß seine Hand von der Taille wegzeigte, und spannte seine Trizepse an. »Schau mal, Buster, uns geht's doch jetzt prima, oder? Ham 'n paar Piepen übrig, 'ne Bude mit Pool in North Dallas, wern immer mal wieder gut und kräftig gebumst. Und damit is nur dann Schluß, wenn uns wer wegen dem Du-weißt-schon-was schnappt, und in Kalifornien würdense uns genauso schnappen wie hier. Kein Mensch weiß davon, bloß wir zwei und der Mann. Sonny weiß nix mehr, aber vielleicht sein Anwalt. Ich finde, daß wir wissen müssen, ob der Anwalt was weiß oder nich. Wenn er was weiß, dann können wir vielleicht mit dem Mann reden.«

Buster mußte ihm zustimmen – war keine schlechte Überlegung.

◇

Teresa Valdez saß auf einem hohen Hocker hinter dem Pult und sah zu, wie es dunkel wurde. Um fünf bewegte sich der Verkehr auf der Main Street Stoßstange an Stoßstange und blieb so bis nach sechs. Teresa vertrieb sich die Zeit damit, die Autos zu zählen, dreihundert zwischen 17 Uhr und 17 Uhr 05, eine Stunde später einhundertsiebenundachtzig in fünf Minuten. Von sieben bis fünf nach war die Zahl auf zweiundfünfzig gesunken und nahm weiter ab. Um 18 Uhr 15 fuhr ein Lieferwagen mit eingeschalteten Scheinwerfern vorbei, ein paar Minuten später ein Buick Riviera mit schwach glimmendem Standlicht. Zur Sieben-Uhr-Zählung warf jedes Auto einen schwachen Lichtstrahl auf den Asphalt.

Ihr wurde langweilig, und sie lehnte sich an das Pult. Eine Zeitlang tat sie so, als wäre sie John Houseman in *The Paper Chase*, der Lieblingsfernsehsendung ihrer Mutter, und stellte einer Klasse eine Menge Rechtsfragen, von der sie nie befriedigende Antworten erhielt. Eines Tages, wenn sie den Mut dazu aufbrächte, würde sie Mr. Phillips fragen, ob das Jurastudium auch so 'ne Schnitzeljagd wie *The Paper Chase* war.

Dann war sie eine Zeitlang ein Priester, der beschloß, heute über Johannes 3,16 zu predigen. »Also hat Gott die Welt geliebt, liebe Gemeinde, daß er seinen eingebornen Sohn gab.« Sie glaubte nicht, daß sie gerne Priester wäre – eine Menge Verantwortung ohne großes Ansehen und eine Menge Beichten hören und sich fragen, wer da wohl auf der anderen Seite des Gitters war. Aber sonntags sah sie sich Jimmy Swaggart und Oral Roberts an, während sie bei den Kleinen blieb und Mama und Großmama zur Messe gingen. So ein Priester zu sein, mußte wunderbar sein.

Teresa ging nicht mehr zur Messe, nicht mehr seit sie letztes Jahr achtzehn geworden war, und Mama gefiel das ganz und gar nicht. Die Messe wurde in Spanisch gehalten, und Mama und Großmama gingen gerne hin. Sie waren beide in Monterrey geboren und sagten, daß sie zur Messe gehen und sich ganz wie zu Hause fühlen konnten. Aber Teresa wollte nicht Spanisch sprechen. Schließlich war sie eine Texanerin, in Texas geboren und aufgewachsen, oder etwa nicht? Selbst zu Hause, wenn sie sagten: *»Por qué tú no hablas en Español, Teresa?«*, antwortete sie stets: »Weil ich Amerikanerin bin, darum. Amerikaner sprechen Englisch.«

Sie blickte auf die Foyeruhr, die auf acht zuhinkte. Seit sie um sechs die Eingangstür geschlossen hatte, hatte sie erst zwei Leute ein- und ausgetragen. Mrs. Jeffers vom dritten hatte ein paar Rosen auf ihrem Schreibtisch vergessen; Teresa hatte sie im Fahrstuhl hinauf- und wieder hinunterbefördert, und der süße, feuchte Duft der Blumen war ihr in die Nase gestiegen. Der andere Ein- und Ausgang war Mr. Tanner gewesen, der Wirtschaftsprüfer, der das einzige Büro im siebten hatte und zuviel wog; er war spät von einem Termin hereingeschnauft gekommen und hatte oben seine Aktentasche fallen lassen, bevor er für heute Schluß machte.

Um zehn würde der Wachmann kommen, der uniformierte, weißhaarige alte Mann, der immer ein bißchen nach Bourbon roch und eine Enkelin in Teresas Alter hatte. Er würde sie wie immer den halben Block zur Bushaltestelle begleiten und warten, bis sie sicher drinsaß. »Die Innenstadt ist kein Ort, wo 'n junges Mädchen nachts allein rumspazieren sollte«, würde er sagen, als ob ein alter Wachmann eine große Hilfe wäre, wenn es mal Ärger geben sollte. Aber

Teresa mochte ihn irgendwie und war dankbar, daß er daran dachte.

Sie beschloß, sich die Zeit damit zu vertreiben, daß sie sich vorstellte, hübsch zu sein, so wie Miss Peterson, die für Mr. Phillips arbeitete, und malte sich aus, wie sie in einem Wagen – also, in einem Wagen wie dem weißen Lincoln von Mr. Phillips fuhr, mit einem Mann, der wie Beau Bridges aussah, nur ein bißchen vornehmer, der ihr den Schlag öffnete und sie zum Essen ausführte. Teresa dachte, ich bin nicht *häßlich* oder so – da braucht ihr bloß mal Bobby zu fragen, den Tagesmanager vom Bek's Hamburgers im U-Bahn-Tunnel. Der hat nämlich ein Auge auf mich geworfen. Aber niemand ist hübscher als diese Miss Peterson. Teresa schlug eine leere Seite im Meldebuch auf und fing an, ein Bild von sich selbst zu zeichnen, mit langen blonden Haaren, so wie Dodie.

Es klopfte an die Tür zur Straße, und Teresa schaute auf. Ein untersetzter Mann mit rotem Kinn- und Schnurrbart stand lächelnd davor. Er zeigte Teresa ein eingewickeltes Paket und formte mit den Lippen das Wort »Lieferung« durch die Scheibe. Sie wußte, daß sie ihn eigentlich wegschicken, ihm sagen müßte, daß er während der Geschäftszeiten zurückkommen sollte. Aber sie langweilte sich, und er sah freundlich aus.

Die letzten fünfzehn Minuten ihres Lebens begann Teresa Valdez damit, daß sie das Lächeln des freundlichen Mannes mit dem roten Bart erwiderte und loszog, um ihn einzulassen.

◇

Bei den ersten beiden Runden um den Block dachte Buster, daß die kleine Mexe wohl ein bißchen bekloppt war oder so was. Das ganze Gebäude sah ja schon bekloppt aus, ein bekloppter alter Schnörkelkasten, wo so 'n Bekloppter wie Sonny Starr natürlich hinging, um sich 'n Anwalt zu suchen. Buster nich. Wenn Buster 'n Anwalt wollte, ging er zu einem dieser Protzkästen, die fünfzig oder sechzig Stockwerke hoch verspiegelt waren, und sich 'n Anwalt schnappen, der 'n bißchen was zu melden hatte. Nich so 'n Drecksack wie den, der ihm erst sein Geld abknöpfte und 'n Haufen Scheiß eintrichterte und ihn dann abschrieb, wodurch Buster nix anderes übrigblieb, als die Sache zuzugeben, die ihm zehn Jahre in Darrington einbrachte. Vielleicht würd er sogar zum One Main

Place gehen, einen Block entfernt von diesem stinkenden alten Köter von einem Haus mit dieser Mexe als Wachhund, One Main Place mit den Steinsäulen davor. Buster und John verrenkten sich die Hälse und sahen die Rolltreppen und Banken in der Eingangshalle vom One Main Place, als sie bei ihrer Runde, bei der sie das Davis Building ein zweites Mal ausbaldowerten, dran vorbeifuhren. Klar, jede Wette, daß man im One Main Place 'n ganz ausgebufften Verteidiger finden konnte.

Die kleine Mexe war 'ne andere Sache. Als sie das erste Mal in John-Boys Supercab vorbeifuhren, saß sie einfach nur da auf 'nem Schemel hinter so 'nem hohen Rednertisch mit schräger Platte – wie hieß so 'n Ding? Pult? Richtig – und glotzte auf die Straße raus.

Aber als sie wieder vorbeifuhren, stand sie mit den Händen an beiden Seiten von diesem Pult da und quasselte ins Leere, so als ob sie 'ne Rede halten würde oder so was. Sah gar nich mal so übel aus, rundlich, rote Backen, winziges Dingelchen. Konnt nich sagen, ob sie Titten hatte oder nich, weil sie nämlich hinter dem Pult war und diese sackartige braune Uniform anhatte, wie 'n Page oder Liftboy. Aber 'ne verrückte Type. Stand da und hielt 'ne Rede, obwohl kein Schwein da war. Als sie wieder vorbeifuhren, ließ sie grad so 'n alten Fettsack mit Aktentasche rein. Sie schloß die Tür hinter sich ab.

John-Boy sagte: »Was meinste?« Er trug eine pelzgefütterte Lederjacke, schwarz, die stramm um seine Schultern saß.

Buster sah sich nach Bullen um, öffnete seine Tür und spuckte eine Ladung Kautabak auf die Straße. »Wir brauchen die Kleine, um reinzukommen, schätz ich. Mit 'ner Lieferung müßt's zu schaffen sein. Los, suchen wir uns 'n Paket zum Liefern.« Sie zuckelten an einem Juwelierladen mit einer Uhr im Schaufenster vorbei. Sieben. Der Verkehr ließ allmählich nach. John-Boy kutschierte um ein paar Blocks östlich von dem Gebäude von Sonnys Anwalt herum und suchte einen Parkplatz.

Als er John-Boy beim Fahren und Suchen beobachtete, dachte Buster, Scheiße, is ja nich so, daß das Supercab nich doll wär. Is 'n echter Hammer, da gibt's nix. Aber John-Boy kann überhaupt nich mit seim Geld umgehn. Sie waren dafür bezahlt worden, daß sie den alten Mann kaltgemacht hatten, und was machte John-Boy? Zog am nächsten Tag los und blechte mal eben dreihundert Piepen für 'ne Scheiß*bank*, nur um seine Stemmübungen drauf zu machen, und gleich danach kaufte er diesen Pickup mit dem Riesenführerhaus. Machte keine Einkäufe oder was, schleppte Buster einfach zu diesem G.M.C.-Schuppen, pflanzte sich wie Graf Koks in die gepolsterten Ledersitze, hörte sich 'n Michael-Jackson-Band im Stereoradio an, fummelte 'ne Minute an der Automatik und dem gepolsterten Lenkrad rum und sagte dann: »Wieviel kostet der?« Der Verkäufer hielt John-Boy offensichtlich für so 'n beknackten Hinterwäldler mit 'ner Ölquelle, das konnte Buster am Blick von dem Verkäufer erkennen, als John-Boy die sechzehn Riesen von 'ner Rolle abschälte. Fast die Hälfte von John-Boys Anteil. Kein Grips, Mann. Nur gut, daß der alte Sonny so 'n Geizkragen gewesen is. Buster und John-Boy hatten sich noch 'n Bündel teilen können, nachdem sie Sonnys Bude gefilzt hatten. Andernfalls stand Buster bevor, John-Boy ständig was leihen zu müssen, und John-Boy war 'n gemeiner Hund, wenn man sein Geld eintreiben mußte.

Sie parkten und machten einen kurzen Inspektionsgang durch die Innenstadt. Der November schlich sich langsam voran – in zwei Wochen war Thanksgiving –, die Nachtluft wurde allmählich gut und frisch. Buster steckte seine Hände tief in die Jeanstaschen. Sein kariertes Hemd war aus Flanell; das half ein bißchen. Der Bart wärmte sein Gesicht.

Paket. Alle Läden schienen dicht zu sein. Sie gingen an einem Hotdog-Stehimbiß vorbei, aus dem Chiligeruch waberte. Ein alter Kerl in einer Armeejacke bat um einen Dollar. Buster sagte: »Verschwinde, Arschloch.« Scheißbettler. Buster Longley wirste nie beim Betteln erwischen. Der Hirschhorngriff des Messers, noch kalt, als er es im Supercab das erste Mal übergestreift hatte, erwärmte sich an der Wade seines rechten Beins.

John-Boy ging ihm allmählich ziemlich auf 'n Keks, weil er ständig stehenblieb und in Schaufenster glotzte, sein eigenes Spiegelbild bewunderte und die Brust rausstreckte. Wenn wir das nächste Mal 'n Treffer landen, dachte Buster, bring ich an seiner Decke so 'n verdammten Spiegel an. Dann kann er sich, wenn er Lust hat, dabei zugucken, wie er sich einen runterholt.

Buster sagte: »Das führt doch zu nix, John-Boy. Wo solln wir 'n um diese Nachtzeit 'n Paket herkriegen, wo jeder heimgeht?«

John-Boy warf sich in Neimans Schaufenster einen kurzen Blick von der Seite zu. »Kein Problem, Bus. Verdammt, ich dachte, du wolltest nur 'n kleinen Stadtbummel machen. Hotels, Mann. Die gibt's haufenweise in der City.«

Buster, der sich blöd vorkam, dachte: Warum bin ich 'n da nich selber draufgekommen?

Buster kam sich noch blöder vor, als er im Geschenkladen in der Lobby des Adolphus Hotels stand, nur einen Block vom Büro des Anwalts entfernt. Scheiße, da stiefelt man für nix und wieder nix in der ganzen Stadt rum, das Hirschhornmesser ans Bein geschnallt; hätt grad noch gefehlt, daß so 'n fauler Bulle, der nix zu tun hat, anspaziert kommt und sagt: »He, was spaziert 'n ihr zwei hier so rum und guckt in alle Schaufenster?« Wär doch saublöd, wegen so 'ner dämlichen Waffenkiste eingelocht zu wern, wenn se doch erst mal nur parken und in das Hotel kommen mußten, sonst nix.

Der Laden war hell erleuchtet und hatte reihenweise Grußkarten ausgestellt. Buster zog eine raus, eine große, steife Karte, hellgrün, auf deren Vorderseite in Gold stand: WEISST DU, WAS ICH DIR GERNE ZUM GEBURTSTAG SCHENKEN WÜRDE?; drin war ein Pavian mit 'nem Mützchen abgebildet, die behaarten Lippen zu einem Kußmaul aufgeworfen. Durch die Tür des Geschenkladens war die Hotelhalle zu sehen, ein langer Schalter, über dem in großen, beleuchteten Buchstaben ANMELDUNG stand. Hotelangestellte in goldenen Blazern ckeckten Leute ein. Hier kamen bestimmt 'ne Menge komischer Negerpuppen rein, wetten.

John-Boy tat so, als wären sie zum Vergnügen hier. *Jedes* Buch. Herrgott noch mal. John-Boy hätte vor dem Laden stehenbleiben und Buster das Einkaufen überlassen sollen. John-Boys Halbglatze war weit hinten im Laden, Nacken gebeugt, und, wie's schien, blätterte er jedes Buch auf dem Regal durch. Sie waren doch nich zum *Lesen* da, zum Donnerlittchen, wollten doch bloß 'ne bekloppte kleine Mexe austricksen, die Reden ins Leere schwang.

John-Boy kam schließlich nach vorn, halb schlendernd, halb stolzierend, grinsend, ein großes Zweiundzwanzig-mal-dreißig-Paperback in der Hand, auf dem Umschlag Fotos von so 'nem abgesägten Kanakentyp in Jockeyshorts, Brust rausgestreckt, starke Brustmuskeln angespannt, Beine wie 'n Hydrant. Dr. Franco Columbo.

John-Boy sagte: »Neue Bauchübung, hab schon danach gesucht.«

Buster dachte, Herrgott noch mal, ich renn mit 'nem Scheißirren durch die Gegend. John-Boy sollte vor dem Pult sitzen, den bekloppten Reden von der Mexe zuhören und ihr Beifall klatschen.

An der Kasse haute die dicke, grauhaarige Lady in dem braunen Kleid, Brille an einer Kette um den Hals, auf die Tasten, 10, 95 Dollar zeigte das Kassendisplay, dann hob sie ihre gezupften Augenbrauen und sagte: »Noch etwas?«

»Also, ja, Ma'am, das Buch is für mein Neffen«, sagte Buster. Er wollte auf gar keinen Fall, daß jemand auf die Idee kam, es wäre für *ihn*. »Is 'n Geburtstagsgeschenk, und ich möcht's ihm mit der Post schicken. Ob Sie vielleicht Einwickelpapier ham? Und 'n bißchen Klebeband?«

Ohne zu motzen führte sie sie zu einem großen Tisch im Lagerraum des Ladens, wo Buster das Buch ordentlich in braunes Papier einwickelte und dann die Ecken verklebte. Auf das Päckchen malte er, während seine Zunge an der Innenseite der Backe kreiste, mit rotem Filzstift W. A. PHILLIPS, RECHTSANWALT, schrieb den Namen sogar richtig, weil er ihn von einem Zettel ablas, auf den er ihn aus dem Telefonbuch abgeschrieben hatte. Expreßbote Buster.

Wenige Minuten später standen Buster und John-Boy in der Dunkelheit neben dem beleuchteten Eingang des Davis Building. Ein paar Autos zuckelten die Straße rauf und runter. Irgendwo ertönte eine Hupe, hallte wider.

Buster sagte: »Wenn ich drin bin, klopf ich zweimal an die Scheibe. Gib mir Deckung.« John-Boy, der mit dem Rücken an der roten Klinkerwand lehnte, die Augenbrauen wie schwarze Kleckse in seinem knallweißen Gesicht, nickte.

Buster straffte die Schultern, setzte ein Lexikonverkäufergrinsen auf und trat, das eingewickelte Buch vor sich haltend, ins Licht. Die bekloppte Mexe schrieb oder kritzelte grad irgendwas. Er klopfte an die Scheibe. Sie blickte auf. Rundlich, rote Backen, kleine Äpfelchen, die gegen die Vorderseite ihrer gestärkten Uniform drückten. Irgendwie ganz schnuckelig.

Buster grinste noch breiter, sein Bart kitzelte an seinen Lippen, und sagte: »Lieferung«, ziemlich laut, aber er bezweifelte, daß sie ihn durch die Scheibe hören konnte.

Sie stand auf und kam um das Pult herum, unschlüssig, mit kleinen, zögernden Schritten. Sie steckte die Hand in die Uniformjacke und zog einen Stahlring heraus, an dem vielleicht zwanzig Schlüssel hingen. Zu beiden Seiten des Eingangs, wo Buster stand, befand sich eine Pendeltür aus Glas. Sie starrte Buster durch die Tür links von ihm an. Ihre Augen waren dunkelgrün.

Sie warf einen schnellen Blick auf das Päckchen und sagte: »Für wen ist das?« Kein Akzent, die Stimme durch die Tür gedämpft.

Buster dachte, irgendwas, sag irgendwas, Mann, krieg sie bloß dazu, die verdammte Tür aufzumachen. In seinem Augenwinkel zuckte eine Bewegung. John-Boy, der sich von dem Gebäude davonstahl. Buster sagte: »Is für Rechtsanwalt W. A. Phillips, Ma'am.« Er hielt das Päckchen so hin, daß sie die Aufschrift lesen konnte.

Sie steckte einen Schlüssel in die Tür – der Ring klimperte, als der Riegel zurückglitt – und öffnete halb die Tür. Sie sagte: »Ich nehm's an.«

Buster reichte ihr Dr. Franco Columbos Buch, dann beugte er sich und blickte, während er den Hosenaufschlag hochschob, rasch die Straße rauf und runter. Nur ein Paar Scheinwerfer, vielleicht zwei Blocks entfernt. Er sagte: »Danke. Wenn Sie jetzt bloß noch unterschreiben würden, bitte.«

Sie stand mit dem Päckchen in den Händen da und sah Buster mißtrauisch an, wahrscheinlich fragte sie sich: Was soll ich denn unterschreiben? Wo ist sein Buch? Wer steckt einen Kuli ins Hosenbein? Bevor sie fragen konnte, hatte Buster sein Hirschhornmesser gezogen.

Er richtete sich wieder auf und zog mit einem Ruck an der Tür. Mit weit aufgerissenen Augen sah sie das Messer und zog auf ihrer Seite am Türgriff, aber ihre Kraft reichte nicht aus, ihn draußen zu halten. Er packte sie grob an ihrem kurzen, dunklen Haar, hörte ihr leises Babywimmern und wirbelte sie herum. Sie wehrte sich mit aller Macht, seinen Arm um ihren Hals, ihren runden, festen Hintern an seinen Schenkeln. Er setzte ihr die Messerspitze an die Kehle, und sie gab ihren Widerstand auf; ihre weit aufgerissenen, schwarz bewimperten Augen sahen ihn über die Schulter an. Der Schlüsselring fiel mit lautem Klappern zu Boden, das Buch mit einem Knall.

Während er ihr das Messer weiter wie einen Stichel an die Kehle drückte, löste er die andere Hand von ihrem Hals, langte hinter sich und klopfte zweimal an die Glastür. Dann packte er sie mit der freien Hand an der Schulter und führte sie mit vorsichtigen Schritten seitwärts, bis sie platt an die Innenwand gedrückt und von draußen durch die Türen nicht mehr zu sehen waren.

John-Boy schlenderte herein, grinsend. Sein Bart begann dunkel zu sprießen. Er hatte sich seit gestern abend nicht mehr rasiert. Seine massigen Schultern dehnten das Leder seiner Jacke, als er sich bückte, die Schlüssel und das Buch aufhob, herüberkam und sich vor ihnen aufbaute. Teresas Scheitel reichte ihm gerade bis zur Kinnspitze; John-Boy und Buster standen sich auf Augenhöhe gegenüber.

Buster sagte: »Hat uns wer gesehn?«

John-Boy ließ den Schlüsselring auf seinem Zeigefinger herumwirbeln. »Nee. Alles klar.«

Buster legte das Kinn auf ihre Schulter und den Mund an ihr Ohr. Sie roch angenehm. Veilchen. Sie schnappte nach Luft.

Er sagte: »Jetzt machen wir 'ne kleine Spazierfahrt, Fräuleinchen.« Er blickte auf. »Schließ die Tür ab, John-Boy.« Während John-Boy das erledigte, sagte ihr Buster ins Ohr: »Also, John-Boy geht jetzt vorneweg, du hinterher. Und ich folg dir, direktemang in diesen offenen Lift da drüben. Kapiert?«

Nichts. Er kniff sie brutal in die Schulter. Sie nickte.

Im Lift holte John-Boy zwei Paar weiche baumwollne Arbeitshandschuhe aus seiner Tasche, reichte Buster ein Paar, stellte sich dann mit gespreizten Beinen hin und zog die Handschuhe mit einem Ruck über die Hände. Buster zog seine über, schwenkte dann den Schlüsselring vor Teresa hin und her und sagte: »Also, jetzt bringste uns in die Etage von Anwalt Phillips, und dann sagste uns, welcher Schlüssel zu seiner Tür paßt. Klar?«

Sie stand mit dem Rücken an der Wand, die Augen weit aufgerissen, ihr Atem ging schnell, die kleinen Brüste hoben und senkten sich. Sie sagte nichts.

Buster sah achselzuckend zu John-Boy. »Die redet nich mit uns, Bruder. Dann werd ich eben mal versuchen, das Ding in Gang zu setzen.«

Während Buster an der Kurbel drehte und sich die Fahrstuhltür schloß, ballte John-Boy eine Faust und rammte sie Teresa in den Leib. Schmerz durchzuckte sie, unvorstellbare Todesangst. Sie würgte, versuchte zu schreien.

Niemand hörte sie, außer Buster und John-Boy.

◇

Mit den Handschuhen war es ganz schön mühsam, voranzukommen, und nach kurzer Zeit dachte Buster, is doch egal, und gab sich keine Mühe mehr, vorsichtig zu sein. Die wern ja sowieso bald spitzkriegen, daß wer hier oben war. Kann man sie gar nich von abhalten. War ja nix in Sonnys Akte – die hatten sie gleich gefunden, gleich da unter *S*, wo sie hingehörte. Aber in dem Ordner war nix außer so 'nem Zettel, auf dem stand, daß Sonny seinem Anwalt zehn Riesen geblecht hatte (Manno, in *diesem* alten Dreckloch bezahlte man so viel für 'n Anwalt?), und 'n paar Gerichtsunterlagen über diesen Prozeß, der Sonny hätte gemacht werden solln. Buster dachte, daß der Anwalt ihm und John-Boy eigentlich dankbar sein müßte, weil sie dafür gesorgt hatten, daß der Anwalt sich überhaupt gar nicht erst mit 'nem Prozeß rumschlagen mußte.

Buster saß an Bino Phillips Schreibtisch. Das kleine Messingschloß war kein Problem gewesen, aber Buster hatte an der obersten Schublade ein bißchen Holz abgesplittert, als er sie aufstemmte. Wahrscheinlich hatte er in dem Moment beschlossen, nicht mehr vorsichtig zu sein, als er alle möglichen Papiere und sonstigen Scheiß rauskramte, durchsah und auf den Boden warf. Trotzdem nix über Sonny.

Das Problem war, daß Buster, als er mal scharf nachdachte, klarwurde, daß dieser Trip eigentlich völlig für die Katz war. Wenn sie was finden würden, irgendwas, wo Sonny alles über den Deal aufgeschrieben hatte, dann würden sie garantiert wissen, was der Anwalt alles spitzgekriegt hatte, und dann würden sie sich was einfallen lassen müssen, wie sie den Anwalt allein erwischen und ihm's Maul stopfen konnten. Aber diesmal würde der Dummbeutel dort festgenagelt werden, wo er nich so was Dämliches anstellen konnte wie Sonny, wo er nich ungeschoren davonkam. Nee, der Anwalt würde Buster alles verraten, wer Bescheid wußte, wer nich, bevor der Anwalt in die Heia marschierte, bis später.

Aber was, wenn sie *nix* fanden? Würd nicht das geringste heißen, würd ja nich heißen, daß der Anwalt *nich* Bescheid wußte. Was wußte denn Buster, ob nich grad im Moment so 'n Zivilbulle rumlief und sagte: Haben Sie dieses Pärchen schon mal gesehen?, und dann Fotos von Buster und John-Boy zeigte, wahrscheinlich die, die gemacht worden waren, als sie aus Darrington entlassen wurden. Ob sie nun was fanden oder nich, so wie's aussah, würd sich Buster John-Boy schnappen und sich diesen Lackaffen mal vorknöpfen müssen. Und warum hatte der Mann sich das nich alles vorher denken können, dieser Klugscheißer mit seinen ganzen schwarz gerahmten Diplomen, als er Buster und John-Boy dazu überredete, dieses Büro zu durchsuchen.

Buster hatte ein Bild gefunden, das in einer Ecke in einer Schublade versteckt lag, und betrachtete es eine Weile, bevor er's einsteckte. Klar, das war dieser Anwalt, obwohl nix auf dem Bild stand. Buster wußte eben, daß er's war, basta. Wußte zwar nich, *woher* er's wußte, aber er wußte es eben. Großer, langgliedriger Affe, schneeweiße Haare, helle Augen. Auf dem Foto war er in voller Größe und in Farbe zu sehen, mit 'nem Golfgreen im Hintergrund, der Anwalt hielt 'n Putter in der Hand, als wollt er gleich abschlagen. Grinste, aber irgendwas war bei dem Grinsen. Hatte so 'n starren Blick an sich, so 'ne bestimmte Kinnstellung. Ganz ähnlich wie Grady Brewster, so 'n Knastbruder in Darrington, mit dem du dich lieber nich angelegt hast, auf keinen Fall. Der Blick machte Buster einfach 'n bißchen nervös, vielleicht war das ja so 'n Typ, der nich so leicht klein beigab, und wenn du mit dem irgendwelchen Scheiß anstellst, siehste besser zu, daß er tot is, wenn de mit ihm fertig bist. Sonst konntste dich drauf verlassen, daß de von ihm noch was zu hören kriegst.

Herrgott noch mal, John-Boy machte vielleicht 'n Krach in den vorderen Büros, tobte wie 'n Berserker rum, warf mit irgendwelchem Scheiß um sich. John-Boy würde wahrscheinlich gar nich schnallen, was er gefunden hatte, wenn er was fand, so scharf wie John-Boy drauf war, die kleine Mexe zu vögeln, die da drin in der Kammer mit dem Kopierer und der Kaffeekanne und allem möglichen Scheiß eingesperrt war.

Der Schlag hatte die Sache geritzt. Sie hatte ganz fix aufgemacht, nachdem John-Boy bei ihr die alte Eins-Zwei-Nummer abgezogen hatte – Blödmann, mußte ihr einen aufs Maul verpassen, und da war natürlich Blut geflossen, und die Lippe war angeschwollen. Noch 'n Schlag in den Leib hätt ja gelangt und keine Spuren hinterlassen. Aber Buster glaubte nicht, daß John-Boy jemals auf die Idee gekommen wär, ihr Gewalt anzutun, wenn sie nich ausgerechnet so hingeflogen wäre.

Das war, als Buster sie in die Kammer geschubst und gesagt hatte: »Mach kein Muckser da drin.« Sie war der Länge nach hingeflogen, der steife Uniformrock war hochgeflattert und hatte 'n rosa, stramm um Beine und Arsch sitzenden Slip, braune, gute und festgeformte Beine und etwa 'n Zoll von der Backe entblößt. Als Buster die Tür schloß, hatte John-Boy ihre Beine und ihren Arsch gesehen und diesen gewissen Blick gekriegt. Die kleine Mexe würd heute abend bestimmt noch dran glauben müssen.

Buster fand den kleinen Rauchventilator in Binos Schreibtisch und stellte ihn an; da er ihm gefiel, steckte er ihn zusammen mit dem Bild ein. Warum auch nich? Konnten ja nix andres finden, jedenfalls nich das, was sie gesucht hatten.

◇

Teresa Valdez hielt die Augen fest geschlossen und blieb auf dem Fußboden liegen, hörte das Krachen und Knallen von Aktenschubladen und das Gefluche der beiden Männer draußen vor der Kammer. Immer wieder dachte sie: Ave Maria, voller Gnaden, der Herr ist mit dir: Gebenedeit seist du unter den Weibern. *Madre mia, donde tú vas, yo voy también* – Wohin du gehst, will auch ich gehen.

Ihre Oberlippe war taub, geschwollen und blutverkrustet, wo der große Mann (der stärkste – o mein Gott, sie sind ja beide so stark) ihr mit der Faust auf den Mund geschlagen hatte, wonach Teresa schließlich gesagt hatte: »O Sir, bitte, ich bringe Sie, wohin Sie wollen, bitte, mein Gott, nur nicht –«

Sie öffnete die Augen und rollte sich herum, jetzt tobte der Schmerz in ihrer Brust. O Gott, ihre Rippe mußte gebrochen sein. Bitte, Mama, bitte, wenn sie weggehen, werde ich auch zur Messe gehen, ich verspreche es, Mama, und ich werde auch die alte Sprache sprechen, Mama, so wie du und Großmama.

Plötzlich ging die Tür auf. Sie waren da – o Gott –, beide. Der Große, der sie geschlagen hatte, kam zu ihr – Ave Maria, voller Gnaden, der Herr –, stand über ihr, sah sie an – ist mit dir, gebenedeit seist du –

John-Boy sagte: »Gehörn zu dem Arsch da von dir auch 'n paar Titten?«

Seine starken Hände griffen nach der Vorderseite ihrer Uniform, zogen, zerrten, zerrissen den Stoff. Kalte Luft ließ ihre entblößten Brustwarzen hart werden.

John-Boy grinste. »Die hat vielleicht Titten, Bus.«

Später, als sie gingen, hielt John-Boy Dr. Franco Columbos Buch in den Händen. Das Einwickelpapier war weg. Buster reinigte damit das Hirschhornmesser.

5. Kapitel

Auch ohne die Ansammlung von Cadillac- und Mercedes-Karossen, die sich etwa einen Block weit zu beiden Seiten der Straße verteilten, hätte Bino gewußt, daß hier Winnie Anspacher wohnte. Eine Party für Wahlkampfgelder, hä? Na, da hatte sich ja eine Menge Geld versammelt.

Nachdem Bino sich auf breiten, kurvenreichen Straßen zwischen prächtigen alten Eichen und Platanen hindurchgeschlängelt hatte, rechts und links vorbei an Häusern mit poloplatzgroßen Rasenflächen, die zu Zeiten gebaut worden waren, als man für viel Geld noch viel bekam, und auf den Drexel Drive eingebogen war, kam ihm alles allmählich vertraut vor. Hier war er schon einmal gewesen. Die Winnie Anspachers III. dieser Welt würden nie wirklich irgendwohin umziehen, sie blieben einfach dort, wo sie waren, und warteten, bis die Winnie Anspachers II. das Zeitliche segneten oder auch nur zu alt wurden, um das Riesenhaus in Schuß halten zu können, sich eine Eigentumswohnung in den Bergen mieteten und den Besitz dem Junior übergaben.

Es war schon sehr viel Wasser den Fluß hinuntergeflossen, seit zwei Phi Delts in einem neuen Kabrio gesagt hatten: »Da ist ein Platz frei; Winnies alter Herr ist raus aus der Stadt, und er macht schon ein Spiel. Komm doch mal vorbei, Bino.« Dann wechselten die Phi Delts einen wissenden Blick, ein verstecktes Grinsen, das besagte: Nun, wir haben unsere Pflicht getan und das Landei eingeladen, weil wir wissen, daß in einem einzigen Topf auf dem Tisch mehr Geld ist, als Mr. Basketball in einem Monat als Kellner zusammenkratzen kann.

Bino hatte daraufhin Pop Harrison angerufen, Pop ließ alles stehen und liegen und setzte den neunzehnjährigen Half an die Telefone. Pop fuhr die ganze Strecke von Mesquite in die Stadt und überreichte Bino ein Bündel Geldscheine mit den Worten: »Ist nicht so was wie 'n Darlehen, Junge, ich bin halbe-halbe dabei, verstanden? Jetzt zischst du ab und zeigst diesen seidenbestrumpften Bubiärschen von Highland Park mal, wie man osttexanischen Poker spielt.« Was Bino auch tat, allerdings erinnerte er sich weit weniger gut an die Höhe seines Gewinns als an die belämmerten Gesichter dieser beiden Phi Delts, als sie bei Bino Schulden machen mußten, bis ihre Monatswechsel eintrudelten.

Bino fuhr hinter einem Rolls, einem silbernen, an den Straßenrand und stieg aus. Brust, Arme und Schultern wurden schon steif vor Muskelkater, und er dachte, herrje, morgen ist mir hundeelend.

Eigentlich war Marvin Goldman nicht schuld daran, aber Bino gefiel der Gedanke. Gerade als er sich hatte duschen und umziehen wollen, war ihm Goldmans muskulöser, keilförmiger Rücken in den Sinn gekommen, den er bestaunen durfte, als sich der Ankläger im County Medical von ihm entfernt hatte.

Er war stehengeblieben und hatte Cecil betrachtet, Auge in Auge. Cecil ließ sich mit wedelnden Flossen im Wasser treiben und dachte wahrscheinlich an die gebräunte nackte Lady, die gegen drei Uhr morgens eine Elritze in sein Becken hatte fallenlassen, und daran, daß es gar nicht so übel war, ein Fisch zu sein, der einem Spinner gehörte. Cecils kohlrabenschwarzer Körper zwischen den wedelnden Flossen bewegte sich nicht, sein Bulldoggenmaul ging auf und zu.

Bino sagte: »Du meinst wohl, ich kann's nicht? Der alte Liegestütz-Phillips kann da runterkommen und dir fünfzig vormachen, wann immer er will.«

Also hatte Bino Cecil fünfzig auf die Schnelle vorgemacht (na ja, fünfunddreißig, ehrlich gesagt), unter Ächzen und Mühen und schließlich zusammenbrechend. Bis Bino wieder imstande war, sich hochzurappeln, hatte Cecil sich schon abgewandt und schlug angewidert mit dem Schwanz. Bino hatte gesagt: »Leck mich, Cecil. Was weiß denn schon ein Fisch?«

Herrje, aber morgen früh würde er es spüren.

Das Anspacher-Haus war noch so, wie er es in Erinnerung hatte – erhöhter, weit ausladender Rasen, freiliegende, kreisförmige, zementierte Zufahrt, die von der Straße aus sanft anstieg und an einer riesigen Steintreppe vorbeiführte. Am Fuß der Treppe waren ein Brunnen voller Goldfische und ein steinerner Cherubin, der eine Seemuschel vor sich hielt, aus der Wasser sprudelte und zurück ins Bassin platschte. Bino schob sich hinter den Cherubin. Na, bitte. Aus genau dem richtigen Winkel betrachtet, sah es immer noch so aus, als pisse die Statue ins Bassin.

Am Kopf der Treppe stellte sich Bino in den Halbkreis aus rotem Klinker, der in den Zementboden der Veranda eingelassen war, und drückte auf den Klingelknopf. Bevor der Türgong sein zweites Dingdong dingdongen konnte, öffnete Mrs. Winston Bennett Anspacher III. die massive Tür und sagte: »Ja?« Sie mußte es sein. Sie paßte zu Winnie wie der Bogen zur Fiedel.

Sie war groß und rasiermesserdünn, sie trug die Haare kurz und zu einem perfekten Vorwärtsschwung gestriegelt und gekämmt, genau das richtige für Ihre zarten Gesichtszüge, Mrs. A., wie der teure Stylist eine Hakennase zwischen hervorstehenden Backenknochen nennen würde. Die Haare waren rotbraun, kein Grau. Sie trug ein blaues, knielanges Cocktailkleid mit Rüschenärmeln und stand auf ihren dunkelblauen Stöckelschuhen, als wäre sie darin geboren worden. Wahrscheinlich nicht lange danach, dachte Bino, spätestens seit etwa dem zehnten Lebensjahr in Miss Merrills Studio, Highland Park Shopping Village.

Bino sagte: »Mrs. Anspacher? Hallo, ich bin Bino Phillips.« Ihre Nase war auf einer Höhe mit seinem Adamsapfel, womit sie ungefähr einssiebzig groß war, über einsachtzig mit den Absätzen.

Noch bevor er ihr die Hand reichen konnte, sagte sie: »Ja, natürlich bist du das.« Dann hob sie ihren rechten Arm, winkelte das Handgelenk so ab, daß die Handfläche ihrem Scheitel zugekehrt war, und machte einen kleinen Hüpfschritt nach rechts, was ihr in diesen Schuhen irgendwie gelang, ohne daß es peinlich wirkte.

Bino dachte: Das ist der Highland Fling, die Leute da drin tanzen diesen schottischen Volkstanz. Muß ich jetzt meinen rechten Arm heben und in die ihr entgegengesetzte Richtung gehen? Oder meinen linken und –? Oh. Ihm ging ein Licht auf. Der Hakenwurf.

Er überlegte ziemlich rasch. »Ich habe noch nie einen so anmutigen Hakenwurf gesehen, Mrs. Anspacher. Sind Sie mit uns zur SMU gegangen? Dafür sehen Sie aber ehrlich noch nicht alt genug aus.«

Jetzt schüttelten sie sich die Hände, ein knochiger, aber angenehmer und fester Griff. Nett. »Mit Schmeicheleien kommt man immer weiter, Bino. Ich bin Sarah Anspacher – war Sarah Gilbert. Wir hatten im ersten Semester zusammen Bio bei Dean Longnecker. Erinnerst du dich noch?«

Nein. »Ja, natürlich«, sagte er. »Sarah. Also wirklich, ich könnte mich ohrfeigen, daß ich dich nicht gleich wiedererkannt habe.«

Sie bot ihm ihren Arm. Er nahm ihn, und sie tätschelte herzlich seine Hand, als sie ihn ins Haus führte. Die Eingangshalle hatte linker Hand eine Trennwand aus farbigem Glas.

»Lieb von dir, daß du das sagst«, sagte sie, »auch wenn es nicht stimmt. Ich war leider das Mauerblümchen. Los, komm, gesell dich zum Kapital hinter der Politik. Gräßliche Leute, findest du nicht auch?« Bino kam zu dem Schluß, daß er sie weit mehr mochte als Winnie. Sie kamen an einem runden, goldgerahmten Spiegel vorbei, und Bino überprüfte seinen marineblauen Anzug. Sah ordentlich aus.

Sarah führte Bino in einen riesigen Salon, an dessen einem Ende eine Viermann-Combo gerade ein weiches »Misty« spielte. Ein Piano war dabei, ein Flügel, der dort hingehörte, ein Saxophon, eine Posaune und gedämpfte Drums, gespielt von Musikern im Smoking. Am anderen Ende des Raumes, vielleicht achtzehn Meter von der Musik entfernt, mixte hinter einer vollbestückten Bar ein Schwarzer in rotem Jackett gerade irgend etwas in silbernen Cocktailshakern. Er schenkte ein grünes, schäumendes Irgendwas ein, das genau in einen Champagnerkelch paßte.

Zwischen dem Barmann und der Kapelle war der Raum von Wand zu Wand voller Menschen, Männer in Straßenanzügen, und einige sogar fein herausgeputzt mit schwarzer Fliege und Smoking. Bino erkannte eine silberhaarige Frau wieder, die er auf dem Titelblatt von *Dallas Life*, der Sonntagsbeilage der Zeitung, gesehen hatte. Sie hatten eine Reportage über ihr Haus gebracht.

Sarah lotste ihn zur Bar. »Also, Bino, von jetzt an wirst du dir dein Gift selbst aussuchen und deine eigenen Runden drehen müssen. Die meisten Gespräche werden dich zu Tode langweilen, aber falls sie dich doch nicht umbringen sollten, warte, bis Winnie später Art Stammer vorstellt. Anschließend wird Art hundert Gründe dafür aufzählen, warum er unser Kongreßabgeordneter sein muß, neunundneunzig davon Quatsch. Das sollte dir dann eigentlich den Rest geben. Aber es sind ein oder zwei Singles hier, falls du auf so was stehst.« Sie zwinkerte. »Du bist solo, nicht wahr?«

Er nickte.

Sie sagte: »Nun, du wirst's schon schaffen. Ich muß jetzt meine Runden drehen. Oh, Bino, nur damit du's weißt, es ist kein Versehen, daß ich nicht die Gastgeberin mime und dich mit irgendwem verbandele. Ich möchte nur nicht, daß du mir böse bist, weil ich dir einen Langweiler angedreht habe.«

Damit verließ Sarah Bino und mischte sich unter die Leute, lachte mal hier über einen zugeflüsterten Witz, drückte mal dort eine Hand, bewegte sich routiniert durch die Menge. Bino schmunzelte in sich hinein. Amüsante Lady. Er drehte sich um und holte sich einen Scotch, pur.

Bino kannte weit mehr Gesichter als Namen, und weit mehr von ihnen kannten ihn, als umgekehrt. Er machte Smalltalk mit ein oder zwei Grüppchen. Er erhaschte einen Blick auf Winnies kahlen Schädel auf der anderen Seite des Raumes, wo er sich liebevoll einem Highball widmete und auf einen Typ in anthrazitfarbenem Anzug einredete. Dieser Typ – also, Bino kannte ihn von irgendwoher, und er mobilisierte seine Speicherbank. Nichts. Ungefähr einsachtzig, eisengraues Haar, schwarzes Horngestell, fünfzig oder so. Bino mußte darüber nachdenken. Irgend etwas sagte ihm, daß es wichtig war, sich an den Typ zu erinnern.

Ein fleischiger, rotgesichtiger Mann mit Namen Bob sagte gerade: »Ausgeschlossen. Er hatte keinen Tordrall. Ich saß doch direkt hinter dem Korb. Der Ball war auf dem Weg nach unten, war unterhalb der Randhöhe. Am besten erinnere ich mich daran, daß Bino nicht mal von den Füßen abhob.«

Charley (Gerber? Gervan?) nickte und nippte. »Verdammt noch mal, die haben den Aggies jedenfalls zuviel Zeit gegeben. Auf der Uhr fehlten nur noch zwei Sekunden, als sie ihn einwarfen, und der Kerl trippelt voll bis zur Mitte durch, bevor er ihn hochschickt. Ich glaube, in einem Film waren vor dem Wurf volle vier Sekunden lang Ausschnitte zu sehen. Eine nachgehende Uhr und eine hirnverbrannte Entscheidung haben uns die Liga gekostet. Was, Bino?«

Bino hatte gerade zu dem Typ bei Winnie Anspacher hinübergesehen. »Wa-, tut mir leid, Charley. Was hast du gesagt?«

»Wir sprachen gerade über das Aggie-Spiel – die Tordrallentscheidung, du weißt schon. Informier uns mal aus erster Hand. Hatte er nun einen Tordrall oder hatte er keinen?«

Bino dachte: Sag ihnen, daß du mal pinkeln mußt.

Er sagte: »Na ja, der Schiri sagte, er hätte einen gehabt. Damit ist die Sache wohl entschieden.«

Bobs dicker Hals bebte, als er sagte: »*Schiri?* Aggie-blindes Arschloch, sage ich! Der muß vom College Station mit denen im Mannschaftsbus mitgefahren sein.«

Bino fing den Blick eines Mannes auf der anderen Seite des Raums auf, winkte. Der Bursche machte ein verdutztes Gesicht. Bino hatte ihn noch nie zuvor gesehen.

Bino sagte: »Entschuldigt mich, Jungs. Ich seh da drüben grade einen alten Mandanten von mir. Ich muß mit ihm reden.«

Charley sah sich um. »Du meinst, auf dieser Party ist ein *Sträfling*?«

»Nein«, sagte Bino. »Zivilsache. So was mach ich auch gelegentlich. Unterhalte mich später mit euch, ja, Jungs?«

Als Bino sich entfernte, sagte Bob: »Bleib in der Nähe, Bino. Hier treiben sich 'n paar alte Texas Longhorns rum, denen wir mal die Hölle heiß machen können.«

Bino hatte etwa die Hälfte der Strecke quer durch den Raum zu dem verdutzten Burschen hinter sich und überlegte gerade, was er sagen sollte, wenn er dort ankam, als eine warme weibliche Hand seinen Arm berührte. Ein Goldarmband umschloß das schlanke Handgelenk, und am Mittelfinger steckte ein Saphirring.

Eine rauchige, sanfte Stimme sagte: »Ich laufe mit Ihnen bis zur Tür um die Wette, Mister.«

Er wandte nicht sofort den Kopf. »Wetten, daß Sie das täten, mit diesem Gips an meinem Bein.« Dann schaute er hin. Sie hatte immer noch dieselben lachenden, haselnußbraunen Augen.

Er sagte: »Hallo, Annabelle.«

Wie lange? Zehn Jahre? Elf? Hörte natürlich ab und zu mal was über sie, eine beiläufige Bemerkung, auf die er immer sorgfältig vermied zu reagieren. Auf lange Sicht war das, was sich zwischen ihnen abgespielt hatte, wahrscheinlich nur zu ihrem Besten – sie kam aus ihrer Welt, er aus seiner. Außerdem dürfte sie um den Hintern herum mittlerweile rund sechs Axtgriffe breit sein.

Irrtum.

Sie seufzte und warf den Kopf zurück wie eh und je. »Nun, Bino Phillips, willst du nur so dastehen und mich anglotzen, oder werde ich umarmt?« Sie schwankte vorwärts, winkelte das Knie an und hob einen wohlgeformten Knöchel, als sie ihm ein schwesterliches Küßchen auf die Wange gab, dabei ihren Drink zu einer Seite wegstreckte und sich mit der anderen Hand an seinem Arm im Gleichgewicht hielt. Annabelle benutzte immer noch Estée Lauder. Sie hatte ein grünes Kleid mit Gürtel an, daß sich um Taille und Hüften schmiegte.

Er sagte: »Du siehst phantastisch aus. Als könntest du immer noch von der Fünfzig zur Ziellinie radschlagen.« Sie sah wirklich phantastisch aus. Und sie konnte es wahrscheinlich immer noch.

»Na ja, das weiß ich nicht.« Ein halbes Lächeln. Immer noch ein leicht schiefer Vorderzahn. »Aber ich jogge, mache ein bißchen Aerobic. Deine Haare sind noch weißer geworden. Sieht jedenfalls so aus. Aber wie sollte es? Mein Glas ist leer, Bino.« Sie reichte ihm ihr Glas. Es war kalt und beschlagen, auf dem Boden noch Eis.

Als er sie zur Bar begleitete und sie auf dem Weg dorthin Trauben von Menschen auswichen, sagte sie: »Macht dir dein Knöchel immer noch zu schaffen?«

Bino dachte: Flitterwochen auf Krücken, Sonderzulage von Jabbar – Lew Alcindor damals. Annabelle monatelang oben, schien nie genug zu bekommen. Himmlische Freuden gepaart mit höllischen Schmerzen. »Manchmal, wenn es regnet, feucht wird. Meistens aber nicht.«

Sie ging langsamer, nickte einem Paar zu, das sie kannte; der Mann in einem blauen Seidenanzug und einem Ring am kleinen Finger prostete ihr mit seinem Glas zu, als sie vorübergingen. Ihre Haare waren an den Spitzen dauergewellt und hell gesträhnt. Sie sagte: »Ich habe deinen Namen mal in der Zeitung gelesen. Was – mehr Fälle gewonnen als jeder andere Verteidiger, so was in der Richtung?« Sie wandte den Kopf, um ihn mit einem fragenden Halblächeln anzusehen, ihre glänzende Unterlippe reflektierte einen winzigen Lichtstrahl. »Du hast Dad reingelegt, ordentlich und gründlich. Er sagte, du würdest es nie schaffen, würdest deinen Hintern nie hochkriegen.«

Bino sagte: »Wie geht's deinem Vater?«

»Oh – Dad ist gestorben, Bino. Wie lang ist es her, drei Jahre? Ich dachte, du wüßtest das.« Sie sagte es mit einem leichten Senken des Kopfes, einem winzigen, fast unmerklichen Zittern in der Stimme. Sie hatten die Bar fast erreicht.

Plötzlich kam ihnen Art Stammer in die Quere, stand ihnen gegenüber. Er war schlanker, als Bino ihn in Erinnerung hatte. Sein dunkelblondes Haar war kurz geschnitten, und er lächelte. Perfekt überkronte weiße Zähne. Schmale Taille, dort zu sehen, wo das Jackett seines Woolf-Brothers-Anzugs offenstand. Bino dachte an die Liegestütze und verzog schmerzlich das Gesicht.

Stammer würdigte Bino keines Blickes. Zu Annabelle sagte er: »Sieh an! Die verschwindende Mrs. Tirelli. Dante sucht Sie überall, Annabelle.«

Dante Tirelli. Natürlich. Der Typ, mit dem Winnie sich unterhielt.

Annabelle wandte den Kopf und sah Bino an, mit einem Ausdruck von – Schuld? Er hoffte es. Ihr kastanienbrauner Pony, den sie noch nie hatte bändigen können, war wie eh und je ein wenig verwuschelt.

Annabelle lachte nervös und sagte: »Na, da hat er aber nicht sehr angestrengt gesucht. Ich habe mich nicht von der Stelle gerührt. Art, Sie erinnern sich an meinen« – jetzt stand Panik in ihrem Gesicht – »Sie erinnern sich noch an Bino Phillips, nicht wahr?«

Bino machte den Mund auf, um zu sagen: Yeah, Art, danke, daß du Winnie dazu gekriegt hast, mich einzuladen. Doch bevor er dazu kam, streckte Stammer die Hand aus und sagte: »Natürlich, Bino. Lange nicht gesehen. Freut mich, daß du's einrichten konntest. Freut mich immer, einen alten SMU-Mustang zu sehen.« Er schüttelte ihm die Hand, ein kurzer, fester Druck.

Bino machte den Mund wieder zu.

Rasch sagte Annabelle: »Ich habe Bino gerade ein paar Einzelheiten über den Wahlkampf erzählt. Bino ist ein alter Richard-Bigelow-Mann.«

Bino dachte: Woher weiß sie das?

Art Stammer lächelte verhalten, trauerumflorter Blick. Erhebliches Charisma. »Keiner wird jemals Richards Platz einnehmen können, Bino«, sagte er. »Wirklich keiner. Aber wir werden uns alle erdenkliche Mühe geben. Bleib da, Kumpel, hör dir an, was wir zu sagen haben. Ich glaube nicht, daß wir uns weit von deinen Ideen entfernen werden, falls du für Bigelow warst.«

»Nun, das war ich«, sagte Bino. »Hundertprozentig. Jemand hat dieser Gegend einen entsetzlichen Schlag versetzt – wer auch immer sich mit Gewehren verschanzt und wundervolle alte Männer erschießt, gegen die diese Jemande bei der Wahl keine Chance haben.« Annabelle warf ihm mit schiefem Kopf einen seltsamen Blick zu. Vielleicht hatte sie nur irgend etwas sagen wollen, vielleicht wußte sie nicht, daß Bino tatsächlich einer von Richards Helfern gewesen war. Bino könnte ein Buch darüber schreiben, warum er für Bigelow war.

Stammer sagte: »Ich unterbreche wirklich nur sehr ungern, Annabelle, aber Dante muß Sie wirklich unbedingt sehen. Bleib hier, Bino. Wir müssen noch ein bißchen miteinander plaudern.«

Stammer führte Annabelle fort, die Hand an ihrem Ellbogen, und Bino dachte: Natürlich, Art. Gleich nachdem Bob und ich den alten

Longhorns die Hölle heiß gemacht haben. Annabelle blickte über die Schulter und zuckte hilflos die Achseln, was besagen sollte – irgend etwas, er wußte es nicht genau. Gottverdammt, sie war bildschön.

Eine andere weibliche Stimme, tiefer als Annabelles, ruhiger, kultivierter, sagte an Binos Ellbogen: »Ich werde für sie einspringen, wenn Sie mir ein frisches Glas holen. Und meine Tarnung nicht auffliegen lassen. Oder mich ins Kreuzverhör nehmen.«

Sie war groß und kühl wie ein Rum-Daquiri, kurzgeschnittene braune Haare, die am Hinterkopf, wo sie in ihren Schwanenhals übergingen, zu einer perfekten Linie rasiert waren. Ihr dezenter brauner Rock umschmeichelte die Hüften; einige von Binos Mandanten sagten, daß Jeans an ihr aussähen wie aufgemalt, daß sie mit den Fingern schnippte und cool wie nur was daherredete. Bis zu dem Moment, in dem sie ihre Dienstmarke zog.

Sie hatte kein Glas. Bino hob den Arm und deutete, Handfläche nach oben, zur Bar. Sie ging voran. Er folgte.

Während der Barmann ihren Wodka-Martini rührte und Binos Scotch neue Farbe gab, sagte sie: »Ihre Freundin hat eine gute Partie gemacht.«

Bino dachte: Bei welchem Mal? Er sagte: »Freundin? Wen meinen Sie, Karen?«

Sie lächelte und nickte dem Barmann zu, als sie nach dem Martini griff. On the rocks. Sie hob das Glas an den Mund und benetzte die Lippen. »Das wußten Sie nicht? Möglich wär's. Dante Tirelli steht etliche Sprossen über Ihren Mandanten. Die Dame, die Sie gerade umgarnt haben. Das ist seine Frau. Was führt Sie her, Bino? Ich dachte immer, daß all diese Repubs für Sie ein bißchen weit rechts stünden.«

Bino nahm seinen Drink und kramte in seiner Tasche. Das Kleinste, was er hatte, war ein Fünfer, daher schnipste er zwei Vierteldollar in das Trinkgeldglas. Der Barmann sah nicht begeistert aus. Bino sagte und zwinkerte Karen Allen dabei zu: »Ich? I wo. Konservativ bis ins Mark. Und was ist mit Ihnen, Karen? Ich hätte nicht gedacht, daß man vom Bureau erwartet, daß es sich auf die rechte *oder* linke Seite schlägt. Immer hübsch auf der Straßenmitte bleiben. Sperrt sie beide ein, was?«

Sie spähte mit leicht gehobener Braue in die Runde. »Scht. Meine Tarnung. Im Ernst, Bino. Lassen Sie sie nicht auffliegen.« Ihre

Haut war dunkel. Natürliche Bräune diesmal, kein Solarium. Weiche, glatte Wangen.

Bino dachte darüber nach, dann sagte er: »Okay. Worüber unterhalten wir uns?« Charley und Bob gingen vorbei, wahrscheinlich auf der Suche nach dem alten Longhorn. Charley schielte zu Karen, dann signalisierte er Bino mit dem Daumen sein Okay. Bino nickte ihm zu.

Karen sagte: »Nun, wir könnten mit ›Wie geht es Ihnen‹ anfangen, ›woher kommen Sie‹, so was in der Art. Irgendwie die Herkunft beleuchten, miteinander bekannt werden. Berufliches ausklammern, Sie wissen schon. Vielleicht frage ich Sie, ob Ihre Haare und Augenbrauen schon immer weiß sind.«

Sie stand mit einer Hüfte höher als die andere da. Bino fragte sich, wie sie in Jeans aussehen mochte. Er sagte: »Wie geht es Ihnen, Karen Allen? Mir geht's gut. Ich bin Bino aus Mesquite. Wo sind Sie her?«

»Aus St. Louis. Webster Groves High. K State. Dad hatte deswegen eine Blutung – er ging nach Mizzou, ist Wirtschaftsprüfer. Wie kamen Sie dazu, Kriminelle zu vertreten? Wie Sonny Starr?«

»Jetzt lassen Sie *meine* Tarnung auffliegen. Ich dachte, Sie wollten nicht über Berufliches reden.« Dodie habe ich auch vertreten, dachte er. Was ist damit? »Wieso wissen Sie denn über Sonny Bescheid, Karen? Haben Sie mit seinem Fall zu tun?«

Sie wich der Frage aus, indem sie sagte »Jedem das Seine, denke ich. Manche Leute tun zum Beispiel alles für Geld, schmuggeln Rauschgift, rauben Banken aus, alles mögliche. Aber vermutlich ist es erheblich schlauer, sie zu vertreten. So kommt man an das ganze Geld, muß dafür aber nicht ins Gefängnis.«

Bino dachte: Wie sind wir bloß auf dieses Gesprächsthema gekommen? Ich bin aus Mesquite –

Er zog den Rockschoß hoch und steckte die Hand in die Hosentasche. »Nun, so kann man's auch sehen. Aber es gibt noch andere Aspekte. Zum Beispiel, daß jeder Anspruch auf die Wahrung seiner Rechte hat. Sie haben meine Frage nicht beantwortet.«

Sie hob ihren Martini zum Mund, nippte daran und betrachtete ihn dabei über den Rand des Glases. Ihre Augen waren groß und rund, kein Maskara. Lange, natürliche Wimpern. Tiefbraune Iris. Sie schluckte. »Welche Frage?«

»Über Sonny Starr. Sie sind doch nicht mit den Ermittlungen in

Sonnys Rauschgiftfall beauftragt. Trinken Sie deswegen was mit mir, um etwas über Sonny Starr herauszufinden? Gehen Sie ins Leichenschauhaus. Fragen Sie Shoesole Traynor. Vielleicht dürfen Sie sich Sonnys Füße ansehen. Oder noch besser, fragen Sie Goldman. Eure Jungs haben Sonny doch gefunden. Ohne Durchsuchungsbefehl.«

Sie wandte den Blick von Bino, schien ins Leere zu starren. Vielleicht dachte sie nur nach. Sie trug kleine runde Goldohrringe. Hübsche Ohrläppchen. Sie sagte: »Wußten Sie über Richard Bigelow Bescheid? Natürlich nicht über seine Ermordung, darüber weiß ja jeder Bescheid. Ich meine, über das, wofür er eintrat. Politisch.«

»Na, da bin ich aber erleichtert«, sagte Bino.

»Wieso?«

»Daß Sie keine Ermittlungen über mich anstellen. Sonst wüßten sie nämlich längst, daß Richard Bigelow mir geholfen hat, mich als Rechtsanwalt niederzulassen. Wissen Sie, wo sein Büro war? Die Glasfront, schräg gegenüber vom County Courthouse? Sein altes Büro, bevor er gewählt wurde.«

Sie überlegte eine Minute. »Ich glaube schon. In der Gegend dort gibt's etliche Kanzleien, mit Schildern in den Fenstern. Waren früher mal Pfandleihen, so wie sie aussehen, vielleicht auch Kreditbüros.«

Er nickte, nahm einen Schluck. Es war Chivas, der ihm auf dem Weg nach unten die Kehle wärmte und ein kleines Feuer die Nase hinaufschickte. »Nun, zumindest kennen Sie die Gegend. Ich habe in Houston, South Texas C. of. L., Jura studiert, nachdem ich in der SMU fertig war. Kam auf dem Hosenboden nach Dallas zurückgekrochen mit der Vorstellung, daß ich für den D.A. oder eine große Firma arbeiten müßte, wo ich die Strafzettel und Hundeleinenverstöße reicher Mandanten bearbeite. Jedenfalls stieß ich eines Tages im Gericht zufällig auf Richard. War ihm noch nie begegnet; wußte natürlich, wer er war. Hatte noch nie einen Mandanten an den elektrischen Stuhl verloren und dergleichen. Jedenfalls sagt er zu mir: ›Vertrödeln Sie Ihre Zeit nicht bei den großen Firmen oder der Regierung. Kommen Sie mich mal besuchen.‹ Was ich auch tat. Er setzte mich in ein Hinterzimmer, wo ich seinen Überhang bearbeitete. Also, Sie werden es nicht glauben, aber Richard hatte über *tausend Mandanten.* Eintausend, die Schlange standen, um ihre Rechnungen mit Zehnern und Zwanzigern in den Händen zu bezahlen. So was hatte ich noch nie erlebt. Wie schmeckt Ihr Drink, Karen?«

Sie verzog das Gesicht, was ihrer Gelassenheit allerdings keinen Abbruch tat. »Grauenvoll, aber ich tu so als ob. Alles außer Wasser ist grauenvoll für mich. Diät-Pepsi hin und wieder. Also kannten Sie Bigelow gut. Irgendeine Ahnung, wer ihn vielleicht gerne aus dem Weg gehabt hätte?«

»Keine bestimmte, nur die Art und Weise. Es war ein gedungener Mord, um das rauszufinden, braucht man ja wohl kaum Miss Marple zu sein. Es war jemand, der damit, daß er konservativ ist, eine Menge Geld verdient – wenn Sie das als konservativ bezeichnen wollen.«

Karen sagte: »Und als was bezeichnen *Sie* das?«

»Dreht sich alles nur um Wählerstimmen, Karen. Im Moment ist es schick, konservativ zu sein. Prima Plattform. Sperren wir die Verbrecher ein, das bringt mehr Wählerstimmen. Nur, daß es keinerlei Publicity einbringt, wenn man altmodische Verbrechen, Vergewaltigungen, Mord und was nicht alles, bekämpft. Also läßt man euch rumrennen und neue Verbrechen erfinden, ein paar abnorme Leute umlegen. Abschaum, so 'n Zeug. Jetzt können die sagen: ›Seht her, was wir getan haben. Seht euch all die neuen Kerle an, die wir eingebuchtet haben. Sind wir nicht großartig?‹ Richard Bigelow war gegen derartigen Scheiß. Er war gerade dabei, eine Menge Meinungen über das Rechtssystem zu ändern, und ich glaube, daß er deswegen umgebracht wurde.«

Sie machte ein nachdenkliches Gesicht. »Ich muß mit Ihnen reden, Bino. Ich habe da ein paar Fotos –«

Winnie Anspachers Stimme unterbrach, mikrofonverstärkt. Er war dort, wo die Kapelle gespielt hatte, stand auf einem Podest aus Stühlen. Trotzdem wirkte er klein. Er sagte in ein Mikro: »Kommt mal alle her, Leutchen, wird Zeit, daß ihr erfahrt, worum es bei dieser kleinen Zusammenkunft eigentlich geht. Los, kommt. Ich bitte um eure Aufmerksamkeit.«

Ein leises Geräusch war zu hören, das zu einem gedämpften Rumpeln anwuchs, als die Leute zum Podium vordrängten, was Winnie veranlaßte, noch zweimal um Ruhe zu bitten. Bino drehte sich zu Karen um.

»Was war das eben? Fotos?«

Sie sah ganz plötzlich ein wenig nervös aus, nicht mehr ganz so gelassen. Sie legte ihm leicht die Hand auf den Arm. »Nicht jetzt – ich kann nicht. Morgen. Vielleicht übermorgen. Ich melde mich. Ich muß jetzt gehen, Bino.«

Ebenso wie auf Annabelle wartete auch auf Karen Allen ein Kerl. Ziemlich jung, um die Dreißig, in dunklem Anzug, mit schwarzem Lockenkopf. Bino kannte ihn nicht, und der Typ schien daran auch nichts ändern zu wollen. Er stand etwa zwei Meter entfernt mit verschränkten Armen da. Karen ging zu ihm, und er drehte sich um und ging mit ihr zum Podium. Bino betrachtete ihren schlanken Rücken und die ebenso schlanke Taille. Und stellte sich vor, wie sie in tiefsitzenden Jeans aussah.

Art Stammer riß sein Publikum hin. Er sprach mit einem volltönenden Bariton, der sich über das Mikro stark nach Pat Summerall anhörte, gerade volkstümlich genug für Texas, gerade arrogant genug für Highland Park. Er sprach über Richard Bigelow, welcher Verlust er für das Land sei, und daß niemand jemals an seine Stelle treten könne. Dieser Teil gefiel Bino. Er hielt sich weit im Hintergrund, schaffte es, sich klammheimlich noch einen Scotch nachschenken zu lassen, merkte, daß er einen kleinen Schwips hatte, und dachte, na, wenn schon?

Stammer sagte gerade: ». . . und obwohl Richards entsetzliche Tragödie uns alle tief bekümmert, wird es Zeit, daß wir vorwärtsschauen und weitermachen. Nun, heute abend wollen wir uns kurzfassen. Wir haben euch schließlich hierher eingeladen, damit ihr euch amüsiert« – lächelte, zwinkerte der Menge zu – »und außerdem wollen wir nicht, daß jemand die Kollekte verschläft.« Das brachte ein paar zum Kichern. Perfekt. Nicht sonderlich witzig, aber es machte die wahre Absicht deutlich.

Er ließ das Gelächter abklingen und fuhr fort. »Und da wir uns kurzfassen wollen, werde ich nur eins von mehreren Problemen anschneiden – es gibt da eine kleine Broschüre« – hielt sie hoch, sein Bild auf der Vorderseite, nur ein paar Seiten – »erhältlich an der Tür, die unser Parteiprogramm zu den meisten wichtigen Problemen umreißt.

Aber heute abend wollen wir nur über eines reden. Die Verbrechensbekämpfung. Was wird im Kongreß momentan gegen das Verbrechen unternommen, und was werden wir erreichen, falls – nein, Freunde, *sobald* – ich gewählt werde. Ich denke, wir alle stimmen darin überein, daß wir die Sache härter anpacken müssen, zu unserem und unserer Familien Schutz. Nun, wir haben einen echten Experten zu diesem Thema unter uns, den ich bitten möchte, mich zu unterstützen. Also, ohne weiteres Tamtam – den meisten von euch braucht dieser Mann ja nicht mehr vorgestellt zu werden – los, komm hier rauf, Bino Phillips.«

Bino dachte: Was?

Stammer, aufblitzende, ebenmäßige weiße Zähne, deutete mit dem Finger direkt auf ihn. Leute drehten sich um, starrten ihn an. Hier und da wurde zögerlich geklatscht.

Bino stand da mit einem vollen Glas Scotch und einem Schwips. Sarah machte ihn von der vordersten Zuschauerreihe her auf sich aufmerksam, deutete mit dem Kopf auf das Stuhlpodium. Annabelle, die neben Dante Tirelli stand, klatschte verhalten. Er saß in der Falle. Kein Fluchtweg. Er zuckte die Achseln, versuchte zu grinsen, und steuerte auf das Podium zu.

Die Menge teilte sich vor ihm, nach und nach, die meisten lächelten, einige sahen etwas verblüfft aus. Charley und Bob traten zurück, um ihn durchzulassen, wobei ihm Bob auf die Schulter haute und sagte: »Los, zeig's ihnen, du großer Al*bino*!« Bino grinste Bob an, nickte, dachte, verdammt, das ist doch kein *Schiedsrichterwurf*, Herrgott noch mal. Sarahs Gesicht bekam Fältchen, als sie ihm zuzwinkerte. Winnie stand neben ihr, seine Glatze auf gleicher Höhe mit ihrer Schulter. In der Menge waren etliche Diamantcolliers zu sehen.

Stammer stand auf einem von vier Stühlen, die mit der Rücklehne direkt an der Wand nebeneinander aufgereiht waren. Winnie Anspacher I. schaute ihm über die rechte Schulter, und Bino war sich nicht sicher, ob es das gleiche Bild wie in Winnies Büro war. Stammer reichte ihm die Hand, und Bino hielt sich an ihr fest, um sich auf das behelfsmäßige Podium zu schwingen. Mit Art Stammer würde er keinen Ringkampf austragen wollen. Er nahm einen Schluck von seinem Scotch, als er sich daran erinnerte, daß Stammer irgendwie mit Richterin Hazel Burke Sanderson verwandt war.

Stammer, der neben Bino stand, sah lange zu ihm auf. Stammers Gesicht war faltenlos, und er hatte eine gerade Römernase. Bino fragte sich, ob er unters Solarium ging. Stammer grinste, brachte seinen Mund dicht an das Handmikro und sagte: »Also gut, Leutchen, sieht so aus, als müßten wir der Opposition ein paar Zentimeter in der Länge abtreten.«

Gelächter, Bino dachte: Opposition? Stammer fuhr fort. »Bino« – ein Auge auf Bino, das andere aufs Publikum gerichtet – »ich möchte ein bißchen über den Comprehensive Crime Control Act von 1984 reden. Der Bail-Bond-Teil des Gesetzes, also der Teil, wo es um eine Verpflichtungserklärung des Beklagten und seines Bürgen anstelle einer Kautionszahlung geht, ist bereits in Kraft, und ich glaube, daß die restlichen Bestimmungen Gesetz werden – wann, am Ersten nächsten Jahres?« Pause, fragender Blick. Bino nickte.

Stammer sagte: »Dachte ich mir. Wie einige von euch lieben Leutchen vielleicht wissen, wurde das Gesetz, und wir wollen hier mal ein bißchen angeben, von einem republikanischen Kongreß durchgesetzt. Aber nach dem neuen Gesetz streunen Verbrecher nicht mehr auf Kaution auf den Straßen herum, um noch mehr Verbrechen zu begehen. Der Bail Bond Reform Act läßt sie dort, wo sie hingehören. Richtig, Bino?«

Bino dachte: Richard Bigelow ist garantiert nicht dafür gewesen. Stammer deutete mit dem Mikro zu ihm. Binos Zunge wurde ein kleines bißchen schwer. Er sagte: »Also, das Reformgesetz macht es sehr viel schwerer als früher, für meine Bundesmandanten eine Kaution zu erwirken, aber –«

»Ja – deine Mandanten«, unterbrach Stammer und verdrehte dabei die Augen. »Jetzt kann also der Herr Verteidiger seinen kriminellen Mandanten nicht mehr so leicht rausholen – das ist Bestandteil des neuen Gesetzes. Und wenn der Rest davon in Kraft tritt, werden sie für ihre Straftaten sehr viel länger im Gefängnis bleiben müssen. Na, Bino, selbst ein Liberaler wie du, muß doch wohl zugeben, daß es ein gutes Gesetz ist. Oder etwa nicht?« Er stieß Bino wieder das Mikro hin.

Langsam nach unten und wieder nach oben schauend, musterte Bino Stammer. Er sagte: »Schon. Es sei denn, man glaubt zufällig an die Verfassung.« Von weit hinten in der letzten Reihe sah Karen Allen ihn an, ein verhaltenes Lächeln auf dem Gesicht.

»Die Verfassung, genau darum geht es«, sagte Stammer. »Und genau darum geht es mir auch in meinem Wahlprogramm – nämlich dafür zu sorgen, daß die Amerikaner zu ihrem Recht kommen, dem Recht auf einen sicheren Lebensraum. Und ein Weg, Amerika sicher zu machen, ist es, all diese Verbrecher nicht länger zu verhätscheln.«

Jemand in der Menge rief: »Genau, Art, genau!« Bino war sich zwar nicht sicher, aber er glaubte, daß es Dante Tirelli war, der da geschrien hatte. Tirelli, den Arm um Annabelles Taille, lächelte. Er sah wie ein x-beliebiger Banker oder Broker aus, wie er dastand mit seiner Hornbrille und der schmalen goldenen Uhr, die man durch die Beuge in Annabelles zierlichem Arm an seinem Handgelenk funkeln sah. Bino hätte gern gewußt, was Jacketkronen heutzutage kosteten.

Bino sagte: »Na schön, wenn ihr nicht wollt, daß die Verbrecher verhätschelt werden, dann hört doch auf, sie zu verhätscheln.«

Stammer hatte schon den Mund geöffnet, um ihn erneut zu unterbrechen, aber auf das, was Bino gerade gesagt hatte, war er nicht vorbereitet. Bino nahm einen ordentlichen Schluck Scotch, als Stammer schließlich sagte: »Wie bitte?«

Sarah in der ersten Reihe sah aus, als amüsiere sie sich köstlich. Winnie nicht; er sah verblüfft aus, genau wie Stammer. Bino schluckte den Scotch hinunter, dann sagte er: »Das Gesetz zur Verbrechenskontrolle ist nichts weiter als Fassade. Es ist ein Trick, der dem Wähler weismachen soll, daß die Konservativen etwas gegen das Verbrechen unternehmen, was sie aber in Wirklichkeit gar nicht tun. Die Vergewaltiger und Mörder können immer noch auf Kaution raus, gar kein Problem. Denn das sind Verbrechen, für die der einzelne Bundesstaat zuständig ist, und diese Leute können im Handumdrehen draußen sein und wieder vergewaltigen und morden. Und noch etwas, selbst wenn diese Leute wirklich ins Kittchen wandern, werden die Einzelstaaten durch die Anweisungen des Bundesgerichts betreffs Überfüllung dazu gezwungen, sie rauszulassen, bevor es zu brodeln anfängt. Das Gesetz zur Verbrechenskontrolle betrifft nur die Leute, die solcher Verbrechen angeklagt sind, für die das FBI zuständig ist – Bankbetrug, Drogen, in der Mehrzahl keine gewalttätigen Typen. Die Feds bürden dem Steuerzahler die Unterbringungskosten für lange Gefängnisaufenthalte von Weiße-Kragen-Kriminellen auf, während die Gewalttäter weiterhin frei herumlaufen. Richard Bigelow hätte nicht –«

Nun mischte sich Stammer ein, und zwar rasch. »Und genau diese Art von herzzerreißendem Liberalismus bekämpfen wir, lieber Wähler. Hier haben wir den Prototyp eines Strafverteidigers, einen Mann, der sich von den Früchten der Kriminalität ernährt, der einen bekannten Buchmacher als Ermittler beschäftigt –«

Also hatte auch Stammer den Brief der Richterin gelesen. Bino schaltete sich wieder ein. »Nun warte mal einen Moment, Art. Nur einen Moment. Laß mich mal überlegen, du bist Banker, ich nehme an, daß deiner Familie immer noch die North Dallas Bank gehört. Also, ich habe da einen Mandanten, der dort ein Konto hat – Piggy Bratton. Piggy ist soweit ein ganz netter Kerl, besitzt ein paar Massagesalons, läßt ein paar Huren laufen. Aber im Grunde ein richtig netter Kerl. Und weißt du, zu wem der alte Piggy geht, wenn er einen Kredit will? Warum –«

»Und das war zu erwarten, Leute. Verleumdungen. Die Liberalen können uns nicht mit Fakten bekämpfen, also greifen sie zu Verleumdungen.« Stammer war jetzt wirklich erregt, seine Augen blitzten. »So ist's recht, Bino. An *der* Stelle einhaken und Verleumdungen ausstoßen. Eine Front aufbauen, und sich im Hintergrund diesen miesen Buchmacher am Telefon halten und die Brötchen verdienen lassen. Wenn –«

Es war absolut kein, wie der Klatschkolumnist am nächsten Morgen in der Zeitung schrieb, »weit ausholender Haken, der den Kandidaten auf die Sitzfläche seines Podiums beförderte«. Kein Zweifel, daß auch der Whisky eine Menge dazu beigetragen hatte, aber es war die Stichelei gegen Half-a-Point, die alles verdarb, soweit es Bino betraf.

Nein, es war absolut kein weit ausholender Haken, sondern eine kurze, harte gerade Rechte, die Bino bis zur Schulter hinauf stauchte. Ein gutes Gefühl. Seine Faust kam genau in dem Moment mit Stammers Kiefer in Berührung, als Stammer den Kopf nach links drehte, wahrscheinlich um Bino mit ein paar weiteren Blicken zu durchbohren. Der Schlag traf voll ins Schwarze, da sich Stammers Kopf in die eine Richtung bewegte und Binos Faust in die andere. Das Geräusch hörte sich an, als träfe ein Schlagholz auf eine weiche Melone.

Zuerst schnellte Stammers Kopf nach rechts und schwebte dort einen Moment. Dann sah er Bino an, als hätte man ihm gerade K.-o.-Tropfen verpaßt. Die Augen wurden glasig, der ganze Körper erschlaffte, die Knie knickten im Zeitlupentempo ein.

Durch den Alkoholnebel dachte Bino: O Scheiße. Er langte nach vorn, ließ dabei seinen halbvollen Scotch fallen, der auf den dicken Teppich plumpste und ihn naß machte, legte Stammer beide Hände unter die Achselhöhlen und stützte ihn. Als er dort stand und aussah, als wolle er gleich mit Stammer tanzen, sagte Bino:

»Tut mir leid, Leute –« Seine Stimme war nicht zu hören, denn das Mikrofon lag auf dem Boden, wo Stammer es fallen gelassen hatte.

Alles starrte, einige mitt offenem Mund. Es war totenstill.

Schließlich sagte Sarah: »Um Himmels willen, laß ihn vorsichtig runter. Er ist unser Kandidat.« Sie grinste, und ihre Schultern bebten.

Langsam, vorsichtig stellte Bino erst den einen, dann den anderen Fuß auf den Boden, die Arme um Stammers Brust geschlungen, als schleppe er einen Toten ab. Bis Bino Stammer auf einen der Stühle gesetzt hatte, flatterten Stammers Augenlider, und er fing leise zu stöhnen an. In seinem Mundwinkel war ein winziger Faden Blut.

An Binos linkem Ellbogen sagte Winnie: »Na, hoffentlich bist du jetzt zufrieden.«

Bino richtete sich auf, sein Kopf war jetzt fast klar. Seine rechte Hand pochte, würde wahrscheinlich anschwellen. An dem Knöchel war ein Riß, der zu brennen anfing. »He, hör mal, Winnie. Tut mir leid, okay. Ich weiß nicht, was in mich gefahren ist.«

Eine schlanke blonde Frau kam und setzte sich neben Stammer. Sie trug ein dunkles, bedrucktes Kleid und ein Diamantarmband. Sie hielt Stammers Kopf mit den Händen umfaßt, funkelte Bino wütend an, zischte: »Bestie!«

Winnie sagte: »Ich glaube, du solltest jetzt besser verschwinden, Freundchen. Und nicht wiederkommen. Du wirst noch von uns hören, Bino.«

»Ach, sei doch still, Winnie!« sagte Sarah. »Der Mann ist unter dem Vorwand, einen vergnügten Abend verleben zu können, hierher eingeladen worden, und ihr haut ihn in die Pfanne.« Winnie starrte sie mit offenem Mund an. »Jawohl, haut ihn in die Pfanne. Mit voller Absicht. Ich hätte Art am liebsten selber eine geknallt. Komm, Bino. Ich bring dich zur Tür.«

Sie nahm seinen Arm, und er ließ sich führen. Wieder teilte sich die Menge. Karen Allen und der Typ bei ihr waren die letzten beiden, an denen sie auf dem Weg nach draußen vorbeikamen. Karen setzte an, etwas zu sagen, überlegte es sich jedoch anders.

An der Tür sagte Sarah: »Hör nicht auf Winnie. Du bist hier jederzeit willkommen.« Sie zwinkerte. »Es ist beruhigend, einen Mann zum Freund zu haben, der derart zuschlagen kann.« Er mochte sie immer noch.

Als er ging, überlegte Bino angestrengt, wie eng die Verbindung zwischen Stammer und Richterin Sanderson sein mochte. Am Fuß der Steintreppe fand er in einem Blumenbeet einen Kieselstein und warf ihn. Er prallte an dem Cherubin ab und platschte zwischen die Goldfische.

◇

Barney Dalton drehte sich auf dem Vordersitz des Linc halb herum, um Bino ansehen zu können, hielt sich die kalte, rotweiße Budweiserdose an die Stirn und sagte: »Scheiße, Bino, hast du den Verstand verloren? Nach so langer Zeit ist das doch garantiert längst repariert, und ich hab nicht alles stehen- und liegenlassen und bin mitten in der Nacht hier rübergedüst, nur damit du mich verhaften lassen kannst.«

Bino dachte darüber nach. »Wetten, daß es nicht repariert ist, Barn? Und was, wenn doch? Wir gehen einfach da rüber, rütteln am Fenster, und wenn es nicht aufgeht, machen wir einfach wieder kehrt und kommen zurück. Keiner wird verhaftet werden.«

Die Schnauze des Lincoln zeigte direkt auf die Südwand des Moody Coliseum, etwa fünfzehn Meter gepflegter Rasen und ein schmaler Trottoirstreifen zwischen ihm und der Reihe ebenerdiger Fenster, die sich zum Umkleideraum der Gastmannschaft öffneten. Der dreiviertelvolle Novembermond malte hier und da ein paar Schatten, einen davon warf ein in der Nähe stehender Telefonmast, der die grellweiße Haube des Lincoln fast halbierte. Direkt neben dem Lincoln geparkt, sah Barneys dunkelblauer Monte Carlo pechschwarz aus.

Barney reckte den Hals und sah an Bino vorbei zu dem Cyclone-Zaun, der den Footballtrainingsplatz umgab, dann spähte er über ein paar Apartments aus rotem Backstein hinweg in die entgegengesetzte Richtung, wo die Lampen längs des North Central Expressway einen matten Schein gegen den schwarzen Horizont warfen. Er sagte: »Drehn die Campuscops hier immer noch ihre Runden?« Barneys dichter, rostfarbener Schnurrbart warf einen Schatten auf seine Unterlippe.

Bino grinste und hob den Sechserpack vom Boden des Lincoln auf. Zwei Dosen fehlten. Binos Jackett und Krawatte lagen auf dem Rücksitz, und der Kragen seines weißen Hemdes stand offen. »Woher, zum Teufel, soll ich das denn wissen, Barney? Außerdem, was werden die schon machen? Uns dem Studentenvorsteher übergeben?« Er öffnete die Tür, die Innenbeleuchtung strahlte plötzlich Barneys himmelblaue Windjacke an, »Crooked River« auf der Brust, darunter ein Golfgrün mit einer Fahne.

Barney schüttelte den Kopf. »Ich bin total bekloppt. Ich meine, kann doch gar nicht anders sein. Da red ich grad mit so 'ner jungen, strammen Puppe, die grad genügend von Joe Millers Tequila intus hat, um auf 'nen heißen Nachtritt abzufahren. Auf dem ganzen Weg zum Telefon, als du anriefst, hab ich dran gedacht. Und was mach ich? Mein alter Kumpel ruft, ich laß die Puppe sausen und krieg nicht mal 'ne Telefonnummer, geschweige denn 'ne Gutschrift für 'n anderes Mal. Und für was? Um einem abgehalfterten alten Basketballspieler beim Einbruch in eine Sporthalle zu helfen, dafür. Ich hab nicht mehr alle Tassen im Schrank. Kann doch gar nicht anders sein.« Er öffnete die Tür.

Ein paar Minuten später stand Bino vor dem Mittelfenster in der ebenerdigen Reihe, den Sechserpack in der linken Hand, Barney hinter ihm mit hochgezogenen Schultern. Bino sagte: »Ich glaube, das ist das richtige.« Dann schob er die Finger der rechten Hand zwischen Fensterkante und Rahmen und zog. Das Fenster öffnete sich einen Spalt. Bino zog die Hand zurück; sie pochte, und er schüttelte sie in der Luft.

»Was ist mit deiner Hand los?« sagte Bino.

Bino sagte eine Sekunde lang nichts, dachte nach. Dann: »Ach, nichts, Barn. Ich bin in der Dusche ausgerutscht und damit auf die Kacheln geknallt. Versuch du's mal.« Er zeigte auf das Fenster.

Barney zuckte die Achseln, murmelte vor sich hin, dann ging er an Bino vorbei und zog. Das Fenster knarrte, dann schwenkte es auf und stand in einem Fünfundvierzig-Grad-Winkel von der Wand ab. »Leck mich am Arsch«, sagte Barney, »Sie haben's nie repariert. Achtzehn Jahre. Leck mich am Arsch.«

Bino sagte: »Halt mal das Bier, Barney.« Er gab Barney den Sechserpack, schlängelte sich durch die Öffnung und ließ sich drinnen auf den Zementboden fallen. Ein messerscharfer Schmerz fuhr ihm durch die Hand, wo sie die Fensterbank gepackt hatte. Barney warf das Bier hinein – es schepperte und hallte von den leeren Metallspinden wider –, dann kam er selbst durchs Fenster. Als er sich mit einem dumpfen Knall neben Bino auf den Boden fallen ließ, murmelte Barney: »Zwei verrückte Scheißirre.« Er tastete herum und hob das Bier auf.

Bino benutzte sein Bic-Feuerzeug als Taschenlampe, die Flamme hochgedreht, um den Weg den langen Flur hinunter zu beleuchten, der vom Umkleideraum zur Stadionhalle führte. Er schnipste es immer wieder an, die Flamme schoß heraus, und das Licht tanzte auf den Tunnelwänden aus Ziegelstein, dann gingen sie drei bis vier Meter, bis er es wieder anschnipste.

Bino mußte erst ein paar Minuten in der riesigen Arena stehenbleiben, ehe sich seine Augen an die Dunkelheit in seiner unmittelbaren Umgebung gewöhnt hatten. Schließlich konnte er das gläserne Korbbrett an einem Ende erkennen, den Korbring und das Netz, das wie eine Spinnwebe daran hing.

Bino ging zu der Wand genau vor der Begrenzungslinie des Mittelfeldes. Er setzte sich auf den Boden, den Rücken an die zusammengeklappten, unüberdachten Tribünenplätze für die Studenten gelehnt, schlang die Arme um die Knie und verschränkte die Finger. Barney ließ sich neben ihm nieder und riß eine Dose auf. Das durchgeschüttelte Gebräu zischte und spuckte; Barney setzte seinen Mund über die Öffnung, um das Bier aufzufangen.

Als sich seine Augen noch mehr an die Dunkelheit gewöhnt hatten, blickte Bino hinauf in die höhlenartigen Tribünen ihm gegenüber. Sein Blick verweilte auf einem ganz bestimmten Sitztrakt in der obersten rechten Ecke. Er stellte sich eine Menge Leute aus Mesquite vor, die es nie ganz bis in die Stadt geschafft hatten, dort oben in Stiefeln, Jeans und Cowboyhüten saßen und sich prächtig amüsierten, auf die Sitzlehnen einschlugen und in Sprechchören riefen: »Vorwärts, du großer Albino, vorwärts.« Und Binos Dad und Pop Harrison, Spieler und Baptistendiakon, der hart arbeitete und keine Wette darauf eingehen würde, daß fettes Fleisch fett war, sprangen auf und nieder und umarmten sich jedes Mal, wenn der hohe, weiche Hakenwurf nach Hause zischte.

Bino sagte: »Das Recht ist 'n Haufen Scheiße, Barney. Das ganze Rechtssystem ist der größte verfaulende Haufen Hundekacke, den du je gesehen hast, mitten auf der Straße mit einem Schwarm Fliegen, der drumrumschwirrt. Und wir Anwälte sind die Fliegen, die ihre eigenen Scheißbröckchen abschleppen, heim ins Nest. Als Zuhälter hätt ich mein Geld auf anständigere Weise verdient.«

Barney öffnete noch ein Bier, das nicht ganz so stark zischte. Er reichte es Bino und sagte: »Na, das ist ja 'ne tolle Beobachtung an diesem späten Tag. Nach so langer Zeit. Du hörst dich wie 'n Gehirnchirurg an, dem ich Golfstunden gebe. Der hat beschlossen, daß er nur noch Golf spielen will.«

Bino zuckte die Achseln. »Ist einer seiner Patienten vor kurzem gestorben? Ein Mandant von mir ist gestern gestorben, ein Kotzbrocken namens Sonny Starr. Und weißt du was? Heute hab ich noch zwei von der Sorte angenommen. Ich glaub nicht, daß ich noch länger Anwalt sein will.« Er nippte an dem Bier. »Heute abend hab ich Annabelle gesehen, Barney.«

Barney schwieg. Dann sagte er: »Tja. Sie hat Dante Tirelli geheiratet.«

Binos Augen weiteten sich. »Du hast das gewußt?«

»Zwei von Tirellis Partnern, oder wie du sie auch nennen willst, spielen im Club Golf. Wenn einer grad mal nicht hinguckt, verbessert der andere seine Position im Rough. Und umgekehrt. Gleicht sich aus. Jedenfalls ist sie von Tirelli mal mit rausgebracht worden, hat mit ihnen zu Abend gegessen.«

»Sie ist immer noch hinreißend, was, Barn?«

»Mmh.«

Bino deutete mit dem Finger das Spielfeld hinunter, weg von ihnen. »Genau da, Barney. Genau da ist sie immer herumgesprungen. *S – M – U! Lauft, Mustangs!,* all das. Jetzt ist sie fort und hat in die Mafia eingeheiratet.«

Barney klopfte ein imaginäres Stäubchen von seiner Hose. »Na ja, wenigstens hat sie den Kopf und nicht den Fuß geheiratet.«

»Und weißt du was?« sagte Bino. »Ihr zweiter Mann unterscheidet sich eigentlich kein bißchen von ihrem ersten. Ich meine, wir halten uns beide im Hintergrund, leben von den Verbrechen anderer. Richtig?«

Barney antwortete nicht.

Sie saßen dort eine Weile, tranken Bier, schwiegen. Dann deutete Bino wieder, diesmal auf das Ziel am anderen Ende des Spielfeldes. Er sagte: »Was meinste, Barney? Hat er 'n Tordrall gehabt, oder hat er nicht?«

Barney lachte leise in sich hinein. »Das Aggie-Spiel? Ich weiß es nicht, Bino, Ehrenwort. Ich war zu sehr damit beschäftigt, den Wurf abzublocken, hab mich darauf gestürzt. Als ich mich schließlich rumdrehen konnte, warst du schon da, standst da mit dem Ball, und der Schiri zeigte zwei Punkte an.« Er tat einen kräftigen Zug. »Nach so langer Zeit, Bino, weiß ich's immer noch nicht.«

Bino stand auf. »Laß uns nach Hause gehen, Barn.«

Barney schaute einen Moment zu ihm auf, dann erhob er sich. »Wird aber auch verdammt Zeit.«

6. Kapitel

»Und in der schwarzen Ecke« – Sarah Anspacher machte die Ansage, in einem gelben Cocktailkleid – »mit zwei Meter fünfzig, in einem durchsichtigen Slip – deeer *Herausforderer – Lucky Punch Phillips!«*

Gong!

Art Stammer kam schnell heraus, tänzelnd, in guter Form, Handschuhe hoch, klassische Pose. Bino hatte das Gefühl, als ob sich seine Füße in Treibsand bewegten. Er sah nach unten. Er war nackt, abgesehen von schwarzen Schuhen mit hohem Schaft.

Stammer schlug eine kurze Gerade. Sie ging daneben, aber Bino spürte, wie die Luft unter seinem Kinn vorbeipfiff.

Bino sagte: »Schau mal, Art! Da drüben! Wähler!«

Immer noch tänzelnd, drehte Stammer den Kopf, um hinzuglotzen. Bino machte ihn fertig.

Gong! Gong! Gong!

Summmmm!

». . . und über dem Stadtgebiet herrscht ein windiger Tag, Leute, grad windig genug, um dem vierten glücklichen Anrufer einen *ganzen Haufen* Bares von K.V.I.L. rüberzublasen, während wir den Klängen von Stevie Nicks lauschen, die uns –«

Bino rollte sich herum, streckte die Hand aus und drückte auf den Knopf des Radioweckers. Der Summer hörte auf zu summen, und Ron Chapman hörte auf zu reden, mitten im Satz abgewürgt.

Bino blinzelte. In der Decke war ein größer werdender Riß, größer als gestern, zweifellos. Er drehte den Kopf. Das leuchtende Digitaldisplay zeigte 8:15 an. Neuer Fitneßspaß, vor zwölf aufstehen, fünfzig Kilometer traben. Seine Schultern und Brustmuskeln waren entzündet wie Eiterbeulen. Seine rechte Hand pochte. Sein Mund schmeckte wie getrockneter Pferdemist. Er stöhnte sich aus dem Bett, stand im Jockey-Slip da.

Bis er sich unter dampfendem Wasser, das durch die Massagedüsen pulsierte, geduscht und mit einem flauschigen Badetuch abgetrocknet hatte, war er zu dem Schluß gekommen, daß er nicht sterben würde. Er rieb eine klare Stelle in den beschlagenen Spiegel und unterzog sich einer eingehenden Prüfung. Lange Nase, leichter Höcker. Dünne weiße Augenbrauen. Leichter Überbiß, etwas vorspringender Kiefer. Blaue Augen, nicht allzu blutunterlaufen. Ein paar Tropfen Murine brachten das im Nu in Ordnung. Er fönte sein Haar trocken. Natürlicher Look. Zumindest so natürlich, wie kurzes, schneeweißes Haar aussehen *kann*.

Er blieb einen Moment in dem begehbaren Schrank stehen, ein weißes Hemd in der einen Hand, eine Krawatte in der anderen. Ihm war nicht danach. Er hängte beides wieder auf und schlüpfte statt dessen in ein graugestreiftes Rugby-Shirt und leichte dunkelgrüne Hosen. Dann stand er vor dem körpergroßen Schlafzimmerspiegel und streckte die Brust raus. Schmerz wütete in seinen Brustmuskeln, und er massierte sie.

Zwischen der Frühstücksecke und dem Wohnzimmer glotzte ihn Cecil aus dem runden Aquarium an. Bino fischte mit einem Teesieb eine Elritze aus einem Eimer und ließ sie hineinplumpsen; das Kerlchen schnellte hin und her. Cecil schloß die Augen, tat, als ob er schliefe, und wartete darauf, daß die Elritze näher heranschwamm. Bino sagte: »Gerissener Hund«, dann schenkte er sich eine Tasse Kaffee ein. Er holte die Zeitung von der Veranda und breitete sie auf dem Frühstückstisch aus.

Es stand auf der Titelseite von Teil B, Nachrichten aus Stadt und Land, in der unteren rechten Ecke. Bino dachte: Ach herrje.

Die kleine Überschrift lautete: ANWALT SCHLÄGT KANDIDAT K.O. Bino dachte an Richterin Sanderson, an den Termin an diesem Morgen. Er hatte gerade den ersten Absatz gelesen, in dem sein und Stammers Name stand, als das Telefon läutete.

Es war Dodie. Noch bevor er begriff, was sie sagte, ließ ihre kleine, ängstliche Stimme die Alarmglocke in seinem Kopf schrillen.

»Bino? Oh, mein Gott, Bino, es ist Teresa! Sie ist in – in der Abstellkammer, und sie ist –«

Er erstarrte. »Teresa? Das kleine Liftmädchen? Dodie –?«

Ihre Stimme kletterte eine Oktave höher, fast hysterisch. »Ja, Teresa! Sie ist *tot*, Bino! Und das Büro ist verwüstet, es ist wie – o Gott –«

»Dodie! Dodie, hör genau zu. Du gehst auf der Stelle da raus. Hol jemanden, irgendwen! Ruf die Polizei an. Ich bin schon unterwegs.«

◇

Bis Bino den Linc auf den Parkplatz getrieben hatte und zu Fuß über die Straße gehetzt war, verkehrswidrig und dem Verkehr ausweichend, standen schon drei Streifenwagen vor dem Gebäude, mit laufendem Motor und blinkenden Rotlichtern. Als er auf der Höhe der Streifenwagen trabte, kam laut jaulend eine Ambulanz angeschlingert und hielt mit kreischenden Bremsen hinter den Wagen. Bino schwenkte im Laufschritt nach links ab und verschwand in der Eingangshalle.

Teresas Mama und Großmutter waren da, zwei Frauen, die eine alt, die andere noch älter und faltiger, hielten sich umschlungen, hatten ihre Gesichter jeweils an der Schulter der anderen vergraben, beide schluchzten verzweifelt und trösteten einander in ihrer Muttersprache. Er schlüpfte leise in einen offenen Fahrstuhl, drehte selbst die Kurbel und fuhr nach oben.

Bob Denton, der schlanke, einen braunen Anzug tragende Hausverwalter, stand im Flur vor Binos Büro und unterhielt sich angeregt mit einer Frau in einem grauen Kleid. Denton hielt Bino an.

»Üble Geschichte, Bino. Herrgott, ich hoffe, daß das nicht in die Presse kommt. Ihretwegen *und* unseretwegen.«

Bino schwieg einen Augenblick, dann sagte er: »Wo ist Dodie, Bob?« Denton deutete auf die Tür, und Bino drängte sich um ihn herum und ging hinein.

Sie war hinter ihrem Schreibtisch in einem zerknitterten rosa Pullover, hielt in zitternden Händen eine Tasse Kaffee, dessen schwarze Oberfläche sich kräuselte. Eine Polizistin in blauem Rock redete mit ihr und machte sich Notizen auf einem Spiralblock. Dodie stellte die Tasse ab und eilte zu Bino, warf ihm die Arme um den Hals, stand auf den Zehenspitzen und weinte an seine Schulter.

»Oh, es ist ja so entsetzlich! Arme Teresa – und sie –« Sie blickte zu ihm auf, die blauen Augen groß und rund. »Sie kam ganz zufällig dazwischen, Bino. Sie waren hinter dir her. Oh, ich weiß es.« Sie sprach undeutlich, fing erneut zu schluchzen an.

Bino sagte: »Versuch, dich zu beruhigen, Dodie. Haben sie dir was gegeben?«

Sie nickte. »Eine große weiße Pille. Dr. Traynor – er ist da – da drin.« Sie deutete zur Tür der Abstellkammer, ohne hinzusehen. »Half-a-Point ist in seinem Büro, redet mit einem Polizisten.«

Bino wandte sich an die Polizistin. »Können Sie sie nach Hause bringen?« Die Frau legte ihren Block hin. Sie hatte kurze, mausgraue Haare und trug eine Brille. Sie sagte: »Ja, Sir. Ich bringe sie selbst.«

Dodie sagte schniefend: »Nein, Bino, ich bin in Ordnung. Das Telefon – es könnte klingeln, und –« Die Pille, was auch immer es war, hatte sie benommen gemacht. Sie blinzelte.

»Mach dir keine Gedanken um das Telefon, Dode«, sagte Bino. »Das paßt schon allein auf sich auf. Du ruhst dich ein bißchen aus.« Er küßte sie sanft auf die Stirn. Dann ging er mit ihnen auf den Flur hinaus und vergewisserte sich, daß die Frau Dodies Adresse hatte. Dodie schluchzte immer noch, als sie weggingen.

Shoesole Traynor, der einen weißen Arztkittel trug und seine Sherlock-Holmes-Pfeife rauchte, machte sich Notizen. Zwei Zivilbeamte stäubten die Abstellkammer nach Fingerabdrücken ein, wobei sie dem Deckel des Fotokopiergerätes ihre besondere Aufmerksamkeit widmeten. Irgend etwas lag zusammengekrümmt in einem Plastiksack mit Reißverschluß auf dem Boden. Bino wollte es nicht sehen.

Traynor sagte: »Es ist widerlich, Bino, alles. Überall Sperma, in jeder Öffnung. Es waren zwei.«

»Woher wissen Sie das?«

Traynor ruckte mit dem Kopf zu einem Aktenschrank, auf dem etliche rechteckige Glasobjektträger lagen. Er sagte: »Schamhaare. Einige schwarz, einige rot, keins von ihr. Scheiße, Bino, die haben sie ausgenommen.« Er schüttelte den Kopf. »Als wär sie ein Fisch gewesen oder so was. Der Nachtwächter unten sagte, daß sie schon weggewesen wäre, als er zur Arbeit kam. Er dachte, sie wäre nach Hause gegangen. Detektivarbeit liegt mir nicht, und es wird Sie jemand anderes dazu befragen. Aber das hier sind zwei gemeine Schweinehunde, Bino. Waren die auf Sie scharf?«

Bino kratzte sich am Kinn. »Ich habe keine Ahnung, Shoesole. Wer sie sein könnten, nichts. Das kann ich beschwören.«

Ein schlanker, kurzhaariger Typ mit harten Augen saß hinter Binos Schreibtisch. Er trug Handschuhe und kratzte Rückstände aus einem Aschenbecher in einen sterilen Beutel. Überall auf dem Boden und auf der Schreibtischplatte lagen Papiere herum. Der Typ sagte: »Ich bin Detective Earlson. Mr. Phillips?«

Auf dem Schreibtisch lag eine geöffnete Ausgabe der *Football News,* in der neben den Mannschaften die Punktedifferenz notiert war. Bino wollte schon die Hand danach ausstrecken, um sie in die Tasche zu stecken. Er überlegte es sich anders, nickte. Earlson fuhr fort.

»Nun, Mr. Phillips, irgendwer hat Ihr Büro mit einem feinzinkigen Kamm durchforstet. Jedes Zimmer, jede Akte. Wir vermuten, daß das kleine Mädchen nur zufällig hier war, vielleicht über sie stolperte, woraufhin die es – nun ja, in die Mangel genommen haben. Irgendeine Ahnung, wonach die gesucht haben?«

Bino setzte sich Earlson gegenüber. »Keine. Irgendwelche Fingerabdrücke?«

Earlson trug ein graukariertes Sportsakko und eine blaue Krawatte. Er sagte: »Nein, Sir, wir können nicht einen einzigen finden. Hatten vermutlich Handschuhe an. Haben Sie irgendwelche Mandanten, die möglicherweise stinksauer auf Sie sind?«

Bino zuckte die Achseln. »Viele meiner Mandanten sind im Gefängnis. Die, die's sind, sind stinksauer. Aber nicht *derart* stinksauer.«

Earlson strich sich mit Daumen und Zeigefinger über die schmalen Backen. Er trug einen bleistiftdünnen Schnurrbart, dem von Half-a-Point sehr ähnlich. Earlson sagte: »Nun ja, irgendwer ist es jedenfalls. Hören Sie, ich möchte Sie bitten, mir noch ein paar Minuten hier drin Zeit zu lassen, damit ich alles überprüfen kann. Mein Partner ist im Büro nebenan, befragt Ihren – Ermittler? Er wird auch ein paar Fragen an Sie haben.« Er warf eine gedruckte Geschäftskarte vor Bino hin. »Das ist meine Nummer. Ich möchte Sie bitten, Inventur zu machen, aufzulisten, was fehlt, und mich in den nächsten Tagen anzurufen.«

Bino sagte es zu, stopfte die Karte in seine Tasche und schickte sich an zu gehen. Er hatte seine Hand schon am Türknauf, als Earlson sagte: »Ach, Mr. Phillips.«

Bino drehte sich um.

Earlson hatte die *Football News* in der Hand; er streckte sie ihm grinsend entgegen: »Das hier würde ich verschwinden lassen, wenn ich Sie wäre. Könnte jemand auf falsche Gedanken kommen.« Bino nahm die Zeitung und ging.

Zwei uniformierte Cops schleppten das Leichenbündel auf einer Trage hinaus, hinter ihnen Shoesole Traynor, der an seiner Bruyère paffte. Er wandte den Blick von ihnen ab und ging in Halfs Büro.

Earlsons Partner war zu dick, älter, der feiste Hals quoll in Falten über den gestärkten weißen Hemdkragen. Er hatte eine Knollennase und blätterte mit finsterer Miene den Stapel *Football News* auf Half-a-Points Schreibtisch durch.

Half-a-Point klang etwas verschnupft, als er sagte: »Und darum, wissen Sie, rufen viele von uns sich gerne untereinander an, tun so, als ob wir auf die Spiele setzen würden. Wir teilen die da aus, versuchen festzustellen, wie unsere alten Riecher gegenüber den Gewinnquoten abschneiden. Ungefähr so wie der Sportschreiber – Bayless, ja, richtig – albern nur so rum, schaun mal, wie wir abschneiden würden, wenn wir richtig wetten würden.« Er kicherte nervös.

Der pummelige Cop sagte kein Wort; er starrte das schwarze Telefon an. Bino setzte sich neben ihn.

Bino sagte: »Detective Earlson sagte mir, daß ich reinkommen und mit Ihnen reden, ein paar Fragen beantworten soll. Ich bin Bino Phillips.« Half-a-Point rutschte unbehaglich hin und her und verschränkte die Arme auf dem Schreibtisch.

Der fette Polizist musterte Bino durch dicke, halbgeschlossene Lider. »Tja, also, ich bin Detective Garrett. Ich hab grade mit Mr. Harrison hier gesprochen« – er ruckte den Kopf zu Half – »um zu sehen, ob uns nicht irgend 'n Motiv für das hier einfällt. Raub scheint's ja nicht zu sein. Wir haben an den üblichen Kram gedacht, aber hier wird keiner erpreßt – und ich nehm doch nicht an, daß hier irgendwelche Wetten laufen, oder?« Er blickte wieder auf das schwarze Telefon.

Es läutete.

Das Läuten hallte wider, schwebte im Raum. Half-a-Point schien zu schrumpfen. Bino schlug die Beine übereinander.

Es läutete wieder.

Garrett sagte: »Soll ich rangehen?«

Bino grapschte schnell nach dem Hörer und sagte: »Hallo.«

Ein kehliges weibliches Glucksen war zu hören. Dann sagte eine kultivierte Stimme, vertraut: »Meine Güte, gehen Sie etwa selbst an den Geheimapparat?«

Garrett schaute interessiert zu. Bino sagte: »Na ja, – manchmal. Wer ist am Apparat?«

Sie lachte wieder. »Wie schnell wir doch vergessen. Ich möchte Ihnen ein paar Fotos zeigen.« Es war Karen Allen.

Bino sagte: »Woher –« Er hielt mitten im Satz inne. Natürlich.

Goldman. Er legte die Hand über die Sprechmuschel und sagte zu Garrett: »Es ist das FBI.«

Half-a-Point sah aus, als würde er sich jeden Moment unter seinem Schreibtisch verkriechen.

Bino sagte ins Telefon: »Nun ja, Agent Allen, gut, daß Sie angerufen haben. Hier ist etwas Tragisches passiert, offensichtlich ein Mord. Jemand ist ins Büro eingebrochen. Ich hab grade mit Detective Garret von der City geplaudert. Was sagten Sie da von Fotos?«

Es folgte eine Pause, während der Bino daran dachte, wie sie am vergangenen Abend dagestanden hatte, eine Hüfte höher als die andere. Dann sagte sie: »Passen Sie auf, was Sie vor der örtlichen Polizei sagen, Bino. Wurde Ihr Büro durchsucht?«

Binos Blick schnellte für den Bruchteil einer Sekunde zu Garrett. »Aber ja, Agent. Ganz recht.«

»Bino, ich habe auf dieser Leitung angerufen, weil ich nicht möchte, daß irgendwer von Ihren Mitarbeitern, Sekretärinnen, egal wer, erfährt, daß ich mit Ihnen spreche. Also, ich wollte Ihnen mitteilen, daß Sie möglicherweise in Gefahr sind. Könnten Sie vorbeikommen? Hierher, ins Büro?«

Bino lehnte sich auf dem Stuhl zurück und setzte den Ellbogen auf die Lehne, während er den Hörer an sein Ohr hielt. Sein Trizeps tat genauso weh wie seine Brustmuskeln. »Nun, ich wüßte nicht, was dagegen spricht. Meine Sekretärin – nun, sie ist zwar für heute schon gegangen, aber mein Ermittler wird sich noch hier herumtreiben und ans Telefon gehen.« Garrett steckte seinen Notizblock in eine Aktentasche, brach seine Zelte ab.

Sie sagte: »Sie meinen den Buchmacher?«

»Horace. Horace Harrison. Ich werde in einer halben Stunde oder so dasein.«

»Okay. Noch eins, Bino. Es geht um Sonny Starr. Erwähnen Sie das niemandem gegenüber.« Sie legte auf. Garrett, ein wenig zahmer, sagte: »Nun, im Moment haben wir wohl mehr oder weniger alles getan, was wir können. Sie rufen uns doch an, wenn Ihnen irgendwas einfällt, ja?«

Bino versprach es, und Garrett und Earlson zogen ab. Half-a-Points Stimmung besserte sich.

Bino fiel ein, worüber er und Half gestern gesprochen hatten. »Bist du bei Sonny Starr gewesen?«

»Klar. Dieser Verwalter ist 'ne echte Schwuchtel. Sagt, nein, 'ne

Leiche hätt er nie gefunden. Hätt nicht mal gewußt, was passiert wär, bis ein paar Feds mit ihm redeten.« Er schüttelte den Kopf. »Das hier ist eine Riesensauerei, Bino. Daß diesem armen Dingelchen das hier oben passiert ist. Und die Polypen, alles, was die wissen wolln, ist, ob wir 'n bißchen wetten. Zum Kotzen ist das, jawoll.«

Bino nickte nachdenklich. Dann sagte er: »Ich muß wegen ein paar Fotos einer Dame einen Besuch abstatten. Hat dir der Verwalter noch was gesagt?«

»Nee – aber er hat wegen der Miete gefragt. Sagt, daß Sonny immer 'ne Menge Bares hatte, gern damit rumgeprotzt hat. Wollte wissen, ob er so was wie 'n Anspruch drauf erheben kann.«

»Niemand hat mir gesagt, daß man irgendwelches Bargeld in Sonnys Wohnung gefunden hat«, sagte Bino. »Weder die Cops noch die Feds.«

Half steckte eine Zigarette in eine Plastikspitze. »Irgendwas ist faul an dieser Sache, Bino. Ich meine, Sonny Starr war 'n kleiner Rohrkrepierer im Drogengeschäft. Aber, Scheiße, die haben so viel FBIler dahin geschickt, als ob sie 'n Mord am Präsidenten oder so was untersuchen müßten.«

Bino sagte: »Du bleibst doch noch hier, ja? Um ans Telefon zu gehen?«

»Ich bin hier«, sagte Half. Er langte in die unterste Schublade und förderte eine schlanke Beretta zutage, die er auf den Schreibtisch legte. »Ich und die Kanone. Ist mir nicht geheuer, allein hierzubleiben, nach dem, was passiert ist.«

◇

Bino schlug die Beine übereinander und las das Schild, auf dem stand, daß jeder, der dieses Büro betrat, mit einer Durchsuchung zu rechnen hatte. Dann las er es noch einmal durch. Man hätte eigentlich erwarten können, dort ein paar Zeitschriften zum Lesen oder ähnliches vorzufinden, nicht bloß ein Schiebefenster in der Wand, durch das man einer gelangweilten Empfangsdame, die wie eine Maus aussah, seinen Namen nannte und sein Anliegen unterbreitete, und dann ein Schild mit der Androhung einer Durchsuchung, das man lesen durfte, solange man wartete.

Karen Allen kam in den Empfangsraum und sah anders aus. Dasselbe Gesicht, dieselben hohen Backenknochen, fast olivbraune Haut, ungeschminkte Augen. Anders gekleidet, klar, jetzt in geschäftsmäßiger grauer Wolle, Rocksaum direkt am Knie; schwarze, halbhohe Schuhe, eckige Spitzen. Der Gang war anders, forsch, ein Fuß vor den anderen, kein Hüftschwung. Hier in dieses FBI-Büro, schlicht, sachlich möbliert, keine Bilder an den Wänden, ein einsamer hoher Topffarn in der Ecke, der wie ein nachträglicher Einfall aussah, hier gehörte sie hin. Und auch gestern abend, Musik, Cocktailshaker, weiter, fließender Rock, leichter Hüftknick, wenn sie stand – nun, auch dort hatte sie hingehört. *Chick snaps her fingers, talks right in there, man. All the way up till she flashes down with the shield.*

Bino stand auf.

Karen sah auf ihre Armbanduhr, eine bescheidene Lady Bulova. »Sie sind pünktlich, Bino. Das gefällt mir.« Ein anderes Lächeln, unpersönlicher. »Folgen Sie mir, gleich hier entlang.«

Sie führte ihn einen engen Flur entlang, ihr Rücken gerade wie ein Brett, nichts Aufreizendes an diesem Gang. Bei fast allen Zimmern, an denen sie vorüberkamen, stand die Tür offen, Bürokabuffs, einige mit Männern oder Frauen an kleinen Schreibtischen, die meisten von ihnen am Telefon. Sie gingen in ein Besprechungszimmer, Vorhänge zugezogen, auf dem Tisch ein Diaprojektor und davor aufgebaut eine kleine Leinwand. Sie hatte einen gelben linierten Block mit einem Kugelschreiber daneben bereitgelegt. Sie setzte sich; Bino nahm den Stuhl neben ihr, achtete auf die Kontur ihres Oberschenkels, als sie die Beine übereinanderschlug.

Sie fuhr sich mit der Zunge über die Oberlippe und nahm den Kugelschreiber in die Hand. »In Ihrem Büro wurde jemand ermordet?«

Er nickte. »Ein kleines Liftmädchen. Ziemlich scheußliche Geschichte. Setzt das FBI heutzutage eigentlich viele weibliche Agenten ein?«

Sie veränderte ihre Haltung gerade so viel, um ihm zu verstehen zu geben, daß ihr die Frage nicht gefiel, kritzelte einen Kreis auf den Block und sagte: »Ein paar. Hat die Polizei etwas Brauchbares gefunden?«

»Sie behaupten, nein. Alles wurde durchwühlt, jede Akte rausgezogen. Zeug überall auf den Boden geworfen. Ich konnte ihnen nichts sagen, weil ich nichts weiß. Ehrlich. Wissen Sie was?«

Sie schrieb etwas auf; Bino bemühte sich, nicht den Kopf zur Seite zu drehen und es zu lesen. Sie sagte: »Möglicherweise. Ich muß Ihnen ein paar Dinge erzählen, Bino. Über FBI-Ermittlungen. Die Sorte, die ich mache.«

»Meinen Sie Undercoverzeug oder so was? Rauschgift kaufen, all so was?«

»Diese – diese Prüfung habe ich schon bestanden, Bino. Ich arbeite am Fall Richard Bigelow, als ob Sie das nicht längst wüßten. Das ist ein heißes Eisen, ein Fall von höchster Priorität, genauso als ob ein Richter ermordet worden wäre. Also, ich glaube, daß Sie ein paar Dinge haben, die uns weiterhelfen könnten. Ich muß mit Ihnen über Sonny Starr sprechen.«

Bino stützte den Ellbogen auf den Tisch und das Kinn auf die Faust. Dort, wo das Tageslicht auf die Rückseite der geschlossenen Gardinen fiel, war die Kontur des Fensters zu sehen. »Ich hatte eine Anwalt-Mandanten-Beziehung zu Sonny, Karen. Ich bin mir nicht sicher, ob sein Tod sie beendet oder nicht.« Die Nägel an ihrer Hand, die den Kugelschreiber hielt, schimmerten matt von einem farblosen Nagellack. Einer war abgebrochen und repariert.

Sie sagte: »Das Anwalt-Mandanten-Sonderrecht gilt nicht mehr, Bino, nicht in einem Fall wie diesem. Das ist auch Ihnen bekannt. Wir können Sie zum Sprechen bringen, wenn wir wollen.«

Bino dachte: Sie hat recht. Ich habe die neuen Fälle gesehen. Ein weiterer Bankrott der Verfassung. Ein Mandant ist nicht mal mehr sicher, wenn er seinem Anwalt was erzählt.

Sie fuhr fort: »Aber ich glaube nicht, daß das nötig sein wird, nachdem ich Ihnen das hier gezeigt habe. Machen Sie das Licht aus, sind Sie so nett, Bino?« Sie stieß einen kleinen Seufzer aus, ihr Brustkorb hob und senkte sich dabei, und knipste den Projektor an. Das plötzliche weiße Licht auf der Leinwand ließ ihn blinzeln. Er stand auf und schaltete das Licht aus. Sie langte nach vorn, das künstliche Licht der Projektorbirne beleuchtete ihre Hand und reflektierte von ihrer goldenen Armbanduhr. Der Projektor surrte und wendete, und ein Bild erschien. Es war ein Verbrecherfoto, Vorderansicht und Seitenprofil nebeneinander.

Bino sagte: »Ich hab schon hübschere Anblicke von Sonny gesehen, Karen.« Ihr Hals und Kopf waren im Dunkeln; er konnte nur ihre Schultern, ihren Oberkörper und die schmale Taille erkennen. Guter Körper.

Mit einem kurzen, trockenen Auflachen sagte sie: »Ach, wirklich? Wann – im Leichenschauhaus? Da er so hübsch ist, wollen wir uns noch ein bißchen mehr von ihm anschauen.«

Sie drückte auf den Knopf. Sonnys dürrer Hals und Habichtgesicht verschwanden, um von einer Nahaufnahme, Profil, ersetzt zu werden. Die Barthaare auf seinem Kieferknochen standen ab wie Kaktusstacheln, und der untere Teil seines Ohrläppchens sah wie ein Satellitenfoto vom Südpol aus, verkehrt herum. Sie sagte: »Das hier wurde bei Sonnys Entlassung aus Darrington, Staatsgefängnis, aufgenommen. Was sehen Sie?«

Bino schaute mit zusammengekniffenen Augen näher hin. Nach der Größe des vergrößerten Ohrläppchens zu urteilen, dürfte das Ding knapp zweieinhalb Zentimeter lang gewesen sein, mit einer fast doppelt großen Flügelspanne. »Nicht zu fassen«, sagte Bino. »Das ist eine Fliege.« Komisch, er hatte sie vorher noch nie bemerkt. Hätte er bestimmt, eine Tätowierung wie diese. Sie saß an Sonnys Halsstrang, ganz knapp hinter und unterhalb des Ohrläppchens.

Karen Allens Kopfdrehung war in der Dunkelheit kaum zu erkennen, ihre Lippenbewegungen konnte Bino überhaupt nicht sehen, als sie sagte: »Das nächste ist aus dem gleichen Winkel und aus nächster Nähe von den Vollzugsbeamten aufgenommen worden, als er wegen der Drogensache angeklagt war.«

Klick. Surr. Bino sah hin, dann zuckte er die Achseln. »Demnach hat er sich eine Tätowierung entfernen lassen. Machen viele Leute. Vielleicht wollte Sonny seine Lebensweise ändern, ein braver Junge werden.«

»Und Sie haben ihn vermutlich auf den Pfad der Tugend geführt, Bino. Nein, er ist unser Mann – einer von ihnen. Das Dreißig-Dreißig-Gewehr war leicht zu finden, schnell. Es war auf dem Dach gegenüber der Straßenseite, die Richard Bigelow entlangging. Seine Registrierung war gefälscht, falscher Führerschein, das ganze Drum und Dran. Aber der Waffenhändler, der es verkauft hat, erinnerte sich an die Tätowierung. Bei dem Kerl – es waren drei –, der das Reden übernahm und für die Waffe bezahlte. Unsere Computer spuckten neun Fliegentätowierungen am Hals aus – neun, hätten Sie das für möglich gehalten? –, Sonny war der einzige, der seine hatte entfernen lassen – sehen Sie die kleine Narbe hier? Also, Sonny kam am neunzehnten Juni aus Darrington heraus, dreizehn Tage, bevor Mr. Bigelow umgebracht wurde. Und ließ sich aus irgendeinem Grund zwischen seiner Entlassung und der Drogenverhaftung die Tätowierung entfernen. Also nahmen wir die Fotos zu dem Waffenhändler mit, und Volltreffer. Sonny war einer unserer Männer, Bino. Daran besteht kein Zweifel.« Ihre Stimme war ruhig, ganz dienstlich, aber immer noch weich und feminin.

Bino dachte an Sonny, den arroganten kleinen Scheißer, Angeber, Maulhelden. Wenn Bino das hier gewußt hätte, hätte er Sonny möglicherweise eigenhändig umgebracht. Zumindest hätte er seinen eigenen Mandanten angezeigt, Anwaltsbeziehung hin, Anwaltsbeziehung her. Er sagte: »Drei? Irgendeine Vorstellung von den anderen?«

Sie stellte den Projektor ab und betrachtete ihn einen Augenblick in der nahen Dunkelheit. Dann stieß sie ihren Stuhl zurück, stand auf und schaltete das Licht wieder ein. »Sie wissen wirklich nichts? Sonny hat es nie erwähnt, was?«

Er schüttelte den Kopf. »Großes Ehrenwort, Karen. Nach gestern abend, nach dem, was ich Ihnen über Richard und mich erzählt habe, werden Sie ja wohl wissen, daß ich es Ihnen sonst erzählen würde.«

Sie setzte sich wieder. »Ja, ich denke schon. Die beiden anderen, na ja, da haben wir ein paar vage Beschreibungen von dem Waffenhändler. Nicht viel, um weiterzukommen. Vielleicht jemand, den er aus dem Gefängnis kannte; wir überprüfen das gerade. Jemand glaubt, daß Sie Bescheid wissen, Bino, so wie gestern abend in Ihr Büro eingebrochen wurde. Wahrscheinlich die beiden anderen, wahrscheinlich die, die Sonny umgebracht haben.«

Bino spürte eine leichte Gänsehaut, wie kalte Nadelstiche. Er sagte: »Gestern abend, Karen, hatte das irgend etwas mit Sonny zu tun? Warum sind Sie zu der Party gegangen?«

Sie machte ein nachdenkliches Gesicht, dann lächelte sie, veränderte sich dabei erneut, wurde wieder zu dem Mädchen, das er bei Anspacher gesehen hatte. »Aber nein. Ich wollte mal ein paar Faustkämpfe live miterleben. Gute Rechte, Bino.«

»Ach, vergessen wir das mal, einverstanden? Ehrlich, waren Sie deswegen dort?« Er schnalzte im Geiste mit den Fingern, als er auf die Uhr an ihrem Arm, neben ihm auf dem Stuhl, blickte. Er würde seine Verabredung mit der Richterin verpassen.

»Na ja – nicht direkt, Bino, und ich habe Ihnen für heute alles erzählt, was ich kann.«

Sie sagte es mit einer kleinen Augenbewegung und Kinnhaltung, die besagten: Thema beendet. Es war völlig zwecklos, ihr weitere Fragen zu stellen, daher sagte Bino: »Also. Was soll ich tun?«

Sie nahm eine Geschäftskarte zwischen den Seiten des linierten Notizblocks heraus, drehte sie um, schrieb etwas auf die Rückseite und reichte sie ihm. »Das sind meine private Adresse und Telefonnummer, Büro auf der Vorderseite. Wenn Sie irgend etwas herausfinden, überhaupt irgend etwas, das uns weiterhelfen könnte, rufen Sie mich an, Tag oder Nacht. So groß ist die Sache. So wichtig, Bino.«

Bino las beide Seiten der Karte, studierte eingehend die handgeschriebene Rückseite. Sie lebte nicht weit von Dodie entfernt. Eine Gegend für flotte Singles. Er blickte auf. Sie beobachtete ihn, die Lippen geöffnet, erwartungsvoll.

Er sagte: »Was, wenn Sie nicht da sind?«

»Normalerweise bin ich da. Andernfalls hinterlassen Sie eine Nachricht auf dem Band. Ich habe eine Fernabfrage, rufe die Nachrichten jede Stunde oder so ab. Ich melde mich dann bei Ihnen.« Die Partie um ihre Augen entspannte sich etwas. »Ich würde mich in acht nehmen, Bino.«

◇

Bino benutzte das Münztelefon in der Halle. Als die Sekretärin sich meldete, sagte er: »Könnte ich bitte mit der Richterin sprechen? Hier ist Bino Phillips.«

Drei Herzschläge lang blieb sie stumm, schließlich sagte sie: »Sie haben vielleicht Nerven, das sag ich Ihnen.« Die Leitung klickte. Man ließ ihn warten.

Ein paar Minuten später sagte Richterin Hazel Burke Sandersons Sandpapierstimme: »Ich warte, Mr. Phillips.«

Bino stellte sie sich vor, eisengraues Haar zu einem strengen Knoten geschlungen, Martha-Washington-Brille, die gewöhnlich auf der Nasenspitze saß, ein festgefrorenes Nichtlächeln auf den Lippen, kein Stirnrunzeln. Er schluckte schwer. »Bei mir haben sich ein paar unerwartete Dinge ereignet, Euer Ehren. Es tut mir leid, daß ich Sie habe warten lassen. Dürfte ich einen anderen Termin vereinbaren?«

»Unerwartet? Was? Ihr Straßentraining absolviert, sich am Sandsack ausgetobt?« Sie hatte die Zeitung gelesen.

Bino dachte: Was mach ich jetzt? Es ihr sagen? Er sagte: »Ich versichere Ihnen, es war unumgänglich, Frau Richterin. Bitte, einen anderen Termin?«

Papiere raschelten wie atmosphärische Störungen im Telefon. »Der Rest der Woche ist besetzt, Mr. Phillips. Normalerweise vergebe ich nur einen Termin, aber ich möchte wirklich wissen, was *Sie* zu sagen haben. Montag um eins, Sir. Verspäten Sie sich nicht.«

Sie legte auf.

◇

Auf dem Weg ins Büro hielt Bino einmal an – bei einer kleinen Waffenpfandleihe. Er kam mit einer Schachtel Patronen heraus. Sie paßten zu der Mauser in seinem Handschuhfach.

7. Kapitel

Buster dachte erst eine Minute nach, ehe er an dem dicken, maschinengerollten Joint zog, den ihm die Kleine, die in Kellers Drive-In arbeitete, anbot. Er inhalierte schnell, mit pfeifendem Atem, hielt die Luft an, und fuhr gleich ganz schön ab. Er gab den Joint zurück. Sie machte selbst einen Zug, während sie zur Couch zurückging, auf der John-Boy saß. Das Fleisch an der Innenseite ihrer Oberschenkel wabbelte unter dem geblümten Bikinihöschen; dann setzte sie sich, zog ein Bein unter sich und legte das Knie in John-Boys Schoß. John-Boy zog sich ebenfalls etwas Gras rein. Die Kleine zurrte den Saum ihres T-Shirts runter, um das Höschen zu bedecken, dann merkte sie, wo Buster hinschaute, und ließ los, damit es wieder hochrutschen konnte.

John-Boy klatschte eine fleischige Hand auf ihren Oberschenkel und sagte: »Solltest besser schon mal anfangen und dir was davon holen, Bus. Is erste Wahl.« Sie gackelte und inhalierte noch ein bißchen.

Buster rutschte auf dem Kniekissen hin und her und trank einen Schluck Bier. »Nee, John-Boy. Du fängst an. Denk grad an was anderes.« Er dachte, Herrgott noch mal, grad jetzt könnt ich doch ums Verrecken nich ans Bumsen denken, nich nach dem, was wir gestern abend mit der kleinen Mexe gemacht ham. Buster konnte nicht mal sagen, warum er das gemacht hatte, und, Scheiße, es *ärgerte* ihn. John-Boy, der war einfach scharf wie immer aufgewacht, hatte unten bei Kellers angerufen und dieser Kleinen gesagt, daß sie sich nach der Arbeit herbewegen sollte. War kein Problem, sie rumzukriegen, solange John-Boy was zu rauchen hatte. Buster wollte mit John-Boy bereden, was sie dem Mann sagen wollten, aber solang diese Mieze da war, ging das nicht, also mußte er sich allein entschließen, was sie dem Mann sagen wollten. Konnten nicht länger warten, mußten mit ihm reden.

Sie würden ziemlich fix was wegen dem Anwalt unternehmen müssen, damit Buster sich aus der Stadt absetzen konnte, wahrscheinlich würde er nach Kalifornien gehn. Buster und John-Boy mußten beide Leine ziehen, das war klar. Aber egal, in welche Richtung John-Boy auch ginge, Buster wollte in die andere. So wie John-Boy mit Geld um sich warf, mit den Scheinen rumwedelte und wie 'n Bekloppter quatschte, würde sich ziemlich bald irgendwer fragen, wo er's herhatte. Entweder das, oder er würde singen wie 'n Vögelchen und vor irgend so'm Flittchen, wie dem da auf der Couch, angeben und 's Maul aufreißen, bloß weil se 'n Joint geraucht und 'n bißchen die Beine für ihn breit gemacht hatte.

John-Boy legte die Hand des Mädchens in seinen Schoß und sagte: »Fühlste, wie stark mein Herz für dich schlägt, Schätzchen?«

Sie gackelte wieder und kratzte sich am Kopf, so daß ihre blondgebleichten, am Ansatz braunen Haare wackelten. John-Boy hielt ihre Hand fest, stand auf und schleppte sie ins Schlafzimmer ab. Buster dachte: Mir soll's recht sein. Solang wie die nich so laut kreischt, daß man sich nich denken hörn kann.

Buster ging rüber und stellte sich ans Fenster, sah zum Hof und dem verlassenen Pool runter. Er hatte nur Jeans an, kein Hemd. Im Sommer war der Pool ja prima, aber im Herbst und Winter sah er irgendwie schmuddelig aus, wenn niemand drin schwamm oder Volleyball spielte. Das Netz flatterte einsam in dem leichten Wind.

Buster mußte sich konzentrieren, mußte ausrechnen, wieviel Kies er dem Mann abknöpfen mußte. Wenn er gewußt hätte, wie reich der Mann war und wer er war, als der Boss in Darrington, der Buster zu oft »alter Schwede« genannt hatte, ihn mit dem Mann zusammenbrachte, wenn Buster das alles vorher gewußt hätte, dann wär der Preis für den Mord an dem alten Knilch erheblich höher gewesen.

Als Boss Whitten, so hieß er, zum ersten Mal zu Buster gekommen war, hatte der dürre Boss nur über die Bewährung reden wollen. Boss Whitten war eigentlich kein übler Boss. Er guckte weg, wenn Buster den Traktor fuhr und den Old-Crow-Whiskey kippte, den die Nichte von Little Fletch übern Zaun warf. Aber Whitten wußte, daß Buster es nicht leiden konnte, wenn man »alter Schwede« zu ihm sagte, auch wenn alle Bosse das zu den Männern sagten. Zu Buster hatten sie's nur einmal gesagt, bevor er sie höflich gebeten hatte, das zu lassen, und die meisten von ihnen hatten's dann auch nicht mehr zu ihm gesagt. Boss Whitten sagte nur deshalb »alter Schwede« zu Buster, weil er wußte, daß sich Buster schwarz drüber ärgerte.

Buster hatte den Traktor im Schatten eines Baumes abgestellt, das eine Auge schon ganz zu und das andere kurz davor. Es war Juli, gegen eins, knallheiße Sonne und so etwa die Tageszeit, zu der sich die Bosse im Traktorhof trafen, um zu quatschen. Damit er den Traktor abstellen und 'n bißchen schnorcheln konnte, hatte Buster schnell zwei oder drei Reihen gezogen und beim Durchfahren einen Baumwollbüschel abgerissen.

Direkt über Busters linker Schulter sagte Boss Whittens hohe, quengelige Stimme: »Was hasten du hier draußen zu suchen, alter Schwede? Willst dich wohl verpissen, schätz ich.«

Buster schnellte hoch und knallte mit dem Knie gegen das Lenkrad. Die Flasche fiel aus dem Traktor und landete mit einem dumpfen Knall auf der Erde. Während Buster fluchte, sich vorbeugte und das Knie rieb, hob Boss Whitten den Whiskey auf, hielt die Flasche ans Licht und beäugte sie. Sie war nicht mehr ganz halbvoll.

Boss Whitten sagte: »Manche alten Schweden denken nich sonderlich gut nach, alter Schwede. Wenn dir Traktorfahrn nich sonderlich gut paßt, Jungchen, können wir dein Arsch zurückbefördern, damit du wieder 'ne Hacke schwingen kannst.« Sein Adamsapfel stand vor, als hätte er ein Kaninchen verschluckt. Er trug eine verspiegelte Sonnenbrille unter dem breitkrempigen Cowboyhut.

Buster steckte eine sommersprossige Hand unters weiße Gefängnisarbeitshemd und rieb sich den Bauch. Er gab sich alle Mühe, bemitleidenswert auszusehen, als er sagte: »Fühl mich nich sonderlich gut, Boss. Mußt mal für'n Weilchen in Schatten. Ich könnt kotzen von dieser ganzen Hitze.«

Whitten langte unter seinen blauen Kragen und kratzte sich im Nacken. »Kotzen? Du könnst kotzen vom hier Rumsitzen und Whiskeysaufen. Nur davon würdste kotzen, alter Schwede. Hör mal zu, Longley, ich hab nur 'ne Minute Zeit. Im August gehste doch zum Ausschuß, stimmt's?«

»Stimmt, Boss. Zum ersten Mal vorgeladen wegen diesem Käse hier. Sie wissen ja, beim ersten Mal, bei der Straflatte, die wo ich hab, da erwart ich wirklich nich viel. Aber ich tu hingehn, das stimmt.« In der Nähe stimmten ein paar Heuschrecken ein lautes, schrilles Zirpen an.

Boss Whitten stützte einen Ellbogen auf den Traktor, stemmte einen Fuß gegen das eine große Hinterrad und legte einen Unterarm auf den dürren Oberschenkel. Die Flasche hing locker in seiner Hand. Die Politur seiner Cowboystiefel war abgewetzt, das Leder zerkratzt. »Draußen will einer mit dir reden, Longley. Sagt, ein Mr. Bradley Peach hätt gesagt, daß er mit dir reden soll.«

Buster kniff die Augen im Schatten zusammen. Er konnte Whittens Ausdruck hinter den verspiegelten Gläsern nicht erkennen, und die Lippen vom Boss bildeten eine dünne Linie. Buster dachte, Peach the Leach, was? Alter Knastbruder, Peach, hatten ihm grad 'n saftigen Zwanziger im Fed aufgebrummt. Marion, Illinois. Ausbruchsicher.

Buster sagte: »Wer is'n Bradley Peach, Boss?«

Boss Whitten schnaubte durch die Nase. »Mann, hör mal zu, alter Schwede. Komm mir nich mit so'm Scheiß. Draußen will einer 'n Job erledigt haben, sagt, daß ich dir Bescheid sagen soll.« Er beugte sich näher heran. »Hohes Tier, alter Schwede. So hoch, daßte Bewährung kriegen kannst, er gibt's Kommando.«

Buster blickte nach unten, streckte die Hand aus und nahm die Flasche. Er drehte den Verschluß ab und trank einen Schluck. Der Whiskey brannte ihm in der Kehle. »Von was für 'ner Arbeit spricht 'n der Typ, Boss?«

»Also, das sollste ja wohl besser wissen als ich, Longley, klar, vielleicht auch nich, woste ja auch kein Bradley Peach nich kennst, was? Paß auf, alter Schwede. Ich kann hier nich quatschen, und sobald ich weggeh, will ich, daßte mit diesem Traktor hier abdampfst. Der Typ will drei Männer, dich und noch zwei, kannste dir aussuchen. Kannst über mich Bescheid sagen, wer die annern sind. Also, wennste da hingehst, wird dich der Bewährungsausschuß fragen, waste tun willst, wennste rauskommst. Willste diesen Job, sagste, daßte nach Dallas gehst, auf 'n Bau. Willste den Job nich, sagste, daßte hoch nach Foat Wuth gehst, kapiert?« Er trat vom Traktor zurück, entfernte sich etwa drei Meter. Dann blieb er stehen und sah Buster über die Schulter an. »Wennste Bewährung kriegn willst, gehste nach Dallas, alter Schwede. Und jetzt setz dein Arsch in Bewegung und dampf ab, Jungchen. Kapiert?«

Buster ließ sich die Sache durch den Kopf gehen. Ein paar Tage später, der Schweiß strömte ihm von der Stirn, schmiß er einen Vierzig-Pfund-Sack Pferdemist auf einen Haufen im Schuppen und sagte: »Wieso will 'n der Typ ausgerechnet mich, Boss? Ich mein, ich bin doch 'n totaler Niemand. Hab 'n paar Überfälle gemacht, vielleicht mal 'n Pokerspiel hier und da. Aber für das, wo Sie von reden, laufen Kerle rum, die sich in so was auskennen.«

Boss Whitten kaute gerade auf einem langen Strohhalm und zählte die Säcke, indem er jeden einzelnen mit einem gelben Stift antippte. Er trug die Anzahl in eine Liste ein, die an einem Brett klemmte, und redete, während er schrieb. »Schätzungsweise will er dich grad deswegen, alter Schwede. Wenn so was steigt, wie der will, werden die bekannten Jungs doch zuerst überprüft.« Er nahm seine verspiegelte Sonnenbrille ab und rieb sich die Augen. »Mr. Bradley Peach, der hat's Kommando gegeben. Sagt, daß du dafür gut bist.«

»Also, mal angenommen, ich mach's. Wie kommt 'n dieser Mann dann an mich ran?«

Boss Whitten setzte die Sonnenbrille wieder auf. »Kinderspiel, alter Schwede. Du sagst mir einfach, woste sein wirst. Der Mann, der meldet sich dann schon.« Er wandte den Kopf und schaute auf die Wagenladung Pferdemist, die vor der Schuppentür stand. »Und jetzt setz dein Arsch in Bewegung, Jungchen, und lad das ab.«

Buster war schlau genug, im Bau kein Wort über die Sache rauszulassen. Zu viele Knackis in der Nähe, die auf Strafverkürzung aus warn und einfach zum Boss gehn und sagen würden: »He, Boss, laß mich mal mit'm Direktor reden, erste Gelegenheit, ja?« Nee, Buster ließ kein Wort über die Sache raus, aber er fing an, sich umzusehen.

Als ersten suchte er Sonny Starr aus. Er wußte über Sonny Bescheid, hatte 'n Kumpel oben in Dallas, der mit Son 'n kleinen Bankraub gemacht hatte. Als ihm die Bullen zusetzten, hatte Sonny den Kerl nicht verpfiffen; der Kumpel sagte, daß Sonny Mumm hätte und zuverlässig wäre. Trotzdem verriet Buster Sonny nicht sofort, was im Schwange war, er kriegte nur den Namen eines Safeknakkers, der wußte, wie man draußen mit Sonny Kontakt aufnahm.

John-Boy Driggers war schon draußen und untergetaucht, als Boss Whitten zum ersten Mal zu Buster kam, aber Buster wußte, wo er war, und dachte sofort an ihn. Vor einem Jahr hatte es wegen vier Kisten Frühstücksfleisch, die auf einmal in Busters Spind fehlten, Stunk gegeben. Buster wußte genau, wer sie hatte, so 'n rotznäsiger kleiner Scheckbetrüger aus San Antone. Er hatte nix weiter tun brauchen, als John-Boy gegenüber 'ne Bemerkung zu machen, und schon holte John-Boy das Zeug in Nullkommanix zurück, wobei er dem Scheckbetrüger die Schulter brach. John-Boy war zwar keine große Leuchte, aber für 'n Job war er ganz gut zu gebrauchen, wenn man ihm zeigte, wo's langging.

Während der zweiten Woche im August tauschte Buster eine Stange Glimmstengel gegen ein paar gebügelte Klamotten aus der Wäscherei ein, putzte sich raus und machte sich auf den Weg zum Ausschuß. Er saß an einem langen Tisch, ihm gegenüber zwei Männer in Straßenanzügen, der eine jung mit schwarzen Haaren und der andere in den Fünfzigern und glatzköpfig, und eine dicke Frau in 'nem grauen Kleid mit 'ner Modeschmucknadel an der Brust. Die Frau räusperte sich.

»Mr. Longley, der Ausschuß möchte Ihnen zunächst einmal zusichern, daß er Ihrem Fall seine vollste Aufmerksamkeit widmen wird, sowohl hinsichtlich Ihres persönlichen Nutzens als auch hinsichtlich des größten Vorteils für die Gesellschaft im allgemeinen. Also, ich gehe jetzt mit Ihnen Ihre Akte durch, damit Sie alles, was Sie noch ergänzen möchten, ergänzen können, und wir jedwede Diskrepanzen in der Akte korrigieren können. Haben wir uns verstanden?«

Buster, sauber rasiert, sah gerade zu dem jungen Mann und dachte, daß er wie 'n Spaghettifresser aussah. Wahrscheinlich der, ja, der da, der is der Kontaktmann.

Die Frau sagte: »Mr. Longley?«

Busters Blick wechselte zu ihr. »Hä? Ich meine, wie bitte?«

Die Frau trug eine runde, schwarzgefaßte Brille, die an einer Kette um ihren Hals hing. Sie setzte sie auf. Sie saß auf einem kleinen Hökker in der Mitte ihrer spitzen Nase. »Ich sagte: ›Ist das klar?‹, Mr. Longley.«

»O ja, Madam. Völlig klar.«

Sie nahm die Brille wieder ab und ließ sie baumeln, während sie einen Moment schweigend in Busters Akte las. Dann fuhr sie fort: »Also, unseren Unterlagen zufolge sitzen Sie eine zehnjährige Haftstrafe wegen Einbruchs in ein Gebäude ab und werden am 1. September zum ersten Mal bewährungsberechtigt. Ihr Vorstrafenregister umfaßt . . .«

Während Buster den jungen Typ beobachtete, leierte sie die Anklagen in Danbury runter, die in Duluth, die Staatsstrafen in Tennessee und Kentucky und die davor gelaufene Texasnummer. Der Typ schaute nicht auf, machte sich bloß Notizen, benahm sich, als wär ihm alles schnurzegal, als wär ihm der alte Buster total unbekannt. Klar. Der war's, na, gut. Der ältere Typ, auf dessen Glatze sich das Licht spiegelte, gaffte Buster an wie 'n Zoobesucher.

Die Frau sagte gerade: ». . . und das scheint das Vorstrafenregister zu sein. Ein ziemlich langes. Haben Sie irgendwelche Fragen oder Ergänzungen?« In der Nadel an ihrer Brust waren mattbraune Steine. Sie rieb sie mit der Hand.

Buster hatte zwar nicht richtig zugehört, aber seiner Meinung nach hatte sie die Knastzeit in South Carolina vergessen. Er sagte: »Nein, Ma'am. Ich glaub, das wär's, haut hin. Ich hab in meinem Leben 'ne ganze Latte Fehler gemacht. Der liebe Gott muß sich wohl mal über mich Gedanken machen, wenn ich überhaupt noch mal auf die richtige Bahn kommen soll. Aber ihr Leutchen sollt wissen, daß ich diesmal gründlich drüber nachgedacht hab. Ich werd ganz bestimmt keinem mehr Schwierigkeiten machen.«

Der Junge, der Kontaktmann, schrieb weiter, während die dicke Frau den runden Kopf rumdrehte und mit dem Glatzkopf Blicke wechselte. Der Alte hatte ein Hörgerät. Sie schauten gleichzeitig wieder zu Buster.

Mit hoher, brüchiger Stimme sagte der Alte: »Ihr Vorstrafenregister macht nicht den Eindruck, als hätten Sie sich sonderlich viel Mühe gegeben, ein anderer Mensch zu werden, Mr. Longley. Berichten Sie dem Ausschuß mal, was Sie mit sich anzufangen gedenken, falls Sie auf Bewährung entlassen werden.«

Buster faltete seine fetten, sommersprossigen Hände auf dem Tisch vor ihnen, die Augen niedergeschlagen. Er bemühte sich, ganz, ganz feierlich zu klingen, als er sagte: »Also, ich möcht nich irgendwo hingehn, wo ich schon mal in Schwierigkeiten war. Mit alten Gewohnheiten und Treffs weitermachen, verstehn Sie? Also hab ich 'nem Mann geschrieben, von dem ich weiß, daß er 'ne Baufirma hat, und der sagt, daß er mich beschäftigt. Er is – er is oben in Dallas, da isser.«

Die dicken Backen aufplusternd, beugte sich die Frau vor und fing zu schreiben an. Der Alte fingerte mit der einen Hand an seinem Hörgerät rum und schrieb mit der anderen. Der Junge würdigte Buster kaum eines Blickes, behielt seine Tarnung bei, machte sich weiter Notizen.

Die Frau spähte rasch nach beiden Seiten und vergewisserte sich, daß die Männer die Köpfe gesenkt hatten, dann schaute sie auf. Sie kniff das rechte Auge zu und zwinkerte Buster dick, fett und wissend zu.

Buster dachte, da wird doch der Hund in der Pfanne verrückt! Die?

Buster tappte barfuß vom Fenster weg, über den Teppich und in den Flur, quetschte unterwegs seine Bierdose zusammen und warf sie in den Papierkorb. Die Tussi machte nicht viel Krach, nur 'n bißchen leises Gestöhne und Geschluchze, aber John-Boys Bettfedern quietschten hundserbärmlich, darum schloß Buster leise die Schlafzimmertür, bevor er telefonierte. Er rief den Mann an. Die Sekretärin erzählte ihm irgend 'n Scheiß über 'ne Sitzung, die sie nicht stören dürfte, aber Buster sagte, daß er die H. Brown Trucking Company wäre, der Deckname, und schließlich stellte sie ihn durch.

Ja, es stünde weiteres Geld zur Verfügung. Prima, sagte Buster. Wieviel? Noch mal hundert, wenn der Job erledigt wird. Was 'n für 'n Job? Ganz einfach. Finden Sie heraus, ob der Anwalt Phillips über Buster, John-Boy und den Mord Bescheid wußte. Wenden Sie keine Gewalt mehr an, wenn möglich. Buster schnaubte. Was, verdammt noch mal, glauben Sie 'n eigentlich, was das hier is? Sie löhnen hundert Riesen, damit so 'n Opa umgelegt wird, noch mal hundert, damit Ihr Arsch verschont bleibt, und dann wolln Sie keine Gewalt? Buster würd ihm mal 'n bißchen Scheißgewalt vorführn, wenn er nich mit den hundert Riesen rüberkam.

Buster zog Schuhe und Hemd an und machte sich ausgehfertig. Er hatte eigentlich vor, John-Boy Bescheid zu sagen, aber grad als er die Tür zum Schlafzimmer öffnen wollte, kreischte die Tussi: »Ohhh-wii!«, und Buster überlegte es sich anders. Er ging durch die Vordertür raus und nach unten zum Parkplatz und dachte dabei: Vielleicht fängt sich John-Boy ja 'n Tripper ein, kriegt Schiß und haut ohne seinen Anteil an den hundert Riesen ab. Würde ihm recht geschehen.

◇

Nur ein einziges Mal hatte sich Buster einen ehrlichen Job besorgen müssen, damit seine Bewährungshelferin aufhörte, ihm den Nerv zu töten. Ein- oder zweimal versuchte er sie zu leimen und erzählte ihr, daß er arbeiten würde, obwohl er's nicht tat, aber sie kontrollierte ihn. Also ging Buster schließlich arbeiten. Der Job wirkte sauber, was er aber im Grunde nicht war.

Buster hatte diesen Privatschnüffler Jerry Peters kennengelernt, als Buster sich als Schieber Geld verdiente. Er wurde von 'nem Hehler für gestohlene Autoersatzteile angerufen, der nach 'nem besonderen Teil suchte, zum Beispiel 'nem Chassis von 'nem 1978er Olds oder 'nem Kotflügel von 'nem 1980er Plymouth, und Buster beschaffte es. Er klaute den Olds, Plymouth oder was auch immer, stellte ihn an 'ner bestimmten Stelle ab und rief den Laden an, damit sie ihn abholten.

Also, jedenfalls ließ sich Jerry Peters von 'ner Versicherungsgesellschaft anheuern, um all diese Autos, die geklaut worden waren, zu suchen – die Versicherungen glaubten nämlich, daß alle Bullen auf der Lohnliste der Autohehler stehen würden, was ja auch stimmte, und daß sie 'nen eigenen Bullen brauchten. Dieser Jerry Peters kriegte also von irgendwoher einen Tip, schnappte Buster eines Tages, als Buster grad 'n Ford klaute, und machte ein Geschäft mit ihm. Von da an arbeiteten sie zweigleisig. Wenn die Hehlerwerkstatt das gewünschte Teil abmontiert hatte, ließen sie den Wagen zu 'ner anderen Stelle abschleppen. Dann rief Buster Peters an. Peters fand den Wagen, kassierte den Bergelohn von der Versicherung und teilte ihn mit Buster. Prima Geschäft. Als Buster damals einen sauberen Job brauchte, ging er daher direkt zu Peters.

Peters setzte Buster auf die Lohnliste, zeigte ihm, wie man Typen beschattete. Das brachte Buster jede Woche einen Lohnscheck ein, den er der Bewährungshelferin zeigen konnte, und Peters gleichzeitig eine brandneue Masche, mit der man Geld verdienen konnte.

Und die funktionierte so. Buster hing in diesen ganzen Singlebars in Manhattan rum, wo er damals wohnte. Er ging die Sache immer ganz lässig an, saß einfach da in der Bar, hielt sich an 'nem Bier fest und schaute sich nach 'nem Opfer um. In der Regel war das Opfer 'n fetter Mittvierziger oder -fünfziger mit beginnender Glatze, der 'n Anzug und irgend so'n Schmuck trug. Buster wartete, bis das Opfer 'ne Kleine ins Bett abschleppte, und dann beschattete er es. Er kriegte raus, wo die Kleine wohnte, wer das Opfer war, und womit es sein Geld verdiente. Wenn der Typ nicht echt war, wenn das irgendso 'n Macker war, der den reichen Onkel mimte, es aber nicht war, dann strich ihn Buster von der Liste. Wenn der Typ aber echt war, Zaster hatte und verheiratet war, dann tat sich Buster mit Peters zusammen.

Und eines Nachts, während das Opfer bei der Puppe war und rammelte, brach Buster dann *Rumms* das Schloß auf, knallte die

Tür auf, und Peters platzte rein – *Blechen oder Bluten!* – und schoß Fotos. Das Opfer saß dann ein paar Tage auf glühenden Kohlen und wartete auf den Erpresseranruf, der aber nie kam. Peters war ja kein Blödmann, war ja nicht so blöd und ließ sich wegen Erpressung schnappen.

Nee, keine Erpressung, aber sie machten folgendes: Wenn die Fotos was geworden waren – normalerweise mit dem im Bett liegenden Opfer drauf, das die Faust in die Kamera schüttelte, und der Tussi, die ihre Titten zuzudecken versuchte –, dann rief Buster die Alte von dem Typ an und verkaufte ihr die Fotos. Glatt wie Seide, keine Erpressung. Lief wie geschmiert.

Wo sie schließlich Scheiß bauten, war, als sie ein Opfer aussuchten, dessen Alte auch rumvögelte – mit dem örtlichen US-Staatsanwalt. Das brachte das FBI ins Spiel und ihnen eine Anklage wegen Postbetrugs ein – Buster mit zwei Anklagepunkten, Peters mit vier. Buster hatte die Anklage nie ganz kapiert, aber es hatte was damit zu tun, daß die Fotos mit der Post zum Entwickeln geschickt wurden. Kapiert oder nicht kapiert, Buster handelte sich damit 'n Fünfer oben in Danbury ein, der später durch 'n Brief an die Sekretärin auf 'n Dreier runtergesetzt wurde.

Kurz gesagt, durch die Zusammenarbeit mit Peters hatte Buster gelernt, wie man Leute beschattete. Als er daher gegen eins auf der anderen Straßenseite des Davis Building stand, wußte Buster genau, was er tat. Er hatte den Wagen des Anwalts auf dem Parkplatz weiter oben entdeckt; die Zulassungsnummer stimmte mit der überein, die ihm der Mann am Telefon gegeben hatte. Von seinem Platz aus konnte Buster gleichzeitig den alten Schnörkelkasten und den Parkplatz beobachten. Der Anwalt konnte sich nicht an ihm vorbeimogeln. War absolut nicht drin.

8. Kapitel

Dante Tirelli schaute durch das Panoramafenster auf die Redwoodplanken und beobachtete, wie das Wasser in dem transportablen, nach der Landkarte von Texas geformten Whirlpool, der zwölf Personen Platz bot, schäumte und sprudelte. Annabelle wirkte winzig auf dem Ruhesessel. Sie bemerkte ihn, ließ ein Bilderbuchlächeln aufblitzen, hob einen schlanken Arm und winkte. Er zeigte auf seine goldene Armbanduhr, hob beide Hände zu einer doppelten Fünf, schloß die Finger und signalisierte die doppelte Fünf noch einmal. Zwanzig Minuten.

Ohne sich umzudrehen, sagte Tirelli: »Weißt du, was mich an dieser ganzen Sache wirklich ärgert, Winnie?«

Für Winnie Anspacher, der an einem Ende des grünen, rosengemusterten, viereinhalb Meter langen Sofas saß, nahm sich Tirellis Silhouette vor dem Hintergrund des gedämpften Sonnenlichts im Hof verschwommen aus. Winnies gestärkter weißer Hemdkragen kam ihm ein bißchen eng vor, als er sagte: »Was denn, Dan?«

»Daß ich die Sache mit einem einzigen verdammten Telefonat hätte erledigen können, und ich es nicht getan habe.« Er drehte sich um und sah Winnie an, dann entfernte er sich ein paar Schritte vom Fenster, Hände in den Taschen seiner maßgeschneiderten marineblauen Hose. »Ich hab's nicht getan, weil ich den Hals nicht voll genug kriegen kann. Nur ein einziges Telefonat – Tu mir einen Gefallen –, und die Sache wird erledigt. Und als nächstes kommt dann ein Typ in die Stadt und sagt: ›Hör mal, Dante, alter Kumpel, vielleicht sollten wir mal über eine kleine Beteiligung reden.‹ Na ja, nicht viel zunächst, nur die Pokerspiele. Als nächstes die Tittenbars, kleine Beteiligung, würd ich nie merken. Ein Typ hier, ein Typ da, und ziemlich bald hab ich mehr Partner als J. C. Penney. Möchtest du einen Grapefruitsaft, Winnie?« Er ging hinter die handgeschnitzte Bar, stellte eine Dose Texsun heraus und füllte aus einer Silberschale zerstoßenes Eis in einen Glasbecher.

Winnie hob eine Stummelhand, Handfläche nach vorn. »Nicht für mich, danke. Ich verstehe, was du meinst, Dan, Unabhängigkeit ist viel wert.«

Der Dosenlocher machte ein knirschendes Geräusch. Die Flüssigkeit gluckerte. »Tja. Das hab *ich* gedacht.« Tirelli warf Winnie einen kurzen Blick durch seine Brille zu. »Vor zwanzig Jahren komme ich nach Texas, um von diesem ganzen *Paten*scheiß loszukommen. Dallas war ein Nest, wieviel, halbe Mille? Nicht mal Barlizenzen, die Leute brachten sich ihren Schnaps von zu Hause mit. Seitdem hat sich 'ne Menge verändert, und ich hab mich von ganz unten hochgearbeitet. Keine Partner, nur mit meiner eigenen Kohle.«

»Selfmademan«, sagte Winnie. »Hut ab vor dir, ehrlich.«

Tirelli setzte sich ans andere Ende der Couch, schlug die Beine übereinander und lehnte das Glas Saft ans Knie, ein Diamant funkelte an seinem Finger. »Hab sogar Sachen weitergemacht, die die nicht machen wollten. Pokerspiele, kleine Beteiligung, Würfelspiele im Stehen. New York, die haben mich vergessen. Einmal kam ein Kerl zu mir, wollte Zigonnet aufbauen. Das ist ein Spiel, von dem du noch nie was gehört hast, Winnie, auf die Schnelle. Es wird aus einem Kasten ausgegeben, der in Italien hergestellt wird, und davon gibt's nur fünf in New York. Fünf Familien, fünf Kästen. Willst du Zigonnet spielen, bezahlst du die Familien. Bezahlst du die Familien nicht, bist du tot. Weißt du, was ich dem Kerl gesagt habe?«

Winnie legte einen Ellbogen auf die Rücklehne der Couch und setzte sich, Hände gefaltet, so hin, daß er Tirelli ansehen konnte. »Entschuldige, Dan. Welchem Kerl?«

»Du hörst nicht richtig zu, Winnie. Dieser verdammte Kerl, der in Dallas Zigonnet spielen wollte. Ich habe ihm klipp und klar gesagt, wenn's mit Zigonnet losgeht, verschwindet er. Zigonnet würde die Familien herbringen. Partner, genau das, was ich nicht will. Aber dieses Geschäft hier, da wäre ich besser dran gewesen, wenn ich angerufen hätte.« Tirelli wischte mit der freien Hand über sein pfirsichfarbenes Strickhemd. Sein Kinn stand leicht vor, und seine Haut war glatt.

Winnie legte nervös eine Hand auf den kahlen Schädel. »Nein, Dan, ich glaube, du hast richtig gehandelt. Wir werden das alles schon schaukeln. Die Umfrageleute sagen, daß Art Stammer ein Senkrechtstarter ist. Selbst dieses kleine Fiasko gestern abend, na ja, das können wir zu unserem Vorteil ummünzen. Stellen Phillips als den typischen fanatischen Liberalen hin, der rumläuft und Leuten ins Gesicht schlägt.« Er lächelte. »Jawoll, ich glaube, das verschafft uns einen Vorsprung.«

»Quatsch. O ja, Winnie, es wird uns einen Vorsprung verschaffen. Aber diesen Vorsprung, den es uns verschafft, werden wir zwischen uns und dieser Stadt halten müssen, mit den Feds an unseren Fersen und deinen beiden Weihnachtsmännern, die da draußen rumrennen und Leute aufschlitzen.« Tirelli stand auf, tigerte vor Winnie auf und ab und nippte dabei an dem Grapefruitsaft. »In der Zeit hätte ich Zahlenlotto machen können. Hast du überhaupt eine Ahnung, wieviel Geld du in dieser Gegend mit Zahlenlotto verdienen könntest? Scheiße, hier drucken sie genau wie in New York Wetteinsätze von den Rennbahnen in der Zeitung ab. Vier, vielleicht fünf Stützpunkte, zehn Schlepper, die von dort aus in der Stadt rumlaufen, Mindesteinsatz ein Dollar. Ich kannte diesen Burschen in der City, Sammy Taglia. Starb im Knast. Die Typen von der Einkommensteuer, elende Schweinehunde, fuhren raus zu Sammys Haus, vernagelten es mit Brettern. Weißt du, was sie in Sammys Autos fanden? Vier Millionen verfluchte Dollar, das haben sie gefunden. Vier Millionen! Und Sammy Taglia war keine große Nummer, nur ein South Manhattener Laufbursche, zahlte der Familie Provision. Aber ich, nein. Ich geb mich nicht mit verdammten Zahlenlottos ab, halte die Familie von Dallas fern. Wirst du mich, verdammt noch mal, ansehen, Winnie, ich rede mit dir.«

Winnies Blick war zu den Redwoodplanken draußen abgeschweift, wo Annabelle ein wohlgeformtes Bein aus dem Wasser hob und gerade in die Luft reckte. Er riß den Kopf herum und betrachtete Tirelli wie ein Kinogänger, der zusieht, wie Kaskaden grüner Kotze auf den Priester in *Der Exorzist* herabströmen. Tirelli fuhr fort.

»Jetzt dieser Malzmilchscheißer, dieser Bigelow, aus irgendeinem Grund kriegt er meinetwegen 'nen Steifen. Von Kongreßvorladungen ist die Rede. Genau da, Winnie, hätte ich einen einzigen Anruf machen sollen. Ein Kerl – vielleicht zwei – kommt hier runter, schiebt sich unter diesen Bigelow, klopft ihm auf den Rücken. Ein kleiner Nadelstich, das ist alles. Der Kerl ist wieder in der City, bevor die wissen, daß Bigelow keinen Herzanfall hatte. Hab ich aber nicht getan, Winnie, weil ich nämlich unter gar keinen Umständen der Familie am Ende doch noch Provision zahlen will. Nun, jeder hält Dante Tirelli für 'nen Supermuskelprotz, bin ich aber nicht. 'ne Horde Waschlappen hab ich um mich rum. Wie dich, Winnie, einen Haufen großkotziger Hohlköpfe. Du, du sagst mir, daß du die Sache regeln wirst, und es sind drei Typen wie aus *Tag des*

Schakals, die wir kriegen. Hundert Riesen kostet mich das, ganz zu schweigen von diesem Provinzaufseher und dieser Bewährungsziege – wie hieß sie noch? *Tag des Schakals,* Scheiße. Tag des Esels! Drei Rohrkrepierer, einer davon eingebuchtet, weil er verdammtes Gras verkauft hat, die beiden anderen können nicht mal ein verdammtes Büro filzen, ohne ein armes kleines Mädchen, das den Fahrstuhl bedient, abzuschlachten. Was ist mit diesen Arschlöchern? Du hat sie doch wohl mit 'nem Arschtritt aus der Stadt befördert, oder?«

Winnie schwieg, schlug die Augen nieder, rieb die Hände aneinander.

Tirelli sagte: »Oder, Winnie?«

Winnie hielt den Kopf gesenkt. »Na ja, Dan – du weißt ja, sie sind beunruhigt wegen dem, was Phillips weiß, genau wie wir auch, und sie brauchen Geld, um –«

Tirelli trat mit einem langen Schritt vor Winnie, legte einen Daumen an eine von Winnies Backen, einen Zeigefinger an die andere, drückte so zu, daß Winnies Lippen ein zusammengepreßtes *O* formten, und zwang Winnie, den Kopf zu heben, damit Tirelli ihm in die Augen sehen konnte.

»Winnie, ich weiß, daß du mir nicht erzählen willst, du hättest diesen beiden Idioten gesagt, daß sie noch mehr Geld bekommen würden. Das weiß ich ganz sicher, Winnie, genauso wie ich ganz sicher weiß, daß wir hier in meinem Salon sitzen und diesen kleinen Plausch abhalten. Weißt du, warum ich das ganz sicher weiß? Ich weiß es deswegen ganz sicher, weil ich nämlich, wenn du mir das sagst, diesen Telefonanruf machen werde. Und dann werden diese beiden Rohrkrepierer selbst krepieren, Nummer eins. Und Nummer zwei, ein einflußreicher Anwalt in dieser Stadt wird krepieren. Und Nummer drei, ich werde Partner haben, was ich aber nicht will. Also wird das für uns alle schlecht sein, Winnie – für dich, mich und die Rohrkrepierer.« Er ließ Winnies Gesicht los und tätschelte jetzt kräftig Winnies Backe, mit schnellen Schlägen der Handfläche. »Also, Winnie, ich frage dich jetzt. Hast du diesen beiden Rohrkrepierern gesagt, daß sie noch mehr Geld kriegen?«

Plötzlich begann Winnie zu schluchzen. Er wischte Tirellis Hand beiseite, schlug die Hände vors Gesicht und flennte in sie hinein, wobei sich seine kleinen runden Schultern hoben und senkten. Tirelli trat zurück, nippte an seinem Grapefruitsaft und sah ihm zu.

Nach Atem ringend und mit tränenüberströmten Backen sagte Winnie: »Schau an, was du mir angetan hast, Dan. Schau dir an, was du getan hast. Ich habe hier eine Familientradition. Einen Namen. Sicher, ich habe ein paar Fehler gemacht – aber das! Ich habe doch nur – ja, was ist mir denn noch wichtig? Du hast mir meine Selbstachtung genommen, das hast du getan. Es ist – Es ist –« Er heulte wieder, konnte nicht aufhören.

Tirelli sah zu, mit steinernem Gesicht. Dann ging er wieder zur Bar und goß drei Finger breit Jack Daniels ein, ohne Eis, ging zu Winnie und reichte ihm den Drink. Winnie zögerte erst, dann nahm er einen Schluck. Er verschluckte sich, hustete, und ein feiner Bourbonregen sprühte aus seinem Mund.

Tirelli sagte: »Schau dich doch selber an, Winnie.« Er schüttelte den Kopf langsam von einer Seite zur anderen. »Scheiße, kein Mensch hat dir irgendwas angetan. Wenn dir jemand was angetan hat, dann du dir selber. Hab ich dir etwa gesagt, daß du anfangen sollst, in den Tittenbars rumzuhängen? Hab ich dir etwa gesagt, daß du die junge Stripperin, diese – wie hieß sie noch, Jolene? – schlagen sollst? Du kommst zu mir. Scheiße, du kommst in mein Büro. Ich habe keine Ahnung, wer du bist. Das älteste Spiel wird da gespielt, Winnie. Jede Braut in diesen Schuppen da ist 'n Doper, jede einzelne von denen verkehrt mit Dopern. Was erwartest du? Zack – bäng, danke, Ma'am, vielleicht 'nen Kleinen blasen? Typen wie du sind leicht rumzukriegen. Wenn die Bräute spitzkriegen, daß du 'n bißchen Zaster hast, nehmen sie dich aus wie 'ne Weihnachtsgans. Wieviel Kokain hast du ihr eigentlich gekauft? Ist egal, wenn du nicht mitspielst, geht sie zu deiner Alten. Du hast mich um 'nen kleinen Gefallen gebeten, Winnie, und ich hab ihn dir getan. Du weißt, daß die Braut nicht mehr in dieser Stadt arbeitet. Ich möchte nur meine Gefälligkeiten zurück. Genau wie du. Du machst Wahlpropaganda, läßt einen Richter wählen, er revanchiert sich bei dir, solange er im Amt ist. Ein Bundesrichter, der wird zwar berufen, aber das Geschäft ist haargenau das gleiche. Vielleicht verhilfst du diesem Bundesrichter zu einer kleinen Mitgliedschaft im Country Club, vielleicht zu einem Kundenkreditkonto, die Rechnungen drauf braucht er nicht zu zahlen, er revanchiert sich bei dir. Ist alles das gleiche Ballspiel, Winnie, ich unterscheide mich da kein bißchen von dir. Also, Winnie, jetzt läßt du die verdammte Flennerei sein und hörst mir zu. Kein Mensch will dir weh tun, Winnie. Hör zu.«

Winnie blickte langsam auf. Er nippte an dem Bourbon, dann stellte er ihn mit zittriger Hand neben seinen Fuß auf den Boden. Er holte ein makellos sauberes Taschentuch aus der Gesäßtasche und schneuzte sich die Nase. Seine Augen waren rot und verquollen, und auf der Innenseite seiner Brillengläser waren Tränenflecken.

»Also«, sagte Tirelli, während er Winnies Drink nahm und zur Bar zurückbrachte. »Also, jetzt wird folgendes passieren. Du wirst diese beiden Hunde zurückpfeifen, zackzack. Ich persönlich glaube nicht, daß dieser Phillips von irgendwas 'ne Ahnung hat. Ich glaube, daß da der eine Ganove die beiden andern Ganoven belogen hat. Wüßte er was, wär er längst bei der Polizei gewesen. Aber das check ich noch.« Er bückte sich grinsend, schloß die Türen unter der Bar und füllte die beiden jetzt leeren Gläser mit Leitungswasser. »Wir haben Glück, da Annabelle die Verflossene des Anwalts ist. Annabelle wird ihn zu mir bringen. Ich werde schon rausfinden, Winnie, was es zu wissen gibt.«

Winnies Augen weiteten sich, und sein Blick schweifte erneut zu dem Redwoodpatio ab. Vorbei an etwa neun Meter Holzplanken, vorbei an dem riesigen, Texas-förmigen Whirlpool, wo Annabelle jetzt auf der Seite lag, eine runde, bikinibekleidete Hüfte aus dem Wasser gestreckt; der Herbst hatte die Eichen ihrer Blätter beraubt.

Winnie sagte: »Annabelle? Weiß Annabelle denn über die ganze Sache Bescheid? Sie kennt 'ne Menge Leute, die ich auch kenne, Dan. Leute, die mit uns in dieser Stadt aufgewachsen sind.«

Hinter der Bar ging Tirelli zum einen Ende der Theke und stützte den Ellbogen darauf. »Nur in Amerika, Winnie. Nur in Amerika machen Männer solche Dummheiten, wie zum Beispiel Ehefrauen in die Geschäfte einzuweihen. Ich wette, daß Sarah alle Namen deiner Mandanten kennt, bestimmt sitzt du daheim rum, trinkst diese Scheißmartinis und erzählst ihr, was Sache ist. Genau dafür ist dieses Scheißrestaurant da, Winnie. Diese ganzen Spaghettis, Muschelsaucen, Krebsscheren, Pizzas und sonstiger Quatsch – soweit Annabelle weiß, wird das Ganze hier davon bezahlt.« Mit einer weit ausholenden Geste zeigte er auf das Haus und zum Fenster hinaus. »Gibt nirgendwo ein Stück Papier, das mich mit einer Tittenbar oder einem Pokerspiel in Verbindung bringt, Winnie. Das ist etwas, was ich gelernt habe, schon ganz früh. Du überläßt es mir, mit meiner Frau fertig zu werden, Winnie; und du siehst zu, wie du mit deiner fertig wirst. Meine wird mir diesen Anwalt herbringen und von nichts 'ne Ahnung haben.«

◇

Annabelle Bradley Phillips Tirelli dachte: Vielleicht werde ich, benutzte dann eine Hand als Anker und trieb zu einer Stelle, wo die Wasserdüse einen entspannenden, kräftigen Strahl auf ihr linkes Schulterblatt sprudelte. Sie ließ sich langsam und gezielt treiben, damit der Strahl genau auf verschiedene Teile von Nacken und Schulter traf, und dachte, aber wahrscheinlich sollte ich nicht.

Bino ging ihr im Kopf herum. Und eine Menge sentimentaler alter Sprüche und Szenen. Wir können nie wieder nach Hause. Auch wenn nichts die Augenblicke der Herrlichkeit im Gras, der Pracht in der Blüte zurückbringen kann . . . Natalie Wood. Deanie: Bist du glücklich, Bud? Warren Beatty: Ich denke nicht mehr drüber nach, Deanie. *Herrgott noch mal, Annabelle!* Sie rollte sich im Wasser herum und dirigierte die Strömung auf ihren Oberkörper.

Das Fliegenfenster versperrte ihr weitgehend die Sicht auf das, was sich im Haus abspielte. Wenn Dante direkt vorm Fenster stand, war das Bild deutlich, doch Winnie Anspacher auf der Couch war wie ein bei Nacht aufgenommenes Foto.

Winnie Anspacher, noch ein Gesicht aus der verschwommenen, weit zurückliegenden Vergangenheit, das in letzter Zeit aufgetaucht war. Komisch. Dante entsprach nicht Annabelles Vorstellung von einem Mandanten Winnies. Winnies Mandanten kamen aus Orten wie Yale und Harvard, trugen Brooks Brothers, lunchten im Lancers und spielten Golf in Preston Trails – all jene Dinge, von denen sich Annabelle schon gelöst hatte, als sie Dante heiratete.

Zum Beispiel, als sie Bino Phillips heiratete. Ganz anders. Annabelle lächelte leicht, als sie sich an all die verschiedenen Köder erinnerte, die nötig gewesen waren, um Bino, den linkischen Lulatsch, überhaupt erst so weit herumzukriegen, daß er mit ihr ausging.

Gekicher und Fragen im Pi-Fi-House. Er ist eine *derartige* Bohnenstange, Annabelle, daß er schon wieder süß ist. *Mesquite?* Mein Gott, das ist vielleicht ein Kaff. Wir hatten da draußen auf dem

Weg zum See mal 'nen Platten. Mußten in der Tankstelle, stell dir das mal vor, ein *Damespiel* unterbrechen, um ihn repariert zu kriegen.

Highland Park Methodist Church, vollgestopft bis zu den Dachsparren. Hart Schaffner & Marx und Pelze von Neiman's auf der einen Seite, Penny's Bügelfrei und gesprayte Zuckerwattefrisuren auf der anderen. Pop Harrison, der stolz, aber verkatert in einem Smoking steckte, in seinen Taschen nach dem Ring kramte und »Scheißsuff!« murmelte. Der Pfarrer, der schockiert die Augen aufriß. Annabelle hob eine Hand aus dem heißen Whirlpoolwasser und bedeckte kichernd ihren Mund. Vielleicht fiel ihr ja eine Ausrede ein, um Bino gleich anrufen zu können. Aber wahrscheinlich sollte sie's nicht.

Dante? Dieses Leben? Tja, das war wieder was anderes. Was sie an Dante so reizvoll gefunden hatte, unterschied sich im Grunde gar nicht so sehr von dem, was sie vor Jahren zunächst zu Bino hingezogen hatte. Sie hatte eine Abwechslung gewollt, was ganz Neues.

Ja, sie hatte es gehört. Ein Gangster, sagte man. Der LTV-Vizepräsident, der sie zum ersten Mal zum Dinner in Tirellis Italiener ausgeführt hatte – wie hieß er doch gleich? Bert. Ja, Bert Johnson, war ja so gefragt, wie lautet die Prognose für die Nahostpreise, Bert? Laß uns einen Bericht für den Vorstand ausarbeiten, Bert, über den jeder brüten, rauchen, Eiswasser trinken und diskutieren kann. Bert, von dem nur die Augen und die geschäftstüchtige Nase über der in dunkelrotes Leder gebundenen Speisekarte zu sehen waren, sagte: »Junge, Junge, Annabelle, eins muß man der Mafia ja lassen. Die wissen wirklich, wie man die alten Fleischklopse und Lasagnen zusammenschmeißt. Erinnerst du dich noch, was Sonny Corleone und die Brüder grade aßen, als sie ausheckten, daß sie Al Pacino umlegen wollten?« Klar, Bert. Gähnen. Annabelle erinnerte sich noch, daß sie dachte: Gleich wird Bert sagen, daß er manchmal ein paar auswärtige Gäste hierherführt, um sie einen Blick auf die Schattenseiten werfen zu lassen. Und gleich darauf hatte Bert es gesagt.

Plötzlich stand Dante Tirelli in einem blauen Seidenanzug neben ihrem Tisch. Pechschwarzes Haar, das eisengrau zu werden begann, große, grobe Hände, zur Abwechslung mal Männerhände, keine weichen, schweinchenfarbenen Sitzungssaalhände. Dunkle

Augen hinter der Brille, wache Augen, die von Annabelle zu Bert wanderten, wenn Dante redete, funkelnde Augen, etwas Geheimnisvolles in ihrem Ausdruck. Dante zog einen Stuhl heran, lud sie zu einem Drink ein. Bert redete über Stahlpreise und die Börse und Fusionsgerüchte. Dante redete statt dessen über Shows in Vegas und daß er zweimal in einer Nacht gesehen hätte, wie Maris und der Mick Rücken an Rücken gingen. Annabelle hörte zu, fasziniert, spürte, wie sich bei manchen Sachen, die er sagte, ihre Braue hob, beobachtete, wie er mit den Händen gestikulierte, um seine Meinung zu unterstreichen. Sie registrierte, wie seine breiten Schultern sein Jackett ausfüllten, und spürte ein leichtes Prickeln an den Innenseiten ihrer Oberschenkel.

Daß sie ihre schmale Abendtasche in der Nische vergaß, als sie und Bert gingen, war durchaus kein Trick gewesen. Allerdings hatte es einiger Tricks bedurft, um den Langweiler Bert an der Tür zu ihrer Eigentumswohnung abzuwimmeln. Schließlich war sie ausgesprochen unhöflich geworden: »Tut mir leid, Bert, nein, ob dir das nun paßt oder nicht.« Sie hatte gewartet, bis Berts Rücklichter um die Ecke verschwanden, ehe sie, Schlüssel in der Hand klimpernd, in die Garage ging und die grüne Corvette aus der Lücke neben dem gelben Mark holte. Ihre Tasche war in Dantes Büro, auf der Kante seines Schreibtischs, und Dante saß mit verschränkten Armen auf seinem Stuhl, ein wissendes Grinsen im Gesicht, und wartete auf sie. Annabelle hatte in dieser Nacht drei wahnsinnige, aufwühlende Orgasmen, was ihr, wie sie sich erinnerte, seit Jahren nicht mehr passiert war. Seit sie Bino verlassen hatte.

Nein, sie sollte Bino nicht wiedersehen, nicht mal nach so langer Zeit. Aber sie könnte.

Die Tür zum Garten ging auf. Dante kam in einer silbernen Izod-Badehose und passendem Netztop heraus, ein gelbes Badetuch um die Schultern. Der Luftzug, den die Schwingtür erzeugte, fegte ein paar trockene Blätter übers Holz. Am Fuß der Treppe, die zu der heißen Wanne hinaufführte, hüpfte Dante erst auf einem, dann auf dem anderen Fuß, um weiße Socken und Turnschuhe abzuschälen. Das Netztop verwuschelte sein dichtes Haar, als er es über den Kopf zog, er warf es auf die Treppe neben das Handtuch. Seine Brusthaare waren dicht, von ein paar grauen Strähnen durchzogen.

Grinsend sagte er: »Mach Platz, Puppe. Brrr, hier draußen wird's frisch.« Er stieg die Treppe hinauf, ragte über ihr, die da in der heißen Wanne lag, empor, dann steckte er einen Fuß in das schäumende Wasser, sagte: »Au! Verdammt!«, und zog ihn mit einem Ruck wieder heraus. Der sprudelnde Kessel verströmte einen starken Chlorgeruch, als er in ihn hinabstieg und den Wasserthermometerstand prüfte, während er langsam nach unten kletterte, über das zu heiße Wasser fluchte und dann über sich selbst lachte. Schließlich saß er auf der Bank neben ihr, seine Beine bewegten sich unter der Oberfläche wie weiße Tangschlingen.

Sie wölbte eine Hand, schöpfte etwas Wasser auf die Umrandung des Whirlpools und sah zu, wie es zurücktropfte. »Hast du dich nett mit Winnie unterhalten?«

»Yeah – klar«, sagte er. »Winnie ist zum Schießen komisch. Prima Bursche. Bin froh, daß ich ihn kennengelernt habe.«

»Dante«, sagte sie, »du warst in der letzten Zeit ausgesprochen viel mit Winnie zusammen. Du hast doch nicht irgendwelche rechtlichen Probleme, oder? Von denen ich nichts weiß? Ich meine, Winnie Anspacher *ist* Anwalt, ein teurer obendrein.«

»Nee, Puppe, nichts dergleichen. Winnie und ich sind Kumpel geworden, mehr nicht.« Er machte ein nachdenkliches Gesicht. »Aber weißt du, Schätzchen, ist wirklich gut, daß du gefragt hast. Krieg da 'n bißchen Knatsch mit den Leuten von der Alkoholbehörde. Irgendwas wegen der Steuer auf die Bardrinks, die wir drüben im Italiener verkaufen. Ist absolut keine große Sache – kleiner Kuddelmuddel, mehr nicht, und ich hab nicht die geringste Lust, die Piepen auszuspucken, die Winnie berechnen würde, um das zu erledigen. Nicht bei so 'ner Bagatelle wie der hier. Also hab ich nachgedacht. Hör mal, Püppchen, dieser Bino, mit dem du früher mal verheiratet warst. Meinst du, du könntest ihn mal anrufen, ihn mal aufsuchen? Mich vielleicht mit ihm zusammenbringen?«

Annabelle rollte sich in dem gluckernden und brodelnden Whirlpool auf die Seite und legte die Hand auf Dantes Arm. »Also, ich weiß nicht, Schatz«, sagte sie. »Ich nehme an, daß ich Verbindung mit ihm aufnehmen könnte. Wenn es für dich ist.«

»Das ist mein Mädchen«, sagte er.

◇

Später, im siebenundsechzigsten Stockwerk des InterFirst Tower, hinter seinem mächtigen Schreibtisch thronend, zählte Winnie Anspacher das fünfzehnte Läuten. Er legte auf.

Er schwang seinen Stuhl nach links. Winnie I. starrte ihn in dieser Richtung von der Wand an, daher drehte er sich zur anderen Seite um und schaute aus dem Fenster. Es dämmerte, wurde dunkel. Winnie trommelte mit den Fingern auf die Schreibtischplatte.

Er nahm den Hörer ab und tippte erneut die Nummer von Buster und John-Boy ein. Es meldete sich immer noch niemand.

9. Kapitel

Bino betrat das Erdgeschoß des Dallas County Courthouse halb gehend, halb trabend und mit dem Gedanken: Ich bin doch ein einmalig beschränkter Schweinehund. Herr des Himmels! Sein dunkelbrauner Aktenkoffer war mit Papieren vollgeladen, und das hin und her schwingende Gewicht klatschte dumpf gegen sein Bein. Als er dastand und auf einen Lift wartete, schaute Bino auf seine Armbanduhr. Fünf nach eins. Vielleicht würde die Anhörung mit Verspätung beginnen. Vielleicht hatte der Richter eine lange Mittagspause eingelegt. Vielleicht stürzte das Dach ein. Er machte die Drei-Stockwerke-Fahrt zusammen mit zwei Frauen mittleren Alters und einem alten Mann, der sich auf einen Stock stützte.

Kaum hatte er den 375. Gerichtssaal betreten, blieb er abrupt im Gang zwischen den langen Holzbankreihen stehen. Auf der anderen Seite der Schranke, hinter den Ankläger- und Verteidigertischen stand Assistant County D. A. McIver Stranger vor dem Richtertisch und sagte gerade: ». . . und dreimal meldete sich niemand, Richter. Erst vor wenigen Minuten bekamen wir schließlich seinen Ermittler an den Apparat. Mr. Phillips ist angeblich unterwegs, aber wir haben noch nichts –«

Von seinem Standort im hinteren Teil des Gerichtssaals sagte Bino laut: »Der Verteidiger ist hier, Euer Ehren.«

Rundschultrig, schütterhaarig und schmerbäuchig drehte sich Mac Strange langsam um. Criminal District Judge Ben Stevenson – ziemlich jung, Kopf voller brauner Kraushaare, helle Augen, nahezu farblose Plastikgestellbrille – starrte Bino von seinem Platz hinter dem hohen Richtertisch aus an. Die Gerichtsschreiberin, eine schlanke Brünette in den Vierzigern, hörte auf, die Stenomaschine zu bedienen, und blickte auf. County Detective Hardy Cole, kantig und dunkelhaarig, blickte Bino von seinem Platz am Anklägertisch aus über die Schulter an, ein sarkastisches Grinsen im Gesicht.

Mit ruhiger Tenorstimme sagte der Richter: »Hier heißt hier, Mr. Phillips. Hier vor dem Richtertisch, neben dem Ankläger stehend.«

Bino nuschelte: »Ja, Sir«, und ging in der Grabesstille auf den Richtertisch zu. Die Schrankenpforte knarrte wie das *Inner Sanctum.* Als er am Verteidigertisch vorbeikam, stellte Bino seinen

Aktenkoffer auf der polierten Platte ab. Kopflastig fiel der Koffer mit einem lauten Knall um. Der Richter zuckte zusammen. Schließlich stand Bino neben Strange stramm. Eine riesige Stars 'n' Stripes hing an einem vergoldeten Mast auf der rechten Seite des Richters; daneben befand sich eine Fahne von Texas, gleiche Farben, zwei riesige Streifen, einer rot, einer weiß, blendendweißer Einzelstern auf blauem Untergrund.

Richter Stevenson beugte sich vor, Ellbogen auf der Tischplatte, und legte die Fingerspitzen aneinander. Aus den bauschigen Ärmeln stachen Stevensons Unterarme wie dünne Stöcke hervor. Bino hatte gehört, daß Winnie Anspachers Kanzlei das Geld für Stevensons Wahlkampf aufgebracht hatte.

Stevenson sagte: »Ich meinte, gehört zu haben, wie jemand verkündete, daß der Verteidiger hier wäre.« Er hob die dichten Augenbrauen.

Nach etwa fünfzehn Sekunden eisiger Stille sagte Bino: »Was? Ich meine, wie bitte, Euer Ehren? Das bin ich. Ich bin – der Verteidiger.« Rechts neben Bino kicherte Strange, dessen Kopf sich auf gleicher Höhe mit Binos Schultern befand.

Stevenson schaute nach unten auf eine vor ihm liegende Aktenmappe, dann wieder nach oben und sagte: »Wie kann das sein, Mr. Phillips? Staatsanwälte und Verteidiger erscheinen in diesem Gerichtssaal in Anzug und Krawatte.«

Bino legte eine Hand auf seine Brust und fühlte den weichen Strickstoff seines Rugbyshirts. Er dachte, heiliger Strohsack, dann sagte er: »Euer Ehren, in letzter Zeit sind eine Menge Dinge passiert, und, nun ja, ich muß gestehen, daß mir diese Anhörung bis kurz nach dem Mittagessen völlig entfallen war. Meine Sekretärin, nun ja, hat ein bißchen Dope genommen –« Er räusperte sich, du Blödmann, dachte er. »Rezeptpflichtige Medikamente, Euer Ehren, die ihr der Bezirkscoroner gegeben hat, und sie mußte heimgehen. Aber sie wurde angerufen und ist mit ein paar angemessenen Kleidungsstücken auf dem Weg hierher, wenn sich das Gericht vielleicht solange gedulden möchte.«

Stevenson betrachtete Bino einen Moment, dann beugte er sich über den Tisch, halb stehend, und schaute nach links unten zur Gerichtsschreiberin. »Mrs. Bailey, ich wünsche, daß von dieser Stelle an nichts protokolliert wird.« Sie lehnte sich zurück und verschränkte die Arme. Dann legte der Richter den Kopf schief und sagte, während er Bino ansah und mit einem rosa Radiergummi auf das Holz vor sich klopfte: »Hören Sie, Bino, ich weiß nicht, in welchen Schlamassel Sie drüben im Bundesgericht, bei Richterin Sanderson, geraten sind. Ich weiß auch nicht, warum ein erwachsener, ausgewachsener Mann und noch dazu ein Mitglied der Kammer des nächtens loszieht und wie ein gemeiner Schläger einen Kandidaten für den United States Congress angreift. Und ich weiß auch nicht, warum Ihre Sekretärin mit Ihren Kleidern in der Stadt herumläuft. Aber ich weiß genau, daß ich in diesem Gerichtssaal keinerlei Unsinn dulden werde. Also, ich werde jetzt gleich eine halbstündige Pause anordnen, und danach werden wir mit der Antragsanhörung vor der Hauptverhandlung fortfahren. Ihr Mandant sitzt sich auf dieser Eisenbank drüben in der Wartezelle schon den Hintern wund.«

Bino schluckte schwer. »Nun, Richter, ich fürchte, wir werden in dieser Sache um eine Vertagung ersuchen müssen.«

Richter Stevenson öffnete die Mappe vor ihm mit einem ärgerlichen Knall. »Sie werden um was ersuchen?«

»Eine Vertagung. Sechzig Tage, um den Prozeß vorzubereiten.«

Der Richter starrte Bino finster an. »Ich glaube, das sollten wir wohl doch besser ins Protokoll nehmen, Mr. Phillips.« Zu der Gerichtsschreiberin: »Weiter im Protokoll, Mrs. Bailey.« Die Stenomaschine begann mit ihrem kaum hörbaren Klickediklack. Richter Stevenson faltete die Hände und leierte herunter: »In der Strafsache Nummer vier-acht-sieben-null-drei, Bundesstaat Texas gegen Theodor Oliver Madrick, auch bekannt als Wimpy Madrick, beschuldigt des Einbruchdiebstahls in eine Wohnung, geht es bei der vorliegenden Angelegenheit um eine Anhörung zu Anträgen vor der Hauptverhandlung. Also, gibt es irgendwelche Anträge, die dem Gericht vor dieser Anhörung vorgelegt werden sollen?«

Bino hustete in die hohle Hand, dann sagte er: »Euer Ehren, die Verteidigung wünscht einen mündlichen Antrag auf eine sechzigtägige Vertagung zu stellen. Wir brauchen mehr Zeit, um uns auf die Verhandlung vorzubereiten.«

Stevenson wandte seinen Blick jetzt Strange zu. »Irgendwelche Einsprüche?«

Strange trat einen halben Schritt vor, seine Akte offen in den Händen. Der Ankläger hatte eine Akte. Der Richter hatte eine Akte. Bino war der einzige, der keine hatte. Strange sagte: »Mit Erlaubnis des Gerichts, Euer Ehren, erhebt der Bundesstaat Einspruch. Dieser Fall ist schon seit einem Jahr anhängig. Unsere Unterlagen belegen eine Reihe von Vertagungen – in der Tat so viele, daß auf dem Aktendeckel keinerlei Platz mehr ist, um eine weitere Vertagung zu vermerken. Wir werden den Deckel umdrehen und fortan auf der Rückseite handschriftliche Notizen machen müssen. Wir erheben Einspruch, Euer Ehren.« Er trat zurück, bekleidet mit einem schwarzen Anzug, polierten schwarzen Schuhen und einem weißen Hemd mit hohem, gestärktem Kragen. Mit seinem rundlichen Profil sah Strange wie ein Pinguin in amtlicher Mission aus.

»Mrs. Bailey«, sagte der Richter, »was ich jetzt sage, ist wieder nicht fürs Protokoll bestimmt.« Das Geklappere hörte abrupt auf. Mrs. Bailey gab einen kleinen Nieser von sich. Stevenson sagte: »Bino, wollen wir mit der Verhandlung dieser Sache denn unbedingt eine Menge Zeit vergeuden? Ich meine, Ihr Knabe sitzt schon bald ein Jahr im Gefängnis. Warum legt er kein strafmilderndes Geständnis ab?«

Bino wechselte Blicke mit Strange, der die Achseln zuckte. Bino sagte: »Wimpy sagt, daß er's nicht getan hat, Richter. Außerdem bekommt er regelmäßig Besuch, solange er im Bezirksgefängnis ist. Wenn er ein strafmilderndes Geständnis ablegt und rüber in den Staatsknast geht, kriegt er nicht mehr soviel Besuch.«

Der Richter lachte in sich hinein, sein Kopf wackelte dabei hämisch auf und nieder. »Besuch will er also, hä? Setzen Sie das Protokoll fort, Mrs. Bailey. Antrag abgelehnt, Mr. Phillips. Also, ich verkünde eine halbstündige Unterbrechung, damit Sie sich mit Ihrem Mandanten besprechen können – und vielleicht mit Mr. Strange über eine Strafmilderungsvereinbarung diskutieren. Und, meine Herren, wenn wir zurückkehren, werden wir diese Angelegenheit zum Abschluß bringen. Anträge vor der Hauptverhandlung. Geschworenenauswahl. Hauptverhandlung. Ziehen Sie sich an, Mr. Phillips.« Der Knall seines Hammers hallte wider. Er verließ den Richtertisch und eilte zu seinen Amtszimmern, die schwarze Robe wirbelte um seine Knie.

Am Verteidigertisch sagte Strange: »Ich kann einfach nicht glauben, daß Sie bei dieser Sache alberne Spielchen abziehen wollen, Bino. Ich meine, Himmel noch mal, die Cops haben den Kerl doch dabei erwischt, als er durchs Fenster einstieg. Sag Ihnen mal was. Fünf Jahre. Fünf bis neunundneunzig, so lautet die Anklage. Fünf sind das mindeste; ich werde sie ihm geben, damit ich diese verdammte Sache endlich loswerde.«

Bino nahm es mit ausdruckslosem Gesicht zur Kenntnis. »Wimpy trinkt 'ne Menge. Er dachte, es wäre sein Haus.«

Bino ging durch die Pforte hinaus, und Strange sagte ihm, daß er sich zum Teufel scheren solle.

Dodie hatte sich hereingeschlichen, als das Treiben am Richtertisch noch im Gange war. Sie saß kerzengerade auf der hinteren Bank, Binos marineblauen Anzug, Krawatte und weißes Hemd im Schoß und die Hände darunter verschränkt. Fältchen rund um ihre wunderschönen Augen zeigten, unter welchem Druck sie stand.

»War es schwierig, sie zu finden?« sagte Bino.

Sie lächelte, beinahe schon wieder ein Dodie-Lächeln, aber noch nicht ganz. »Cecil hat mir geholfen.« Dann ernster: »Uff, dieser Mr. Strange hat den guten, alten Wimpy aber ganz schön auf'm Kieker.« Sie blinzelte.

Bino nahm ihr die Sachen ab, drapierte die Krawatte um seinen Hals. »Deine Augen sehen aus wie vierzig Meilen schlechter Straße, Dode. Geh nach Hause.«

Sie schloß die Knie und glättete ihr Kleid. Sie war jetzt in schmeichelndes Rot gekleidet. »Ich bleibe. Ich bin keine Märtyrerin, Bino, nichts dergleichen. Ich konnte zu Hause nicht schlafen, auch nicht mit dieser Monsterpille, die Dr. Traynor mir gegeben hat. Jedesmal wenn es irgendwo in der Wohnung knackte, hab ich durchgedreht. Wie – also, wie . . .« Ihre Schultern bebten, und sie schlang die Arme um den Leib. »Also, ich möchte einfach bleiben, mehr nicht. Wo Menschen sind.«

Er spürte ein kleines Zucken im Augenwinkel und sagte: »Okay, Dodie. Deine Sache. Ich lad dich zum Essen ein.« Dann schnell: »Und du kannst draußen auf Halfs Farm übernachten.«

Sie widersprach nicht. »Okay. Uff, du wirst 'ne Weile hier sein. Dieser Richter Stevenson, der will Wimpy wirklich vor Gericht bringen, was?«

»Ich hab in den nächsten Tagen einfach zuviel anderes zu tun, um hier über einen Fall zu verhandeln. Noch sind wir nicht vor Gericht, Dodie.« Er zwinkerte ihr zu. »Du versteckst dich und paßt auf.«

Er zog sich in der Herrentoilette um und plagte sich zwei oder dreimal mit dem Windsorknoten ab, ehe er sich sagte, zum Teufel damit, und sich mit einem schlecht geknoteten Slipsteck begnügte. Als er in Jockeyslip und weißem Hemd vor dem Toilettenspiegel stand, öffnete sich hinter ihm die Klotür, und ein junger Bursche mit schulterlangem schwarzen Haar kam heraus. Er trug enge Jeans und ein ärmelloses blaues T-Shirt. Der Knabe trat an das Waschbecken neben Bino, drehte das Wasser auf und warf Bino dabei einen kurzen Blick im Spiegel zu.

Als der schmale Langhaarige sich mit einem Papiertuch die Hände abtrocknete, wandte er langsam den Kopf und betrachtete Binos Profil. Mit weibischer Tenorstimme sagte er: »Hallo, du.« Er schaute nach unten und dann langsam wieder nach oben.

Binos Hände an dem Slipsteck erstarrten mitten in der Bewegung. Seine Augen weiteten sich. Er dachte, heiliger Strohsack, nickte kurz, schlängelte sich um den Kerl herum und schlüpfte hastig in die marineblaue Anzughose.

Als er an dem Münzapparat in der Halle zu Ende wählte, sah Bino auf seine Armbanduhr. Noch etwas über zwanzig Minuten. Am anderen Ende der Leitung läutete es zweimal, bevor sich jemand meldete.

Half sagte: »Half hier.«

Eine Minute lang war Bino unfähig, etwas zu sagen; schließlich sagte er: »Half hier? Himmel noch mal, meldest du dich etwa so am Telefon?«

»Bino. Manchmal läutet das Bürotelefon, manchmal läutet das schwarze Telefon. Ich hab's durcheinandergebracht, okay?«

Bino sagte: »Mhh, hör mal, Half. Dodie ist hier. Nach dem, du weißt schon, was passiert ist, hat sie allein zu Hause Zustände gekriegt. Wie wär's, wenn du noch so lange im Büro warten würdest, bis wir wieder da sind? Laß Dodie heute auf der Farm übernachten.«

»Klar. Kein Problem. Wie lang wird's dauern?«

»Na ja, das – hängt irgendwie von Wimpy Madrick ab, Half.«

»Bino, du wirst da aber nicht so lange bleiben wie Wimpy. *So* lang hab ich nämlich nicht Zeit.«

Die Uhrzeiger hatten sich zwei Minuten weiterbewegt. Bino sagte: »Bestimmt nicht. Ich hab da einen Plan. Hör zu, Half, ich ruf dich an, wenn es allzulange dauert. Muß jetzt los. Ach, und noch was, Half, stell den Büroapparat auf den Anrufbeantworter um, ja? Ich melde mich dann übers schwarze Telefon.« Er hängte ein.

Er deponierte seine Freizeitkluft bei Dodie im Gerichtssaal. Sie sah schon ein bißchen besser aus. Dann zog er los, um Wimpy zu suchen.

Er ging einen langen, weißgefliesten Flur entlang, seine klackenden Schritte hallten leicht wider. Auf beiden Seiten des Flurs standen sich Holzbänke gegenüber. Auf einer saßen zwei Bandido-Motorradfahrer, in Lederwesten und mit zischenden Schlangen und Clubemblemen, die auf ihre strammen Arme tätowiert waren. Einer von ihnen, Pausbacken und Narben im Gesicht, hatte sich den Schädel kahlscheren lassen. Der andere hatte eine häßliche Narbe, die sich vom Haaransatz bis zur Backe zog und ein geschwollenes, halbgeschlossenes Auge halbierte. Auf einer anderen Bank hielt ein schwangeres Mädchen mit pummeligen Knien und strähnigen Haaren ein plärrendes Baby auf dem Schoß. Geräuschschluckende Teppiche und hohe Holzpfeiler, das war das Bundesgericht. Ein lautes, brüllendes Getto, das war das Bezirksgericht.

Die Arrestzelle befand sich hinter einer Tür mit der Aufschrift GERICHTSDIENER. Harry Bostick war fettleibig. Seine metallgraue Deputy-Uniform war großen Belastungen ausgesetzt; er saß hinter einem kleinen Tisch im Vorraum, den gewaltigen Wanst gegen die Tischkante gedrückt. Harry war schon lange, bevor Bino als Anwalt zu praktizieren begann, Bezirksgerichtsdiener gewesen. Vor ihm auf dem Tisch lag ein riesiger Metallring mit vier Messingschlüsseln dran, die aussahen, als paßten sie in die Haremsschlösser in der Burg eines Riesen. In der Stahltür der Arrestzelle hinter Harry befand sich in Augenhöhe eine 15 mal 15 Zentimeter große Luke. Ihre schwenkbare Metallklappe war geschlossen.

Bino sagte: »Haben Sie Wimpy da drin?« Er deutete mit dem Kopf zur Zelle.

Harry rümpfte die Knollennase, die von feuerroten Säuferadern umgeben war. Harry sagte: »Können Sie ihn nicht riechen? Herrgott noch mal, Bino, können Sie dieses Schwein nicht mal zum Baden bewegen? 'ne Sechs-Mann-Zelle, und ich hab' vierzehn Gefangene da drin eingepfercht. Herr des Himmels.«

»Äh, hören Sie mal, Harry, ich muß mich mit Wimpy bereden. In dem leeren Büro nebenan, ja? Wir haben in etwa fünfzehn Minuten eine Anhörung.«

Harry sagte, er schätze ja. Er zuckte die Achseln, rappelte sich in schwerfälligem Zeitlupentempo hoch, nahm die klimpernden

Schlüssel und wandte sich der Zelle zu. Er öffnete die Luke. Ein pechschwarzes Gesicht drückte sich gegen die kleinen Doppelstäbe, große weiße Zähne hoben sich glänzend von rosa Zahnfleisch ab.

Das Gesicht sagte: »Mann, hol bloß das miese Stinktier hier raus. Wir ersticken gleich!«

Harry sagte: »Bin ja schon dabei, bin ja schon dabei. Vortreten, hopphopp, Wimp.«

Im Nu tauchte ein weißes Gesicht mit einer Bussardnase auf. Um die volle Unterlippe waren Stoppel.

Bino drohte der Nase mit dem Finger und sagte: »Hallo, Wimp. Sie sagen, daß sie uns vor Gericht bringen werden.«

Wimpy Madrick sagte, die schrille Stimme von der Zellentür gedämpft: »Können mich mal am Arsch lecken.«

Bino nickte Harry zu. Harry steckte einen Riesenschlüssel ins Schloß und drehte ihn herum. Geölte Scharniere ließen die Tür lautlos aufschwingen und mit einem dumpfen Metallgeräusch gegen die Gipswand des Vorraums schlagen.

Wimpy trat heraus. Bino nahm den Geruch wahr und atmete durch den Mund.

Wimpy sagte: »Hat mal jemand 'n Glimmstengel?«

◇

Bino hielt seine Nasengänge geschlossen und atmete durch den Mund. Er saß auf einem gepolsterten Lederstuhl an einem langen Konferenztisch im Büro neben dem Raum des Gerichtsdieners und sah zu, wie Harry laut schnaufend Wimpy mit Handschellen an die Armlehne eines anderen Lederstuhls, der genau gegenüber von Bino auf der anderen Tischseite stand, fesselte.

Das Büro diente gleichzeitig als Probenraum für die Zeugen der Anklage und als Besprechungszimmer, wo Anwälte ihre eingesperrten Mandanten dazu bewegen konnten, ein strafmilderndes Geständnis abzulegen; zwischendrin zogen sich die Gerichtsdiener und Deputys dorthin zurück, um herumzusitzen und zu quatschen. An einer Wand stand ein kleiner Tisch mit einer Kaffeemaschine, in deren schwarzer Glaskanne der schwarze Bodensatz vom Morgen dick wurde und eintrocknete. Neben der Kaffeemaschine stand eine flache Kochplatte aus Metall. Bino bemerkte eine leere Suppendose im Papierkorb. Längs der Wand, am anderen Ende des Raums, bot ein niedriges Bücherregal Platz für eine Gesamtausgabe des Texas Criminal Code und für die Rules of Criminal Procedure. Die Bücher waren, da nie benutzt, staubig.

Harry schloß mit einem metallischen Klicken den Armreif um die Armlehne, trat zurück und betrachtete Wimpy, als wollte er gleich einen Furunkel aufschneiden. Dann wandte er sich Bino zu und sagte: »Ich red mal mit dem Richter, Bino, verschaff Ihnen 'ne volle Viertelstunde. Er wird zwar meckern, aber dadurch hat er Zeit, seine Alte anzurufen.«

Bino dankte ihm, und Harry ging.

Wimpy Madrick hatte riesige, traurige blaue Augen zu beiden Seiten der breitesten und längsten Nase, die Bino je gesehen hatte. Er sah wie eine dänische Dogge aus, die sich verlaufen hatte. Seine Stirn neigte sich in einen hohen Haaransatz. Sein Hals war dürr, und er bewegte seinen Kopf wie ein herumstolzierender Hahn ständig vor und zurück. Er trug einen schmutzigbraunen Overall, auf dessen Rückseite in großen schwarzen Schablonenbuchstaben COUNTY JAIL stand. Wimpy rieb sich das magere Handgelenk, wo die Handschelle saß.

Bevor Bino sprechen konnte, sagte Wimpy: »Ich hab was für Sie. Über Sonny Starr.«

Bino lehnte sich zurück, erinnerte sich daran, daß Sonny es gewesen war, der Wimpy zuerst als Mandanten empfohlen hatte. So wie Ford Winnie Anspacher an Chrysler weiterempfahl. Bino dachte, Sonny hat wenigstens *gebadet*, und sagte: »Was ist mit ihm?«

»Ein Kerl, der Sonny kannte, hat nur dreißig Tage abgebrummt, ist letzte Woche rausgekommen. Wir ham gequatscht. 'ne Braut namens Hilda, betreibt die Tagesbar im Longhorn. Die – also, ich kann mir eigentlich nur vorstelln, daß die den alten Sonny ausgenommen hat, während der Kerl dreißig Tage abbrummte. Der Kerl ist ihr Freund. Sie hat ihn regelmäßig besucht.«

Bino machte den Fehler, durch die Nase zu atmen. Puh! Er sagte: »Treu ergeben, was?«

»Sie ham's kapiert. Jedenfalls sieht's so aus, daß 'n paar Tage, bevor Sonny die Farm gekauft hat, zwei Typen vorbeikamen und Hilda besuchten. Sie ham ihr 'ne kleine Abreibung verpaßt, was ihr ja vielleicht gefallen hat, und ham rausgefunden, wo Sonny gewohnt hat. Kennen Sie diese FBI-Tante, diesen steilen Zahn, macht dich erst an und nagelt dich dann mit 'm Arsch an die Wand ran?«

Bino sagte, daß er sie kennen würde, und dachte, Wimpy ist ein Dichter und weiß es nicht.

»Also, die kommt ins Gefängnis, zu dem Kerl, der wo die dreißig Tage abbrummt. Will über Sonny Bescheid wissen. Der Kerl sagt, daß er ihr 'n Scheißdreck erzählen wird, aber ich weiß nicht. Vielleicht hat er doch. Jedenfalls ist sie dagewesen.«

Bino dachte: Wenn sie Bescheid weiß, warum fragt sie dann *mich*? Er sagte: »Wer waren die beiden Kerle, Wimpy?«

Wimpy hielt ein Streichholzheftchen unbeholfen in der Handschellenhand und zündete die Salem an, die er vom Gerichtsdiener geschnorrt hatte. Mit der im Mundwinkel baumelnden Zigarette sagte er: »Kenn sie nich. Aber echte Scheißkerle. So 'n rothaariger Knilch, der wo Buster heißt. Der andere, sagt Hilda, issen Eisenstemmer, so'n echt knallharter Typ, führt sich auf wie'n Irrer. Ich weiß, dasse Hilda 'ne Scheißangst eingejagt ham, okay. Sie sagt, dasse wahrscheinlich mit Sonny gesessen ham. Hilda müßt's eigentlich wissen, hat schon genügend Knackis gesehen. Jedenfalls dacht ich, Sie sollten's wissen, wo Sie doch Sonnys Anwalt sind. Ich kann Kerle nich verknusen, die rumlaufen und meine Freunde kaltmachen.«

Bino dachte: Warum nicht? Er sagte: »Was ist jetzt mit Ihrem Fall, Wimpy? Wollen Sie für'n Fünfer ein Geständnis ablegen? Wenn nicht, sagen die, machen sie Ihnen den Prozeß.«

»Scheiße, nee. Huntsville kann ich nich verknusen. Ziehn Sie die Sache durch, Bino. Von dem Fünfer kommen die später noch runter.«

Bino nahm einen Kuli und ein unbeschriebenes Kuvert aus der Brusttasche. »Es gibt eine einzige Möglichkeit, Wimp. Ich schreibe jetzt ein paar Dinge auf, sage Ihnen, was Sie tun sollen. Nehmen die Sie irgendwie in die Zange, dann haben Sie sich das selbst ausgedacht. Kapiert?«

Wimpy sagte, daß er kapiert hätte.

Fünf Minuten lang redete Bino und kritzelte auf das Kuvert. Wimpy hörte zu und nickte.

Als er aufstand, um Harry Bostick zu suchen, bekam Bino noch eine Stinktierwolke ab. Er sagte: »Ach, noch was, Wimpy. Wenn wir in den Gerichtssaal gehen, stellen Sie sich so nah wie möglich an den Richter ran. Okay?«

Wimpy machte ein nachdenkliches Gesicht. »Warum 'n das? Hört der schwer oder was?«

◇

Mit offenem Mund nahm Richter Ben Stevenson seine Brille ab, klappte die Bügel zusammen und legte sie sorgfältig auf die Aktenmappe vor ihm. Er nahm die Nase zwischen Daumen und Zeigefinger und rubbelte. Dann blickte er in Wimpy Madricks traurige Augen, die nur dreißig Zentimeter oder so vor ihm waren.

»Es heißt ›Farr-*eh*-tah‹, Mr. Madrick«, sagte der Richter. »Nicht ›Farta‹. Faretta gegen Kalifornien. Der Fall ist mir bekannt.«

Mac Stranges Hals lief am Kragen rot an. »Euer Ehren! Was für eine Effekthascherei – wir erheben Einspruch, Richter Stevenson. Der Bundesstaat erhebt Einspruch! Warum, wenn –«

»Sie ham ganz recht, Richter«, sagte Wimpy. Er hielt das Kuvert, das Bino ihm gegeben hatte, dicht an seine Nasenspitze und schielte darauf. »Zwischen dem *r* und dem *t* ist 'n *e*. Guckn Sie mal.«

Er drehte das Kuvert herum, trat noch näher heran und hielt es so hin, daß der Richter es lesen konnte. Er war jetzt praktisch in Stevensons Gesicht. Von dort, wo Bino stand, hinter und etwas entfernt von dem Geschehen, die Hände auf dem Rücken verschränkt, wirkte das Gesicht des Richters verkrampft. Bino ging jede Wette ein, daß der Richter durch den Mund atmete. Harry Bostick, direkt hinter Wimpy, sah aus, als würde er gleich vor Lachen losprusten.

Stevenson sagte und klang dabei, als wäre er erkältet: »Sind Sie sicher, daß Sie das tun möchten? Bei einer Hauptverhandlung gibt es eine Menge Fallstricke im Gerichtssaal, selbst für einen versierten Anwalt. Jemand, der sich selbst vertritt, befindet sich da wirklich im Nachteil.«

Wimpys vogelähnliche Schultern strafften sich, und er nahm Habachtstellung ein, das quer über seinen Rücken geschriebene COUNTY JAIL parallel zum Fußboden. »Ich hab Zeugen, Richter, die sagen werden, daß ich überhaupts gar nich irgendwo in der Nähe von dem Ort war. Ich kämpf gegen die« – er ruckte mit dem Kopf in Mac Stranges Richtung – »bis aufs Messer. Ich besteh auf meinen Rechten, Richter, die das Oberste Bundesgericht mir in dem Fall hier geben tut – der alte Faretta. Von jetzt an sag ich selber, was Sache is.«

Von weit hinten sagte eine leise Frauenstimme: »Bravo, Wimpy.« Richter Stevenson starrte finster in den Gerichtssaal, an den Anwälten, Wimpy und dem Gerichtsdiener vorbei. Bino drehte sich um. Auf der hinteren Bank hatte Dodie die Hand vorm Mund. Sie errötete. Ihre Augen waren weit aufgerissen. Mac Strange durchbohrte Bino, der nur die Achseln zuckte, mit Blicken. Wimpy strahlte Dodie an. Bino dachte, ach, du Schreck. Perry Mason mit Examensnote drei.

Richter Ben Stevenson hörte sich an, als hätte er einen Hühnerknochen verschluckt, als er sagte: »Das ist – Sie haben recht, Mr. Madrick. Aber nur, damit Sie nichts überstürzen, verfüge ich eine sechzigtägige Unterbrechung.« Er ließ seinen Hammer auf den Tisch knallen. »Nicht fürs Protokoll, Mrs. Bailey.« Mrs. Bailey lehnte sich zurück, diesmal nahm sie einen Paperbackroman zur Hand. Offensichtlich sagte Richter Stevenson vieles, was nicht fürs Protokoll bestimmt war, dachte Bino.

Nun wandte sich der Richter an Strange. »Mr. Strange, ich mag Prozesse nicht. Insbesondere mag ich Prozesse nicht, in denen der Angeklagte versucht, sich selbst zu vertreten – sie ziehen sich wie Kaugummi in die Länge. Das Gericht wird nicht erfreut sein, wenn diese Sache zur Verhandlung kommt, Mr. Strange. Guten Tag, Mr. Madrick.« Er nickte knapp. »Bino.« Und damit machte Richter Ben Stevenson seinen zweiten würdevollen Abgang an diesem Tag.

Strange sagte zu Bino: »Absitzen der restlichen Bewährungsstrafe, Sie Mistkerl. Wir werden es auf ein Vergehen reduzieren, wenn er ein strafmilderndes Geständnis ablegt. Er kann noch heute draußen sein.« Er warf Wimpy, der jetzt wie ein Frettchen grinste, einen kurzen Blick zu. Strange sagte: »Herrgott, warum badet er nicht mal?«

Binos Augen blitzten. »Nun, Wimpy vertritt sich selbst, Mac. Da werden Sie ihn schon selber fragen müssen.«

Wimpy sagte: »Wie war ich, Bino?«

◇

Dodie wartete, einen winzigen Stöckelschuhfuß vor den anderen gestellt und die Schulter an die Korridorwand vor dem Gerichtssaal gelehnt, während Bino einen Vierteldollar in den Schlitz des Münztelefons klimpern ließ. Sie sah an Bino vorbei den Gang entlang zu einem der Bandidos, der sie mit seinem guten Auge anstierte; dann rollte sie verärgert mit Kopf und Augen. Der Bandido grinste und stierte sie weiter an.

Mit atmosphärischen Störungen im Hintergrund teilte Karen Allens metallische Stimme Bino mit: »Ich bin telefonisch nicht zu erreichen. Wenn Sie nach dem Signalton Ihren Namen und Ihre Telefonnummer hinterlassen, melde ich mich bei Ihnen.« Klick. Einfach so.

Bino hatte sich gerade eine ganz dolle Nachricht ausgedacht, die er hinterlassen wollte, als der geschäftsmäßige hohe Signalton piepte, der ihm die Kehle zuschnürte und ihn vergessen ließ, was er hatte sagen wollen. Statt dessen nuschelte er dem verdammten Gerät einfältig zu: »Hier ist Bino Phillips. Ich hab eine Information für Sie.« Dann stand er da und wartete darauf, daß ihm das Gerät antwortete. Tat es aber nicht. Der längere Signalton ertönte und beendete die Nachricht. Er dachte, bist 'ne richtige Quasselstrippe, Bino, und hängte auf.

Auf der Liftfahrt ins Erdgeschoß betrachtete Bino Dodie. Umrahmt von weichen blonden Locken schienen sich die Streßfältchen um ihre Augen zu glätten, und ihre geschürzte Unterlippe formte einen nachdenklichen Halbbogen. Sie öffnete ein paarmal den Mund, als wolle sie etwas sagen, doch dann überlegte sie es sich anders und schwieg.

Als er ihr die Schwingtür aufhielt und sie das weiße, gemauerte Gerichtsgebäude verließen und in den Straßenlärm hinaustraten, sagte Bino: »Was ist los, Dode? Etwas auf dem Herzen?«

Sie war ihm ein paar Schritte voraus, seine Hose und sein Rugbyshirt über ihre verschränkten Arme drapiert. Sie lächelte wehmütig über die Schulter. »Ach – es ist nichts.« Was bedeutete, ja, es *ist* was.

Bino verstand den Wink. »Nein, ehrlich, Dode. Was ist los?«

Sie blieb stehen und drehte sich zu ihm um. »Es ist nur – na ja, Bino, könntest du deine Sachen selber tragen? Ich meine, das sieht so aus, als wäre ich deine Putzfrau oder so was.«

Sie streckte sie ihm hin. Er sagte: »Oh«, und nahm sie ihr ab.

Bis zum Davis Building waren es sechs lange Blocks, und sie vertrödelten unterwegs viel Zeit. Dodie sah sich die Schaufenster an, und Bino die Mädchen. Einmal blieb sie schelmisch vor ihm stehen, als er sich gerade den Hals nach einer Rothaarigen auf der anderen

Straßenseite verrenkte. Er prallte gegen sie, stolperte und hielt sich an ihrem Arm fest, um sich wieder aufzurichten. »Hoppla«, sagte er. Sie grinste. »Sie sollten aufpassen, wo Sie hingehen, Sir«, sagte sie und zwinkerte.

Hot Dogs, Inc., hatte eine knallrote Fassade und brachte recht ordentliche große Hot Dogs zustande. Er hatte ihr ein Essen versprochen. Als Bino Dodie zur Stehtheke im Innern lotste, sagte sie: »Uff. Danke, Rockefeller«, kicherte und bestellte zwei Normale mit allem Drum und Dran. Bino schüttelte den Kopf und lächelte in sich hinein. Was sie so alles mit ihm anstellte, Hab-mich-gern-Dinge. Dodie würde sie mit jedem anstellen.

Zwischen zwei Bissen sagte sie: »Es lebe der arme, alte Wimpy.«

Bino zuckte die Achseln. »Das ist wie mit dem blinden Huhn und dem Korn, Dode. Findet jeder mal.«

Es war fast drei, als er hinter ihr durch die Schwingtür in die Eingangshalle des Gebäudes trat. Sie blieb eine Sekunde im Eingang stehen, die Streßfältchen kehrten zurück, dann biß sie die Zähne zusammen und ging mit klappernden Absätzen weiter zu den Aufzügen.

Auf der anderen Straßenseite dachte Buster: Wurd aber auch Zeit, Arschloch. Wo, verdammt noch mal, bisten gewesen? Manno, wer is'n die langbeinige Tante?

War schon 'ne Dreiviertelstunde her, seit er John-Boy angerufen hatte – He, servier die Tussi ab und beweg dein Zuckerarsch hierher. Allmählich wurde er stocksauer, wenn er sich vorstellte, wie John-Boy die Tussi vögelte und gleichzeitig seine Muskeln trainierte.

Als sich Buster an die Hauswand drückte und mit tief in den Taschen vergrabenen Händen beobachtete, wie der Anwalt und die knackige Mieze in dem alten Schnörkelkasten verschwanden, fuhr das Supercab an den Bordstein vor ihm. John-Boy grinste und zeigte Buster mit dem Daumen an, daß alles klar war.

Buster dachte: Was is'n so verdammt komisch, du Dummbeutel?

10. Kapitel

Bino arbeitete lange. Sie verbrachten etliche Stunden im Vorzimmer damit, die Akten wieder an ihren Platz zurückzubringen – Dodie hinter ihrem Schreibtisch, die sie mit gerunzelter Braue alphabetisch ordnete, und Bino, der die Hin- und Herlauferei übernahm. Zwischen Anrufen am schwarzen Telefon spazierte Half rein und raus, setzte sich hin, quatschte und störte.

Einmal sagte Half: »Hör mal, Bino, ob dieser Knabe Dupard am Samstag spielt? Die Punktedifferenz hüpft rum wie 'ne Chilibohne. Am Dienstag war SMU drei rauf, gestern stand's schon fast gleich. Und jetzt ist die Quote voll um einen zu *Texas* als dem Favoriten geschwenkt. Geht das Spiel unentschieden aus, wird jeder, der am Dienstag Texas genommen hat, gewinnen, und jeder, der heute SMU mit dem Punkt genommen hat, wird auch gewinnen. Der einzig Angeschissene werd ich sein. Wenn Dupard spielt, bin ich für SMU. Wenn nicht, werd ich das Texasgeld bei andern setzen. Was meinste, spielt er?«

Bino, ohne Jackett und Krawatte und mit verschwitztem Hemdkragen, kniete gerade neben der geöffneten untersten Aktenlade und stopfte Akten in den hinteren Teil der halbvollen Lade. Er sagte: »Kniesehnen sind 'ne komische Sache. Geht's gradaus, kann er loslegen, in der I-Formation läuft's normalerweise so. Geht's in die Breite, muß er anschneiden, und da könnte er Schwierigkeiten kriegen. Texas ist einen Punkt rauf, ja?«

Half sagte: »Du antwortest mir nicht. Spielt Barney immer noch freitags Golf mit diesem Backfieldtrainer – wie hieß er noch?«

Bino war zu Dodie unterwegs, die mit einem weiteren Aktenstapel auf ihn wartete. Er nahm ihn ihr ab und schleppte ihn zum Schrank zurück. »Was willst du eigentlich, Half? Herrgott, die sind öfter auf Bewährung als Petey Webb – der Ladendieb, wißt ihr noch, das magere Bürschchen, das hier vor die Hunde geht? Ich hab's mal nachgeprüft. In den letzten fünfzehn Jahren hat Petey drei Bewährungsfristen geschafft. SMU vier. Du kannst keinen Stein vom Campus aufsammeln, ohne daß ein Typ von der NCAA drunter ist und Fotos schießt. Und da willst du, daß wir einen Hilfstrainer aushorchen, Spielinformationen besorgen? Du mußt nicht ganz bei Trost sein, Half. Der Typ würde zu Tode erschrekken.« Er beugte sich vor und stopfte noch ein paar Akten in die Schublade.

Half-a-Point stützte das Kinn in die Hand und dachte eine Minute nach. Er saß auf der mit rotem Stoff bezogenen Besuchercouch, neben ihm ein kleiner Tisch, auf dem eine Vorjahresausgabe der *Sports Illustrated* und eine vier Monate alte *Newsweek* lagen. Hinter dem Tisch brannte eine hohe Stehlampe. Schließlich sagte er: »Vielleicht könnte Barney ihn ja so fragen, als ob außer uns noch jemand Bescheid wissen will – großer Fan, so was in der Richtung.«

Bino kniete wieder neben der offenen Schublade. Er schüttelte den Kopf. »Ausgeschlossen, Half. Nichts zu machen.«

Half zuckte die Achseln. Er strich mit dem Zeigefinger seinen Schnurrbart glatt, stand auf, ging zu seinem Büro und packte den Türknauf. Als er ihn drehte, blickte Bino auf und sagte: »Ach, Half?« Half wandte sich um, Hand auf dem Knauf.

Bino sagte: »Trag für mich 'nen Nickel ein, Half. Auf SMU, plus dem einen, ja?«

Dodie lachte, eine Akte, die sie gerade in den Stapel vor ihr stekken wollte, in der Hand. »Das nennt man den alten Unigeist, Boss!«

Wie auf Kommando blickten beide erst sie und wieder einander an.

Half sagte: »Redest du mit Barney?«

Eine feuchte weiße Haarlocke klebte an Binos Stirn. Er wischte sie zurück. »Na gut, Half, ich werd mit ihm reden.«

Half grinste. »Deine Wette steht.« Er zog einen Notizblock heraus, schrieb die Wette auf und pfiff das SMU-Kampflied, als er in sein Büro ging.

Endlich waren die Aktenschränke wieder in Ordnung gebracht. Als Bino die letzte Schublade zurasseln ließ, wog er die einzelne Mappe, die er beiseite gelegt hatte, in der Hand. Es war Sonny Starrs Akte. Er schlug die Mappe auf und blätterte sie durch, während er in sein Büro schlenderte und auf seinen gepolsterten Drehstuhl sank. Er schwang die Beine hoch und legte die Füße mit gekreuzten Knöcheln auf die Ecke des mittelgroßen Schreibtischs aus heller Eiche. Die Blätter raschelten, als er die Akte durchsah.

Es war nach fünf. Binos Büro ging nach Westen, und die Spätnachmittagssonne warf einen schrägen Lichtstrahl quer über den Schreibtisch und ließ die Staubkörnchen aufleuchten. Ihm direkt gegenüber befanden sich zwei Lehnstühle, und an der Wand stand ein dreisitziges Kunstledersofa. Über der Couch streckte der Final-Four-Haufen triumphierend die Fäuste in die Luft. Bino stand in der obersten Reihe und hielt die riesige Ligatrophäe hoch; neben ihm machte sich ein grinsender Barney Dalton lang, um den Arm um Binos Schultern legen zu können. Bino schaute erst flüchtig auf das Bild, dann ließ er den Blick einen Moment darauf verweilen. Er erinnerte sich an die Finte nach links, das Schuhequietschen auf dem gebohnerten Hartholzboden des Pauley Pavilion, den atemlosen Vorstoß zur Grundlinie. Und an die knochige, rempelnde Hüfte von Alcindor, helles Ebenholz, sehnige Arme, die in einem taubenblauen Trikot um sich schlugen. Und an den widerlichen dumpfen Knall bei der vollen Dreipunktlandung, und daran, wie er die Zähne gegen den jähen Schmerz zusammengebissen hatte. Ein leichtes Stechen durchzuckte Binos Knöchel auf der Schreibtischplatte.

Seine schwarzgerahmten Examensurkunden hingen an der Wand hinter ihm, die von der »B.B.A.« und der »Southern Methodist University« an der Stelle, wo sie deutlich zu sehen waren. Einer von Binos Druckermandanten, ein Fälscher, hatte die Juraexamensurkunde ein bißchen frisiert, wofür Bino als Gegenleistung sein Honorar etwas beschnitten hatte. »Bachelor of Laws« stand da in großer schwarzer Schrift, aber man mußte schon die Augen zusammenkneifen und etwas näher treten, um »South Texas College of Law« lesen zu können. Seine staatliche Zulassung als Anwalt und die Bundeslizenz hingen zu beiden Seiten der Examensurkunden.

Sonny Starr war ein übler Zeitgenosse gewesen, aber er hatte schon schlimmere erlebt. Marvin Goldman hatte sich bei der Aushändigung von Sonnys FBI-Strafregister an Bino etwas seltsam aufgeführt. Damals hatte Bino nicht groß darüber nachgedacht – Goldman führte sich ja bei allem etwas seltsam auf, wozu insbesondere die Anklagen gehörten, die gegen Binos Mandanten erhoben wurden –, aber bei einem so geringfügigen Koks-und-Gras-in-einer-Bar-Fall wie dem von Sonny hatte sich Goldman noch etwas seltsamer als gewöhnlich aufgeführt. Jetzt wußte Bino, warum.

Sonnys Geschichte war die übliche: Schuleschwänzen mit elf, Ladendiebstahl mit dreizehn. Er hatte sich länger am Riemen gerissen als die meisten, hatte es vor dem ersten Raubüberfall und Einsitzen unbehelligt bis achtzehn geschafft. Mal ein Einbruch hier, mal ein Überfall auf einen Schnapsladen da, Kinkerlitzchen. Aber ein politischer Mord? Nee, das paßte nicht ins Bild. Es sei denn, irgend jemand wollte, daß es ins Bild paßte. Man konnte so ungefähr alles erledigt bekommen, wenn man einem kleinen Gauner wie Sonny Starr einen Geldköder vor die Nase hielt, und bekam es obendrein billiger erledigt als normalerweise. Die Feds würden eine Liste von Profis mit sich herumschleppen und einem Haufen Typen mit dünnen schwarzen Handschuhen und schallgedämpften Berettas, die in einem Halfter von Hart Schaffner & Marx steckten, einen Besuch abstatten. An einem Typen wie Sonny würden die glatt vorbeilaufen.

Und alles übrige reimte sich allmählich zusammen. Bino konnte einen potentiellen Verräter aus einer Meile Entfernung riechen, und hinter all diesem arroganten Getue hatte Sonny wenig Rückgrat gehabt. Sonnys Sündenbockpartner bei dem Bigelow-Mord wäre folglich ein Pärchen, das dies auch riechen konnte. Bino hätte Sonny wie eine heiße Kartoffel fallenlassen, wenn Sonny zu ihm gekommen wäre, um ein Verpfeifgeschäft zu machen, aber *das* hätten die beiden Idioten nicht gewußt. Bigelow-Mord plus Rauschgiftanklage gleich toter Sonny. Und wem würden sie als nächstem einen Besuch abstatten, dem Kerl, den Sonny höchstwahrscheinlich eingeweiht hatte? Seinem Anwalt.

Tausend Dank, Sonny. Alter Freund und Sportsgenosse.

Er rief Karen Allen noch einmal an. Der Anrufbeantworter brachte ihn nach wie vor aus der Fassung; aber dieses Mal war er wenigstens imstande, seine Telefonnummer herauszuwürgen.

Als er auflegte, war Dodie gerade ins Büro getreten, das Licht hinter ihrem Rücken webte einen zarten Schleier aus ihren weichen blonden Locken. Half-a-Point stand hinter ihr wie Dorothys Vogelscheuche.

Half hob eine Hand auf Schulterhöhe. »Wir verduften, Bino. Mein Mädelchen wird Pop heut abend 'n bißchen an den Telefonen ablösen – sie ist die einzige, die nie was falsch aufschreibt.« Dodie nickte, das alte Tinker-Bell-Grinsen hellte ihre Miene auf.

Bino legte den Kopf schief. »Dodie, bist du sicher, daß du –? Ach, zum Teufel damit.« Er hielt ihr Sonnys Strafregister hin. »Hör mal, Dode, mach mir davon eine Kopie, bist du so lieb?«

Sie drehte den Kopf zur Seite, auf die Tür zur Abstellkammer zu, dann schaute sie wieder zu Bino. Ihre Unterlippe zitterte fast unmerklich.

Bino versuchte sich zu erinnern, ob da drinnen irgendwelche Blutflecken auf dem Teppich waren. Er legte Sonnys Akte auf den Schreibtisch zurück. »Laß gut sein, Dode. Ich erledige das schon.«

Sie näherte sich seinem Schreibtisch, die Augen niedergeschlagen. »Danke, Bino. Ich komm schon wieder in Ordnung. Ein paar Tage, okay?« Dann, mit fröhlicherer Miene, hielt sie ihm fünf kleine rosa Anrufzettel hin. »Die sind vom Auftragsdienst gekommen. Cheerio, Boss.« Sie ließ ein wenig den Kopf und die Schulter hängen, als Half ihr hinausfolgte.

Bino blätterte die Mitteilungen durch, warf zwei davon zur Seite, beide von Mandanten, deren Fälle nicht so schnell zur Verhandlung kamen. Er las die nächste durch, zweimal. Skip Turner, *Dallas Morning News.* Der Bursche, der den Artikel in der Zeitung von heute morgen geschrieben hatte. Wie sie ihn in der Redaktion wohl nannten, Skip der Knüller?

Er knüllte Skip den Knüller zu einem winzigen Ball zusammen und ließ ihn in den Papierkorb fallen.

Die nächste war noch schlimmer, von Anthony Perrino. Wie Harvard Law School. Wie Fusionen. Wie Anspacher, Anspacher und Mortarhouse, etwa vierter Partner in der Hierarchie. Perrino hatte dem Auftragsdienst mitgeteilt, daß er Art Stammer vertrete.

Stammer. *S* wie *Smoking.*

Ach, herrje.

Er schob die Mitteilung unter die Ecke seiner Schreibtischkladde und sah sich die nächste an.

Die ging ihm unter die Haut. Er stellte die Füße auf den Boden, stand auf und ging zum Fenster. Die Nachmittagssonne war verschwunden, die langen Schatten der Wolkenkratzer tauchten das alte Davis Building in ein frühes Dämmerlicht. Auf der Main Street stand der Rush-hour-Verkehr Stoßstange an Stoßstange wie ein Dachboden voller Spielzeugautos. Sein Augen wurden weich, und sein Blick verschleierte sich ein wenig, als er die Nachricht nochmals las.

Mrs. Dante Tirelli. Annabelle.

◇

Es war völlig dunkel, als Bino im Aufzug ins Erdgeschoß fuhr, Sonnys Akte unterm Arm. Er hatte kurz gezögert, bevor er hineinging, um das Strafregister zu kopieren, und gedacht, ich brauche vielleicht die vollständige Akte, man konnte ja nie wissen. Oder vielleicht wollte er auch nur nicht dort hineingehen. So wie Dodie.

Annabelles Anrufzettel steckte in seiner inneren Brusttasche. Er hatte nicht zurückgerufen. Noch nicht. Er wollte erst noch darüber nachdenken.

Ein uniformierter Wächter war an der Anmeldung, jung, vielleicht dreißig, ein bißchen zu pummelig, mit Backenhörnchenkiefern und Fettpolstern, die hinten aus der gegürteten Hose herausquollen. Seine Schirmmütze war ihm um etwa eine halbe Nummer zu groß. Neuer Knabe. Schwul. Als wäre Teresa Valdez nie dagewesen. Bino trug sich ins Buch ein. Der Knabe ließ ihn hinaus.

Ein paar vereinzelte Autos rasten um die Wette, eins davon ein betagter Ford, bei dem ein Scheinwerferlicht nicht brannte. Als er über die sanfte Temposchwelle an der Main und Akard rumpelte, blinkte das kaputte Licht ein und wieder aus.

Es wurde fußkalt. Der Frost würde wohl noch einen Monat auf sich warten lassen, aber der Abend war schon so frisch, daß der Gedanke daran nicht mehr fern lag. Bino überlegte, ob er den Mantel aus den Mottenkugeln holen sollte.

Auf dem anderthalb Block langen Marsch zum Parkplatz legte er ein ziemliches Tempo vor, ohne eigentlich Grund zur Eile zu haben, es war einfach so. Eine junge Schwarze, die ein bißchen Schenkel zeigte und mit etwas weniger Make-up hübsch gewesen wäre, starrte ihn an, als sie in entgegengesetzter Richtung vorbeiging. Ihre Blicke trafen sich, dann schüttelte er den Kopf. Sie zuckte die Achseln und schlenderte weiter.

Er überholte zwei Mexikaner, einer alt und verrunzelt mit schneeweißem Bart, der andere jünger und mit unrasiertem grauen Stoppelbart, beide schwankten, der jüngere trug die halbleere Weinflasche. Bino schottete die Nasenkanäle gegen den widerlich süßen Geruch ab. Es war Nacht. Die Innenstadt schäumte über.

Bino bezahlte für den Linc und nahm seine Schlüssel entgegen. Die Parkjungs hatten den Linc mit der Schnauze zur Ausfahrt geparkt, und Bino hatte gerade den Schlüssel ins Türschloß gesteckt, als er das Kribbeln spürte.

Es war ein prickelndes Gefühl, ein nervöses kleines Zucken, das dort anfing, wo Rückenmark und Nacken zusammentrafen, und sich in die Kopfhaut hocharbeitete. Er blickte hinter sich, dorthin, wo der Nachtwächter in einem Holzhäuschen saß, in dem eine einsame nackte Glühbirne brannte. Der Wächter, ein dürrer alter Kerl, saß über den Schreibtisch gebeugt und las. Nichts. Die Straße lag in der anderen Richtung; auch dort nichts. Nur spärlicher Abendverkehr, Lichter, die vorüberhuschten. Die Nutte, die er vorher gesehen hatte, war jetzt auf der anderen Seite der Main und schlenderte in die entgegengesetzte Richtung. An einer Parkuhr auf der gegenüberliegenden Straßenseite stand ein neuer Pickup mit übergroßem Führerhaus, weiß mit Streifen, die bei Tageslicht vermutlich blau waren. In dem Führerhaus hätte jemand sitzen können. Und wenn schon? Feiger Hund, dachte er und stieg in den Linc.

Mit der einen Hand schlug er die Tür ins Schloß und drückte die Verriegelungsknöpfe herunter, und mit der anderen fischte er die Mauser aus dem Handschuhfach. Er lud die Waffe mit den Patronen aus seiner Sakkotasche. Ein Rothaariger namens Buster und ein Muskelprotz, was? Danke, Wimpy. Sollte ihm irgend jemand mit roten Haaren über den Weg laufen oder jemand, der nach Bodybuilding aussah, würde Bino wahrscheinlich auf ihn zielen. Er ließ den Motor an, legte den Gang ein und fuhr los.

◇

Die Gürtelreifen des Lincs rollten Klickrums, Klickrums über die Dehnungsfugen der nach Norden führenden Mautstraße, während Bino seine erste Camel Filter des Tages rauchte und das gepolsterte Lenkrad, das er gerade noch an der Umwickelung umfaßt hielt, unter seinen Fingerspitzen im Takt zu den Eagles vibrieren fühlte. In der oberen rechten Ecke der Windschutzscheibe war ein einsamer blauweißer Stern zu sehen, der ihn durch den leichten Dallas-Smog hindurch tapfer anfunkelte. Er brachte die sanfte Steigung über Lovers Lane hinter sich und schaute nach beiden Seiten auf die Lichterkette entlang der Miracle Mile. Bino hatte es nicht eilig. Er war immer noch ein bißchen sauer auf Cecil wegen der Liegestützgeschichte, und Cecil konnte ruhig noch hungriger werden.

Bis er unter den L.B.J.-Freeway rollte, wo sich der Verkehr über seinem Kopf von der Flaschenhalszufahrt nach Valley View Mall etwa eine Meile weit zu seiner Rechten zurückstaute, waren die Eagles mit »Tequila Sunrise« und »Take It Easy« fertig und klimperten sich weich in die ersten Takte von »Lyin' Eyes«. Die Rechtsabbiegerampel blinkte eintönig, als er behutsam nach rechts abbog und die sanfte Kurve durch die Toreinfahrt zu Vapors North nahm. Dort wohnten er und Cecil. Er steuerte auf seinen numerierten Platz, parkte, stieg aus und spürte wieder dieses Kribbeln.

Diesmal war es stärker. Er spähte in die Anlage hinein, zwischen den zweistöckigen Wohneinheiten hindurch, die mit Holz verschalt und dunkelbraun gestrichen waren, mit grellweißen Verzierungen wie Zuckerguß auf Lebkuchenhäusern. Die Lichter auf dem L.B.J.-Freeway leuchteten matt am Horizont, und die kahlen Äste der hohen Eichen im Innenhof zeichneten sich wie verbogene Finger als Silhouette gegen den Lichtschein ab. Bino konnte niemanden entdecken. Er tätschelte den weichen Sakkostoff an seinem Bauch, klemmte sich Starrs Akte unter die Achselhöhle und pfiff ein wenig falsch »Lyin' Eyes« vor sich hin, während er zwischen den Häusern hindurchschlenderte. Plötzlich bewegte sich etwas in den niedrigen, beschnittenen Büschen zu seiner Rechten, und er wirbelte in diese Richtung herum. Eine kleine, braune, sich träge räkelnde Katze kam heraus und miaute ihn an, als er nach der Mauser griff, bereit, das Tier abzuknallen. Herrgott noch mal, dachte Bino, und ging auf seine Haustür zu.

Er legte die Akte auf die grobe Barplatte zwischen dem geräumigen Wohnraum und der winzigen Junggesellenküche, das leichte Klatschen des Maniladeckels auf Plastik lauter, als es nötig gewesen wäre. Seine Kopfhaut kribbelte immer noch, als er das gedämpfte Neonlicht über dem Kaminsims einschaltete. Die rauhen weißen Klinker warfen kleine Schatten auf ihre eigene Oberfläche, und das tiefe Rot der überlangen Couch und der Sessel schimmerte. Der nackte 51-Zoll-Bildschirm des Mitsubishi starrte ihn wie ein riesiges blindes Auge an. Bino ging zur Stereoanlage, stellte sie an, und schob eine Kassette in den Recorder; Bette Midler trällerte und schmetterte die Angst aus dem Raum. Er mochte Bette Midler, und zur Hölle mit dem, der sie nicht mochte.

Cecil drückte die Nase ans Glas, Flossen an den Hüften. Bino angelte eine Elritze, und sie schnellte wie verrückt in die Höhle des Löwen.

Ein paar Minuten später, die Mauser auf dem Nachtschrank, saß er auf der gesteppten grünen Tagesdecke des französischen Betts und zog weiche weiße Socken und Nike-Turnschuhe an, die zu den Jeans und dem grauen Baumwoll-Sweatshirt paßten. Sein Anzug lag auf einem Haufen in der Ecke des begehbaren Kleiderschranks. An der Küchenbar ließ er einen Scotch pur in ein Kristallglas gluckern; dann plumpste er auf die Couch und nahm den Telefonhörer ab.

Er teilte Karen Allens Anrufbeantworter mit, daß er zu Hause sei; dann tippte er die Nummer von Joe Millers Bar ein.

Die Cocktail-Kellnerin sagte: »Er sagt, er ist nicht da.«

Bino befeuchtete seine Lippen. »Sagen Sie ihm, daß ich ihn brauche. Um alter Zeiten willen.«

Einen Moment Stille, gedämpfte Gespräche im Hintergrund, Gläserklirren. Dann: »Er sagt, daß jetzt neue Zeiten herrschen.«

Bino konnte nicht widersprechen.

Er sagte: »Sagen sie ihm, daß ich einen sicheren Gewinner hätte.«

Er stellte sie sich vor, die Hand mit dem Hörer unten an der Hüfte, als sie schrie: »Barney, würdest du bitte mit diesem Spinner *reden*? Ich muß bedienen.«

Der Hörer baumelte. Endlich sagte Barney: »Sieh bloß zu, daß er was taugt. Ich trinke grade mit dem Rotschopf, Syls Freundin.«

»Der bekloppten, die auf Schriftsteller steht?«

»Dann werd ich eben ein Buch schreiben. Was willste?«

Bino ließ den Scotch im Glas kreisen. »Hör mal, mit wem spielst du morgen?«

»Mit dir jedenfalls nicht. Wir haben einen Vierer. Trainer Smith und noch zwei andere Typen. Abgesehen davon. Wir wollen Golf spielen, nicht irgendwelche verdammten Ostereier suchen.«

»Nein, Barney«, sagte Bino. »Da würd ich mich nicht reindrängen wollen. Außerdem hab ich in letzter Zeit Probleme mit dem Driver gehabt. Er lenkt etwas nach rechts ab.«

»Hab ich gemerkt. Ungefähr zwei Fairways.«

Bino dachte: Festerer Griff? Vielleicht –

Er sagte: »Es geht um den Trainer, Barney. Ich brauche dich, um rauszufinden, ob Dupard am Samstag spielen wird. Es ist für Half. Er muß es wissen. Irgendwie.«

Barney schrie irgendwem etwas zu, was Bino nicht verstehen konnte. Dann: »Hör mal, Bino, ich muß 'ne Stelle erhalten. Ich bin der Profi, sie sind die Mitglieder. Jeder will was. Insider-Aktientips. Jetzt Insider-Footballinformationen. Ich spiele Golf mit den Leutchen, ich kann nicht einfach –«

»Schon gut, Barney, du hast ja recht. Ich nehme an –«

»Laß mich ausreden. Ich kann nicht einfach mitten auf dem Platz hingehen und ihn fragen, wenn zwei andere Spieler da rumstehen. Daher werd ich ihn heute am Telefon fragen, wenn wir das Golfspiel vereinbaren. Ich hab SMU genommen und auch den einen Punkt, Bino. Dupard zischt ab, voller Galopp. Ist das alles, was du wissen willst?«

Bino überlegte, dann sagte er: »Das wird langen, Barn. Rotköpfchen wartet.«

»Ich weiß. Ach, und noch was, Bino. Es ist nicht der Griff. Du bringst deine Hände zu hoch, verdeckst den Schlag.« Das Klirren und Klappern bei Joe Millers endete mit einem abrupten Klicken.

Bino stand auf, stellte den Drink auf die Glasplatte des Couchtisches und nahm seine Tee-off-Haltung ein. Er ließ die Hände tiefer sinken, näher an den Schritt. Dann nahm er wieder den Telefonhörer ab und wollte gerade Half anrufen, als es an der Tür läutete.

Zweimal. Dong-dong, dong-dong, als hätte es jemand eilig. Binos Nackenhaare sträubten sich; das Kribbeln setzte wieder ein. Als er zur Haustür ging und den Spion öffnete, überlegte er, wie lange er wohl brauchen würde, um ins Schlafzimmer und an die Mauser zu kommen.

Binos Mandanten hatten recht. In engen, tiefsitzenden Jeans war Karen Allen eine Wucht. Garniere das noch mit Stöckelschuhen, und fertig ist die Doppelwucht.

Er öffnete die Tür.

Ihre Ellbogen waren angewinkelt, ihre Hände in den Taschen einer hellen taillenlangen Jacke mit Pelzkragen und -manschetten vergraben. Sie hielt eine kleine Abendtasche umklammert, deren rechteckiges Ende aus ihrer rechten Jackentasche herauslugte. Die weichen Ponyfransen ihrer dunklen Haare waren leicht verwuschelt. Ihr rechtes Bein stand vor dem linken, der Oberschenkel setzte sich gegen den wie angegossen sitzenden blauen Stoff ihrer Jeans zur Wehr. Der Stoff hielt die Stellung. Mit knapper Not. Der Druck ihrer Hände in den Taschen zog die Vorderseite der Jacke straff an den Körper und den Pelzkragen wie eine weiche, flaumige Klammer eng um ihren Hals. Ihre Lippen waren fragend geöffnet.

Sie sagte: »Ich habe keinen Durchsuchungsbefehl. Darf ich trotzdem reinkommen?«

Er machte den Mund zu, dann sagte er, ein wenig verlegen: »Ja, natürlich, Karen.«

Ihre sanften braunen Augen vollführten eine Wurde-auch-Zeit-Rolle, und sie ging an ihm vorbei, während er die Tür schloß. Wieder anders. Dasselbe Mädchen, dritte Version. Dieser Gang hatte etwas unverblümt Aufreizendes an sich, geradewegs aus Edeldiscos, flotten Singlebars. Unterhalb der hüftlangen Jacke balgten sich ihre Pobacken wie zwei Bärenkinder unter einem dünnen, blauen Laken. Zwei sehr zierliche, sehr wohlgeformte Kinder. Ihr kurzes Haar wippte wie bei Dorothy Hamill um den Hinterkopf.

Bino nahm ihre Jacke. Sie schüttelte sie ab, darunter kam ein enganliegender marineblauer Pullover ohne Ärmel zum Vorschein, der sich vorne zu mittelgroßen Doppelgipfeln erhob und dann steil zu einer Taille bergabrodelte, deren Umfang Bino auf etwa fünfundfünfzig Zentimeter schätzen würde. Bei einer Wette, ob über oder unter sechzig, würde Bino auf beträchtlich darunter setzen. Ihr weiches braunes Haar kitzelte ihn am Kinn. Hochgewachsen.

Er brachte ihre Jacke ins Schlafzimmer, faltete sie zusammen und legte sie säuberlich auf das französische Bett. Die Handtasche fiel heraus und plumpste schwer zu Boden. Er brauchte gar nicht hineinzuschauen; der Pistolenlauf zeichnete sich deutlich genug ab. Als er ins Wohnzimmer zurückkam, saß sie auf der Couch, einen Arm über der Rücklehne und ein Bein unter sich gezogen. Der andere Fuß stand auf dem Boden.

Er sagte: »Ich habe mir grade einen Drink gemacht, Karen. Was hätten Sie gern?« Echt Spitze, Bino. Cool. Genau wie bei dem Anrufbeantworter.

Sie zog eine Braue hoch: »Haben Sie deswegen angerufen?«

Er erstarrte, vornübergebeugt mit der Hand an seinem Drink. »Also, äh – nein, ich habe eine sehr wichtige Information – Sie werden sehen.« Er grinste dümmlich, richtete sich auf und ging zur Bar. Sonnys Aktenmappe lag immer noch da. »Es handelt sich um Sonny. Sonny Starr, Sie wissen schon. Hier – seine Akte.« Er ließ sie vor ihr auf den Couchtisch fallen.

Sie sagte, den Mund zu einem dünnen Lächeln verzogen. »Nun, wenn das so ist, dann nehme ich einen Drink. Weißwein.« Sie sagte nicht bitte, was ihn ein wenig ärgerte.

Die kalte, große Flasche war im Kühlschrank. Als er ein Stielglas vollschenkte, betrachtete er ihren anmutigen Nacken, während sie Sonnys Papiere durchblätterte. Bette Midler trällerte immer noch, gedämpft.

Als er den Wein vor sie hinstellte und sich vielleicht einen Meter von ihr entfernt auf die Couch setzte, sagte sie, ohne aufzusehen: »Das ist doch Schnee von gestern, Bino. Unser eigenes Strafregister. Und ein Fragebogen, der wissen will, welches Vermögen er hat für den Fall, daß er Ihr Honorar nicht bezahlen kann.« Sie wandte sich um, weiches Licht auf den olivbraunen Wangen. »Ich meine, eine echte Schnüffelausbeute nenne ich so was nicht.«

Er nahm ihr den Fragebogen aus der Hand, lehnte sich nah zu ihr hin und deutete auf ausgefüllte Spalten, während er sagte: »Aha, Karen. Genau das denken die Mandanten auch. Nur ein Formular. So ist es auch entworfen. Sehen Sie. Hier kann ich feststellen, wo er wohnt, wo er früher gewohnt hat, wer seine Verwandten und Freunde sind. Und schauen Sie her. Eine Spalte für seine Version des Verbrechens – sehen Sie, diese leeren Zeilen am Ende. Ich kann daraus eine Menge über den Mandanten erfahren – ob er Reue zeigt, ob mildernde Umstände bestanden, sogar, wie gebildet der Mandant ist. Solche Dinge sind wichtig, wenn man eine vernünftige Verteidigung aufbauen will.«

Sie hatte sich aus ihrer schmalen Taille heraus vorgebeugt, den Rücken gerade wie ein Besenstiel. Sie holte sich das Formular zurück und sank wieder in die Polster, das Papier in der einen Hand und das Weinglas in der anderen. Sie hob das Glas an die Lippen, ihre Augen bewegten sich nach links und rechts, während sie las. Ihre Zunge leckte am unteren Rand des Glases. Fast geistesabwesend.

Sie senkte das Glas und stützte es auf dem Oberschenkel ab, während sie sagte: »Also, was haben Sie denn nun über den alten Sonny rausgefunden? Er schrieb: ›Habe Koks und Gras an Fahnder verkauft.‹ Er hat die Wörter richtig geschrieben. Bringt ihn eine Quizrunde weiter.«

Sie hatte ihn am Wickel. Bino fiel Wimpys Kumpel ein, der im Knast. Er wählte seine Worte sorgfältig, als er sagte: »Nun, deswegen habe ich Sie eigentlich nicht angerufen, wegen des Formulars. Oder der Akte. Es geht um etwas, was ich gehört habe – durch Zufall, von einem von Sonnys Freunden. Der Typ saß im Knast, unten im County. Ich habe mit ihm gesprochen.«

Er hielt inne. Sie legte keinen Full house oder Superflush auf den Tisch, sie saß einfach nur da, das Glas in der Hand, die Fingerspitzen berührten es leicht, und der Fuß machte einen runden, feuchten Fleck genau an der Stelle, wo ihr fester Oberschenkelmuskel mündete. Er fuhr fort.

»Der Typ sprach von einem Pärchen, das ein Barmädchen zusammengeschlagen hat, weil es Sonnys Adresse wissen wollte. Der Beschreibung nach ein schwarzhaariger, dünner Lulatsch und ein fetter Zwerg.«

Immer noch nichts.

»Also, wie auch immer«, sagte er, »das ist das, was ich habe. Nicht viel, um weiterzumachen, aber vielleicht könnten Sie mal nachprüfen, wer mit ihm gesessen hat, diesen ganzen Sums. Vielleicht die Beschreibung – was meinen Sie?«

Sie stand auf, ging mit nachdenklichem Gesicht zur Stereoanlage. Das Bette-Midler-Band drehte die zweite Runde. Karen sah Binos andere Kassetten durch; er beobachtete sie von der Couch aus.

Sie sagte. »Ist es, weil ich eine Frau bin?«

Er blickte auf ihr Hinterteil und dachte: Das bist du zweifellos, und sagte: »Was ist was, weil Sie eine Frau sind?«

Karen wandte sich um: »Daß Sie mich verscheißern. Ich habe das College absolviert, Quantico, habe alles gemacht. Kommt ein Kerl zur Arbeit, sagen sie gleich, los, ermitteln wir mal, ich weih dich in alles ein. Ich war zwei Wochen im Bureau, bevor ich etwas anderes machte als Kaffeeholen. Und dann schickten sie mich als Informationslockvogel raus, und ich durfte mir von jedem schmierigen Scheißer in der Stadt in den Hintern kneifen lassen. Ich habe mir meine Sporen verdient, oder wie immer man es nennen will. Also, warum verscheißern Sie mich? Ich habe mit dem Tpyen im Knast auch gesprochen, Bino. Sonnys Hauswirt hat mich auf ihn gebracht.« Sie hatte eine Kassette in der Hand und fuchtelte damit herum. Elvis auf der Kassettenhülle war ganz in Weiß und grinste spöttisch.

Er schaute zu Boden, zerknirscht, dann wieder hoch. »Verdammt, tut mir leid, Karen. Ich habe nicht gewußt, daß Sie so mimosenhaft sind. Sie treten nicht grade mimosenhaft auf. Also gut, es handelt sich um einen Rothaarigen und einen Muskelprotz. Der Rothaarige heißt Buster.«

Jetzt grinste sie. Triumphierend. »Ich dachte, Sie würden mich verscheißern, Bino. Der Typ im Knast wollte nicht mit der Sprache raus, sagte keinen Piep. Die Mädchennummer geht ihnen an die Nieren, jedesmal.« Er machte ein saures Gesicht. Sie sagte: »Seien Sie nicht sauer. Ich hätte es wissen müssen.«

Niedergeschlagen sagte er: »Ich wollte es Ihnen ja sagen. Ich wollte nur erst sehen, ob Sie schon, bevor Sie mich baten, der Sache nachzugehen, Bescheid wußten.«

»Natürlich.« Sie kam zu ihm, nahm ihr leeres Glas in die Hand und hielt es ihm hin. »Noch etwas.« Wieder kein Bitte. Diesmal folgte sie ihm zur Küche, stand mit dem Ellbogen auf die Bar gestützt da und sah zu, wie er einschenkte. Der Pullover war ein Rolli. Zu beiden Seiten ihrer weichen Kehle waren zarte Venen zu sehen.

Sie schaute das Band in ihrer Hand an. »Ach, herrje, hören Sie sich dieses Zeug wirklich an?«

Er stellte ihren frischen Drink auf die Theke und hielt sein eigenes Glas auf der groben Platte fest, die Flasche bereit, sich nachzuschenken. Er betrachtete das Bild mit schiefgelegtem Kopf. »Na ja, manchmal. Er *ist* der King.«

»Verschonen Sie mich.«

»Nein, im Ernst. Teil der amerikanischen Geschichte. Barney und ich – Barney ist ein Bursche, Freund von mir – sind nach Graceland gefahren. Ein Happening. Ein Ereignis, genau das war er.«

Sie nippte an ihrem neuen, kalten Wein. »Er starb auf dem Scheißhaus, Bino. *Das* war ein Ereignis.«

»Sie klingen wie eine Gotteslästerin, Karen. Der King war wahrscheinlich mitten in der Komposition eines Hits – hat zu viele Pillen gekriegt.«

Sie blickte zur Seite, der Pullover machte die Drehung ihrer Schultern mit.

Bino wandte ihr den Rücken zu, um den Wein wegzustellen. Als er sich wieder umdrehte, war sie verschwunden. Aus einiger Entfernung, hinter dem Pfeiler zu seiner Rechten hervor, der die Küche vom Wohnraum trennte, sagte sie: »Wer ist das?«

Bino ging mit seinem Drink aus der Küche. Sie stand da, entspannt, den Ellbogen in die Hand gestützt, den Drink nach einer Seite weggestreckt, und betrachtete Cecil. Cecil führte seine Schwimmende-Scheiße-Imitation vor.

Er sagte: »Also, Oscar heißt er nicht.«

Sie kicherte. »Großer Gott, hoffentlich nicht. Ein Oscar ist er. Ein Oscarfisch. Oscar, der Oscarfisch, also, das wäre wirklich banal.«

Er sagte: »Ich wünschte, ich hätte das gesagt.«

Sie zögerte einen Moment, die Lippen halb geöffnet, dann beschloß sie, es diesmal dabei bewenden zu lassen. Aus dem Stand vollführte sie eine anmutige Drehung auf dem Fußballen und wandte sich der Couch und der Stereoanlage zu. Die Bärenkinder balgten sich wieder, und Bino, der ihrem Hinterteil ins Wohnzimmer folgte, verspürte keinerlei Lust, der Balgerei ein Ende zu machen. Sie ging zum Recorder und stellte den King mit einem Schubs, der ein bißchen energischer war als nötig, an seinen Platz zurück, dann fing sie an, die verschiedenen Bänder herauszunehmen und nacheinander wieder zurückzustellen, nachdem sie sich jedes einzelne angesehen hatte. Bino setzte sich auf die Couch.

Ohne sich umzudrehen, hielt sie ein Band über die Schulter, die Titelseite so, daß Bino sie sehen konnte. »Haben Sie was dagegen?« sagte sie.

Bino kniff die Augen zusammen, das Glas an den Lippen. Der Scotch floß warm hinunter. Das Band war von Bread. Bino mochte Bread, und diesmal hatte sie höflich gefragt.

Er sagte: »Natürlich nicht, bedienen Sie sich.«

Aus den Lautsprechern kam ein vibrierendes Knacken, als Karen Bette Midler hinauswarf, dann noch ein Knacken, gefolgt von dem leisen Geräusch eines laufenden Bandes. Dann der vertraute, sanfte Gitarrenauftakt, und noch bevor der Sänger einsetzte, wußte Bino den Text und die Melodie. »Baby, I'm-a Want You.«

Als sie zur Couch ging, sagt sie: »Ist das alles?« Sie glitt um den Couchtisch herum und hielt vorsichtig das Weinglas fest, als sie sich setzte und die Beine übereinanderschlug. Ihre feste Rundung war keine fünfzehn Zentimeter von Binos Schenkel entfernt. Sie duftete nach Moschus.

Bino sagte. »Wie bitte?«

»Ist das alles? Ein Rothaariger und ein Muskelprotz, der Rothaarige heißt Buster. Sonst nichts? Zum Beispiel, wo sie wohnen oder wohnen könnten?« Sie wandte den Kopf und sah ihn an, ihre Lippen ganz in seiner Nähe.

Er kreuzte die Knöchel auf dem Couchtisch, beugte sich vor und stellte seinen Drink daneben. Dann lehnte er sich zurück, die Arme verschränkt. »Das ist alles. Damit kann man weitermachen, Karen.

Zum Beispiel mit der Darrington-Farm-Liste; ich würde wahrscheinlich damit anfangen, sie nach einem Pärchen zu überprüfen, auf das die Beschreibung paßt.«

Sie hob die Schultern, dann ließ sie sie wieder fallen. »Ja. Das ist ein Anfang. Wenn das alles ist, dann ist es eben alles.«

Karen beugte sich energisch, mit einer gewissen Endgültigkeit, vor, ihr Glas stieß mit einem leisen Klirren an Binos. Dann veränderte sie ihre Haltung, wobei ihr Knie fast das seine berührte, winkelte den Arm an und drapierte ihn so auf der Rücklehne der Couch, daß sich ihr Ellbogen genau rechts neben ihm und hinter seinem Ohr befand. Ihre linke Brust war eine Haaresbreite von seinem Trizeps entfernt. Er saß reglos da und betrachtete sie. Sie hatte sich halb herumgedreht, wandte ihm das Gesicht zu, die braunen Augen noch weicher als sonst und mit diesem Blick einer Schwimmanfängerin, die zum ersten Mal vom Fünf-Meter-Brett springt. Ihre schmale Nase warf einen Schatten auf eine olivbraune Wange. Ihre Lippen öffneten sich.

»Was soll ich jetzt tun?« sagte sie. »Dir einen kleinen Striptease vorführen oder so was ähnliches?«

◇

Die Musik aus dem Schlafzimmerlautsprecher wurde durch die Vorhänge gedämpft. Von weit her und den langen Flur entlang sandte die Neonleuchte über dem Kaminsims im Wohnzimmer einen schwachen Lichtschein aus, sanftes Rampenlicht auf einer abgedunkelten Bühne für Karen Allen. Bino lag ausgestreckt auf dem französischen Bett, seinen Scotch neben sich auf der Tagesdecke, die Hand locker darumgelegt. Es raschelte ein wenig, als sich der Bund von Karens Pullover nach oben schob, immer weiter, langsam, Stück für Stück glatte Haut enthüllend, einen Nabel mit scharf umrissenen Rändern auf einem flachen, harten Bauch. Das über den Kopf gezogene Kleidungsstück ließ ihre Haare schamlos zerzaust zurück. Ihre Lider waren halb geschlosen, auf ihrem Gesicht fast ein Lächeln, das sich gelegentlich zu einer lüsternen Herausforderung wandelte. Sie trug einen schwarzen Halb-BH aus Spitze, gegen den ihre Brustspitzen zuckten.

Sie winkelte die schlanken Arme an, Hände griffen hinter sie, die Vorderseite des BHs straffte und lockerte sich wieder, das zarte Etwas flatterte zu Boden neben den Pullover. Ihre Brustwarzen waren groß und dunkel und ragten leicht nach oben.

Mit einer langen, fließenden Bewegung zog sie die Hände nach vorn, die Finger streiften dabei leicht über ihren Rücken, zogen fedrige Spuren zu beiden Seiten ihrer gerundeten Hüften, und langsam, langsam bewegten sich ihre Hände über dem Bauch aufeinander zu. Ihr Blick ruhte auf Bino, bewegte sich von seinen Augen methodisch abwärts zu irgendeinem Punkt in der Nähe seines Unterleibs, ihre Lippen öffneten sich leicht, als sie dorthin schaute, und dann langsam wieder zurück, um seinen Blick erneut zu erwidern. Ihre Daumen hakten sich unter beide Seiten des Knopfes an ihrer Jeans, die Muskeln ihrer Unterarme spielten, als sie ihn aufmachte. Mit einem fast unhörbaren Plopp öffnete sich das Vorderteil ihrer Jeans. Dann das verführerische, metallische Gleiten des Reißverschlusses, die Öffnung wurde größer, quer über ihrem unteren Bauch wurde eine Nylonlinie sichtbar, und durch die Maschen der Strumpfhose noch eine, diesmal schwarz.

Sie drehte sich seitlich zu Bino, ohne den Blick von ihm zu wenden, benutzte ihre Zehen als Klammern, um erst aus dem einen hochhackigen Pumps, dann aus dem anderen wohlgeformte Füße zu ziehen. Sie knickte in der Taille ein, wobei sich die Brustspitzen ein wenig vom Körper entfernten, und trat aus den Jeans, eine scharfe Kerbe dort, wo sich die Rippen der Wespentaille zuneigten. Die Jeans fielen neben den Pullover und den BH.

Bino hob sein Glas hoch und nahm einen langen, warmen Schluck.

Karen setzte sich aufs Bett, um die Strumpfhose abzustreifen, geschmeidig und langsam, und Bino rutschte etwas, um ihr Platz zu machen. Ihre anmutigen Beine und Hüften hatten den gleichen Olivton wie ihre Wangen und ihr Hals. Sie behielt den Bikinislip an und rutschte auf Händen und Knien neben ihn, zögerte, streckte die Hand aus und nahm ihm das Glas ab. Sie stellte es auf den Nachttisch.

Sie zerrte an seiner Taille, und er hob die Hüften an, um ihr zu helfen. Sie stand neben dem Bett, hatte es jetzt eilig, riß fieberhaft seine Jeans über Knie und Knöchel herunter und ließ sie endlich außer Sichtweite hinter das Fußende des Bettes fallen. Bino setzte sich auf, um sein Hemd auszuziehen, die kühle Luft im Zimmer strömte auf seine Brust. Wieder kniete sie neben ihm, ihre weichen, dunklen Brustwarzen nur Zentimeter von ihm entfernt, als sie sich vorbeugte. Er griff nach ihren Brüsten. Sie hielt ihn zurück.

»Lieg still. Laß mich.« Es war ein Fauchen, ein Befehl. Er legte sich zurück. Sie griff nach unten zu seiner Erektion. Er schloß die Augen.

Er spürte, wie sie ihm die Shorts auszog, dann, wie sanfte Nägel über seine Brust und abwärts an seinen Hüften vorbeiharkten, dann ein fester Druck, ihre Handfläche leicht auf seinem Glied. Er hielt die Augen geschlossen, wartete auf die Wärme ihres Mundes, dann spürte er es, das Hinein- und Hinausgleiten.

Er öffnete die Augen und sah nach unten. Die Rückseite ihres Schenkels und ihr gerundeter Hintern waren nahe an seinem Arm, ihr Kopf senkte sich, kam langsam wieder hoch, bewegte sich von einer Seite zur anderen, während er die Liebkosungen ihrer Lippe und Zunge spürte. Er ließ seine Hand an der Innenseite ihres Beines hinaufgleiten, zog den Schritt ihres Slips beiseite und erforschte sie mit den Fingern. Ein vibrierendes Knurren entsprang tief in ihrer Kehle.

Das Stoßen ihres Kopfes wurde schneller; Bino ließ seine Finger weitermassieren. Dann richtete er sich jäh auf, bremste sie und dirigierte sie mit dem Druck seiner Arme an Taille und Schultern. Als sie über ihn glitt, schließlich auf dem Rücken neben ihm lag, schob er seine Hände unter den Bund ihres Slips und zog ihn aus. Dann bestieg er sie.

Ihr Kopf lehnte auf dem Nackenpolster an dem geschnitzten Kopfteil, Hals gebeugt. Sie sahen sich in die Augen. Bino fühlte ihre Hand zwischen seinen Beinen, sie packte fest zu und half ihm einzudringen, während sie ihr Becken eng an ihn preßte. Sie beobachtete seine Augen.

Ihr Gesichtsausdruck begann sich zu verändern, ihr Kinn stieß nach vorn, ihre Oberlippe kräuselte sich vor unverhohlener Lust, ihre entblößten, ebenmäßigen Zähne schimmerten im Halbdunkel. Ihr Atem kam in kurzen, rauhen Stößen; dazwischen flüsterte sie ihm wild zu.

»Gib's mir – o Gott – gib's mir – gib's mir –« Und er tat es, lange.

Als er die Explosion in seinen Schenkeln und Lenden kommen spürte, versuchte er, sich zurückzuhalten, konnte es nicht. Als er in ihr pumpte, schlossen sich ihre goldbraunen Beine um seinen Rükken, die Knöchel verschränkt, pressend, während sie weiter heftig atmete.

Erschöpft blieben sie einige Augenblicke ineinander verschlungen liegen. Dann streckte er sich neben ihr aus. An seiner Leiste war es klebrig feucht.

Bino sah zur Decke, entspannt, die Hände auf der Brust gefaltet, die Beine an den Knöcheln übereinandergeschlagen. Neben ihm wurde ihr Atem langsamer. Ihr glatter Oberarm lag an seinem. Er fuhr sich mit dem Handrücken über die Oberlippe, die Stoppeln kitzelten. Ihr Moschusgeruch war da.

Er mußte ins Bad. Er lag eine Weile da, mit anschwellender Blase, und rang um die richtigen Worte. Entschuldige? Muß mal für kleine Jungs? Nichts sagen, einfach aufstehen und gehen?

Zum Teufel damit, er mußte pinkeln.

Er rollte sich zur Seite und stand auf, der hochflorige Teppich federte unter seinen nackten Füßen. »Die Natur ruft, Karen.« Seine Stimme war etwas tiefer als normal. Nicht übel. Ihr leises Lachen war kehlig. Sein Hals wurde warm, lief rot an in der Dunkelheit.

Zum Bad ging es durch einen großen, mit Teppich ausgelegten Ankleideraum hinter dem Schlafzimmer. Auf dem Weg dorthin mußte er das Fußende des Bettes umrunden, wobei er aus den Augenwinkeln ihre lange, goldbraune Geschmeidigkeit wahrnahm. Er war fast am Ankleideraum angelangt.

Sie sagte: »Bino . . .«

Er drehte sich langsam um.

Sie sagte. »Denk an den King, Bino.«

Er sah sie an. Sie lachte leise, auf den Ellbogen gestützt, den Kopf zurückgeworfen, die Schultern bebend. Er ging durch den Ankleideraum ins Klo.

Als er zurückkehrte, hatte sie sich aufgesetzt und lehnte am Kopfteil. Bread spielte immer noch. Er ging ums Bett herum und setzte sich neben sie.

»Dir ist doch klar, daß du vermutlich eine Zielscheibe bist, oder?« sagte sie. »Könntest sehr gut umgebracht werden, wenn die beiden Kerle nicht gestoppt werden.«

Er nahm sein Glas vom Nachttisch, trank, stellte es zurück. »Tja, ist nicht grade der allerangenehmste Gedanke. Sie glauben, ich weiß, daß sie Richard Bigelow ermordet haben, ihre Namen kenne, alles. Das Komische ist, wenn sie nicht ins Büro gekommen wären und – nun ja – getan hätten, was sie getan haben, hätte ich nie davon erfahren. Ich schwöre, Karen, ich hatte keine Ahnung. Von

Sonny nicht, von nichts. Sonst hätte ich den kleinen Dreckskerl niemals vertreten.«

»Nun, die Sache läßt sich gut an, Bino. Nicht das mit dem kleinen Mädchen, der Liftführerin, das ist entsetzlich. Aber wenn sie nicht aktiv geworden wären, hätten wir sie unter Umständen nie identifiziert. Mit der Beschreibung ist das jetzt nur noch eine Frage der Zeit. Wer weiß, ob uns das jemals gelungen wäre, jetzt, wo Sonny tot ist.« Sie zog ein nacktes Knie unters Kinn und umschlang es mit den Armen.

Bino fuhr sich mit den Fingern durchs Haar. »Also, für den Fall, daß ich –«

Karen unterbrach ihn, indem sie ihm fest eine Hand über den Mund legte. Sie war plötzlich angespannt, starr, lauschte mit schiefgelegtem Kopf. Sie sah Bino an, legte einen zum Schweigen auffordernden Finger an die Lippen und nahm die andere Hand von seinem Mund.

Ebenso geräuschlos rollte sie sich von ihm weg, bewegte sich schnell, anmutig, wie eine Katze. Als sie das andere Ende des Bettes erreichte, streckte sie ihren Arm zum Boden aus, außerhalb seiner Sichtweite. Dann bewegte sie sich auf leisen, nackten Sohlen flink in den Ankleideraum und durch ihn hindurch ins Klo, die kleine Tasche an einer schlanken Hand baumelnd.

Bino beobachtete, wie ihr niedlicher nackter Po verschwand, und dachte: Was soll der Quatsch? Räuber und Gendarm? Blinde Kuh oder was?

Er schickte sich an, übers Bett zu krabbeln und ihr zu folgen. Als er sich jedoch in dieser Richtung bewegte, stupste etwas von hinten gegen seine Schultern. Etwas Metallisches. Etwas Rundes. Etwas Hartes.

Als Bino sich umdrehen wollte, sagte eine sanfte, näselnde Stimme. »Die Drehung machste ganz langsam, Arschloch, wenn de willst, daß dein Kopf auf den Schultern bleibt.«

Bino machte die langsamste Kopfdrehung seines Lebens.

Zwillingsläufe einer abgesägten Schrotflinte, ungefähr zwanzig Zentimeter entfernt, zielten direkt auf sein Gesicht. Hinter dem geschulterten Schaft hoben sich die Umrisse eines bulligen Mannes in weißem T-Shirt gegen das Licht von der Flurtür ab. Der Mann hatte einen Bart. Sein Haar war buschig und kraus, und das gedämpfte Licht, das hindurchschien, hatte einen rötlichen Schimmer.

Der Kerl neben der Schrotflinte war größer, mit massigen Schultern und Armen, die aus einer ärmellosen Weste hervorquollen. Er grinste unter dichten schwarzen Augenbrauen und zurückweichendem Haaransatz hervor, schwarzes Haar über und hinter der blanken Halbglatze. Seine Halsmuskeln wölbten sich hervor wie Taue unter enggeschnürtem Sackleinen.

Ein Muskelprotz und ein Rothaariger.

Die Angst saß Bino im Magen wie ein harter Krebsknoten. Die Schrotflinte stieß ihn wieder an, gab ihm ein Zeichen. Bino folgte der Anweisung und lehnte sich an das Kopfteil.

Die Stimme des bulligen Rothaarigen war verwaschen, wie bei jemandem, der Tabak kaute und mal ausspucken müßte. »Mann, John-Boy, der Knilch hier hat so feste gevögelt, dasser nich mal gehört hat, wie wir reingekommen sin. Ham's nich mal leise machen müssen.«

John-Boy hielt ein großes, tückisch aussehendes Hirschhornmesser locker in den Fingern. Er trug Baumwollhandschuhe. Er wog das Messer erst in der einen, dann in der anderen Hand und wieder zurück. »Yeah, Bus, hat sich mords ein abgerammelt.« Er kicherte leise. »Die Lady is sich wohl erleichtern gegangen, schätz ich.«

Buster hielt die Schrotflinte ruhig und sah sich nach einer Stelle zum Ausspucken um. Es gab keine. Er ließ einen Strahl auf den Teppich los. »Geh und hol sie, John. Ich und Mr. Phillips hier warten auf dich.«

Ein gewaltiger Bizeps plusterte sich auf, als John-Boy sich am Ellbogen kratzte. »Kleine Party, was, Bus?« Als er auf das Fußende des Bettes zuging und sich anschickte, es zu umrunden, sagte er zu Bino: »Stehst doch auf Partys, oder? Staranwalt, klar tuste das.« Er trug hohe schwarze Motorradstiefel. Sie knarrten.

Großspurig mit den Schultern rollend, stolzierte John-Boy los. Er hatte gerade die Bettecke erreicht, die dem Ankleideraum am nächsten war, ein siegesgewisses Grinsen der Vorfreude im Gesicht, als Bino aus den Augenwinkeln die aufblitzende Bewegung in dem abgedunkelten Ankleideraum erhaschte.

Mit langen, anmutigen, geschmeidigen Schritten betrat Karen das Schlafzimmer und blieb abrupt stehen. Ihre goldbraunen, olivfarbenen Beine waren gespreizt, Füße auf Schulterbreite, scharfe, vorspringen Hüftknochen, Oberkörper leicht zurückgebeugt, Arme nach vorn gestreckt, nackte Brüste zusammengepreßt. Der schlanke rechte Arm war gestreckt, der linke leicht gekrümmt, die Hand umklammerte das rechte Handgelenk, hielt es ruhig. Die kompakte Walther PPK 380 wirkte groß und bedrohlich in ihrer winzigen rechten Hand. Kein Ein-Auge-Zusammenkneifen bei Karen Allen; beide Augen waren offen, die Pistole bildete eine Linie mit ihrem Nasenrücken. Ihr zerzaustes schwarzes Haar tanzte auf ihrer Stirn.

John-Boy blieb stehen, verblüfft, setzte an, etwas zu sagen.

Die Walther machte ein Geräusch wie ein Holzhammer auf einem massiven Block. Eine kurze Flamme spritzte aus ihrem Lauf. Karens Hand wurde durch den Rückstoß nach unten und leicht nach links gerissen.

Die Kugel war irgendwo in der Nähe von John-Boys Nase eingedrungen. Sein Körper zuckte, schickte sich an, rückwärts zu kippen. Während Bino zusah, explodierte John-Boys Hinterkopf.

Er war, als ob ein Rasensprenger in der Hitze eines Sommernachmittags, wenn die ersten Tropfen aus dem ausgedörrten Schlauch Badewassertemperatur haben, aufgedreht würde. Heiße Nebelschwaden erfüllten die Luft. Etwas Feuchtes heftete sich an Binos Arm. Er sah hin. An dem feuchten Ding klebten Haarsträhnen. John-Boy ging außer Sichtweite unterhalb der Bettoberfläche zu Boden, das dumpfe Geräusch seines Falls ließ den Raum vibrieren.

Buster grunzte. Das Ziel der Schrotflinte schwenkte von Binos Brust weg auf einen Punkt bei Karen. Sie blickte genau in dem Moment zu Buster, als sie, die Füße immer noch fest auf dem Boden, die rückstoßende Walther stabilisierte und den kurzen Lauf in seine Richtung lenkte. Sie würde es nie schaffen.

Bino machte einen Satz nach vorn. Beide Hände fuhren mit aller Kraft hoch. Das Metall an der Unterseite der Schrotflintenläufe verbrannte ihm die Hände. Er war auf einem Knie und stieß nach oben, als beide Läufe explodierten. Sie waren auf die Decke gerichtet.

Die Wucht der Explosion war so stark, daß ein brennender Schmerz sein Trommelfell durchzuckte und ihn taub machte. Das grobe Schrot riß die Decke auf, Staub und Gipsscherben prasselten herab, setzten sich in den Flecken von John-Boys roter Nässe auf Binos Brust und Schultern fest.

Buster taumelte rückwärts, das Kinn schlaff, Fassungslosigkeit in den Augen. So sah er Bino für den Bruchteil einer Sekunde an, dann lenkte er seinen ungläubigen Blick an Bino vorbei zu der

Stelle, wo Karen stand. Plötzlich drehte er sich um und gab Fersengeld. Als er aus dem Schlafzimmer hinaus und den Flur entlangwalzte, zersplitterte eine weitere Kugel aus der Walther den Türrahmen.

◇

Buster floh den Flur entlang ins Wohnzimmer, sein Atem ging stoßweise, sein Körper wurde mit jedem schweren Schritt durchgerüttelt, und er dachte: Wer glaubt'n so was, die verdammte *Braut* mit 'nem Schießeisen? Er kam an einem Becken mit irgendeinem fetten, runden schwarzen Fisch vorbei, der ihn anglotzte.

John-Boy war eindeutig hinüber. Gottverdammt, die hat ihm den Hinterkopf weggeblasen. Die Braut wußte, wie man mit der Walther umging, Scheiße, das issen Ding! Das is ja 'n toller Scheißbulle, den dieser Anwalt da vögelt.

Er stürmte nach draußen und auf den Parkplatz zu, die leere Schrotflinte schlug ihm ans Bein. Mach bloß, daß du zu der Karre kommst, mach bloß, daß du hier wegkommst. Fünfundvierziger Automatik in der Karre.

Was issen mit den Schlüsseln? Herrgott, die verdammten Schlüssel.

Hat John-Boy sie im Lieferwagen gelassen? Das Arschloch sollte es. Wehe, wenn nich, dann war der alte Buster geliefert.

Der Pickup rückte schemenhaft näher.

◇

Bino nahm den kalkigen Geruch von Gipsstaub wahr und spürte ein Brennen in seinen Händen von dem glühenden Metall der Schrotflinte, als die Kugel der Walther nahe an seinem Ohr vorbeipfiff und in das Holz des Türrahmens hackte. Er blieb wie angewurzelt stehen, hörte die schweren Füße des Rothaarigen, die den Flur entlangstampften. Dann riß er die Nachttischschublade auf, der Krimskrams, der darin lag, rutschte und klapperte, und er nahm die Mauser heraus.

Als er sie entsicherte und einen langen Satz in Richtung Schlafzimmertür machte, sagte Karen hinter ihm: »Ich würde das hier benutzen, Bino. Man weiß ja nie –«

Er drehte sich um. Sie stand da, die Walther mit dem Lauf nach unten an ihrer Seite, entspannt. In der anderen Hand hatte sie das flauschige Strandtuch, das normalerweise an einem Ständer im Ankleideraum hing. Sie warf es ihm zu.

Bino fing das Handtuch aus der Luft und wickelte es sich ungeschickt, behindert durch die Mauser, um die Taille. Als er den Flur entlang und ins Wohnzimmer hineinstürmte, mit der linken Hand die Handtuchenden zusammenraffend und mit der Pistole in seiner rechten Hand vor sich herumfuchtelnd, dachte er: Was, zum Teufel, glotzt du denn so, Cecil? Saublöder Fisch.

Draußen knallte der Zement des Gehwegs hart gegen seine nackten Fußsohlen, und das weiche Frottee des Handtuchs schmiegte sich an seine pumpenden Beine. Er nahm plötzlich aufflammende Lichter in Fenstern wahr, aufgleitende Patiotüren, Menschen auf Balkonen. Irgendwo schrie einer: »Ruhe, verdammt noch mal!«

Nach Atem ringend erreichte er den Asphalt des Parkplatzes. Die frische Nachtluft auf seinem nackten Oberkörper machte sich mit einer Gänsehaut bemerkbar.

Die Teile von John-Boys Schädelmasse fingen an zu trocknen und zu verkrusten.

Weiter entfernt zu seiner Linken schwang die Tür eines Supercab-Pickups hin und her, knallte zu. Bino hatte den Transporter schon einmal gesehen. In der Stadt, in der Nähe des Büros. An diesem Abend.

Durch das Heckfenster war eine Bewegung im Führerhaus des Pickups zu sehen.

Der Anlasser tuckerte einmal, dann heulte der Motor auf und jagte hoch. Der Transporter bockte, als der Gang eingelegt wurde, dann ruckte er vorwärts und beschleunigte.

Bino brachte die Mauser in Anschlag, den Arm gestreckt, die Pistole auf das hintere Fenster an der Fahrerseite gerichtet. Als der Transporter die Kurve erreichte, die zur Straße führte, und in diese Richtung abschwenkte, drückte Binos Finger langsam den Abzug durch.

Genau jenseits des Transporters ging ein Verandalicht an. Eine junge, blonde Frau, Lockenwickler im Haar, stand als Silhouette in der Tür. Sie war genau in der Schußlinie.

Bino lockerte die Hand und zielte mit der Mauser in die Luft.

Achselzuckend, die Arme jetzt schlaff an den Seiten, machte er gerade kehrt, um den Weg zurückzugehen, den er gekommen war, als eine Autohupe ein kurzes, hohes *Tut* von sich gab. Bino blickte über die Schulter.

Fünfzehn Meter vor ihm entfernt öffneten sich gleichzeitig beide Vordertüren eines Dodge Caravan Kombis. Zwei Männer stiegen aus.

Der Fahrer war ein lächelnder, sympathisch aussehender junger Bursche, der eine Drahtgestellbrille und eine gelbe Windjacke trug. Er war nicht ganz eins achtzig, mit ordentlich gekämmtem sandfarbenen Haar. In der einen Hand hielt er einen Spiralnotizblock, in der anderen einen Kuli.

Der andere Bursche war kleiner, stämmiger und älter, hatte eine Halbglatze und trug ein kariertes Sportsakko. Von einer Schulter hing eine Kamera an einem Riemen.

Sie kamen auf Bino zu. Bino stand verdutzt da, das Handtuch mit der einen Hand umklammernd und die Mauser mit der anderen.

Der junge Bursche sagte: »Mr. Phillips? Bino Phillips? Ich hab Sie an Ihren Haaren erkannt – und von gestern abend.« Er lachte trokken in sich hinein. »Mr. Phillips, ich bin Skip Turner, *Dallas Morning News*. Und das ist –«

Ach, herrje. Skip der Knüller.

» – Stan Jones, einer unserer Fotografen. Wir waren gerade in der Gegend, und ich hätte gern gewußt, ob ich vielleicht Ihre Version der –«

Der Klang der Stimme von Skip dem Knüller verhallte, als Bino wie von Furien gehetzt losstürzte, um in seiner Wohnung Zuflucht zu suchen. Hinter ihm blitzte die Kamera auf.

11. Kapitel

Marvin Goldman machte nicht den Eindruck, als hielte er sich gern in Binos Wohnung auf. Er saß in einem der Sessel, die Schultern vorgekrümmt und die Ellbogen auf den Armlehnen, Hände vor dem Bauch gefaltet und die Füße mit gekreuzten Knöcheln auf dem Boden. Hin und wieder warf er einen kurzen Blick nach rechts zu Bino oder geradeaus zu Karen. Meistens jedoch starrte er auf einen Punkt vor ihm und machte ein stocksaures Gesicht.

Er sagte: »Es besteht wohl keine Möglichkeit, es so aussehen zu lassen, als wäre er hier erschossen worden und erst dann ins Schlafzimmer getorkelt.« Es klang wie ein Frage. Goldman strich sich über seinen Spitzbart.

Bino saß auf der Couch, sein Kopf ruhte auf der Ecke, wo die Schmalseite mit der Rücklehne zusammentraf. Sein Gesicht war Goldman zugewandt, aber sein Blick war unverwandt auf die Decke über Goldmans Kopf gerichtet. Sein Arme waren verschränkt, und er sagte kein Wort.

Karen, die in dem Sessel rechts von Bino saß, die Beine unter den Körper gezogen, massierte weiterhin ihr vom Duschen feuchtes Haar. In Binos hellblauem Bademantel, der ihr zu groß war, wirkte sie kleiner als sonst. Sie sagte: »Sein Hinterkopf ist weg, Marvin. Wie soll er dann ins Schlafzimmer getorkelt sein?« Sie verdrehte die Augen.

Die Haustür flog krachend auf. Der stämmige, einen dunklen Anzug tragende FBI-Agent von der Veranda steckte den Oberkörper ins Zimmer und winkte. Der dünne, einen dunklen Anzug tragende FBI-Agent, der neben Bino auf der Couch saß, erhob sich und ging zur Tür. Der mittelgroße, einen dunklen Anzug tragende FBI-Agent, der auf der Couch sitzen blieb, beobachtete sie gespannt.

Bino hörte den Knaben, der gerade zur Tür gegangen war, sagen: »Sag ihnen, fünfzehn Minuten.« Bino schaute durch die offene Haustür. Draußen hatte sich eine ziemliche Menschenmenge angesammelt, die sich die Hälse verrenkte. In der vorderen Reihe standen zwei uniformierte Dallas-Cops. Als der FBI-Mensch von innen die Tür schloß, wandte sich der von der Veranda gerade der Menge zu und verschränkte die Arme. Der dünne Agent setzte sich wieder neben Bino. Bino blickte wieder zur Decke, über Goldman.

Der Dünne, die Haare von einem zurückweichenden Haaransatz straff nach hinten gekämmt, zog drei oder vier Seiten aus seiner inneren Brusttasche. Sie waren zweifach gefaltet, wie Geschäftsbriefe. Er breitete sie offen aus. Aus den Augenwinkeln erkannte Bino die Formulierung: »U.S. Government Memorandum«.

Der Dünne sagte: »Wir haben ein größeres Problem als das hier, ein internes. Es – hat mit der Walther PPK zu tun.«

»Das Problem ist, daß von Agent Allen hier keine Walther PPK beim Bureau registriert ist. Eine Beretta. Eine Browning zweiundzwanzig. Aber keine Walther PPK drei-achtzig.« Er sah Karen an. Sie sah ihren Schoß an.

Der mittelgroße Fed links von dem Dünnen war ein blonder mit kurzgeschorenen Seitenpartien. Er runzelte eine Braue in Karens Richtung. »Das kann nicht sein, Agent«, sagte er. »Beim Bureau sind die Handfeuerwaffen von jedem registriert. Von jedem einzelnen. Die Walther ist ein teures Stück, praktisch ein Sammlerstück. Da muß ein Irrtum vorliegen.«

Goldman meldete sich zu Wort. »Wie wär's mit einer Llama? Das ist auch eine drei-achtzig. Wenn die Waffe verschwunden wäre, hätte der Ballistiker nichts, womit er sie vergleichen könnte. Ist von ihr eine Llama registriert? Vielleicht könnten wir – ach, zum Teufel damit.« Er schaute auf Binos Knie.

Der dünne Agent nahm einen Kugelschreiber aus der Tasche und klickte den Knopf mit dem Daumen runter. Er hielt das Ende des Kulis, leicht zwischen die Zähne geklemmt, in seinem Mundwinkel fest, als er sagte: »Das ist ein guter Vorschlag, Mr. Goldman. Wenn von ihr eine Llama registriert wäre, könnten wir wahrscheinlich damit durchkommen, wenn wir sagen, daß sie die benutzt hat. Aber das ist nicht der Fall.« Er nahm den Kugelschreiber aus dem Mund und kritzelte etwas auf eines der Blätter, wobei er sein Knie als Schreibunterlage benutzte. Dann sagte er: »Es ist zum Auswachsen. Wir können nicht mal ein Memo rausschicken, es rückwirkend machen. Nicht bei einer Walther PPK, bei so einer Waffe. Wo haben Sie die Waffe gekauft, Agent Allen?«

Bino setzte sich ein wenig gerader hin und zog die Beine seiner Joggingshort herunter. Die Sache fing an, ihn zu interessieren.

Karen fuhr mit der Spitze des kleinen Fingers an ihrer Unterlippe entlang. »Es ist nicht meine«, sagte sie. Die beiden Agenten sahen erst einander an, dann wieder Karen, sagten kein Wort. Sie hielt die

Augen auf ihren Schoß gesenkt, während sie sagte: »Sie gehört Bill Featherston.«

Dem blonden Agenten fiel der Unterkiefer herunter. »Sie nennen ihn ›Bill‹?«

»Warten Sie mal eine Minute«, sagte Goldman, teils an die beiden Agenten, teils an Karen gewandt, Bino ignorierte er. »Reden wir hier über denselben Burschen? Den in Washington, Featherston?«

Bino grinste von einem Ohr zum anderen.

Mit einer Kleinmädchenstimme sagte Karen: »Der einzigartige.«

»Und ich nehme an«, sagte Klappergestell, »daß Sie eine gute Erklärung dafür haben, wie Sie an diese Waffe gekommen sind, Agent.«

Karen zuckte die Achseln. »Da gibt's eigentlich nichts zu erklären. Ich habe sie für ihn in meiner Handtasche verstaut, als wir zum Dinner ausgingen. Als er zu seinem Flugzeug fuhr, hat er sie vergessen, das ist alles. Wir – ich wollte sie ihm bei der ersten Gelegenheit zurückgeben.«

Klappergestell erhob sich und lief auf und ab, Hände auf dem Rücken. Der Blonde beobachtete ihn. Karen rang die Hände in ihrem Schoß. Goldman betrachtete den Fußboden. Bino legte den rechten Knöchel auf das linke Knie und kratzte sich, immer noch grinsend, an der Innenseite seines nackten Oberschenkels.

Klappergestell sagte: »Also. Wir werden berichten, daß Agent Allen, während sie mit dem Anwalt des toten Verdächtigen herumvögelte, einen der anderen Verdächtigen mit W. E. Featherstons Waffe wegpustete. Recht so?«

»Den Teufel werden wir tun«, sagte der Blonde. »Wir werden diese Sache hier schnurstracks die Leiter raufschießen. Ist Featherstons Problem, soll er doch damit fertig werden. Laßt die Dallas-Leutchen lang genug rein, damit sie ihren Job erledigen können, die Leiche fortschaffen. Haltet alle anderen draußen, insbesondere diesen verdammten Reporter – wie heißt er noch?«

»Skip«, sagte Bino.

◇

Buster verfluchte John-Boys Dämlichkeit während der ganzen Zeit, in der er nach einer geeigneten Stelle suchte, wo er das Supercab abstellen konnte. Heiße Mistkarre, er mußte sie loswerden. Er hatte dem Anwalt im Rückspiegel genau in die Pupille gesehn, der Mistkerl, stand da und zielte mit dieser Monsterpistole, und Buster, der zuckte jede Sekunde zurück und wartete drauf, daß das hintere Fenster zersplitterte. Tat's aber nich. Trotzdem, so'n Typ wie dieser Anwalt hatte bestimmt die Zulassungsnummer spitzgekriegt.

Buster kurvte durch die Seitenstraßen von East Dallas, an den engen Scheißstraßen alte Häuser, bei denen zum größten Teil die Farbe abgeblättert war und graues Holz durchguckte, und dachte, John-Boy, der hat's versaubeutelt und zwar mordsmäßig. Der Pickup war auf John-Boys richtigen Namen zugelassen und mit der Adresse in North Dallas. Da konnte Buster nicht hin, konnte nicht mal in die Innenstadt und seinen Chevy holen, weil Busters Name auf dem Mietvertrag stand und die Bullen in Nullkommanix zwei und zwei zusammenzählen würden. Und Buster mit lausigen achtzig Piepen in der Tasche, der Rest der Kohle in der Wohnung, gebunkert in Busters Bettkasten.

Es war zum Kotzen, genau das.

Die 45er hatte acht Schuß im Ladestreifen und einen in der Kammer. Mordsmäßig. Kannste genausogut dazu benutzen, um 'n paar Scheinchen ranzuschaffen. Aber wo? Nich an diesem alten, verrotteten Ende der Stadt, wo 'n Haufen Arschlöcher auf ihren Holzveranden saßen, schaukelten und quatschten. Er hielt die Luft an, als ein schwarzweißer Streifenwagen ihn überholte, stellte sich 'n schreienden Einsachtziger, blinkende Rotlichter und jaulende Sirenen vor. Aber es passierte nichts. Der Bulle zuckelte weiter, bog nach rechts ab und verschwand.

Buster dachte: Scheiß drauf. Wenn er ein bißchen Geld auftreiben wollte, brauchte er 'n fahrbaren Untersatz. Heiß oder nich, er würde das Supercab brauchen, jedenfalls für 'n Weilchen. Er fand die Washington Street, kurbelte das Supercab durch noch ein paar alte Viertel zum Central Expressway und fuhr Richtung Norden. Grün reflektierende Freeway-Schilder sausten zu beiden Seiten vorbei. Es war kaum Verkehr, und Buster hielt die Nadel auf fünfundfünfzig, riß das Fenster auf und spürte, wie die kühle Luft heulend reinströmte. Er brauchte 'n Priem, aber das Days-Work-Päckchen war leer.

Er fand, was er suchte, in der Mockingbird Lane, ganz in der Nähe der Abrams Road, fuhr das Supercab rein, parkte und stellte den Motor ab. Seine Knie fühlten sich steif an, daher rieb er sie, während er eine Zeitlang dasaß, dem Ticken und Abkühlen des Motor zuhörte und mit den Augen die Entfernung von der Schnauze des Transporters bis zu den zischenden Elektroniktüren abschätzte, durch die man in den die ganze Nacht geöffneten Skaggs-Albertson's reinkam. Der Parkplatz war etwa viertelvoll, fünfzig Autos vielleicht. Buster beobachtete, wie drinnen Leute in den Gängen auf und ab gingen, rumtrödelten und die Ware befummelten. Helle Neonlichter brannten; über einer Theke waren die riesigen Buchstaben PHARM- zu sehen, die Klinkerfassade versperrte Buster die Sicht auf den Rest des Wortes. Massig Zaster da drin, steckte in diesen Kassen da.

Reinkommen, ohne daß jemand die beschissene 45er bemerkte, würd 'n Problem werden. Buster dachte drüber nach. Er hatte keine Jacke, nix an außer 'nem dünnen T-Shirt und Jeans.

Gottverdammich, der Whiskey. John-Boy hatte, kurz bevor sie zu der Bude von dem Anwalt gefahren waren, eine Flasche gekauft. Buster angelte unterm Sitz und kam mit ihr zum Vorschein, die braune Tüte raschelte, als er die Flasche rausholte und die Kanone reinfallen ließ. Buster trank einen warmen Schluck Bourbon und schüttelte sich. Tat ihm gut und beruhigte seine Nerven. Ständig marschierten Leute in den Laden rein und wieder raus, niemand bemerkte ihn.

Buster kletterte aus dem Führerhaus, die Tür quietschte 'n bißchen und ging mit einem hohlen, dumpfen Knall zu. Der frische Wind, der aufgekommen war, schnappte nach ihm. Er trottete über den Asphalt und auf den Eingang zu, die Tüte mit der Kanone pendelte locker in seiner Hand hin und her. Eine alte Frau, verrunzelt und grau, ging mit gesenktem Kopf an ihm in entgegengesetzter Richtung vorbei, entschlossen einen halbvollen Einkaufswagen auf den Parkplatz vor sich herschiebend. Buster hörte ihren Atem durch falsche Zähne pfeifen, als sie vorbeiging.

Direkt vor dem Eingang blieb Buster stehen und sah sich den Laden mal kurz an. Sechs der zwölf Kassen waren in Betrieb. Zwischen allen anderen Gängen hingen Ketten, und in den Einkaufsbereich mußte man durch ein Drehkreuz gehen, das sich nur in eine Richtung bewegte, und das alles, damit jeder, der reinkam, nur an den Kassen vorbei wieder rausgehen konnte. Buster dachte, Mann, heutzutage traun die wirklich keim mehr, und trat vor sich hin kichernd auf die Fußmatte vor ihm. Es zischte scharf, und die Tür sprang auf. Buster ging rein.

Nach dem stürmischen Wind auf dem Parkplatz kam ihm die Ruhe im Laden ein bißchen komisch vor, und Buster blieb einen Moment stehen, um sich zu orientieren. Um sein Spielchen gleich hier durchzuziehen, waren die Kassen zu weit weg für ihn, auf der anderen Seite von breiten Tresen und hinter Plastiktrennwänden, die wahrscheinlich kugelsicher waren. Man würde von dem inneren Einkaufsbereich durch die Kasse gehen, sich auf die Kassiererin werfen, das Geld grapschen und weiter auf den Parkplatz gehen müssen. Alles andere war Quatsch.

Buster ging auf das Eisengeländer zu, das Pendelgewicht der 45er zog an der Tüte in seiner Hand. Er wollte grade durch das Drehkreuz, als er die Fernsehkameras bemerkte.

Vom Parkplatz aus konnte man sie nicht sehen. Sie waren auf einer Leiste an der hohen Wand, über den Elektronikeingängen, montiert. Es waren zwölf, je eine auf jede Kasse gerichtet, an jeder brannte ein rotes Licht, was bedeutete, daß sie in Betrieb waren. Zieh 'n Überfall durch, und du wirst 'n Filmstar.

Buster rollte das Drehkreuz, ging durch und trieb sich dann bei den ineinandersteckenden Einkaufswagen rum, während er über die Kameras nachdachte. Er rüttelte einen der Wagen raus und schob ihn einen Außengang mit der Aufschrift HAUSHALTSWAREN UND -GERÄTE hinauf.

Buster blieb mit Absicht hinter einem dünnen Mädchen in schwarzen Cordhosen, das alle naslang stehenblieb und ein Messer, einen Dosenöffner oder eine Schüssel aus dem Regal nahm, sich den Kram genau ansah und wieder zurückstellte. Jedesmal wenn sie stehenblieb, blieb auch Buster hinter ihr stehen, machte sich an der Ware zu schaffen und sah sich nach beiden Richtungen um. So weit, so gut. Keine Sicherheitsleute, die Knarren mit sich rumschleppten, noch nicht. Aber diese verdammten Fernsehkameras gingen ihm auf 'n Keks.

Er schlenderte zum Obst-und-Gemüse-Stand und ließ vier oder fünf Äpfel in den Wagen fallen. Immer noch keine Wachen. Er hielt eine Zeitlang eine der durchsichtigen Plastiktüten in der Hand, bevor er sie von der Rolle riß und sich richtig anschaute. Unmöglich. Mit so 'm Ding überm Kopf würd er höchstens erstikken, und das verdammte Ding war nich dicht genug, um sein

Gesicht auch nur 'n Fitzel zu entstellen. So was würde sich John-Boy ausdenken.

Wenn er mal genau überlegte, dann warn die Kameras doch eigentlich egal, oder? Buster hatte beschlossen, noch vor morgen 'ne ganze Latte von Meilen zwischen sich und Dallas zu bringen. Die würden ja sowieso todsicher rauskriegen, wer er war, wenn se erst mal John-Boy und den Transporter identifiziert hatten, also was juckte da noch 'n Überfall auf 'n Lebensmittelladen? Nicht die Bohne. 'türlich nich. Buster trieb den Einkaufswagen auf die Kassen zu und kam sich ziemlich bekloppt vor, daß er soviel Zeit verplempert hatte.

Unterwegs hielt er zweimal an. An einem Stand ließ er ein Päckchen Kakao in den Korb fallen, an einem anderen einen Beutel Schokoriegel. Mußte so aussehen, als ob er was kaufen wollte. An jeder Kasse waren nur kurze Schlangen, Buster stellte sich jedoch hinter einen silberhaarigen Knaben in der Schnellspur. Da würde garantiert das Bargeld sein; die meisten Leutchen in den anderen Spuren schrieben Schecks aus oder wedelten mit Kreditkarten rum.

Der alte Heini vor ihm hatte einen grünen Overall an und zwei Packungen Salzcracker in der Hand. Eine dunkelhaarige Frau von etwa dreißig mit einem Kind, das mit dem Gesicht zur ihr in ihrer Karre fuhr, stellte sich hinter Buster an. Der Junge, dem ein paar Vorderzähne fehlten, war so an die sechs oder sieben, zu groß, um noch in der Karre zu fahren. Irgendwie grinste er doof; Buster dachte: Der Knabe muß 'ne kleine Macke haben oder was.

Der Knabe sagte: »Ich will ein Three Musketeers, Mom.«

»Keine Süßigkeiten, Jimmy«, sagte die Frau. »Ich hab's dir gesagt. Wenn du noch ein einziges Mal fragst, kannst du zum Wagen rausmarschieren, junger Mann.«

Buster betrachtete sie. Die Frau war geschminkt, ihre Haare waren hübsch frisiert, und sie sah gar nich mal übel aus. Auch mit dem Kind war nix los, bloß höllisch verwöhnt und zu faul zum Laufen. Buster tastete in der Tüte nach unten und berührte den Pistolengriff, als er sich wieder umdrehte und der Kasse zuwandte. Vier Leute waren vor ihm.

Wahrscheinlich waren noch keine fünf Minuten rum, aber Buster kam's vor, als wärn's Stunden, bis er dran war. Der Heini vor ihm machte Stunk wegen seinem Wechselgeld, quasselte mit der Kassiererin und hatte keine Ahnung, wie nah dran er war, selbst beklaut zu werden, nur so als Zugabe. Schließlich ging er. Buster blieb lässig da und sah zu, wie die Kassiererin, ein lächelndes kleines Ding mit kurzen dunklen Haaren und Zahnspangen, den Krempel im Wagen eintippte. Buster lehnte sich zurück, beide Ellbogen auf einen niedrigen Schalter hinter ihm gestützt, den Beutel mit der Kanone drin locker in der Hand baumelnd. Neben ihm in der Schlange haute die hübsche Mutter dem Knaben auf die Finger und schnappte ihm ein Three Musketeers weg.

Die Angestellte hielt inne und grinste, Silbermetall reflektierte auf ihren Zähnen. »Wäre das alles, bitte?« Sie hatte dunkle Sommersprossen auf der Nase.

Speichel sammelte sich in Busters Mund. Als er sich aufrichtete und den Tütenhals lockerte, sagte er: »Ham Sie 'n Days Work da?«

Unverwandt lächelnd nickte sie, bückte sich und kramte unter dem Schalter. Mit einem grünen Beutel Days Work in der Hand kam sie wieder hoch. Buster hatte die häßliche, blauschwarze 45er direkt auf sie gerichtet. Ihre Augen weiteten sich, ihr Lächeln gefror. Links von Buster zog die Frau mit dem Kind scharf zischend die Luft ein.

Buster sagte: »Machense einfach weiter und lassense den Tabak mit dem andern Zeug reinfallen.« Sie tat es mechanisch, die Augen auf die Waffe geheftet, während Buster zu der Frau hinter ihm sagte: »Sagen Sie kein Wort, Lady, und benehmen Sie sich normal.«

Überraschend gelassen sagte die Frau: »Sei still, Jimmy.«

Buster reichte der erstarrten Kassiererin die jetzt offene Whiskeytüte. »Bargeld, kleine Lady. Bißchen fix.«

Ihre Hände zitterten; ihr Blick huschte über ihn hinweg, an seiner Schulter vorbei. Buster sah in die gleiche Richtung, den Lauf der 45er unverändert auf einen Punkt zwischen der Kassiererin und der Frau mit dem Kind in der Karre gerichtet, bereit, damit in beide Richtungen zu zielen. Die Angestellten hielten die Köpfe gesenkt; sie waren damit beschäftigt, Einkäufe einzutüten. Die Kunden machten unbeteiligte Gesichter; niemand beachtete, was da vorging. Im Moment tanzte Buster auf drei Hochzeiten, vier, wenn man den Knaben mitzählte. An der hohen Außenwand leuchteten die Fernsehkameras wie eine Reihe Verkehrsampeln.

Buster richtete die Waffe erneut auf die Kassierin und sagte: »Du bewegst dich nich schnell genug, Süße. Ich sagte fix, also.«

Sie drückte den KEIN-VERKAUF-Knopf, der Kassencomputer tikkerte, und die Schublade glitt auf. Sie hielt die Tüte mit der einen

Hand fest und stopfte mit der anderen die Einer, Zehner und Zwanziger rein. Sie hielt Buster die Tüte hin.

Er sagte: »Alles. Auch die großen, unter der Schublade.«

Sie nickte abwesend, ihr Unterkiefer mahlte. Ihr Gesicht war blaß geworden, und ihre Sommersprossen stachen hervor. Sie hob die Kassenlade hoch, fand darunter ein paar Fünfziger und Hunderter und steckte sie zu den anderen Sachen in der Tüte. Der Knabe im Karren fing zu flennen an. Buster ruckte mit dem Kopf in seine Richtung. »Stopfen Sie ihm 's Maul, Lady.«

Die Frau ließ sich nicht beeindrucken. »Er ist doch nur ein kleiner Junge, um Himmels willen.«

Buster nickte ihr zu und beschäftigte sich wieder mit der Kassiererin. Er nahm ihr die Tüte ab. »Daß sich jetzt keiner von euch muckst, bis ich draußen bin. Hör ich auch nur 'n Piep, dreh ich mich rum und knall euch beide ab.«

Die Kassiererin legte zitternde, zierliche Hände auf den Schalter und schaute auf sie runter. »Ja, Sir«, sagte sie, ihre Stimme kaum mehr als ein Flüstern.

Buster sagte: »Ach, ja. Gib den Days Work her.«

Sie schaute auf. »Wie bitte?«

Er fuchtelte mit der Waffe. »Den Tabak, Kleine. Ich will ihn.«

Sie nickte und reichte ihm den Beutel. Der Tabak beulte die Gesäßtasche seiner Jeans aus, als er ihn hineinstopfte. Mit einem dünnen Grinsen und den Worten »Danke verbindlich« trat er aus dem Gang in den freien Raum und steckte die 45er zu dem Geld in die Tüte. Er war etwa auf halbem Weg zum Ausgang, als die Elektroniktür aufzischte. Ein uniformierter Bulle kam durch, ließ sich aufs Knie fallen und richtete einen kurzläufigen 38er Revolver auf Buster. Der Blaurock sagte: »Keine Bewegung. Polizei. Sie sind verhaftet.« Er war ein flaumbärtiges Bürschchen, das den Babyspeck noch nicht ganz abgelegt hatte. Seine Stimme bebte.

Busters Blick huschte zu der Leiste an der hohen Wand. Mit pochendem Herzen dachte er: Mist, verdammter! Livekameras, irgendso 'n Arschloch irgendwo an 'nem Monitor hat die Polente angerufen. Er zögerte einen Moment, tat so, als ob er die Hände heben wollte. Dann, ohne Vorwarnung, ließ er sich plötzlich auf den Kachelboden fallen, rollte sich nach rechts weg und wühlte dabei in der Tüte.

Der Cop bewegte sich nicht schnell genug; wahrscheinlich hatte er Schiß, da drin, mit all diesen Kunden, seine Waffe abzufeuern. Der Bruchteil einer Sekunde, den er zögerte, verschaffte Buster genau die Zeit, die er brauchte. Buster rollte sich zweimal rum, sein Brustkorb schlug dumpf auf dem Boden auf, und nach der zweiten Rolle zielte die 45er auf den Bullen. Der heftige Rückstoß der 45er, als er den Abzug zog, riß Buster die Hand in die Luft. Der Donner hallte laut in dem Laden wider. Irgendwo schrie eine Frau.

Buster mußte zugeben, daß es ein Zufallstreffer war, nach diesem ganzen wilden Rumrollen und Drauflosballern. Hätt so ziemlich alles treffen können, samt der Decke.

Die Kugel schlug genau über dem Herzen in die linke Schulter des Bullen ein und warf den Blaurock der Länge nach rückwärts zu Boden, Blut sprudelte wie ein Geysir, der 38er fiel mit lautem Scheppern auf die Kacheln. Als der Bulle vor Schmerzen aufstöhnte, zersprang das Spiegelglas in dem Fenster hinter ihm. Er schlug mit seiner blutenden, gefühllosen Schulter auf dem Boden auf, rollte einmal rum und lag still.

Buster war schon auf den Beinen, die Geldtüte immer noch in der Hand, und bewegte sich geduckt auf den Gang und die Kasse zu, von der er gekommen war. Durch das zersplitterte Glas waren weitere Bullen zu sehen, die auf dem Gehweg verteilt in Deckung gegangen waren. Buster dachte: Officer abgeknallt, was? *Volltreffer*, ihr Arschlöcher.

Die Frau mit dem Kind und die Kassiererin waren immer noch da, wie angewurzelt. Überall im Laden duckten sich Leute hinter Tresen, schrien irgendwelchen Quatsch, rannten in heillosem Durcheinander zum hinteren Einkaufsbereich.

Buster schubste die Rollkarre beiseite, das Kind wimmerte, und packte die dunkelhaarige Mutter am Arm. Schlanker Muskel bewegte sich auf schlankem Knochen in seinem Klammergriff. Sie trug eine schwarze Wolljacke und grüne Hosen. Buster ruckte mit dem Kopf zur Vorderseite des Ladens und zur Straße dahinter. »Los, Lady.«

Sie wich in seinem Griff zurück, schüttelte den Kopf, panische Angst in den Augen. Buster richtete die 45er auf den Leib des Knaben und sagte: »Du oder er. Los.«

Ihre Augen weiteten sich. Sie japste nach Luft und nickte.

Buster schob sie vor sich her; sie stolperte leicht, worauf er mit einer Hand ihre Schulter packte und sie eng an sich heranriß. Als sie sich der Eingangstür näherten, setzte er ihr den Lauf der 45er an die Schläfe. Ihr Rücken war immer noch ihm zugewandt.

Er sagte ihr ins Ohr: »Wie heißte, Lady«

»Sally.« Sie war starr vor Angst, sprach jedoch ruhig.

»Sally, hä? Also, Miss Sally, wir machen jetzt 'n klein Spaziergang. Wenn sich die Bullen raushalten, ham wir kein Problem. Hoff mal lieber, daß sie's tun. Netter kleiner Junge, den de da hast.«

Kühl sagte sie: »Danke.«

Sie traten vorsichtig um den gefallenen Officer herum. Er bewegte sich und gab ein blubberndes Stöhnen von sich. Buster dachte daran, dem Bullen den Rest zu geben, dann überlegte er es sich anders. Könnte die Scheißkugel ja vielleicht noch brauchen.

Die Ausgangstür zischte mit einem leichten Luftzug auf. Buster legte jetzt seinen freien Arm um Sallys Schultern und Oberkörper, den Pistolenlauf weiterhin an ihre Schläfe gedrückt. Sie gingen hinaus.

Der Wind hatte sich gelegt. Ohne ihn war auch die Luft nicht mehr so eisig; nur eine kühle Stille blieb. Buster zählte rasch sechs Paar blinkender Rotlichter, die Schwarzweißen standen wie Planwagen in einem Halbkreis vor dem Ladeneingang. Hinter den Hauben und Kofferräumen aller Wagen waren Schirmmützen zu sehen, unter den Mützen Gesichter. Ein paar Revolverläufe. Mindestens ein Gewehrlauf. Der Parkplatz hinter den Bullen war von Menschen geräumt worden; nur die geparkten Wagen standen noch da. Das Supercab stand genau geradeaus, fünfzehn Meter oder so hinter den Streifenwagen.

Ein Kerl in Anzug und weichkrempigem Hut trat hinter einem Wagen hervor. Er hielt ein Megaphon an den Mund.

Das Megaphon sagte: »Werfen Sie Ihre Waffe weg. Lassen Sie die Frau frei, und heben Sie die Hände hoch.«

Buster dachte: Du willst mich wohl verarschen.

Er drückte Sally noch etwas fester an sich und schrie: »Ihr habt 'ne Minute Zeit, die ganzen Bullen auf meine rechte Seite rüberzuschaffen, aus dem Weg. Eine Minute, sonst stirbt die Lady. Kapiert?«

Megaphon beugte sich vor und sagte irgendwas zu irgendwem, der unsichtbar hinter einem Wagen war. Megaphon war korpulent. An seinem Hutband steckte eine kleine Feder. Buster hielt den Anzug für braun, aber bei dem künstlichen Licht war er sich nicht sicher.

Megaphon richtete sich auf, seine laute, mechanische Stimme sagte: »Machen Sie keine Dummheiten. Sie haben keine Chance. Lassen Sie die Frau gehen.«

Buster rief: »Dreißig Sekunden.« Sally schnappte nach Luft.

Noch eine Flüsterkonferenz hinter den Wagen. Schließlich, verstärkt durch das Megaphon: »Bleiben Sie ruhig. Tun Sie nichts Unüberlegtes. Wir verziehen uns. Auf Ihre rechte Seite, sagten Sie?«

Buster nickte, zeigte mit der Automatik und dachte: Beeil dich mal lieber, du Arschloch. Das Rot der Dachlampen blinkte ihn und Sally an wie eine stroboskopische Diskobeleuchtung.

Langsam, vorsichtig erhob sich etwa ein Dutzend Blauröcke hinter den Wagen und bewegte sich behutsam, bis alle weit rechts von Buster auf dem Parkplatz eine Gruppe gebildet hatten. Revolver und Gewehre waren gesenkt. Nur der Mann mit dem Megaphon blieb im Zentrum.

Buster schrie dem Zivilen zu: »Du auch, Mann. Ich mein's ernst. Geh mit den andern da rüber, sonst is sie tot.«

Megaphon gehorchte und bewegte sich seitwärts um die Wagen herum, immer mit Blick auf Buster.

Sally zwischen sich und dem Kreis der Bullen haltend, schob sich Buster durch die kleine Lichtung, die der Wagenhalbkreis bildete. Als er die Haube des mittleren Fahrzeugs erreichte, blieb er stehen, die 45er schräg an Sallys Kopf.

»Hört zu, ihr Schweine«, knurrte er sie an, »ich zähl jetzt bis fünf. Also, wenn hinter diesen Karren hier noch irgendwelche Bullen sin, sollten sie sich besser zu den andern verziehn. Mich erwischen sie vielleicht, aber dann könnt ihr das Hirn von der Lady vom Asphalt schrubben.«

Niemand antwortete ihm.

»Eins . . .« zählte Buster. »Zwei . . .« Er spürte, wie sich die Frau verkrampfte, hörte ihren gepreßten Atem.

»Drei.«

Immer noch Stille.

»Vier.«

Schritte waren zu hören. Ein Bulle erhob sich hinter dem Kofferraumdeckel des Wagens, der Buster am nächsten war, und trabte zu den anderen. Buster lachte vor sich hin, sein Gelächter hallte in der Totenstille wider.

»Okay, Sally«, flüsterte er.

Busters Schuhsohlen machten kleine raschelnde Geräusche, als er und Sally zwischen den Bullenautos durchgingen. Als sie auf dem offenen Parkplatz waren, ging er langsam rückwärts auf das Supercab zu, wobei ihm Sally auf der ganzen Strecke als Frontlinie zwischen sich und den Beamten diente. Sie blieben dicht gedrängt zusammen, Megaphon vor der Meute.

Endlich war Buster nah genug heran, um den Türgriff des Pickups berühren zu können. Er blieb abrupt stehen und schrie den Bullen zu; die Frau zuckte beim Klang seiner Stimme zusammen.

»Rührt euch nicht vom Fleck, ihr Schweine. Wir steigen jetzt in den Transporter.«

Buster machte sich etwas Sorgen darüber, wie er sich samt der Frau den hohen Tritt hinauf ins Fahrerhaus bugsieren und sie weiterhin vor sich halten sollte. Er dachte noch darüber nach, als er mit der Waffenhand nach dem Türgriff tastete. Die 45er klapperte und schabte gegen die Metallkarosserie des Transporters. Gerade als sich Busters Finger um den Griff schlossen, stieß Sally einen Arm nach vorn, drehte ihn dann in die entgegengesetzte Richtung und rammte Buster den Ellbogen in den Leib. Mit aller Kraft.

Buster hätte nie geglaubt, daß die verdammte kleine Frau so kräftig zuschlagen konnte. Die Luft zischte mit einem verblüfften Stöhnen aus seinen Lungen. Gleichzeitig zog Sally den Kopf ein und grub die Zähne an der Stelle in Busters Unterarm, wo er ihre Brust umschlungen hielt. Buster schrie einmal auf, laut. Dann drehte sich die Frau von ihm weg und rannte mit klappernden Schritten auf den Laden zu. Buster grapschte nach ihr, doch sie war weg.

Er dachte: Verdammtes Miststück, fahr zur Hölle, und richtete die 45er auf ihren schmalen, fliehenden Rücken. Im gleichen Moment erschallte aus dem Kreis der Beamten, ungefähr fünfzehn Meter entfernt, ein lautes *Bumm.* Buster fing im Augenwinkel einen Lichtblitz auf. Irgendwas zischte unter seinem Arm vorbei, verfehlte ihn um wenige Zentimeter und krachte in die Metallseite des Pickup. Das Supercab schaukelte stark auf seinen Federn.

Buster vergaß die Frau und machte schleunigst, daß er sich in Sicherheit brachte. Zwei weitere Kugeln zischten und klirrten gegen den Pickup, als er kurz und heftig atmend die Tür öffnete und hineinkletterte. Er warf die 45er neben sich auf den Sitz und ließ den Motor an, trat das Gaspedal bis zum Anschlag durch, die Kolben stampften. Er rammte den Hebel in Fahrtstellung. Die Hinterräder quietschten und verbrannten Gummi, als Buster ansetzte, nach rechts abzubiegen und parallel zur Ladenfront zu fahren. Noch mehr Blitze. Noch mehr einschlagende Kugeln.

Dicht an seiner linken Seite gab es eine noch lautere Explosion, einen noch größeren Flammenstoß. Die dunkle Silhouette des Bullen flitzte vorbei, und ein Strahl künstlichen Lichts schoß funkelnd aus dem schimmernden Lauf des Karabiners. Die linke Vorderseite des Transporters bäumte sich auf und hob Buster aus seinem Sitz. Dann schlug sie mit atemberaubender Wucht auf dem Pflaster auf, Funken sprühten, als die wild kreiselnde Felge den geplatzten Vorderreifen zerfetzte.

Der Transporter schlingerte, fing sich wieder, die Schnauze hob sich, als er auf den Gehweg rollte und zwei Einkaufswagen zerquetschte, die dort zurückgelassen worden waren. Buster ließ das Steuer los, schrie und bedeckte die Augen mit den Unterarmen, als die Glasfront des Ladens bedrohlich näher rückte.

Der Pickup rammte die Ladenfront. Glas klirrte und zerstob in gezackten Scherben. Die Stoßstange stieß mit der unteren Klinkerverblendung der Ladenfront zusammen, wurde verdreht und zerknautscht. Busters Kopf knallte gegen das Lenkrad. Sein Kinn schlug dumpf auf dem Armaturenbrett auf. Das Supercab kam kreischend zum Stehen, das Klirren des zerbrochenen Glases ließ die Luft vibrieren.

Benommen schüttelte Buster den Kopf und blinzelte.

Der Türgriff rüttelte, und die Tür des Pickup knallte auf. Buster sah nach links, als sich ein kurzläufiger 38er in die Kabine bohrte und auf seinen Kopf zielte.

»Bitte, du Schweinehund«, sagte der Bulle. »Bitte, versuch mal was.«

Buster hob die Hände. Er grinste freundlich: »Ich tu ja nix, Boss. Bus will kein Ärger nich.«

Der Bulle packte Busters T-Shirt und zog mit einem Ruck. Buster kam auf den Gehweg runter, stolperte und grapschte nach der Transportertür, um sich festzuhalten.

Der Bulle sagte: »Aufs Pflaster, du Arschloch. Gesicht nach unten.« Buster ging in die Horizontale.

Noch mehr Blauröcke umringten ihn. Als ihn grobe Hände abklopften, sagte eine Stimme über ihm: »Wie heißt du, du Scheißkerl?«

Buster drehte den Kopf zur Seite. Aus dem Mundwinkel heraus brüllte er: »Ich sag gar nix. Nich, bis ich 'n Anwalt seh.«

Ein Bulle sagte. »Er will nicht reden, Henry.«

Einen Herzschlag lang war es ruhig. Dann sagte eine zweite, tiefere Stimme: »So, er will nicht, was? Na schön.«

Eine harte Schuhspitze trat Buster in die Rippen. Er stöhnte vor Schmerz auf.

Von weiter weg sagte eine Frau: »Tritt das miese Schwein noch mal.«

Buster war sich nicht sicher, aber er meinte, es wäre Sallys Stimme gewesen.

12. Kapitel

Bino verbrachte die Nacht – das, was noch davon übrig war – auf der Couch. Bis die Feds das Kommen und Gehen der Dallas-Cops, das County Medical-Team, ausnahmsweise mal ohne Shoesole Traynor, überwacht und John-Boy weggekarrt hatten, damit er Sonny Starr Gesellschaft leistete, und bis alle Zelte abgebrochen waren, war es nach drei. Vollgepumpt wie eine Gallone reinen Koffeins verbrachte Bino den größten Teil der Nacht damit, sich herumzuwälzen, herumzuwerfen, aufzusetzen und sich dann noch ein bißchen herumzuwälzen und herumzuwerfen. Es dämmerte schon, als er endlich einschlief. Als er sich des steten Regentrommelns in der Dachrinne bewußt wurde, zeigte die leuchtende Digitaluhr neben dem Kassettenrecorder 8:09, und seine Augäpfel brannten, als hätte er neue Kontaktlinsen eingesetzt. Im Kassettenrecorder steckte immer noch Bread. Bino schaltete schnell auf UKW um und hörte dem KVIL-Icopter-Bericht zu, wonach sich der Royal Oaks Country Club in den Lake Mead verwandelte, während er zum Vorderfenster ging, den Vorhang beiseite zog und hinausspähte.

Regen. Ganze Bäche und Seen von dem Zeug. Auf der anderen Seite des Weges, am oberen Ende einer Hausecke, waren zwei Dachrinnen miteinander verbunden, und das Wasser sprudelte heraus und platschte in einem Sturzbach in das darunterliegende Kiesbeet. Der kleine Kater, den Bino vergangene Nacht beinahe erschossen hätte, kauerte unter einem Zedernbusch. Immer wieder streckte er vorsichtig seine Pfote unter den Zweigen hervor, zog sie hurtig wieder zurück, wenn er den Regen spürte, und entblößte spitze Zähne bei einem hilflosen Miau. Bino wußte genau, wie ihm zumute war.

Das Schlafzimmer sah wie nach einem Blitzkrieg aus. Der Staub von der zerborstenen Decke hatte die Möbel, den Fußboden und die Tagesdecke überzogen wie Kalkstaub eine Schiefertafel. In der Sandsteinwand waren große Furchen, wo der dünne FBI-Agent Fragmente von Karens (oder Featherstons, wer zum Teufel das auch sein mochte) Kugel herausgepult hatte, bevor die örtliche Polizei sie in die Finger bekam. John-Boy hatte mit einem riesigen, blutroten Fleck, der immer noch feucht aussah, den Teppich ruiniert. Bino berührte ihn nicht, um sich zu vergewissern. Er duschte auf die Schnelle, zog Jeans, Nikes und ein Sweatshirt an, warf eine Regenjacke mit Kapuze über und lief um Pfützen herum zum Verwaltungsbüro – oder fast herum, denn er landete eine Schuhgröße zwölf mitten in einer Pfütze, so daß seine Hosen bis zum Knie durchnäßt waren, als er in das Büro eintauchte.

Ein paar Minuten später gingen Tilly Maddens wattierte Schultern in die Höhe, als sie die Ellbogen auf ihren Schreibtisch legte. Sie hielt eine Zigarettenspitze aus Plastik zwischen Daumen und Mittelfinger und tippte sie mit dem Zeigefinger an. Eine lange Aschesäule löste sich vom Ende ihrer Virginia Slim und zerfiel in einem runden Glasaschenbecher.

Tilly sagte. »Haben Sie eine Ahnung, was das hier ist?« Sie zeigte auf etwas, das wie zwanzig bis dreißig viereckige rosa Zettel aussah, die auf einem Messingdorn vor ihr aufgespießt waren.

»Also, für mich sieht das wie Anrufzettel aus«, sagte Bino. »Wir verwenden die gleichen in meinem Büro.«

Tilly hatte tiefrotes Haar, das in der Mitte gescheitelt war und zu beiden Seiten glatt bis auf die Schultern herabfiel. Ihre langen Fingernägel waren passend zum Haar lackiert. Sie sagte: »Ganz recht. Alle von Mietern.« Auch ihr Herbstkostüm war rot. An jedem Finger ihrer Hände steckte ein goldener Ring.

Sie paffte an ihrer Spitze, inhalierte und stieß eine lange Rauchfahne aus, bevor sie sagte: »Wetten, daß wir jetzt erraten können, worum es bei all diesen Anrufen geht, ja?«

Bino saß ihr gegenüber auf einem Lehnstuhl und sagte nichts. Seine feuchten Jeans fühlten sich allmählich kühl an, und ein Nieser war im Anzug.

»Bino, Schätzchen«, sagte Tilly. »Haben Sie schon mal von Trails North gehört? Was grade eröffnet hat, jetzt zu vermieten ist? Schwimmbad und Whirlpool. Zimmermädchenservice. Fließend Warm- und Kaltsekretärinnen. Ist ausgesprochen in, Bino.«

Bino räusperte sich, dann nieste er in die Hände. Er zog rasch ein Taschentuch aus der Gesäßtasche und säuberte Hände und Nase. »Ach, Til«, sagte er, »nach fünf Jahren hänge ich wirklich an Vapors North. Für mich ist es ein Zuhause. Es werden eine Menge neuer Wohnsiedlungen eröffnet, aber ich habe nun mal hier Wurzeln geschlagen.«

Tillys getuschte Wimpern gingen in die Höhe, als sie zur Decke schaute. Sie schürzte die Oberlippe und kratzte einen blutroten

Lippenstiftfleck von ihrem Vorderzahn. »Genau das habe ich befürchtet«, sagte sie. »Also, Bino. Was kann ich an diesem verregneten Tag für Sie tun?«

Bino zögerte, kam zu dem Schluß, daß ein weiterer Nieser nicht sofort zu erwarten war, und stopfte das Taschentuch in die Gesäßtasche zurück. Er beugte sich vor, Ellbogen auf den Knien, und sagte: »Tilly, meine Behausung ist ein echtes Katastrophengebiet. In der Schlafzimmerdecke ist ein Schrotflintenloch. Und der Teppich ist ruiniert – die Ursache wollen Sie bestimmt nicht in allen Einzelheiten wissen, glauben Sie mir. Überall Sandsteinstaub. Ich muß das repariert haben, auf der Stelle. Ich meine, ich kann nicht mal mehr in meinem Bett schlafen, bis – verstehen Sie?« Seine Augen flehten.

Während Bino redete, holte Tilly einen Spiral-Terminkalender und steckte einen roten Daumennagel unter einen Reiter an der Kante. Sie öffnete das Buch und blätterte darin, wobei sie jede Seite kurz überflog. Dann sagte sie: »Wie wär's am siebenundzwanzigsten?«

»Am siebenundzwanzigsten? Das sind ja noch zwei Wochen.«

»Heutzutage ist es schwierig, gute Handwerker zu kriegen, Bino. Sie wissen ja, die kommen und gehen. Wir haben Neuzugänge, und die Crew ist wirklich ausgelastet. Dann ist Thanksgiving, und daß in der Zeit irgendwas gemacht wird, können Sie vergessen.« Sie sah ehrlich mitfühlend aus. »Mann, ich weiß ja, daß das für Sie ein Problem sein wird, aber ich seh einfach nicht, wie unsere Jungs –«

Bino sagte: »Wie wär's, wenn ich's aus eigener Tasche bezahle?«

Tillys Miene hellte sich auf. »Na, das hört sich doch gleich ganz anders an. Es gibt da eine kleine Renovierungsfirma, neu hier in der Gegend. Kamen mal vorbei, haben ein paar Werbezettel dagelassen. Ich denke, die würden sich gleich dranmachen, heute noch, wenn's Ihnen recht ist.«

Bino stand auf. Draußen hatte sich der Wolkenbruch zu einem Nieselregen verringert, allerdings sah es so aus, als könnte er wieder zulegen. Bino sagte: »He, das ist riesig, Tilly. Wissen Sie was, ich lasse Ihnen einen Blankoscheck da, wenn ich wegfahre.« Er kramte, förderte einen Stift und eine seiner Geschäftskarten zutage und drehte die leere Seite der Karte schreibbereit nach oben. »Wie heißt die Firma? Damit ich den Scheck ausstellen kann.«

Sie zuckte nicht mal mit der Wimper. »Madden und Madden.«

Bino blickte auf, Stift in der Hand. »Ach? Wer ist das, Ihr Mann und Sie?«

Sie grinste. »Nicht ich, Bino, Jimmy. Das ist mein Junge. Sie leisten gute Arbeit, Schätzchen.«

Er gab sich geschlagen, dachte: Tilly sollte mit den beiden Brutalinskis von gestern nacht auf Diebestour gehen. Er schrieb den Namen auf. Als er sich zum Gehen wandte, sagte Tilly: »Ach, Bino.«

Bino sah sie an. Sie streckte ihm eine Morgenzeitung entgegen, zusammengefaltet.

»Das werden Sie sich wahrscheinlich mal ansehen wollen«, sagte sie. »Sie sind abgebildet. Zusammen mit Ihrem Handtuch.« Tilly sah aus, als wollte sie gleich loskichern, als er ihr die Zeitung abnahm.

Er überflog rasch die Story von Skip dem Knüller, dann las er sie noch einmal gründlich. Es wurden mögliche gerichtliche Schritte von Art Stammer wegen des K.-o.-Schlags erwähnt, gefolgt von einer Menge Anspielungen, die mit »Phillips lehnte eine Stellungnahme ab« endeten. Der übliche Sums. Und eine Bildunterschrift unter einem verschwommenen Foto von einem Mann, der mit einem Handtuch um den Leib davonrannte, einem Mann, der jeder x-beliebige hätte sein können. Aber kein Wort über die Waffe in Binos Hand oder über den Mord an John-Boy. Auch sonst nirgendwo in der Zeitung. Er überprüfte es gründlich, Seite um Seite. Da hatten die Feds also wirklich jemandem die Daumenschrauben angelegt. Bino betrachtete das Bild, während er im Büro anrief. Dodie meldete sich.

Bino sagte: »Wie steht's?«

Die Schreibmaschine ratterte im Hintergrund, während sie sagte: »Baylor runter auf sieben. Tennessee rauf auf achteinhalb.« Es klang etwas gezwungen. Aber nicht allzusehr.

»Nein, ich meine dich, Dode«, sagte er. »Geht's ein bißchen besser?«

»Prima, Boss.« Die Schreibmaschine hielt inne, während Dodie irgend etwas schluckte. Es waren keinerlei atmosphärische Störungen zu hören, also hatte sie die Lautsprechertaste nicht gedrückt. Bino stellte sich vor, wie der Hörer zwischen ihren Schultern und ihrem weichen Hals klemmte. Die Schreibmaschine legte wieder los. Sie sagte: »Hör mal, Bino. Diese Mrs. Tirelli hat schon dreimal angerufen. Sagt, daß sie unbedingt mit dir reden müßte, gleich.«

Bilder von Annabelle, wie sie mit einem an ihren Busen gedrückten Stapel Bücher zum Unterricht eilte. Und ein Folgebild von einem Saphirring an ihrem Finger, von ihr, wie sie mit Dante Tirellis Arm um ihre schlanke Taille dastand.

»Gut, Dode«, sagte er. »Ich ruf sie an.«

»Brauchst du die Nummer?«

»Nein – die hab ich. Hör mal, Dodie, hast du schon die heutige Morgenzeitung gesehen?«

»Ja«, sagte sie. »Aber ich mußte Half versprechen, daß ich's nicht erwähne. Also tu ich's auch nicht. Tschüs.« Sie legte auf.

Bino verbrachte die nächste halbe Stunde damit, sich alle möglichen Gründe auszudenken, warum er Annabelle nicht anrufen sollte. Die erste Lösung war einfach – der zusammengefaltete Anrufzettel mit ihrer Nummer wäre einfach nicht dort, wo er ihn finden könnte. Aber er war das erste, was seine Finger berührten, als er in die Jackentasche des Anzugs griff, den er gestern getragen hatte. Erste Lösung im Eimer.

Dann malte er zwei Spalten auf einen linierten Block, links die Nein-Spalte, rechts die Ja-Spalte. Als er fertig war, listete die linke Seite sechs völlig logische Gründe auf, von denen fünf Dante Tirelli betrafen und der sechste Blödsinn war: »Annabelle zuliebe.« Dann ging er zur rechten Spalte über. Er saß volle zehn Minuten da, den Stift wie angefroren in der Hand, konnte jedoch mit keinem einzigen Grund aufwarten, warum er anrufen sollte. Genau wie er erwartet hatte. Er sollte nicht.

Er nahm den Hörer und hämmerte die Nummer ein.

Eine männliche Stimme, britischer Akzent, sagte: »Anwesen von Mr. und Mrs. Tirelli. Womit kann ich dienen?«

Bino dachte: Heiliger Strohsack, ein englischer Butler? In Tirellis Haus? Da schau her.

Er sagte: »Hier spricht Bino Phillips, Rechtsanwalt. Mrs. Tirelli hat um Rückruf gebeten.«

»O ja, Sir. Ich habe Ihren Anruf schon erwartet. Die gnädige Frau ist im Moment indisponiert, läßt jedoch ausrichten, daß Sie gegen eins vorbeischauen möchten. Wenn es Ihnen genehm ist.«

Bino zögerte, dann sagte er, daß es ihm genehm wäre. Er notierte die Wegbeschreibung, die ihm der Tommy gab. Las Colinas. Erbin verpraßt altes Highland-Park-Vermögen.

Als er sicher war, daß er den Weg wußte, sagte Bino. »Danke, Jeeves. Ich werde kommen.«

»Radcliffe, Sir. Die gnädige Frau erwartet Sie.«

◇

Las Colinas glich einem schmalen Stück von Südkalifornien, sagen wir mal Newport Beach, das von einem Riesen herausgeschnitten, über eine halben Kontinent hinweg nach Westen transportiert und zwischen Dallas und Fort Worth reingepuzzelt worden war. Die Türme seiner glitzernden Bürokomplexe, komplett ausgestattet mit in Pflanzen eingebetteten Burggräben und schwimmenden Barkassen, waren vom Highway 114 in Richtung Westen wie die Smaragdstadt zu sehen. Die Villen jedoch wurden von sanften, bewaldeten Hügeln gegen den Freeway abgeschirmt, und man konnte sie erst sehen, wenn man eine Meile oder so nach Süden auf einer Straße entlanggezuckelt war, die als ein sich dahinschlängelndes Landsträßchen begann und sich allmählich zu einem vierspurigen Boulevard verbreiterte. Konnte man die Häuser dann endlich sehen, gingen einem bei ihrem Anblick die Augen über.

Bino gefiel die Gegend nicht. Die Häuser paßten einfach nicht zusammen, wie ein sehr protziges, sehr teures Schmuckstück, in dem sich reihenweise Diamanten, Rubine und Smaragde scharten. Dickes Geld, schlechter Geschmack. Eine Mammut-Rolex, die an einem sehr dünnen männlichen Handgelenk wie eine Micky-Maus-Uhr aussah. Oder eine Gegend, in der ein Dante Tirelli wohnen würde. Während er eine Kurve nach der anderen nahm und seine Wegnotizen zu Rate zog, fragte sich Bino, wie Annabelle in diese Gegend paßte.

Er fand die Adresse. Es war ein weitläufiges, einstöckiges Haus im spanischen Stil, samt rotem Ziegeldach und sonstigem Drum und Dran, das zwischen einer zweistöckigen Kolonialvilla mit noch weißen Säulen und einem riesigen gotischen Herrenhaus lag, das an der Vorderseite mit zu vielen Bögen verunziert war. Das Beste aus drei Welten, dachte Bino, als er den Linc an die Bordkante davor lenkte. Spanisches Haus, englischer Butler. Vermutlich ein französischer Koch. Perfekt. Schau mal, Mami, siehst du, wieviel Geld ich habe?

Bino ging auf die Veranda und läutete. Das morgendliche Gewitter hatte sich verzogen, und eine hitzelose Novembersonne lugte durch die Wolkendecke, warf Blitze in Gehsteigpfützen und Schatten auf nasses, braun werdendes Gras. Der Geruch von Feuchtigkeit hing in der Luft.

Bino hatte sich Radcliffe als Ende Fünfzig, groß und hager, mit gewelltem Silberhaar, Weste und schwarzer Fliege vorgestellt. Binnen weniger Minuten öffnete und schloß sich der Türspion. Dann zog Radcliffe die Tür weit auf, und Bino sah, daß er sich geirrt hatte. Die Fliege war marineblau mit weißen Tupfen. Der Rest von Radcliffe war genauso, wie Bino es sich vorgestellt hatte.

Radcliffe sagte: »Mr. Phillips, nehme ich an.« Bino nickte, und der Butler sagte: »Bitte, Sir, hier entlang.« Er hielt Bino die Tür auf, schloß sie mit einem kräftigen Rums, und ging ins Innere des Hauses voraus. Radcliffe ging, als hätte er einen Spazierstock verschluckt. Seine Weste und Hose waren kohlrabenschwarz, was sein gestärktes weißes Hemd noch weißer wirken ließ. Der Hemdkragen sah wie geformter Karton aus. Bino trug einen anthrazitfarbenen Anzug und eine kastanienbraune Krawatte, was ihm todschick vorgekommen war, als er sich angekleidet hatte. Radcliffe gab ihm das Gefühl, als trüge er seine vergammeltsten Klamotten.

Die Eingangsdiele war weitläufig, mit einer teuer aussehenden, tiefroten Brücke auf grauen Steinplatten. Auf der rechten Seite befand sich eine Standuhr, deren ein Meter langes, vergoldetes Pendel tickte und tackte. An der Wand neben der Uhr hing eine Bildergruppe. Annabelle hoch zu Roß. Annabelle und Tirelli auf einem Segelboot. Ein kleines Foto von Annabelles Vater in Westernanzug und Cowboyhut, dasselbe Bild, das einst in Annabelles und Binos Wohnung gehangen hatte. Bino wandte den Blick von ihm ab.

Sie gingen in den arenagroßen Salon mit der Bar auf der einen Seite, einem langen Sofa und dem gleichen Steinplattenboden wie in der Diele.

In einiger Entfernung hinter dem Salon befand sich eine gewaltige Küche mit hoher Decke, ein freistehender Herd und Grill in der Mitte. Neben der Bar war ein Ausgang aus dem Salon, eine mit schwerem Teppich belegte Treppe führte dorthin, wo Bino das große Schlafzimmer vermutete. Zwei Ölgemälde hingen an der

Wand, Westernszenen. Auf einem eine Bande von Viehdieben bei einem erfolgreichen Beutezug, auf dem anderen Cowboys um ein Lagerfeuer. Die Bilder paßten nicht so recht. Ebensowenig die Couch. Gegen die Bar war nichts einzuwenden. Bino stützte sich mit dem Ellbogen auf.

Radcliffe sagte: »Hätten Sie gerne eine Erfrischung, Sir?« Er deutete mit einer weit ausholenden Geste zur Bar.

Bino überlegte und sagte dann, er würde eine Cola trinken. Radcliffe förderte eine Zweiliter-Plastikflasche zutage, ein hohes Glas und einen Eiseimer. Als der Butler Eiswürfel ins Glas fallen ließ, sagt Bino: »Sagen Sie, Radcliffe. Sie fühlen sich hier wohl nicht ein bißchen fehl am Platz, oder?«

Radcliffe lächelte dünnlippig, während er einschenkte.

»Ich lerne Spanisch, Sir«, sagte er. Er reichte Bino die sprudelnde Cola und entschwand die teppichbelegte Treppe hinauf.

Durch die Fenster sah man auf die Redwoodplanken und den überdachten Hof. Bino nippte an der Cola und blickte hinaus auf den riesigen Whirlpool, der wie Texas geformt war. Das gleiche in Grün. Bino wünschte allmählich, er wäre nicht hergekommen.

Hinter ihm sagte Annabelle: »Das war Dantes Idee. Ich wollte einen kleineren mit einem Ruhesessel und einer Bank. Platz für vier Personen. Ideal für zwei.«

Sie konnte nach wie vor seine Gedanken lesen. Er drehte sich um.

Annabelle stand mit einem Fuß auf dem Boden und mit dem anderen noch auf der untersten Stufe da, die Lippen halb erklärend, halb fragend geöffnet. Die Fröhlichkeit, an die sich Bino in ihren haselnußbraunen Augen erinnerte, hatte ein wenig nachgelassen. Ein zierlicher Fuß trat in anmutiger Zeitlupe von der Stufe herunter und stellte sich neben den anderen.

»Es ist einfach zuviel Platz für andere Leute«, sagte sie. »Verstehst du?« Bino vermutete, daß sie den Whirlpool meinte. Er war nicht sicher. Falls sie ihm Bälle zuwarf, fing er sie nicht auf. Noch nicht.

Er sagte: »Dein Radcliffe liefert gute Wegbeschreibungen. Selbst wenn ich gewollt hätte, hätte ich es nicht verfehlen können.«

»Gute Wegbeschreibungen und guten Service. Ich werde auch was trinken. Was immer du trinkst, ist mir recht.« Sie ging zur Couch, um sich zu setzen. Annabelle trug weiße Jeans und ein schwarzes Hemd, die Ärmel bis zu den Ellbogen aufgerollt und der

Zipfel draußen, nach Künstlerart. Die beiden obersten Knöpfe waren geöffnet. Der Hemdsaum umschmeichelte ihre Hüften. Sie ließ sich in eine Ecke gleiten und stützte einen Ellbogen auf die Rücklehne.

Bino ging zur Bar, fand die Zutaten und schenkte ihr eine Cola ein. »Ich stehe zu Ihren Diensten, Ma'am«, sagte er. »Was ist los?«

»Es geht um Dante. Er will dich anheuern, Bino. Etwas wegen Steuern im Restaurant – Alkoholsteuern, glaube ich.«

Er reichte ihr den Drink. Sie hielt ihn in beiden Händen und malte mit den Daumen Kreise auf das beschlagene Glas. An der Wand unter dem Viehdiebgemälde standen zwei Polsterstühle. Bino holte einen davon und setzte sich ihr gegenüber. Ihre leicht angehobenen Augenbrauen bekundeten, daß ihr das nicht paßte.

Er sagte: »Das schlägt nicht ganz in mein Fach, Annabelle. Warum grade ich? Warum nicht Winnie Anspacher oder irgendein Steueranwalt, den Winnie kennt?«

Sie nahm ein zierliches Schlückchen. »Da bin ich überfragt. Ehrlich. Es war seine Idee; er sagt, daß Winnies Honorare zu hoch seien. Er – er sollte jetzt eigentlich hier sein, um mit dir zu sprechen. Aber er hat vor nicht ganz fünfzehn Minuten angerufen. Er kann nicht weg.« Neulich abends bei Winnie hatte sie alterslos gewirkt. Das Tageslicht fügte ein paar Jahre hinzu. Winzige Krähenfüße um die Augen.

Bino sagte: »Das versteh ich nicht.«

»Was? Was gibt's da zu verstehen, Bino?«

»Das Ganze. Alles, was dein – dein Mann von mir weiß, ist, daß du mich mal geheiratet hast, daß ich Anwalt bin und Republikaner verprügele. Und wenn er heute morgen die Zeitung gelesen hat, weiß er auch, daß ich auf dem Parkplatz meiner Wohnung mit einem Handtuch um den Leib herumlaufe.« Neben der Couch stand ein kleiner Beistelltisch mit einem Korkuntersetzer. Bino stellte seinen Drink ab. »Und du hast angerufen, als wäre das hier ein Notfall oder so was, was es nicht ist. Und dann tauche ich auf, aber Tirelli nicht. Also, wie gesagt, Annabelle« – er schlug die Beine übereinander – »was ist los?«

Das machte sie nervös, wie Bino es beabsichtigt hatte, und sie schlug die Augen nieder. Richard Bigelows Ermordung, gefolgt von dem Mord an Sonny Starr. Dann die Sache in Binos Büro, während Bino auf einer politischen Versammlung war und somit passenderweise aus dem Weg. Winnies Geschichte, daß Art Stammer Binos Kommen wünschte, dann Stammers Reaktion, als er ihn dort sah – absolut null. Stammer hatte das auch nicht gespielt; Bino hatte schon genügend Heuchler wie Art Stammer erlebt, um zu wissen, wann es Schau und wann ehrlich war. Irgendwie stand Tirelli hinter alledem. Und nun benutzte Tirelli seine eigene Frau als Köder für – was? Bino wußte es nicht, aber wie stark seine Zuneigung zu Annabelle auch immer gewesen sein mochte, sie kühlte ab, und zwar rasch.

Annabelle sagte: »Ich weiß es wirklich nicht. Für mich war's wie ein Blitz aus heiterem Himmel. Gestern trug mir Dante auf, mit dir Kontakt aufzunehmen. Ich versuchte erst gar nicht, den Grund herauszufinden« – sie stellte ihren Drink neben Binos, verschränkte die Finger im Schoß und schaute auf – »und, ehrlich gesagt, es interessiert mich auch nicht. Damit hatte ich eine Beschäftigung und die Möglichkeit, dich zu sehen. Ist das schlimm?«

Sie zog die Unterlippe zwischen die Zähne. Das war wieder so etwas an ihr, was sich nicht geändert hatte, eine Angewohnheit, an die sich Bino aus jenen Zeiten erinnerte, als er sich alles von ihr ins Gedächtnis zu rufen und das Bild überall mit sich herumzuschleppen pflegte. Jetzt war sie nur noch eine schöne, einsame Frau, die in einem Haus lebte, das zu groß und protzig war, und an ihrer Unterlippe nagte. Ein Cheerleader, die in einem weiten, leeren Stadion auf einer Bank saß, nachdem alle längst nach Hause gegangen waren, und sich wünschte, daß sie zurückkämen, damit sie aufstehen und sich noch einmal zur Schau stellen könnte.

Bino nahm seinen Drink und ging zur Bar. Er stützte die Ellbogen darauf und hielt das Glas mit beiden Händen fest, den Rücken ihr zugewandt. Hinter der Bar war ein Facettenschrank mit netzartigem Gitterwerk zwischen geschliffenem Glas, wie Kristall. Er drehte sich um und sah sie an.

»Nein, Kindchen, das ist nicht schlimm. Es ist nur nicht das richtige Spiel, das ist alles. Falsche Zeit, falscher Ort. Zuviel Wasser den Fluß runtergeflossen, oder was auch immer man so sagt. Ich kann ihn nicht mehr in den Korb donnern, Annabelle, oder dir deine Bücher zum Unterricht tragen. Du gibst mir das Gefühl, als wäre ich Rip van Winkle. Eines Tages, schwupp, ist sie weg. Dann schlaf ich ein Jahrzehnt lang oder so, und, schwupp, ist sie wieder da, schön wie eh und je. Nur, daß ich nicht die ganze Zeit über geschlafen habe. Zuviel ist passiert. Und ich glaube nicht, daß du dran beteiligt bist, Kindchen, aber ich glaube, daß Tirelli dich als Köder benutzt. Warum genau, da bin ich mir nicht sicher. Aber ich schluck den Köder nicht.«

Annabelle starrte aus dem Fenster, rang immer noch die Hände im Schoß und biß sich auf die Lippe. Ihr Profil war ihm zugewandt. Es war überwältigend.

Er ging zur Diele, die zur Haustür führte. »Ich geh jetzt, Annabelle. Du kannst Tirelli ausrichten, daß ich im Telefonbuch stehe, wenn er was von mir will.« Sie wandte nicht den Kopf. Sie blickte unverwandt auf das blaue Wasser in den Umrissen von Texas, als er ging.

Draußen blieb er stehen und schaute zurück, den Daumen auf dem Türgriff des Linc. Der englische Butler war im vorderen Panoramafenster zu sehen, wischte irgend etwas mit einem Staubwedel ab. Der Butler sah nicht zu ihm hin.

Bino stieg ein und weckte den Linc auf. Er winselte, schnurrte, lenkte seine Schnauze dorthin, wo die wahre Welt war, und lief in fast gestrecktem Galopp, bevor er einen Block zurückgelegt hatte.

◇

Dodie sagte: »Du mußt unbedingt Mac Strange im County-D.A. anrufen. Es ist dringend. Hast du schon Radio gehört?«

Bino lehnte an der Glaswand der Telefonzelle. Jenseits der schnittigen Karrosserie des Linc lud ihn der Eingang zu Joe Millers Bar in die dunkle Stille des Inneren ein.

Er sagte: »Nein, Dode. Warum?«

»Uff, es ist in allen Nachrichten. Sie haben einen Kerl bei einem Supermarktraub verhaftet. Das Radio sagt, daß er einer von den Kerlen ist, die – die gestern abend hier drin waren. Und daß er ein Verdächtiger im Mord an Richard Bigelow wäre. Zusammen mit Sonny Starr und einem andern Kerl. Hat Sonny dir irgendwas gesagt, Bino? Über Richard Bigelow?«

»Nein, Dodie. Ich rufe Mac an.«

Er tat es.

»Wo, zum Teufel, haben Sie gesteckt, Bino?« Stranges Büro war in einem Hochhaus am Stemmons Freeway, zusammen mit dem Rest der Bezirksstaatsanwaltschaft. Er würde gerade aus dem Fenster auf den Koloß des World Trade Center schauen.

Bino sagte: »Ach, überall. Ich mußte ein paar Feuer löschen.«

»Nun, jetzt haben Sie noch eins. Was haben Sie gemacht, sich mit den Freds zusammengetan? Wieso wußten wir nicht, daß der Simpel, den wir geschnappt haben, derselbe ist, der gestern nacht Ihre Bude zusammengeschossen hat? Wissen Sie, wer uns das erzählt hat? Nicht Sie. Nicht die verdammten Feds. Der Kotzbrocken selbst, der war's. Er sagt, daß er Sie sehen will.«

Bino dachte, heiliger Strohsack, warum will der denn *mich* sehen? Ich könnte das Schwein erschießen.

Er sagte: »Wann kann ich ihn sehen, Mac?«

»Ich glaube, Sie sollten besser herkommen, Bino. Zunächst möchten wir mal, daß Sie sich eine Gegenüberstellung ansehen. Herrgott, soll erst der Zeuge den Kerl identifizieren, dann will der Kerl dem Zeugen sein Herz ausschütten. Schlägt alles, was ich je erlebt habe. Jedenfalls ist Goldman auf dem Weg hierher. Er bringt eine FBI-Agentin mit. Warten Sie mal, ihr Name ist –«

»Ich glaube, ich kenne sie, Mac. Sie werden Ihren Kerl in den Richard-Bigelow-Mord verwickeln wollen. Hören Sie, Mac. Schaun Sie mal in rund fünfzehn Minuten aus Ihrem Fenster. Sie können mich kommen sehen.«

Bino warf Joe Millers Bar einen letzten wehmütigen Blick zu, als er den Linc vom Parkplatz trieb.

◇

Bino sagte, aus dem Mundwinkel geflüstert: »Was denkst du, Karen?«

Rechts von ihm bewegte sich Karen Allen in der Dunkelheit und bohrte Bino einen spitzen Ellbogen in die Rippen. Auf der anderen Seite von Karen hustete Marvin Goldman in die Hand.

Arnette Geron (Buster) Longley stand zwei Plätze rechts von der Mitte unter grellen Lampen, sein roter Bart schimmerte, und das schwabbelige weiße Fleisch seines Bauches guckte unter dem Saum des zu kleinen T-Shirts hervor. Der Bursche rechts neben Buster war mager, dreißig Zentimeter größer und schwarzhaarig. Links von Buster war ein pummeliger, kahl werdender Cop, den Bino schon mal gesehen hatte. Buster war der einzige Rothaarige in der Gruppe.

Bino sah nach links zu den verschwommenen Konturen von Mac

Stranges rundlichem Profil. Bino sagte: »Warum malen Sie ihm nicht gleich ein schwarzes Kreuz aufs Shirt, Mac?«

Strange kaute auf einer nicht angezündeten Zigarre herum. Er biß das Ende ab und spuckte es aus. »Vaudeville ist tot, Bino. Beschränken Sie sich drauf, den Knaben zu identifizieren, ja?«

Bino mußte Zeit schinden. Diese Sache hier war absolut schief und wurde kein bißchen runder. Außerdem, wenn alle Stricke rissen, konnte Karen ihnen eine Identifizierung liefern. Und wenn sie dem Rotschopf den Bigelow-Mord anhängten, dann genügte ihnen das. Auf bezahlten Mord stand lebenslänglich im Fed, wenn die Anklage richtig formuliert war, und es war ein todeswürdiges Verbrechen, wenn sie wollten, daß Texas ihn strafrechtlich verfolgte. Und was, wenn er Teresa Valdez getötet und es obendrein auf Bino abgesehen hatte? Was wollten sie ihm dann geben, zweimal lebenslänglich? Oder zweimal die Todesstrafe?

Bino sagte: »Ich weiß es nicht, Mac. Es war schrecklich dunkel in dieser Wohnung.«

Stranges Kinn ging ruckartig in die Höhe, ganze fünf Zentimeter. »Sie –? Herrgott noch mal, Bino –«

»Na ja, ich sag ja nicht, daß er's nicht war, Mac. Verstehen Sie mich nicht falsch. Aber – na ja, als Bürger möchte ich erst ganz, ganz sicher sein, bevor ich rumlaufe und jemanden einer so ernsten Sache wie dieser bezichtige. Das wollen Sie doch, nicht? Zeugen, die gründlich überlegen, ehe sie positive Identifizierungen abgeben?« Bino grinste, war aber nicht sicher, ob Strange es in der Dunkelheit sehen konnte oder nicht.

Strange schob seinen Stuhl ein wenig zurück und blickte über die Schulter nach hinten. »Mach's Licht an, Hardy. Und schick sie raus, du weißt ja, wohin du den Verdächtigen bringen sollst. Hab doch gewußt, daß das nicht unser Tag war. Erst die Feds, die alles vertuschen. Und jetzt mußten wir uns als Starzeugen auch noch unbedingt Witzbold Phillips einhandeln.« Er schnaubte. »Nun mach schon, Hardy.«

Das Licht ging an, und Karens runder Schenkel tauchte prall an einem marineblauen Dienstrock auf. Sie war wieder in ihre »Eff Bi Ei«-Rolle geschlüpft. Kultiviert und cool.

County Investigator Hardy Cole bahnte sich einen Weg nach unten zur Vorderseite des Raums, dünn, aber knochig und knallhart. Er lächelte Bino süffisant zu, als er vorbeiging. Hinter der Gegenüberstellungsbühne öffnete sich eine Tür, und die Revuetruppe trat ab. Cole legte Buster eine Hand auf die Schulter, hielt ihn zurück, bis die anderen verschwunden waren, und eskortierte Buster dann persönlich hinaus. Als sich die Tür hinter ihm schloß, blickte Cole über die Schulter und grinste Bino noch einmal spöttisch an.

Goldmann fragte Strange: »Will er's nur so und nicht anders? Will nicht mit uns reden, nur mit Bino?«

»Das sagt er jedenfalls«, antwortete Strange.

Goldman stand auf und sah Bino an. »Karen hat Sie darüber aufgeklärt, weswegen wir ihn wollen, Bino. Es ist wichtig. Politische Morde haben äußerste Priorität. Genaugenommen gibt es nichts Wichtigeres. Nicht Drogen. Nicht Spionage. Nichts.«

Bino funkelte Karen an, dann wieder Goldman. »Was ist mit Featherstons Waffe?« sagte er. »Sie wissen schon – der Typ in Washington? Das ist noch wichtiger, nicht?«

◇

Der Raum war quadratisch, ungefähr drei auf drei. Die Wände waren kahl. Sie waren mal weiß gewesen, doch jetzt hatten sie gelbe Streifen und graue Flecken, die Folge von zu vielen Zigaretten, geraucht von zu vielen Cops, die zu viele Burschen in die Mangel genommen hatten, denn die Verhörten durften erst rauchen, nachdem sie den Cops erzählt hatten, was sie wußten. Oder in- und auswendig gelernt hatten, was die Cops von ihnen hören wollten. Es gab eine Tür zum Gegenüberstellungsraum und noch eine geschlossene Tür, die zu einem Korridor führte, der wiederum zu Bussen und Polizeiwagen führte, die draußen am Bordstein parkten. Pendelverkehr zum Bezirksgefängnis. Cole schloß Bino mit einem leisen Klicken in den Raum ein, dann wartete er draußen.

Buster saß auf einem harten Plastikstuhl an einer der Längsseiten eines langen, schmalen Tisches. Er betrachtete eingehend seine sommersprossigen Hände, als wüßten sie die Antwort. Die Hände waren auf dem Tisch gefaltet. Bino ließ sich Buster gegenüber nieder.

Ohne aufzublicken, sagte Buster: »Jemand hat mir gesagt, daß wir kein Scheiß mit Ihnen hätten treiben solln, Mann.« Über seinem Auge war ein purpurroter Striemen, der frisch aussah.

Da es für Bino nichts zu sagen gab, legte er die Ellbogen auf den Tisch und beugte sich näher zu Buster.

Buster sagte: »Ich will 'n Geschäft machen. Hab was zum Tauschen.«

Bino holte einen Nagelzwicker aus der Hosentasche. Er öffnete die Klinge und reinigte seine bereits makellosen Nägel, während er das Gehörte wirken ließ. Dann sagte er: »Da reden Sie mit dem Falschen, Freundchen. Erstens einmal vertrete ich keine Verräter. Mörder. Babyschänder. Kerle, die Geheimnisse an Rußland verkaufen. Aber keine Verräter. Außerdem, und das ist das Wichtigste, hat man mich als Zeugen hergeholt. Und ich bin nicht grade in Sie verliebt, wenn Sie wissen, was ich meine. Sie haben sich verdammt viel Mühe gegeben, Scheiß mit mir zu treiben, Mann. Nee – wenn Sie ein Geschäft machen wollen, dann brauchen Sie jemanden, der Ihr Anwalt sein kann. Nicht mich.«

Bino dachte: Und ich weiß auch schon genau wen, einer, mit dem ich Jura studiert habe. Frank Bleeder, der seine Mandanten erst bluten ließ, ehe er sie verteidigte.

Buster blickte auf. Seine Oberlippe kräuselte sich unter seinem dichten roten Schnurrbart. »Ich bin kein Verräter nich, das können Sie sich hinter die Löffel schreiben. Aber es gibt 'n paar, die man verraten kann, ohne dafür die Hucke vollzukriegen. Wie Babyschänder, die kann man den ganzen Tag lang verraten, und keiner schert sich 'n Scheißdreck drum. Ich kenn mich nämlich 'n bißchen aus mit 'm Gesetz und Anwälten. Sie können bei nix, was mit Ihnen gelaufn is, mein Anwalt sein, 'türlich nich. Nich bei der Sache, die wo in Ihrm Büro passiert is, oder bei der Sache, die wo in Ihrer Bude passiert is. Nich mal bei der Sache mit Sonny Starr, weil der nämlich Ihr Mandant war. Aber was ich hab, hat mit dem Bigelow-Mord zu tun. Bigelow, der Kongreßabgeordnete, wissen Sie? Da ham Sie kein Interessenkonflikt, Mann. Und ich will Sie ham. Ohne Sie als Vermittler kriegt keiner auch nur 'n Ton aus mir raus. Und wenn die mich noch solang durch die Mangel drehn, is mir wurscht.«

Er meinte es ernst. Man brauchte bloß zu sehen, wie er sagte, was er sagte – er meinte es ernst, und zwar todernst.

Bino legte den Nagelzwicker beiseite und kratzte sich über dem rechten Auge. »Wie lange sind Sie zur Schule gegangen, Arnette?«

»Buster. Arnette is 'n Tuntenname, daß mich bloß keiner so nennen tut. Mein Alter is 'ne Menge in der Gegend rumgezogen. Sagen wir mal, bis zur vierten Klasse, bloß daß ich drei verschiedene Mal drin war, drei verschiedene Jahre. Warum?«

»Vierte Klasse.« Bino schüttelte den Kopf. »Vierte Klasse, und Sie wissen mehr über Anwalt-Mandanten-Regeln als neunundneunzig Prozent der Anwälte, die mir schon über den Weg gelaufen sind. Das verrät mir vielleicht etwas darüber, was das Jurastudium wert ist.« Er verschränkte die Arme und kippte seinen Stuhl nach hinten. »Buster, richtig? Okay, Buster, ich bin ganz Ohr. Ich lege mich zwar nicht fest, aber von jetzt an ist alles, was Sie mir erzählen, vertraulich. Und das gilt auch, wenn ich Sie nicht vertrete. Ach, und noch was, Buster. Eine Menge Anwälte erzählen einem eine Menge Quatsch über vertrauliche Infos, und dann rennen sie los und posaunen dem Erstbesten, der ihnen ein Bier spendiert, alles aus, was Sie ihnen erzählt haben. Ich nicht. Was auch immer Sie mir erzählen, es bleibt unter uns.«

Buster grinste ein bösartig aussehendes Grinsen. »Das hab ich schon spitzgekriegt, Mann. Deswegen will ich Sie ja.«

Während der nächsten halben Stunde redete Buster, und Bino hörte zu, Buster betrachtete dabei zeitweise eingehend seine Hände, kratzte sich gelegentlich am Bauch, fuhr sich hin und wieder mit der Hand über den Schnurrbart und mahlte ununterbrochen mit dem Kiefer. Gelegentlich hob Bino eine weiße Braue.

Zweimal unterbrach Bino. Einmal, als Buster von der Frau im Bewährungsausschuß erzählte, fragte Bino nach ihrem Namen. Buster wußte ihn nicht. Bino ließ es dabei bewenden; herauszufinden, wer in Busters Ausschuß gesessen hatte, war ein Klacks. Es gab nur eine Frau, zwei Männer.

Das zweite Mal unterbrach Bino, als Buster sagte, er hätte sich mit »Winston B. Anspacher« in einem Houstoner Büro getroffen.

Bino sagte: »Winnie Anspacher?«

Buster sagte: »Winston. Winnie, Scheiße, könnt sein. Warum? Kennen Sie den?«

Bino antwortete nicht, forderte Buster nur auf, mit seiner Geschichte fortzufahren.

Schließlich sagte Buster: »So, das war's. Muß ich Ihnen noch sagn, Mann, da gibt's irgendwo noch 'n andern Typ. Noch so 'n Obermotz. Dieser Anspacher is 'n Waschlappen. Der hat sich den ganzen Scheiß nich ausgedacht, nich allein. Diesen Obermotz kann ich Ihnen nich nennen, weil ich 'n nich kennen tu.«

Bino zuckte die Achseln. »Ich glaube, ich kann rauskriegen, wer das ist. Wie Sie sagen, Anspacher ist ein Waschlappen. Wenn man dem ein bißchen einheizt, liefert er den andern Burschen ans Messer.«

»Garantiert. Also, was meinen Sie?«

Binos rechtes Bein fing an einzuschlafen. Er stand auf, beugte und rieb sein Knie und machte dabei ein nachdenkliches Gesicht. »Also, aus dem Gefängnis werden Sie nicht rauskommen, Buster. Das können Sie vergessen. Sie werden lebenslänglich kriegen. Aber mit dem, was Sie mir mitgeteilt haben, kann ich Ihren Arsch vielleicht vor der Todesstrafe retten. Vor Montag wird man Sie nirgendwohin bringen. Lassen Sie mich über die Sache nachdenken.«

Er stand auf, ging zur Tür und wollte gerade nach Cole klopfen, damit er ihn herausließ, als ihm ein Gedanke kam. Er drehte sich um. »Hören Sie mal, Buster. Haben Sie Flöhe?«

Buster sagte: »Was?«

»Flöhe, Mann. Moos. Ich krieg Honorar für so 'n Scheiß.«

»Yeah, hab ich mir schon gedacht. Ich hab 'ne ganze Tüte voll gehabt, als ich geschnappt wurde.«

Bino schüttelte den Kopf. »Wertlos. Das haben die Bullen. Was ist mit der Bude, in der Sie gewohnt haben?«

Buster lehnte sich zurück und kratzte sich am Kopf. »'n ganzen Pott voll. Is in 'nem Bettkasten in meim Schlafzimmer, wenn die Feds nich schon da warn.«

»Waren sie nicht. Das wird Sie einen Riesen im voraus kosten. Haben Sie einen Wohnungsschlüssel bei Ihrem Gefängniseigentum, den Sie mir überschreiben lassen können?«

Buster grinste. »Ne, Mann. Is nich abgeschlossen, war's nie. Mich und John-Boy würd doch keiner beklaun.«

◇

Marvin Goldman stand wahrscheinlich vor dem Spiegel und übte, ein mißmutiges Gesicht zu machen. Zumindest machte Goldman jedesmal, wenn Bino ihn sah, ein mißmutiges Gesicht. Bino versuchte sich daran zu erinnern, wann er den US-Anklagevertreter schon mal mit freundlichem Gesicht erlebt hatte. Er konnte es nicht.

Mac Strange dagegen war ein ziemlich fröhlicher Bursche, wenn er nicht gerade ein Problem hatte. Man wußte sogar, daß er gelegentlich mit Bino zusammen bei Joe Millers ein paar kühle Blonde hob. Wenn er ein paar Biere intus hatte, war Strange ein ziemlich lustiger Brusche. Aber im Moment hatte er ein Problem. Daher machte Strange, anstatt fröhlich oder ein lustiger Bursche zu sein, ein mißmutiges Gesicht, genau wie Goldman.

Strange sagte: »Sie sind wohl des Teufels. *Wen* vertreten Sie?«

Bino stand vor Goldman und Strange, die mit Karen in einem Halbkreis zusammensaßen. Bino steckte die Hände in die Taschen und sagte: »Sie haben mich schon verstanden, Mac. Arnette Longley. Buster Longley. Er ist mein Mandant.«

Sie waren in dem Gegenüberstellungsraum, die Bühne jetzt dunkel und leer. Wenige Minuten zuvor hatte Cole Buster Handschellen angelegt und zu einer Polizeiwagenfahrt in den County Jail abgeführt.

Strange krümmte seine runden Schultern. Er schaute ein paar Sekunden zu der Hängelampe hoch, dann zu Bino. »Herrgott noch mal«, sagte Strange. »Ich hab ja schon alles erlebt. Letztes Jahr erzählt mir ein Kerl, den wir dazu bringen wollten, daß er sich nur zu einer Anklage wegen Einbruchs bekennt, daß er lieber einen bewaffneten Raubüberfall gestehen würde. Aber jemand, der der Anwalt von einem Kerl sein will, der bei ihm einbricht und versucht, ihn umzubringen? Nee – so was hab ich noch nicht erlebt.«

Bino hatte Karen schon in vielen Stimmungen erlebt. Sie lächelte lieblich unter diesen sanften braunen Augen. »Sie spinnen«, sagte sie.

Goldman zerrte an seinem Spitzbart, als wollte er ihn vom Gesicht reißen. Er sah aus, als wäre er im Begriff, etwas zu sagen, doch er klappte den Mund wieder zu.

»Na schön, vielleicht spinn ich«, sagte Bino. »Vielleicht spinnt mein Mandant. Aber so ist's nun mal. Mein Mandant möchte ein Geschäft machen.«

»Was ist daran neu?« sagte Goldman. »Ich möchte ein Geschäft machen. Jeder möchte ein Geschäft machen. Aber Longley? Wir haben einen Kerl, den ein Waffenhändler als einen der Kerle identifizieren wird, der das Gewehr kaufte, das beim Bigelow-Mord benutzt wurde. Wir haben denselben Kerl in Ihrer Wohnung, wo er versucht, eine Regierungsagentin mit einer Schrotflinte wegzupusten. Was für ein Geschäft soll das also sein? Unachtsamkeit eines Fußgängers im Straßenverkehr, was?«

Bino überlegte, ob er sich auf die Ecke eines langen Tisches setzen sollte, der hinter ihm mitten im Raum stand. Er wischte mit der Hand über den Tisch und betrachtete sie. Sie war grau und schmutzig. Er staubte seine Handflächen leicht ab, als er die Gruppe wieder ansah.

»Für eine angemessene Strafmilderungsabmachung bei einem Schuldbekenntnis«, sagte Bino, »ist mein Mandant bereit, gegen den Kerl auszusagen, der ihn und die beiden anderen bezahlt hat, damit sie Richard Bigelow erschießen. Und zusätzlich noch ein paar Staatsgefängnisbeamte zu liefern. Ohne die Mitarbeit meines Mandanten wird es Ihnen nie gelingen, irgend jemanden außer ihm den Prozeß zu machen. Und ich bin mir nicht mal sicher, ob Sie das können. Meiner Meinung nach sind die Beweise gegen Buster nämlich ziemlich dürftig. Zumindest, was den Bigelow-Mord betrifft.«

Goldman setzte sich etwas aufrechter hin. Karen nahm das Bein vom Knie und stellte beide Füße auf den Boden, wohlgeformte, nylonbestrumpfte Waden, Seite an Seite.

Strange stützte die Unterarme auf die Oberschenkel und legte die Fingerspitzen aneinander. Er sagte: »Die Ermordung von Bigelow ist Sache der Feds. Die haben uns aufgefordert, uns da rauszuhalten, und bis jetzt haben wir das. Ich rede über einen Raubüberfall auf einen Supermarkt und über die Erschießung eines Cops. Entführung vielleicht, wegen Geiselnahme der Frau in dem Laden. Und Straftat mit einer Schußwaffe. Bei der Vorstrafenlatte, die der Kerl schon hat, summiert sich das zu einer langen Knastzeit. Sollten uns die Feds grünes Licht geben, um Anklage in der Bigelow-Sache zu erheben, dann reden wir über Mord gegen Bezahlung. Todesstrafe.« Er drehte den Kopf, um Goldman anzusehen. »Wie sieht's aus, Marv? Haben wir was, worüber wir mit Bino reden sollten, wir beide?«

»Möglich«, sagte Goldman. Sein Blick huschte von Strange zu Bino, die gerunzelten Augenbrauen versperrten Bino die Sicht auf seine Pupillen. »Wer hat Ihren Knaben bezahlt, Bino?«

Bino schüttelte den Kopf. »Nicht ohne ein Geschäft, Marv. Ausgeschlossen. Aber ich glaube nicht, daß Sie Buster Longley was anhängen können ohne seine Mithilfe. Der Einbruch in mein Büro und der Mord an – an der kleinen Liftführerin, ich glaube nicht, daß die Cops dabei irgendwelche Fingerabdrücke entdeckt haben, nicht den kleinsten.«

Goldman sagte: »Lassen Sie uns drüber nachdenken, Mac.« Dann zu Bino: »Wir sagen Ihnen Bescheid. Montag, ja?«

◇

Bino hielt auf dem Heimweg kurz an. Das Geld war in einem Bettkasten im Schlafzimmer, genau wie Buster gesagt hatte.

13. Kapitel

Bino wachte am Samstagmorgen auf, erinnerte sich, wo sein Geld auf dem Spiel stand, und beschloß, ins Texas Stadion zu gehen. Dort würde er in einem Ozean von Rot und Blau sitzen, Studenten- und Kampflieder singen, die von der bestangezogenen Band im Land gespielt wurden, würde verächtlich schnauben und einem Meer von Orange und Weiß auf der anderen Seite den Vogel zeigen. Er lief auf vollen Touren, und es konnte losgehen. Er nahm Barney Dalton mit.

Barney sagte: »Scheint trotzdem nicht in Ordnung, Bino. Ich meine, die Zeit vergeht und dergleichen. Aber die Cotton Bowl war echt Klasse. Die Geister von Doaker und Dandy Don Meredith entlang der Seitenauslinie. Ben A. Matthews an der Lautsprecheranlage. Kern Tips in der Rundfunkkabine. Dieses Texas Stadion ist zu protzig. Ein Haufen Glas, aufgemotzte Himmelslogen und computergesteuerte Anzeigetafeln. Verdammt noch mal, die Cotton Bowl war Klasse, auch wenn sie an der Seitenauslinie die Zeit stoppen mußten, wenn die Uhr kaputtging.« Er machte einen teuren Zug aus der dicken Zigarre, die er rauchte. Das Beifahrerfenster des Linc war einen Spalt geöffnet, und der Fahrtwind peitschte den Rauch in schnelle Kreise und zog ihn nach draußen.

Bino hatte den rechten Fuß auf dem Gaspedal und den linken auf der Bremse, um in dem dichter werdenden Verkehr auf dem Highway in Richtung Westen abwechselnd beschleunigen und rasch stoppen zu können. Das Halbkuppeldach des Texas Stadions ragte über der Schnauze des Linc auf, der Mammutbau wurde stetig größer am Horizont. Im Stereorecorder spielte leise Elvis. »Suspicious Minds.«

Bino sagte: »Du lebst in der Vergangenheit, Barn. Die Cotton Bowl hatte ihre Glanzzeit. Der Stanley Steamer auch. Möchtest du mal in einem fahren? Ich geb dir Unterricht. Das letzte Spiel, zu dem ich in die Cotton Bowl ging, fand abends statt. Wart mal, das Rice-Spiel, glaub ich, neunundsiebzig oder achtzig. Ich hatte 'ne Freundin mit, Bonnie Miles. Du weißt schon, die früher im Cattlemen's Steak House die Wirtin mimte. Also, auf dem Weg zum Auto nach dem Spiel werd ich von drei verschiedenen Nutten angemacht. Direkt vor der Nase meiner Freundin. Und das ist noch nicht alles. Grade als wir in den Wagen steigen, brüllt mich so ein Kerl an. Das ist einer meiner *Mandanten*, Himmel noch mal. Ich werd dir mal was sagen, Barney. Wenn meine Mandanten anfangen, sich an einem Platz rumzutreiben, dann ist es lang vorbei mit der Klasse.«

»Da ist was dran«, sagte Barney.

Der Regen von gestern hatte aufgehört, und die Haube des Linc glänzte blendend weiß im grellen Mittagslicht. Ein Monte Carlo, schwerbeladen mit Schülerinnen, kroch vorbei, Fähnchen wehten und rot-blaue Bänder flatterten in der Brise. Bino fühlte sich wohl, als er die Mädchen sah, und er hupte sie an. Sie lächelten artig und winkten.

Sie parkten auf dem Stadionparkplatz, knirschender Kies unter den Reifen, stiegen aus und schlossen sich den Massen an, die durch die Tore hineinströmten. Burschen in orangefarbenen Hemden und schmalen, weißen Krawatten machten sich gegenseitig das »Spießt sie auf, Horns«-Zeichen; ein paar von ihnen hatten bereits schwer geladen, und viele waren auf dem besten Wege dazu.

Kurz bevor sie durch das Maschendrahttor ins Stadion gingen, legte Bino eine Hand auf Barneys Schulter und hielt ihn zurück. Bino schaute nach oben und nach links, wo Leute, die mit Aufzügen zu den Circle Suites fuhren, reihenweise aufgemotzte Stetsons und teure Klamotten zur Schau stellten.

»Was ist los?« Barney hatte eine rote Windjacke und marineblaue Hosen an, das dichte sandfarbene Haar war links gescheitelt und der Schnurrbart säuberlich gebürstet. Er war acht Zentimeter kleiner als Bino.

Bino hatte eine taubenblaue Sportjacke im Westernstil, Designerjeans und gelbbraune Dingo-Stiefel angezogen. Die Stiefelabsätze machten ihn noch ein paar Zentimeter größer als Barney. Er sagte: »Schau dir nur mal schnell die Reichen an, Barn. Hat Winnie Anspachers Kanzlei nicht eine von diesen Himmelslogen?«

»Wahrscheinlich. Alle andern in der Stadt haben mehr Geld als Verstand. Warum nicht auch Anspacher? Wenn ich's genau überlege, bin ich sogar ziemlich sicher. Ich kenn jemand, der mal mit ihm in einer gesessen hat, bei 'nem Cowboy-Spiel. Warum?«

»Ach, nichts«, sagte Bino. »Hör mal, Barn, möglich, daß ich dich zur Halbzeit mal allein lasse und einen Besuch machen geh. Mir ist grade eingefallen, daß ich Winnie für eine Minute sprechen muß.«

Sie knobelten mit Münzen um heiße Würstchen. Barney sagte

unentschieden an. Beide Münzen zeigten Wappen, und Bino reihte sich mosernd über die Entscheidung in die Schlange ein. Er stand hinter einem Mann mit schütterem Haar, der eine gelbbraune Sportjacke trug, und einem dicklichen, sommersprossigen Knaben von ungefähr zehn. Bino winkelte die Ellbogen ab, stopfte die Hände in die Jeanstaschen, roch den Frankfurtersud, und betrachtete die Ladys, die vorübergingen.

Als Bino der nächste in der Reihe war, sagte der sommersprossige Knabe mit einer Kinderflötenstimme: »Kann ich ein Eis haben?«

Der Mann hatte eingewickelte Hot Dogs auf einem Papptablett gestapelt und stellte gerade Pappbecher voll Pepsi in die runden Schlitze an den Tablettecken. Seine Sportjacke hatte dunkelbraune Flicken an den Ellbogen. »Ich werd dir mal was sagen, Danny. Für das, was ich grade für drei Hot Dogs und drei Pepsis ausgegeben habe, kann ich deine Mutter ins Old Warsaw mit Schokoladenmousse zum Nachtisch einladen. Kein Eis. Sonst sind wir pleite.« Er ging mit dem Tablett in der Hand weg, der Knabe, der hinter ihm hertrottete, sah aus, als wolle er gleich losplärren. Bino hatte schon einen Fünfdollarschein gezückt. Er kramte in seiner Tasche und gab noch einen Fünfer dazu, bevor er an den Tresen trat.

Bino mampfte an seinem ersten kräftigen Bissen, schmeckte die Schärfe des Senfs und die herbe Süße der Gewürzgurkenchutneys und spülte das Würstchen mit Pepsi runter, während er mit langen Schritten eine Zementrampe hinaufging, die zu der weiten Arena des Stadions führte, und sich mit den Ellbogen durch die Menschenansammlungen hindurch den Mittelgang hinunter einen Weg zu seinem Platz bahnte. Barney hastete hinter ihm her.

Weit unten auf dem grünen Astroturfboden hatten sich Musiker in roten Blazern und marineblauen Hosen zu einer zackigen Formation aufgestellt, ein gewaltiges Block-*S* mit einem kleineren *U* und *A* davor und dahinter. Licht funkelte von großen, goldenen Tubas. Ein Dirigent auf einer Trittleiter schwang einen Taktstock. Langgliedrige Majoretten gingen in Positur, ein Bein gestreckt, ein Knie gebeugt, Unterarme gerade und quer vor der Brust, jede mit einem glänzenden Stab in der einen Hand, der nach unten auf die Erde zeigte. Auf den Tribünen hatte sich eine dichtgedrängte, fast sechzigtausend Menschen zählende Menge erhoben. Die Kapelle stimmte die Nationalhymne an.

Die Eröffnungstakte erfüllten die Arena klar bis zu der rechteckigen Öffnung in dem Halbkuppeldach, als Bino, Pepsi verspritzend, den Mittelgang hinunterhastete. Eine fein herausgeputzte Frau stand vor einem Gangsitz, ihre rechte Hand lag leicht auf der rotblau gestreiften Chrysantheme, die an der linken Brust ihres marineblauen Schneiderkostüms befestigt war. Sie wandte den Kopf und zischte Bino an, als er vorbeikam. Er blieb abrupt stehen und stand stramm. Barney prallte von hinten gegen ihn. Binos Pepsi knallte auf die Zementstufen, Blech schepperte, und Flüssigkeit spritzte.

Ihre Plätze lagen tief, siebzehn Reihen von unten. Bis sie dort ankamen, war es wieder Zeit aufzustehen. Die Kapelle hatte die Formation aufgelöst und lief nun im Schnellschritt zum einen Ende des Stadions, wo sie zu beiden Seiten einer Wandöffnung unter den Tribünen ein Spalier bildete. Riesige Athleten in rotblauen Trikots mit weißen Nummern auf Brust und Rücken stürmten in heillosem Durcheinander zwischen die Reihen der Musiker, die jetzt eine verjazzte Version von »She'll Be Comin' Round the Mountain« spielten. Cheerleader in rot-blauen, schenkellangen Röcken schlugen fliegende Purzelbäume und zeigten dabei marineblaue Höschen. Ein schwarzes Shetlandpony zog an jeder Flanke zwei Betreuer hinter sich her, die sich verzweifelt an Seilen festhielten, als das Tier mit geblähten Nüstern über das gestreifte grüne Feld stürmte.

An Binos rechter Seite brüllte Barney: »Lauft, Ponys. Weg da, Leute – lauft, ihr Pferdchen.«

Als auf der gegenüberliegenden Seite das orange-weiße Team losstürmte, um rund um die gegnerische Bank Schulterstöße und Handflächenschläge auszuteilen, brach im Besucherbereich ein gewaltiges Gebrüll aus, und eine orange-weiße Kapelle schmetterte »Texas Fight«.

Jetzt schrie Barney: »Gebt'sen. Gebt's diesen Ochsen! Lauft, Ponys!« Er hüpfte auf und nieder und wedelte mit den Armen.

Bino sagte: »Wo ist Dupard, Barn?«

»Gebt'sen! Gebt's ihnen – Hä? Was is'n das?«

Bino zeigte auf die rotblaue Mannschaft, die sich gerade beriet. »Dupard, Barney. Er ist Nummer einundzwanzig. Da unten gibt's aber keine Nummer einundzwanzig.«

Barney kniff die Augen zusammen und sah näher hin. »Nee. Müßte aber. Trainer Smith hat mir doch gesagt – Oh, mein Gott.

Herrgott noch mal, Bino, schau doch mal da runter. Ach, herrje.« Er deutete mit einer Hand zur Einlauframpe der Mannschaft und schlug sich mit dem Ballen der anderen an die Stirn.

Dupard kam aufs Feld, ebenholzschwarze Gesichtszüge zu einer Grimasse verzogen. Er hatte einen roten Pullover und Jeans an. Er humpelte auf Krücken, einen Gipsverband am rechten Fuß.

Bino sagte: »Ist das ein Galopp? Ich meine, nennst du so was etwa einen gestreckten Scheißgalopp? Herrgott noch mal, Barney.«

Barney wölbte seine Hände vor dem Mund in Richtung der SMU-Bank. »He, Smith. Du Arschloch! Ist das ein Galopp? Ich geb dir zwei Schläge pro Seite, und du tust mir das an?«

Vor ihnen drehten sich Leute auf ihren Plätzen um und starrten wütend in Barneys Richtung.

◇

Vor Jahr und Tag kannte Dante Tirelli diesen Kerl bei dem großen, weißhaarigen Anwalt Bino Phillips. Kannte ihn aus New York, Eatin' Eaton, betrieb ein paar Würfelspiele und hatte dreimal im Jahr den einzigen Zigonnet-Kasten der Familie für ein Spiel und machte obendrein draußen auf Island ein bißchen Lauferei für Pferdewetten. Was, verdammt noch mal, hatte Eatin' Eaton bei Bino Phillips zu suchen?

Menschenskind, das kann doch nicht stimmen. Eatin' Eaton, Scheiße, der müßte mittlerweile doch fast siebzig sein. Muß an diesem verfluchten Fernglas von Winnie liegen, unscharf. Weiter hinsehen. Runde Konturen verschmolzen miteinander, Bino Phillips' weißer Kopf ein paar Zentimeter über dem des anderen Kerls, ab und zu kam irgendwer, der den Gang rauf- und runterging, in die Quere, sah riesig aus. Tirellis Zeigefinger drehte an dem Rädchen am Fernglas und stellte das Bild scharf ein. Scheiße, das war ja gar nicht Eatin' Eaton. Aber, Menschenskind, ihm wie aus dem Gesicht geschnitten. Die gleichen Haare, der gleiche Schnurrbart – wenn Eatin' Eaton hier wäre, würde er glauben, daß er in einer verdammten Zeitmaschine wäre und sich selbst betrachtete.

An Tirellis Ellbogen quiekte Morissey Mortarhouse wie Petunia Pig. Aus der Nähe roch sie wie Mandelbrandy. Sie sagte: »Nun ist aber gut, Dante. Pfui, pfui, sich all die jungen Cheerleader anzugucken. Jetzt bin ich dran, lassen Sie mich mal durchgucken.«

Tirelli dachte: Verdammte Scheiße, pfui, pfui. Er drehte sich zu ihr um, Monstertitten, die gegen die Vorderseite eines blauen Kostüms wogten, weit ausladende Hüften, Gürtel festgezurrt mit überquellenden Speckrollen. Menschenskind, wenn Annabelle sich so gehenläßt, dann bind ich sie im Garten an einen Pfahl, laß sie grasen und drüber nachdenken.

Er lächelte und hielt ihr das Fernglas hin. »Jaja, diese Collegemädchen sind niedlich, okay. Wollen Sie mal 'nen Blick draufwerfen, Morrissey?« Sie nahm das Glas in Patschhände, rülpste und richtete es auf die Kapelle, das Spielfeld breitete sich unterhalb der Circle Suite von Anspacher, Anspacher und Mortarhouse aus wie ein glatter grüner Pooltisch für fröhliche Riesen.

Morrissey sagte: »Juii, wie lustig. Da hat sich aber manches geändert seit meiner und Annabelles Zeit. Wenn Daddy mich jemals in so 'nem Rock gesehen hätte, hätt er mir tüchtig den Hintern versohlt.«

Tirelli warf einen Blick auf ihre stattliche Rückseite und dachte: Verdammt, hätt er mal tun sollen, bei so 'nem Arsch.

Er sagte: »Schaun Sie sich ruhig alles an, was Sie wollen, Morrissey. Ich muß mit Winnie was besprechen. 'tschuldigen Sie mich.«

Winnie stand auf der obersten Ebene der Circle Suite in grünem Ultrasuede-Jackett und hellgrünem Golfhemd, ein Bier in der Hand, und grinste hinter seiner Brille erst Annabelle auf seiner linken Seite an und dann Ted Mortarhouse auf seiner rechten Seite. Mortarhouse war eine Bohnenstange mit Schlabberhals. Mortarhouses alter Herr und Winnies alter Herr waren schon Partner gewesen. Davor die Großpapas.

Tirelli schob sich um Sarah Anspacher herum, die auf einem gepolsterten Drehstuhl saß und sich die Kapellen und Cheerleader auf dem Riesenbildschirm des Stadionfernsehens anschaute. Sie drehte sich mit einem gelangweilten Lächeln um und zog einen stöckelbeschuhten Fuß ein, um ihn vorbeizulassen.

Er stieg die drei mit Teppich ausgelegten Ebenen hoch, an den gefüllten Kühlschränken und der Bar vorbei, und dachte: Was für eine verdammte Geldverschwendung. Mit dem Zaster kriegt man 'ne Reihe TVs mit vier, fünf Spielen auf einmal und einem heißen Draht zu jedem Buchmacher in jeder Stadt, wo gerade ein Spiel läuft. Er ging an einer Reihe Drehsessel vorbei, wo Art Stammer vor ein paar Typen Wahlkampfreden schwang, sein Kiefer war immer noch geschwollen. Menschenskind, Bino Phillips, der kann vielleicht zuschlagen. Vielleicht hätten wir ihn unterstützen sollen und nicht diesen Dummschwätzer Stammer.

Winnie Anspacher ist garantiert der Falsche, um da reingezogen zu werden. Ein Waschlappen und sonst nichts. Steht da oben, glotzt von einer Seite zur anderen und grinst, als hätte er Geburtstag. Keine Silbe von Winnie heute morgen über das Warum, nachdem ich ihm gesagt habe, daß er diese beiden Irren absevieren, aus der Stadt jagen soll, jetzt ist einer von denen überall im Radio und Fernsehen, sitzt im Bezirksgefängnis, weil er versucht hat, so 'nen dämlichen Überfall abzuziehen. Herrgott noch mal. Und was ist mit dem anderen Kerl, der, von dem Winnie gesagt hat, daß er einer von diesen Mordmaschinen wäre mit Eiswasser im Blut? Keine Silbe über seinen Arsch. Und als Krönung des Ganzen würde der andere Kerl wahrscheinlich auch noch im Knast landen, weil er vor dem Rathaus mit 'nem Molotowcocktail rumlungerte. Irgend so was.

Winnie sah Tirelli kommen und grinste, wobei seine runden Augen von den dicken Brillengläsern noch vergrößert wurden. Quer über Winnies Glatze zog sich eine Falte. Er grinste und sagte: »Deine Frau ist wirklich 'ne Lady, Dan. Sie hat Ted und mich hier total verhext.« Er stieß sein Bier in Annabelles Richtung, als wolle er einen Trinkspruch ausbringen.

Mortarhouses Halslappen schwabbelten, als er sagte: »Ganz bestimmt, Dan. Da haben Sie sich wirklich einen Schatz an Land gezogen.« Annabelle machte ein selbstzufriedenes Gesicht.

Tirelli legte einen Arm um Annabelle und drückte ihre Schulter, als er sagte: »Tja. Seht ihr etwa, daß ich mich beklage? Hör mal, Schätzchen« – er lächelte Annabelle durch seine getönte Goldrandbrille an, die Ärmel seines pinkfarbenen Alpakapullis hochgeschoben – »macht's dir was aus, Ted ein bißchen Gesellschaft zu leisten? Ich muß Winnie wegen dieser Staatssache sprechen. Du weißt schon, die Alkoholsteuern im Restaurant.«

Annabelle verstand den Wink. Sie trug ein graues Wollkostüm und eine weiße Bluse. Klasse. Wippende, silbern schimmernde Locken. Ein scheues Lächeln. »Natürlich, mein Lieber. Ted, ich hoffe, es macht Ihnen nichts aus, ein Weilchen bei mir zu bleiben.« Sie nahm Mortarhouse an seinem mageren Arm und führte ihn fort.

Winnie setzte sich in einen Ledersessel neben einem kleinen Mahagonibartisch. Seine Knie waren angewinkelt, seine Fußspitzen kaum auf dem Boden. »Du möchtest dich unterhalten, Dan?« Seine Augen waren groß und unschuldig.

Tirelli ließ sich gegenüber von Winnie in einen Sessel fallen. Er beugte sich vor und stützte das Kinn in eine Hand, Ellbogen auf dem Knie. Er sagte: »Tja, Winnie, ich möchte mich unterhalten. Eine verdammte Unterhaltung darüber, warum einer von deinen Bekloppten wegen Überfalls auf einen Supermarkt im Kittchen ist. Und was wir deswegen unternehmen wollen. Ich dachte, ich hätte dir gesagt, daß du die Arschlöcher abservieren sollst, Winnie.«

»Ich kann das erklären, Dan. Oder besser gesagt, ich kann es eigentlich nicht erklären, aber ich werd's versuchen.« Er stellte sein Bier auf den Tisch und machte ein Gesicht wie einer von Tirellis Barkeepern, der gerade eine Lüge auftischen wollte, warum so wenig Bargeld in der Kasse war. »Ich hab's ihnen ja gesagt, weißt du. Genau wie du's gesagt hast, Dan. Sie hätten längst weg sein müssen. Ich bin genauso überrascht wie du.« Er versuchte, überrascht auszusehen, was ihm aber nicht gelang.

Ein Riesengeschrei drang von draußen in die Loge. Der Ansager teilte gerade mit, daß Rhoden den Kick-off zur Nummer zweiundzwanzig der Mustangs zurückgebracht hatte. An der Brüstung der Loge kreischte Morrissey Mortarhouse und klatschte in die Hände.

Tirelli sagte: »Ich hab nachgedacht, Winnie. Wie lange, meinst du, wird es dauern, bis dieser Kerl dahinterkommt, daß er dich ans Messer liefern kann, Winnie? Seinen Arsch retten kann. Wahrscheinlich ist er schon auf der Fahrt in die Stadt dahintergekommen.«

Winnie nahm seine Brille ab und rieb sich die Augen. »Oh, Dan, ich kann dir gar nicht sagen, wieviel ich darum geben würde, wenn ich nicht in diese Sache verwickelt wäre.« Er war kurz davor zu heulen.

»Zu spät für diesen Scheiß, Winnie. Du bist bis zum Hals drin verwickelt. Wir werden jetzt mal einen Plan machen, wir beide. Ich weiß zwar nicht, welchen. Aber eine verdammte Sache sag ich dir, Winnie, damit du verstehst. Mir ist scheißegal, was dieser Halunke macht, aber einen Dante Tirelli lieferst du garantiert nicht ans Messer. Wäre besser, wenn du das klar und deutlich kapierst, Winnie. Wenn du weiter rumlaufen willst, dann kapierst du das.«

◇

Barney sagte: »Man kann nie wissen, Bino. Erinnerst du dich, wie die Colts mal ohne Johnny U. auskommen mußten? Er wurde verletzt. Sie hatten diese totale Halfback-Flasche, hieß Matte, den sie als Quarterback da reinsteckten, hat sie verdammt nah an die Super Bowl rangebracht.«

In diesem Moment setzte Dupards Ersatzmann zu einem linken Tackle an. Fünf oder sechs Orangehemden griffen ihn an und halbierten ihn fast. Der Ball spritzte in die Luft und vollführte einen wilden Ende-über-Ende-Tanz auf das SMU-Tor zu. Ein jubelnder Texas-Spieler fing ihn knapp außerhalb der Zehn-Meter-Linie ab und stürmte, den Ball über dem Kopf schwenkend, zu seiner Bank. Seine Mannschaftskameraden versuchten ihn zu ersticken, indem sie auf ihn einhämmerten und ihn umarmten. Die Menge stand und grölte. Barney und Bino mußten aufstehen, um etwas sehen zu können.

Als der Lärm abebbte, sagte Bino: »Das einzige, was passieren wird, Barney, ist, daß sie uns alles abknöpfen.« Er schaute hinter sich, vorbei an Reihen stehender Leute. Vorbei an einer sanften Anhöhe aus Gesichtern, jede Reihe etwas höher als die davor. Zum größten Teil ein Meer, aber einige der Gesichter stachen hervor. Eine Frau in einem flammendroten Hosenanzug, für den sie zu fett war, zuviel starkes Make-up, das aus ihrem Mund eine klaffende, blutrote Wunde machte, und Augen, die durch die Fettpolster darunter fast geschlossen aussahen. Ein stämmiger Mann in braunem Anzug mit einer häßlichen Narbe am Hals, der einen Stimmverstärker an seine Kehle setzte und etwas sagte. Die meisten Gesichter sahen dem Spiel zu. Vorbei an all den Gesichtern zu der Reihe von Panoramafensteröffnungen, den Circle Suites. Er fragte sich, welche wohl die von Winnie Anspacher war. Leute in diesen Suiten, die hinunterschauten und es erheblich bequemer zu haben schienen als die Leute auf den Haupttribünen. Eine Frau mit glatten, schulterlangen schwarzen Haaren, die sich in einem Theatersitz aus der Taille vorbeugte und ein Champagnerglas an die Lippen hob. Ein hinter ihr stehender Mann, die eine Hand sanft an ihrem Hals und in der anderen ein Champagnerglas. Der Mann war nur bis zu den Schultern zu sehen; der Rest von ihm war im Dunkeln verborgen. Während Bino hinschaute, faßte die Frau nach oben und drückte leicht die Hand des Mannes an ihrem Hals.

Barney brüllte: »Zwei Minuten, Leute. Noch zwei Minuten bis zur

Halbzeit. Haltet sie auf.« Seine Stimme klang aus Binos Kniegegend zu ihm herauf. Bino merkte, daß Barney und die übrige Menschenmenge sich wieder gesetzt hatten und er allein dastand. Als er es merkte, kreuzte sich sein Blick mit dem starren Blick eines bärtigen Kerls zwei Reihen hinter ihm. Der Kerl runzelte die Stirn und sagte: »Runter da vorn, ja?« Bino murmelte: »Entschuldigung«, und setzte sich.

Zu Barney sagte er: »Sag mal, Barn, warst du schon mal da oben in den aufgemotzten Circle Suites?«

»Hä? Ob ich was –« Barney stand halb, verzog das Gesicht und sank auf seinen Sitz zurück. »Herrgott noch mal. Würdest du dir das mal ansehen? Was soll man dazu sagen?« Er schaute aufs Spielfeld, als wolle er sich gleich übergeben.

Bino blickte über die Köpfe von rotblauen Spielern hinweg, die entlang der Seitenauslinien mit Händen an den Hüften dastanden, und von Trainern mit übergestülpten Kopfhörern. Ein Trainer in rotem Pullover und marineblauen Hosen hatte die Hand an einem winzigen Mikrofon, das vor seinem Mund befestigt war, seine Kinnlade mahlte. Hinter dieser Spieler- und Trainerreihe packte ein Referee in Weiß ein Trikot hier, einen Arm dort und zog orangefarbene Männer und rotblaue Männer aus einem Knäuel heraus. Der Referee peilte entlang der weißen Linie den Marker an, wandte sich dann der Goalline zu und signalisierte den First Down. Der Offizielle plazierte den Ball einen Fuß oder so vom SMU-Tor entfernt. Spieler verschanzten sich in der Verteidigung in Dreier- und Viererpositionen, während sich das Orange-Team beriet. Linebackers hüpften herum, kauerten sich hin, bewegten sich wieder.

Bino sagte: »Meinst du, ich kann da oben reinkommen, wenn ich denen sage, daß ich Winnie kenne?«

Auf dem Spielfeld verlangte SMU eine Auszeit. Spieler setzten sich in die Endzone und stierten sich gegenseitig an.

Barney sagte: »Ausgeschlossen. Aber wart 'ne Minute. Ich kenn da 'nen Typen. In fünfundvierzig Sekunden ist Halbzeit, dann gehen wir beide hin. Es gibt da einen Burschen, der früher an der Uni im Umkleideraum gearbeitet hat. Er kennt mich noch vom Basketball, das einzige Mal, daß ich da oben in den Suiten war. Kennt dich bestimmt. Yeah, mit dem werden wir mal reden.«

◇

Bino erinnerte sich sofort an diesen sonderbaren Burschen. Die Haare waren zwar dünner und grau und die Hosen waren ein paar Nummern weiter geworden. Aber die glänzenden Augen und das Grinsen von einem Ohr zum anderen waren noch wie früher. Natürlich, Tony. Ptomaine Tony, hatte damals die Garderobentür bewacht und die Gaffer ferngehalten und die Reporter, die nichts Gutes über den Trainer schrieben. Tony hatte sie alle vom Sehen gekannt.

»Bino, Supermann. Wie geht's 'n Bub? Na, los, wie geht's meinem Dauerfavoriten?« Ptomaine Tony schüttelte Bino die Hand, als wäre sie ein Pumpenschwengel. Die Worte klangen irgendwie vertraut. Bino erinnerte sich, wie Tony vor Jahren vor der Garderobe einem Ehemaligen, der mal vorbeigeschaut hatte, die Hand geschüttelt und ihn gefragt hatte: »Wie geht's meinem Dauerfavoriten?« Damals hatte Bino gedacht, daß der Ehemalige ziemlich kaputt aussah. Jetzt war Bino der Ehemalige.

Bino sagte: »Prima, Tony. Barney sagte mir, er hätte dich hier oben arbeiten sehen. Wenn ich's mir allerdings recht überlege, könnt's besser laufen, wenn das Footballteam sich ein bißchen mehr anstrengen würde.«

Tony wedelte mit der Hand in der Luft. »Zehn-Null? Was ist schon Zehn-Null? Die holen wir uns schon zurück. Was, Barney? Sag's diesem Burschen, Barn.« Tony hatte sich nicht verändert. In seinen Adern floß immer noch rotblaue Tinte.

Barney hatte beide Hände tief in seinen Windjackentaschen vergraben. Er zuckte die Achseln. »Wir legen uns mächtig für sie ins Zeug, Tony, Bino und ich. Glaub's mir. Du weißt gar nicht, wie mächtig wir uns ins Zeug legen.«

Bino und Barney waren gerade aus dem Aufwärtslift herausgekommen und standen nun am Drehkreuzeingang zu den Circle Suites. Ptomaine trug die graue Uniform der Texas-Stadion-Angestellten und bewachte das Drehkreuz. Während sie redeten, drängten sich immer wieder Leute an Bino vorbei, zeigten Tony einen Passierschein und gingen hinein. Hinter Tony war ein langer, mit Teppich ausgelegter Flur, Dämmplatten an der Decke und an beiden Wänden. Der Flur führte zu den Suiten.

Tony sagte: »Weißt du, die Welt ist klein, Bino. Wer anderes als deine alte Flamme kommt heute morgen durch die Tore? Schön wie immer.«

Bino zog die Augenbrauen hoch. »Alte Flamme? Tony, meinst du Annabelle?«

Tony schnipste mit Wurstfingern. »Annabelle. Klar. Mußte so tun als ob, Bino. Konnt mich ums Verrecken nicht an ihren Namen erinnern.«

»War sie mit 'nem Kerl zusammen?« fragte Bino. »Ungefähr fünfzig, einsachtzig oder so, graues Kräuselhaar, Brille?«

»Ich werd dafür bezahlt, daß ich sie alle kenn, Bino. Klar, das isser, Dante Tirelli. Und Mr. Anspacher. Du weißt doch, Winston Anspacher? Anwalt. Du könntst mit ihm zur Uni gegangen sein, Bino. War 'ne große Gruppe, Mr. Stammer, der Politi –« Er hielt mitten im Satz inne, irgend etwas dämmerte ihm. Dann sagte er: »Oh, ich hab's in der Zeitung gelesen, Bino. Stammer ist der Typ, dem du neulich abend eins übergebraten hast. Geschah ihm wahrscheinlich recht. Unter uns, Bino, ich kann den Kerl nicht verknusen.«

Barney sagte: »Yeah. Wie auch immer, Tony, ich wüßte gern, ob wir vielleicht für 'n Weilchen reingehen könnten, um –« Bino hatte ihn angestupst. Er hielt mitten im Satz inne und sah fragend in Binos Richtung.

Bino dachte: Ausgeschlossen. Nicht, wenn Annabelle hier oben ist. Und Stammer. Und schon gar nicht, wenn Dante Tirelli in der Nähe ist.

Er sagte: »Barney wollte grade sagen, daß wir dringend Winnie Anspacher sprechen müssen, Tony. Ulkig, daß du Winnie erwähnt hast, Tony. Um ihn zu suchen, sind wir nämlich hier raufgekommen. Ich hab was Geschäftliches mit ihm zu bereden und wollte eigentlich in seine Circle Suite. Aber – na ja, du erinnerst dich wahrscheinlich nicht dran, Tony, aber diese Annabelle und ich waren mal verheiratet. Und, na ja, es ist irgendwie peinlich und –«

Tonys Augen wurden weich, und er langte über das Drehkreuz und drückte Binos Ellbogen ein wenig. »He, Bino, hab schon kapiert. Hatte selbst 'ne Exfrau. Mach dir mal deswegen keine Sorgen, ja?«

»Danke, Tony«, sagte Bino. »Ich muß ihn trotzdem dringend sehen, aber – Mensch, ich frag das nur höchst ungern, gibt's hier vielleicht irgendwo 'nen kleinen Raum, für Besprechungen zum Beispiel?« Hinter Tony und den langen Flur hinunter waren ein paar geschlossene Türen in den Wänden. »Und könntest du vielleicht, um kein großes Aufsehen zu erregen, könntest du vielleicht Mr.

Anspacher holen gehen, ihm sagen, daß hier draußen jemand ist, der ihn unbedingt sprechen müßte? Ohne ihm zu sagen, wer es ist?«

Tonys Pausbacken kräuselten sich, als er die Stirn runzelte. »Tja, da gibt's einen Raum. Ein kleines Büro da unten.« Er deutete hinter sich, den Flur hinunter. »Diese Obermotze benutzen es manchmal. Und ich könnt ein Auge zudrücken, euch den Raum benutzen lassen, solang niemand Wind davon kriegt.« Er hielt inne, nickte und lächelte einem gutgekleideten Paar zu, daß sich zwischen Barney und Bino durchschob, Tony einen Ausweis zeigte und durch das Drehkreuz ging. Tony fuhr fort. »Aber ich kann meinen Posten nicht verlassen. Ich mein, ich müßt's ausbaden, wenn niemand das Drehkreuz bewacht.«

Bino kratzte sich am Kinn, während er darüber nachdachte. Dann sagte er mit aufleuchtenden Augen: »Hör mal, Tony, diese Jacke, die du da trägst. Welche Größe hat die?« Er musterte Tony von oben bis unten, maß mit den Augen seine Schulterbreite, dann tat er das gleiche bei Barney.

◇

Das Büro hatte die Größe einer Briefmarke, vielleicht drei auf drei. Bino setzte sich hinter einen halbmondförmigen Schreibtisch aus hellem Holz und fragte sich, welche Geschäfte hier drin wohl getätigt wurden. »Dein Bohrer is 'n einziger Scheiß, Bobby Joe. Wir können das Loch um vierhunnert K reintreibn, super.« Oder vielleicht: »Yeah, wir wern fusionieren. Ham das Geschäft diesen Monat auf der Direktorensitzung abgeschlossen. Kauft alle Turd-O-Aktien, die ihr kriegen könnt. Ach, und wenn ihr schon dabei seid, schiebt mir mal 'n paar tausend Aktien rein.«

An der Wand gegenüber dem Schreibtisch befand sich ein niedriges Schränkchen mit Falttüren. Bino vermutete, daß Gläser drin waren, samt ein paar Flaschen Chivas und Jack Daniel's Black. Von dem Schränkchen aus auf der anderen Seite der Korridortür stand eine kleine, braune Ledercouch.

Auf dem Schränkchen stand ein Tischfarbfernseher, Bild der Stadionübertragung eingeschaltet, Ton ausgeschaltet. Bino steckte sich eine Camel Filter an, lehnte sich zurück und sah zu, wie SMU den zweiten Halbzeit-Kick-off annahm und in Gang brachte. Ein rasiermesserscharfer Quarterback nutzte stechend kurze Pässe, um zur Fünfundzwanzig von Texas zu kommen. Ein längerer Wurf fand einen Paßempfänger an der Zehn von Texas, der zwei Schritte auf die Endzone zumachte, bevor ein Spieler in orangem Trikot ihn umsäbelte. Der Ball rollte frei, und Texas kam wieder zum Zug. Bino drehte sich der Magen um.

Die Tür ging auf. Winnie Anspacher machte zwei Schritte in den Raum und blieb wie angewurzelt stehen. Bino erhaschte einen flüchtigen Blick von Tonys rundlichen Konturen, als sich die Tür schloß und Bino und Winnie allein ließ.

Winnie war kein bißchen gewachsen. In seinem grünen Ultrasuede-Sakko und dem hellgrünen Golfhemd sah er wie ein kleiner Papagei aus.

Winnie sprudelte durch wulstige Lippen heraus: »Ich habe dir nichts zu sagen. Ich habe dir schon neulich abend gesagt, daß du von unserem Anwalt hören wirst. Nun, wenn du mich entschuldigen würdest, ich will gerade –«

»Ich möchte über Richard Bigelow sprechen. Und Buster Longley«, sagte Bino. Er drückte seine Zigarette in einem schwarzen Plastikaschenbecher aus.

Es war, als hätte jemand Winnie in den Solarplexus geschlagen. Seine Gesichtszüge erstarrten für einen Moment, dann entspannten sie sich wieder, Luft strömte in einem langen Seufzer aus seinen Lungen. Ohne ein weiteres Wort sank Winnie auf die Ledercouch.

Für ein paar Sekunden schien er tief in Gedanken zu sein. Als er schließlich den Mund zum Reden öffnete, war Bino ziemlich sicher, daß er lügen würde. Er konnte es Winnie vom Gesicht ablesen.

Winnie sagte: »Der Bigelow-Mord? Herrje, ja, das war eine schreckliche, schreckliche Tragödie. Eine der schlimmsten Geschichten, die uns in unserem ganzen Leben passiert sind, Bino. Und – tut mir leid, Bino, aber der andere Name, den du genannt hast, ist mir entfallen. Wie war er doch gleich? Buster wer?« Er blinzelte durch seine dicken Brillengläser.

Bino dachte: Nicht übel. Gehörte zur Erziehung, wenn man in Winnie Anspachers Kreisen aufwuchs. Standardlehrplan. Skrupellosigkeit 101. Lügen 201.

Bino lehnte sich zurück und verschränkte die Arme, während er sagte: »Ich werde dir jetzt eine kleine Geschichte erzählen, Winnie. Eine Menge davon wirst du nicht verstehen. Ich bin unbedarft aufgewachsen, ganz ähnlich wie Richard Bigelow. Die Leute drüben in Mesquite wissen nicht, wie man die Dinge anpacken muß. Sie glauben, daß man von jemandem, der sich für ein hartes Durchgreifen bei Verbrechern ausspricht, auch erwarten kann, daß er das so meint, und nicht, daß er bei Verbrechern vielleicht Milde walten läßt, wenn Milde bedeutet, mehr Wählerstimmen reinzuholen. Nun verteidige ich eine Menge übler Subjekte, und ich bin nicht sehr stolz auf meine Mandanten oder auf meine Methoden, wenn ich sie verteidige. Aber ein Prinzip, wenn man es denn ein Prinzip nennen mag, das ich schon immer hatte, lautet, daß ich keine Verräter verteidige. Verräter sind genauso schuldig wie jeder andere, aber sie kommen ungeschoren davon, nur weil sie als Spitzel arbeiten. Sehr verabscheuungswürdige Subjekte, Winnie. Nicht so verabscheuungswürdig wie die Vollstreckungsbehörden, die mit Spitzeln arbeiten, aber trotzdem echte Dreckskerle.«

Bino hielt inne. Noch nichts. Winnies Kinnlade hing zwar immer noch so schlaff herunter wie anfangs, als er sich hingesetzt hatte, doch ansonsten zeigte er keinerlei Regung, nur ein gelegentliches Blinzeln. Bino fuhr fort.

»Und Buster Longley ist ein Subjekt, das ich noch weit mehr verabscheue als den gewöhnlichen Verräter. Ich meine, ich bin ein Mensch, Winnie. Ich habe Gefühle. Zuerst bringen Longley und zwei andere Maden einen feinen alten Mann um. Und wenn dieser feine alte Mann nicht gewesen wäre, der jetzt tot ist, hätte ich es nie geschafft, als selbständiger Anwalt zu praktizieren. Dann nimmt er mein Büro auseinander, er und ein anderes Schwein, ganz zu schweigen davon, daß dabei ein liebes, achtzehnjähriges Mädchen vergewaltigt und umgebracht wird. Achtzehn, Winnie, fing gerade erst an zu leben. Und weißt du, was dann kommt? Buster versucht mich umzubringen. Wollte mich wahrscheinlich ein bißchen foltern, vielleicht ein paar Informationen aus mir rausquetschen. Die ich nicht mal hatte, Winnie. Das überrascht dich? Wenn ich gewußt hätte, daß Sonny Starr an der Bigelow-Sache beteiligt war, wäre ich nie sein Anwalt gewesen. Nein, Winnie, Buster Longley ist ein Subjekt, das ich nicht sonderlich mag.«

Bino nahm aus den Augenwinkeln eine Bewegung wahr und hielt inne. Auf dem Bildschirm trat ein rotblauer Spieler vor einen Seitenlinienpaß, fing ihn ab und machte einen hohen Schritt in die Endzone. Bino dachte: Herrgott, was ging da vor? Er sah wieder zu Winnie.

»Aber auf einmal vertrete ich Buster Longley. Er hat mich darum gebeten, und ich habe den Fall übernommen. Und weißt du, warum? Buster Longley bezahlt mir ein kleines Honorar, der Form halber. Aber das ist nicht der Grund, warum ich ihn vertrete. Ich vertrete ihn, weil er, so ein mieses Dreckschwein er auch ist, immer noch eine Stufe über dem Kerl steht, der ihn gedungen hat. Und der bist du, Winnie, du dreckiger, kleiner Scheißer.«

Es begann zu wirken. Winnie beugte sich vor, Ellbogen auf den Knien, und starrte zu Boden. Seine Unterlippe fing zu zittern an. Bino hatte nicht vor, ihn jetzt mit Samthandschuhen anzufassen.

»Du wirst sehr wahrscheinlich zum Tode verurteilt, wenn mein Mandant alles über dich ausgespuckt hat, Winnie. Zumindest wirst du so lange im Gefängnis sitzen, bis du zu alt bist, um dir noch was draus zu machen. Tja, weißt du, warum ich dir das alles erzähle? Weil, mieser, kleiner Wurm, der du bist, ohne deine Zeugenaussage niemand Tirelli für all das drankriegen wird.

In etwa zwei Minuten gehe ich, Winnie, gehe aus diesem Raum. Du kannst mitkommen. Ich bringe dich irgendwo hin, wo du in Sicherheit bist, verschaffe dir Schutz. Ich weiß zwar nicht, welches Geschäft die Feds mit dir machen werden. Das hängt von ihnen ab. Aber ich kenne diese jämmerlichen, miesen Schweinehunde, und glaub mir, sie werden ein Geschäft machen. Monty Hall hätte ein verdammter Fed sein sollen. Jetzt kannst du gehen oder bleiben. Wenn du aber nicht mit mir hier rausgehst, wirst du vor Einbruch der Dunkelheit im Gefängnis sein. Das garantiere ich dir. Das ist absolut kein Scheiß, den ich dir erzähle, Winnie, du wirst drin sein.«

Winnie blickte langsam auf, wie ein verängstigtes Kind. Tränen strömten ihm über die Backen. Der Lack war ab.

Seine Stimme bebte, als er sagte: »Meine – meine Frau, Bino. Sarah. Sie ist in der Suite. Und Tirelli ist auch da drin. Mein Gott, ich kann doch nicht gehen und Sarah zurücklassen.«

Bino spürte, wie sein Gesicht weicher wurde. Er kannte Winnie Anspacher, den reichen, verwöhnten Winnie Anspacher, nun schon seit über zwanzig Jahren. Und dies war das allererste Mal, daß er Bino leid tat.

◇

Klasse ist das Wort, das einzige, dachte Bino. Klasse konnte man sehen. Leute mit Klasse brauchten nicht gut auszusehen, brauchten kein Geld, um klasse auszusehen, sie sahen einfach so aus. Benahmen sich entsprechend. Sie hatten eine bestimmte Haltung an sich, eine bestimmte Ausdrucksweise, eine bestimmte Art im Umgang mit Menschen. Und ohne Klasse – na ja, all die Pelze, Diamanten und Kleider, die Saks Fifth Avenue in einer Saison verkaufen konnte, würden diesen Mangel nicht kaschieren. Sarah Anspacher hatte Klasse hoch drei.

Sie folgte Ptomaine Tony mit Stil den langen Flur hinunter, nichts Panisches an ihrem Gang, aber auch nichts Zögerliches, einen hochhackigen Schuh in elegantem, anmutigem Rhythmus vor den anderen setzend, die schmalen Schultern gestrafft. Diese hochgewachsene Lady ließ die Schultern nicht hängen; sie schritt wie eine Königin. Als Bino sie das erste Mal an der Tür ihres Hauses gesehen hatte, hatte er sie für zu dünn, ihre Nase für zu lang, ihr Gesicht für zu kantig gehalten. Die Art, wie sie lächelte, wischte das alles weg. Sie sah bezaubernd aus. Sie trug ein enges violettes Kleid mit Puffärmeln und Spitze am Saum. Sie gehörte in Spitze.

Ihre Stirn war fragend gerunzelt. »Du meine Güte, Winnie«, sagte sie. »Du hättest Bino doch reinbitten können. Art Stammer hätte sich wahrscheinlich unter einem Stuhl verkrochen, aber alle anderen, denke ich, würden sich freuen, ihn zu sehen.«

Bino stützte sich mit einer Hand auf das nach draußen führende Drehkreuz, die Rolltreppe hinter ihm schickte mit einer Neigung von fünfundvierzig Grad eine endlose Reihe geriffelter Metallstufen ins weit unten liegende Erdgeschoß. Neben Bino wirkte Winnie noch kleiner, als er war. Winnies Hände steckten in den Taschen, und sein Kopf war gesenkt. Als Sarah kam, zog Barney Tonys graue Uniformjacke aus und seine Crooked-River-Windjacke wieder an.

Winnie blickte unverwandt auf seine Schuhe, als er sagte. »Es hat sich da etwas ergeben, Liebes. Wir – du und ich, wir müssen gehen.«

Bis jetzt war ihr noch nicht zu Bewußtsein gekommen, daß etwas nicht stimmte, aber allmählich dämmerte es ihr. Ein unsicherer Blick huschte über ihr Gesicht, nur ein Aufflackern, dann war er verschwunden. Sie lächelte, um ihre Augen bildeten sich Fältchen. »Nanu, wieso denn das, um alles in der Welt, Winnie? Einfach so? Alle diese Aasgeier mit den Fressalien und Getränken alleine lassen?«

Es entstand eine Stille, die eine Tonne wog. Bino scharrte nervös mit den Füßen und wandte den Blick ab, die Rolltreppe hinunter und an ihrem Ende vorbei zu den Imbißbuden mit ein paar kurzen Schlangen davor. Und weiter an den Buden vorbei zu dem vollbesetzten Parkplatz. Die Herbstsonne ging gerade unter, und die gewaltige Masse des Stadions hatte alle bis auf die am weitesten entfernten Autoreihen in tiefen Schatten getaucht. Auf dem Highway 183 jenseits des Parkplatzes herrschte nur wenig Verkehr, der nach Osten und Westen schwirrte. Nach dem Spiel käme er vollends zum Erliegen.

Winnie sagte: »Ich fürchte, es wäre nicht ungefährlich, in die Suite zurückzugehen, Sarah. Es –« Ihm brach die Stimme, und sekundenlang war Bino sicher, daß Winnie gleich zu weinen anfinge. Dann richtete sich Winnie ein wenig auf, sah seine Frau direkt an und fuhr fort. »Ich werde es dir während der Fahrt erzählen, Liebes. Wir müssen jetzt gehen, unbedingt.«

Winnie nahm ihren Arm, und sie zögerte einen Moment, bevor sie mit ihm durch das Drehkreuz ging, das kurze schwarze Haar schwungvoll nach vorn gekämmt und im Nacken zu einer vollkommenen Rundung geschnitten. Als sie nebeneinander auf der Rolltreppe standen, war Winnies Kahlkopf auf gleicher Höhe mit ihrem Ohrläppchen.

Bino wandte sich Ptomaine Tony zu, der wieder auf seinem Posten war, ein leichtes Stirnrunzeln auf dem rundlichen Gesicht. Bino sagte: »Tausend Dank, Tony. Wir sehen dich bald mal, ja?«

Tony warf einen Blick dorthin, wo Sarahs gepflegter Kopf aus dem Blickfeld sank, dann sah er wieder zu Bino. »Yeah – klar, Supermann«, sagte Tony. »Mach das nächste Mal nicht wieder 'n Jahrzehnt draus. Du bist mein Dauerfavorit.« Tony sah beunruhigt aus. Bino zwinkerte ihm zu, machte mit dem Daumen das O.-k.-Zeichen und folgte Barney durch das Drehkreuz nach draußen.

Auf der Fahrt ins Erdgeschoß klammerte sich Barney an den Handlauf und sagte: »Hör mal, Bino. Ich bitte dich nicht, mir zu verraten, was hier eigentlich vor sich geht. Ich werd auch nicht rauszufinden versuchen, warum ich eine Pförtnerjacke anziehen und rumstehen mußte, während sich Texas mit meinen Kohlen aus dem Staub macht, oder warum, zum Teufel, Winnie Anspacher mit seiner Alten abzieht. Aber ich werd dir verraten, daß es jetzt zehnsieben steht. Und wenn du versuchen solltest, mich das Ende dieses Footballspiels versäumen zu lassen, dann könnten du und ich gewaltigen Zoff miteinander kriegen.«

Als sie sich dem Fuß der Rolltreppe näherten, erfüllte ein Riesengebrüll aus dem Innern des Stadions die Luft und ließ die Metallstufen vibrieren. Bino sagte: »Klar, Barn. Wirst's nicht versäumen. Ich muß mich nach dem Spiel mit Winnie treffen, aber das kann warten. Wir werden's miterleben, das Ende.« Während er redete, beobachtete Bino, wie Winnie und Sarah, mittlerweile weit weg, auf den Parkplatz eilten.

◇

Bino beobachtete, wie das dichte Haar auf Barneys Kopf auf und ab hüpfte, als Barney vor ihm die Eingangsrampe des Stadions hinauftrabte. Binos Brust hob und senkte sich, und sein Atem kam in schnellen, keuchenden Zügen. Knapp innerhalb des riesigen Runds der Arena blieb Barney stehen. Binos Brustkorb stieß leicht mit Barneys Hinterkopf zusammen, als Bino bremste.

Jeder auf dem Platz stand – schweigend. Auf dem Spielfeld kniete ein rot-blauer Spieler auf der Dreißig von Texas, die Arme dem Gesäß des Centers entgegengestreckt. Hinter dem Holder trainierte ein Kicker nach Fußballmanier Beinschwünge.

Bino schaute rasch zur Anzeigetafel. Es stand immer noch zehn-sieben, Texas. Die Uhr zeigte, daß noch eine Sekunde Zeit blieb.

Barney zischte: »Herr des Himmels, wir haben eine Chance, Bino, er schafft's, daß wir gewinnen. Wir haben einen Punkt.« Er hob die Hände mit gekreuzten Fingern hoch.

Bino holte tief Luft und hielt sie an.

Der Ball flog spiralförmig zum Holder, und ein tiefes Grollen erhob sich in der Menge, das rasch zu einem Riesengetöse anschwoll. Die gegnerischen Reihen prügelten aufeinander ein. Der Kicker machte mit gekreuzten Beinen einen einzigen eleganten, langen Schritt und schwang sein Bein mit einem widerhallenden dumpfen Schlag in den Ball. Der Kick war hoch, Ende über Ende.

Ein Bursche schrie: »Er hat's geschafft!«

Ein anderer sagte: »Weit daneben, weit daneben.«

Binos Herz pochte.

Genau vor dem Torpfosten schlug der Ball einen Haken scharf

nach links. Er knallte in die Stange und dribbelte harmlos in die Endzone, Texasspieler umarmten sich und hüpften auf und nieder.

Barney schrie: »Fischkopf! Himmel noch mal, Bino, warum heuern die nicht 'nen Amerikaner an, um diesen Scheißball zu kicken?«

◇

Barneys Wagen stand am Pro-Shop. Bis sie sich Stoßstange an Stoßstange aus dem Footballverkehr herausgeschoben und durch das andere Ende von North Dallas nach Crooked River hindurchgewunden hatten, war es dunkel. Während Barney einen klimpernden Schlüssel nach dem anderen an seinem Bund durchsah, starrte Bino auf den Platz hinaus. Die Nacht war mondlos. Er konnte die sanfte Berg-und-Talbahn des achtzehnten Greens erkennen und den weißen Stock und die schwarze Fahne. Jenseits davon machten beidseitige Baumreihen die gemähte Weite des Fairway zu einer Schneise. Die Baumsäulen dehnten sich in die Ferne aus und lösten sich in der Dunkelheit in Nichts auf.

Im Büro setzte sich Bino neben einen schimmernden Satz Haig-Ultra-Eisen und ein poliertes Hogan-4-Holz und benutzte das Telefon. Barney saß ihm gegenüber, legte seine Zigarre in einen Hole-in-One-Aschenbecher mit einem am Rand befestigten lackierten Golfball und nahm eine Ausgabe der *Football News* zur Hand. Er sah die Pro-Aufstellung für morgen durch, während Bino auf die Tasten des Telefons haute.

Karen Allen war ausnahmsweise mal da.

Bino sagte: »Ich hab Neuigkeiten für dich, Karen.«

»Laß mich raten.« Ihre Stimme klang leicht näselnd, als wäre sie erkältet. »Man hat dich in eine Anstalt eingewiesen. Du hast halluziniert, daß dein Mandant eigentlich gar nicht versucht hat, dich wegzupusten. Du hast bloß –«

»Ich hab den Kerl, der Buster gedungen hat, im Eisfach. Und ich glaube, daß er gegen den wahren Drahtzieher im Bigelow-Fall aussagen wird.«

Schweigen. Dann: »Wo ist er?«

Bino schaute auf seine Uhr. »Etwa genau in diesem Moment dürfte er im Holiday Inn einchecken – Central.«

»Mein Gott, in diesem lila Monstrum? Am Central Expressway, in der Nähe der Fitzhugh-Ausfahrt?«

»Genau, Karen. Ist irgendwie ab vom Schuß, und der Typ ist einer, den man unter einer feineren Adresse suchen würde.«

»Wer ist es?«

Der Hörer klebte an Binos Ohr. Er wechselte zum anderen Ohr über. »Jetzt noch nicht. Ich habe – ich hab dem Typ Schutz versprochen, und ich möchte mit ihm reden, bevor deine Leute es tun. Er steigt unter falschem Namen ab, wird rund um die Uhr Schutz brauchen. Drei Schichten wahrscheinlich, jeweils zwei Agenten. Er wird euch einen dicken Fisch liefern, Karen. Ich möchte eine Stunde Zeit. Dann könnt ihr ihn haben.«

»Bino, du arbeitest nicht für die Regierung. Du kannst das FBI nicht verpflichten – ach, zum Teufel damit. Du hast deine Stunde. Ich werde Verstärkung mitbringen. Unter welchem Namen ist er abgestiegen?«

Er schaute zur Decke. Er wollte es ihr nicht sagen. Vorher war es ihm ziemlich clever vorgekommen, aber jetzt – Schließlich sagte er: »Er ist unter dem Namen Bill Featherston abgestiegen, Karen. Aus Washington.«

»Du bist ein echter Kotzbrocken, Bino«, sagte sie. »Weißt du das?«

◇

Das Holiday Inn lag an der Ecke einer alten Straße und eines alten Freeways. Alle drei hatten ihre Glanzzeit hinter sich. Bino nahm die Ausfahrt Fitzhugh Avenue und steuerte unter die grellrote Markise, die sich über dem Hoteleingang spannte. Er erinnerte sich an die Zeit, als sie alle noch neu waren. Schien noch gar nicht so lange her zu sein.

Der Portier war ein magerer Knabe mit fahrigen Bewegungen und Akne, die er nicht los wurde, weil er noch nicht alt genug war. Ohne im Meldebuch nachzusehen, sagte er: »Mr. Featherston ist in Zwei-einunddreißig, Sir. Das ist gleich am oberen Absatz der Treppe.«

Die Treppe wand sich in einem ansteigenden Halbkreis aus einer weitläufigen, menschenleeren Halle heraus. Der Teppich war fadenscheinig; stellenweise schaute heller Belag durch das Tiefviolett. Bino ging in den ersten Stock hinauf und dachte dabei an eine Fidschi-Party, die er hier einmal mitgemacht hatte, als im Motelfoyer noch reger Betrieb herrschte und die Disko im Erdgeschoß noch brechend voll war. Heute brauchten sie nicht mal mehr ins Meldebuch zu schauen, um einem die Zimmernummer von jemandem zu nennen. Zwei-einunddreißig war zwei Türen vom oberen Treppenabsatz entfernt. Bino klopfte leicht.

Sarah kam in demselben Kleid zur Tür, das sie im Stadion getragen hatte. Der Blick war da. Bino war sich nicht sicher, wieviel Winnie ihr erzählt hatte, aber es war eine Menge.

Sie überspielte es, lächelnd und verdammt gut. »Mantel und Degen, würde ich sagen. Komm herein, Null-Null-Sieben.«

Das Zimmer hatte nebeneinanderstehende französische Betten, einen Tisch mit einer Lampe neben dem Fenster und zwei Polstersessel zu beiden Seiten des Tisches. In einem der Sessel saß Winnie, seine Füße berührten kaum den Boden, wie bei einem kleinen Jungen. Bino setzte sich aufs Bett direkt neben Winnie. Sarah nahm den verbliebenen Sessel und schlug anmutig die Beine übereinander.

Bino sagte: »Ich bin froh, daß du gekommen bist, Winnie. Ich gestehe, daß ich geglaubt habe, du könntest dich aus dem Staub machen.« Er sah sich um. »Kein Gepäck? Ihr wart nicht zu Hause, was?«

Winnie legte eine bleiche Hand auf die Tischplatte und betrachtete sie eingehend, als ob er seinen Fingerknöchel untersuchte. Ohne aufzublicken, sagte er: »Weglaufen? Nein, Bino, ich würde nicht . . .« Seine Stimme verlor sich, und der Ton erstarb in der Kehle.

Sarah sagte: »Nein, was auch immer kommen mag, Winnie wird ihm ins Auge sehen. Und nein, wir sind nicht nach Hause gefahren. Ich – wir dachten, daß es besser wäre, wenn wir direkt hierher kämen. Bino, ich möchte dich bitten, mich zum Haus zu fahren. Ich werde Winnie ein paar Sachen holen und sie herbringen. Ich – nun ja, ich werde nicht hierbleiben.« Sie warf einen ruhigen, starren Blick auf Winnie, dann lenkte sie ihn in Binos Richtung.

Und das war's. Sie hatte die Sache in die Hand genommen, und Winnie würde alles tun, was sie sagte. Bino zweifelte keine Minute daran.

Bino sprach jetzt zu Sarah, als wäre Winnie gar nicht im Zimmer. »Natürlich, Sarah. Ich nehme dich mit. Hier werden bald ein paar Leutchen vom FBI auftauchen. Ich denke, wir sollten auf sie warten.«

Sie schaute kurz auf Winnies Füße, dann hob sie langsam den Blick, bis sie ihrem Mann direkt ins Gesicht sah. Er konnte ihren Blick nicht erwidern. »Ja, Bino«, sagte sie, immer noch Winnie ansehend. »Das sollten wir wohl.«

◇

Sarah sprach wieder kein Wort mit Winnie, während sie warteten. Dann sprach Karen Allen kein Wort mit Bino, als sie mit zwei Agenten im Schlepptau aufkreuzte. Einen der Agenten hatte Bino schon einmal gesehen, aber es dauerte ein paar Minuten, bis es in seinem Gedächtnis klick machte. Es war der Lockenkopf, der mit Karen auf Winnies Sponsorparty gewesen war.

Als Bino und Sarah gingen, hörte Bino, wie einer der Agenten zu Winnie sagte: »Na, was gibt's denn zum Essen, Mr. Featherston? Was läuft denn gerade so in D.C.?«

Bino hörte, wie der andere Agent kicherte, und er spürte Karens Blick, als er rasch die Tür hinter sich schloß.

Sarah sprach nicht viel auf dem Weg zu ihrem Haus, murmelte nur ein leises »Danke«, als Bino ihr die Beifahrertür aufhielt, und gab ein paar gemurmelte Antworten, als Bino versuchte, ein bißchen Konversation zu treiben. Sie saß kerzengerade neben ihm. Er sah auf die Straße, spürte ihre Gegenwart mehr, als er ihre Gestalt im Dunkeln sehen konnte.

Er ging mit ihr die Vordertreppe hinauf. Strahler auf der Veranda warfen den Schatten des Cherubins auf den Goldfischteich und ließen das Wasser schwarz wie die Nacht aussehen. Der Himmel war sternenlos. Die ganze Stadt lag unter einem dichten, schwarzen Vorhang, der kein Licht durchließ. Sarah wandte Bino das Gesicht zu, als sie die Eingangstür ein Stück geöffnet hatte.

Sie sagte: »Ich habe eine Pistole, Kaliber zweiundzwanzig. Winnie weiß nicht mal etwas davon – mein Dad hat sie mir vor Jahren geschenkt. Soll ich sie mitnehmen?«

Er war überrascht. Sie war nicht der Typ, der eine Waffe besaß. Bino sagte: »Nein, Sarah. Er wird jede Menge Schutz bekommen. Und glaub mir, diese Feds werden ihn nicht aus den Augen lassen.«

Sie machte Anstalten, ins Haus zu gehen, zögerte jedoch, den Kopf gesenkt. »Du hast keine Kinder, Bino. Bis dahin wirst du das hier nicht verstehen. Winnie hat uns auseinandergerissen, ihn und mich. Es ist aus, da kann nie wieder viel sein. Im Moment kann ich seinen Anblick nicht ertragen. Aber Tad ist sechzehn, Mary zwölf. Sie sind alles, woran ich im Moment denken kann. Ich würde alles tun, um sie zu beschützen. Alles.« Zum ersten Mal bemerkte er ein Zittern in ihrer Stimme. Dann gewann sie ihre Fassung wieder, sah ihn mit diesem ruhigen, starren Blick an. »Ich werde hier sein, sobald ich Winnie ein paar Dinge gebracht habe. Falls du mich brauchst.« Stil und Würde standen wieder in voller Blüte, als sie ihn verließ.

Auf dem Heimweg dachte Bino: Ein derartiger Widerling wie Winnie hat diese Lady nicht verdient. Vor vielen Jahren hätte er Annabelle liebend gerne gegen sie eingetauscht. Auf der Stelle, wenn er damals gewußt hätte, was er heute wußte.

◇

Dante Tirelli zog die Schärpe an seinem violetten Morgenrock fest um die Taille. Darunter war er nackt, und der Satin des Morgenrocks lag kühl an seiner Haut. Er blinzelte, dann kniff er die Augen zusammen. Das Flurlicht brannte, und die Tür zum Schlafzimmer stand etwas offen, so daß der Raum schwach beleuchtet war. Er beugte sich vornüber, bis seine kurzsichtigen Augen ganz dicht an der Nachttischplatte waren und er schließlich die zusammengefalteten Bügel des Goldrandgestells in der Dunkelheit erkennen konnte. Er setzte die Brille auf. Als er es tat, regte sich Annabelle.

Sie lag auf dem Bauch, und die Decken raschelten leise und die Sprungfedern knackten ein wenig, als sie sich zur Seite rollte und ein Kissen an die Brust drückte. Ein glattes weißes Bein krümmte und verschob sich, bis sich schließlich, als ihr Knie ein paar Zentimeter von ihrem Kinn entfernt war, die angespannten Muskeln entspannten. Am Kissenrand war etwa eine halbe rosa Brustwarze zu sehen. Tirelli spürte eine Regung in der Lende und wandte den Blick von ihr ab. Ihr Atem ging langsam und gleichmäßig.

Tirelli verließ leise das Schlafzimmer und ging den dick mit Teppich ausgelegten Flur entlang, wobei er dachte: Was, verdammt noch mal, ist bloß in diesen Blödmann gefahren? Er und seine Alte verschwinden einfach so, sagen keinem Menschen ein Sterbenswort. Und Stammer, dieses dämliche Arschloch von einem Politiker, der sagt: »Winnie muß wichtige Dinge im Büro zu tun haben.

Vielleicht laufen irgendwelche Fusionen, wer weiß?« Stammer, der sich breitzumachen versuchte, als ob ihm die verdammte Circle Suite gehörte oder so was.

Herr des Himmels, aber diese Morrissey Mortarhouse ist vielleicht ein zäher Brocken für 'ne fette Kuh. Eine fette, besoffene Kuh. Tirelli hatte es mit allem versucht, mit Andeutungen, Witzen, mit allem möglichen, aber diese verdammte Morrissey machte keinerlei Anstalten, ihm das Fernglas zu geben. Deswegen war er schließlich stinksauer geworden und hatte es ihr aus der Hand gerissen, und die dämliche Ziege hatte sich aufgeführt, als ob sie das für ein Spiel hielte oder so was, und nicht losgelassen, als ob das Fernglas an ihren Händen festgeklebt wäre. Dann hatte Ted Mortarhouse, dieser dürre Widerling, über Tirelli gemeckert, weil der Teds Alter das Fernglas weggeschnappt hatte. Dann hatte sich Annabelle eingemischt und einen Mordsstunk mit Tirelli angefangen, war stinksauer auf ihn gewesen, bis er es ihr vor ein paar Minuten tüchtig gegeben hatte. Mein Gott, Annabelle war aber auch ein einmalig geiles Weib. Zu jeder Tages- und Nachtzeit. Und trotz dem ganzen Scheiß, der sich in der Suite abspielte, hatte Tirelli durch das Fernglas gesehen, was er hatte sehen wollen. Dieser weißhaarige Bino Phillips, der war genau wie Winnie verschwunden. Konnte gar nichts bedeuten. Konnte aber auch viel bedeuten.

Der Salon war stockdunkel. Tirelli spähte hinein, versuchte die Umrisse von Couch, Sessel, Tisch und Fernseher auszumachen. Er glaubte sie zu sehen, aber vielleicht auch nicht. Vielleicht war er einfach schon so oft in diesem Raum gewesen, daß er genau wußte, wo alles stand, und sich nur einbildete, sie zu sehen. Er tastete nach dem Wandschalter und knipste die indirekte Deckenbeleuchtung an, wodurch alles im Raum plötzlich sichtbar wurde. Er setzte sich auf die Couch, legte eine fleischige Hand auf das weiße Princess-Telefon und dachte darüber nach.

Irgendeine andere Möglichkeit, und er würde es nicht tun. Jahrelang hatte er sich rausgehalten, gerade so, als ob er niemanden außerhalb von Texas kennen würde. Dallas war Tirellis eigene Angelegenheit, und genauso wollte er es auch haben.

Aber es gab keine andere Möglichkeit. Er schüttelte den Kopf, als er den Hörer abnahm, zögerte, legte dann über sich selbst grinsend und lachend wieder auf. Er holte das Telefonbuch und blätterte die ersten Seiten durch. Himmel, es war schon so lange her, daß er sich nicht mal mehr an die verdammte Vorwahl erinnerte. Endlich hatte er sie. 212. Die City. Er ließ das schwere Buch auf den Beistelltisch plumpsen und wählte.

14. Kapitel

Am Sonntagabend wurde Buster Longley ein heißes Oben-ohne-Roastbeefsandwich gebracht. So nannte es jedenfalls der Wärter, als er's auf das Brett des 15 mal 20 Zentimeter großen Gucklochs in Busters Zellentür stellte. Das Essen war in einer Alufolienschale. Buster versuchte, mit dem Plastikbesteck, das man ihm gegeben hatte, drüber herzufallen, konnte jedoch keine Kerbe reinschneiden. Das Fleisch war einfach zu verdammt zäh. Daraufhin legte er das Roastbeef zwischen zwei glitschige Scheiben Weißbrot, nahm einen Bissen und spuckte ihn aus. Unter der dicken, lauwarmen Dosensoße war das Fleisch blutig roh.

Buster dachte, sechs vom einen, 'n halbes Dutzend von dem beschissenen andern. Die Feds wern dich ordentlich vollstopfen, dir 'n weiches Bett geben und dich so lang im Knast schmorn lassen, daß dich kein Aas mehr kennt, wenn de mal rauskommst. Der Bundesstaat wird dich ziemlich fix rauslassen, wenn de nich schon vorher krepiert bist, weil de auf 'ner steinharten Pritsche schlafen mußt, wo Kakerlaken auf dir rumkrabbeln, und du verdorbenes rohes Fleisch fressen mußt. Buster brüllte zu niemand bestimmtem: »Scheißfraß«, und schleuderte die Essenschale aus dem Guckloch. Sie machte ein blechernes, matschiges Geräusch auf dem Steinboden des Gangs. Irgendwo in der Nähe rief eine heisere Stimme: »Halt die Luft an, Arschloch. Das is hier nich 's Hyatt House.«

Die weißen Plastiksandalen an Busters Füßen klatschten laut, als er tief ins Innere der Zelle stapfte und sich auf die harte Pritsche setzte. Bezirksgefängnisse in Großstädten waren doch alle gleich. Dieser Dallas-County-Knast war von außen ein neues, piekfeines Gebäude – elektrische Türen, Fernsehmonitore. Aber in 'ner Knastzelle war's immer derselbe alte Scheiß. Hohe Decke, an die de nich rankannst, Unterputzlicht oben über dir, abgedeckt mit fünf Zentimeter dickem, durchsichtigem Plastik. Licht, das rund um die Uhr brannte, vielleicht von zehn abends bis fünf morgens 'n bißchen schwächer, aber trotzdem an. Nirostaklo in einer Ecke der Einsachtzig-auf-Zweivierzig-Zelle. Eisenbett, das ungefähr sechzig Zentimeter über'm Zementboden in die Wand eingelassen war. Dreckiger Fußboden, keine Möglichkeit, ihn sauberzumachen, würden dir nich mal 'n Scheuerlappen reinschieben aus Angst, du verwichst se damit. Zentimeterdicke grüne Plastikmatratze, die mit Lumpen gefüllt war. Eine Decke, kein Kissen, kein Laken. Zum Kotzen.

Buster zog die Füße aus den Sandalen und rieb die schwieligen Sohlen. Eine Sandale war zu kurz, und wenn er lief, grub sie sich in seine nackte Ferse und scheuerte ihm die Sohle wund. Er steckte in einem Overall, der ihm zu klein war und seine Bewegungen einengte, wenn er sich bückte, daher stand er auf, zog das Ding aus und ließ sich in dreckigem T-Shirt und Boxershorts auf die Pritsche fallen.

Der Mann, Winston B. Anspacher, war also bei den Feds, was? Buster dachte über den Besuch von Bino Phillips früher am Tag nach; der Anwalt mit der Baumwolle auf dem Kopf hatte in der Zelle ganz locker gewirkt – der wußte, wie der Hase lief. Ganz schön schlau, Bus. Da haste garantiert kein Scheiß gebaut, als de dir Bino Phillips als Anwalt geschnappt hast. Ein ganz cooler Hundsfott.

Buster hatte ihm gesagt: »Sie machen bloß das Geschäft, und der olle Bus kümmert sich um die Bewährung.« Dieses Lebenslänglich war 'n Haufen Scheiß. Im Moment war Buster unbedingt dafür, die Anklagepunkte des Bundesstaates zuzugeben, die schwere Zeit durchzuziehen. Weil er ja wußte, daß der Bundesstaat ihn eines schönen Tages auf Bewährung rauslassen würde. Diese verdammten Feds würden das vielleicht nie. Jaja, der olle Bus würd eines Tages wieder draußen sein. Jede Wette.

Bino Phillips war in Ordnung. Buster hatte ihm sagen wollen, daß das, was er und John-Boy hatten machen wollen, nich persönlich gemeint gewesen war, dasses nur 'ne Sache war, die gemacht werden mußte. Bino Phillips sah ihn in der Zelle bloß mit diesen ruhigen blauen Augen an, sagte keinen Piep. Er hoffte, daß Bino Phillips kapierte und nich zu stinksauer auf ihn war.

Busters Augenlider wurden schwer, als er so dalag und nachdachte. Ziemlich bald war er eingeschlafen. Das Beste, was es gab, um die Zeit im Knast rumzukriegen. Träum dich nach draußen. Buster hatte den Trick schon vor langer Zeit gelernt.

Er war wieder klein, er und Jimmie Bratton beim Angeln, die nackten Füße im kühlen Schlick am Flußufer. Bambusstangen übers Wasser rausgestreckt. Zwei winzige Korken, die Seite an Seite in dem grünen Dunst tanzten, Sonne, die verstohlen durch die hohen Bäume blinzelte und Blitze auf die Wasseroberfläche warf.

Scheiße, so 'n lustigen Kumpel wie Jimmie Bratton hat's nie wieder gegeben. Würd's auch nie mehr geben.

Das Wasser kräuselte sich, wurde plötzlich kristallklar. Das Flußufer veränderte seine Form und umschloß das Wasser, wurde zu einer weißen Porzellanbadewanne. Große Männerknie mit nassen roten Haaren, die an weißen Waden klebten, kamen aus dem Wasser hoch. Über den Knien eine rotbehaarte Brust, schlaffe Männerbrüste. Über der Brust ein eckiges, rotbärtiges Gesicht. Irre Augen, rasend betrunkene Augen, eine durchsichtige halbvolle Ginflasche an die Lippen gesetzt. Der Mann, der in der Wanne einen langen Zug machte und sich dann den Mund mit dem Rücken einer behaarten Hand abwischte.

Busters Vater grinste höhnisch, seine Lippen kräuselten sich. »Was machst 'n du hier drin, du kleiner Scheißer? Siehste nich, daß ich baden tu?« Seine Worte klangen verwaschen.

Buster stand stramm, die pummeligen Arme stracks an den Seiten. Sein Herz hämmerte. »Ich bin hungrig, Pa. Fast am Verhungern – ehrlich.« Er spürte, daß seine Nase gleich zu laufen anfangen würde, und schniefte.

Das Badewannenwasser wogte und platschte, als sich der Mann aufrappelte, die Augen jetzt rasend vor Wut. Dichtes rotes Haar am Unterleib. Die Ginflasche fest an die Seite gepreßt. »Dir werd ich hungrig geben. Dir werd ich beibringen, mich zu verarschen, du kleiner –«

Buster drehte sich um und versuchte wegzulaufen. Warmes Wasser sprühte ihm ins Genick, als sich eine große Hand wie ein Schraubstock an seine Schulter klemmte. Seine Ohren klingelten vor Schmerz, als etwas hart gegen seine Kopfseite knallte. Tränen stiegen ihm in die Augen, und er fing an, sich zu wehren. Die Hand war zu stark. Buster wand sich in ihrem Griff, als sein Vater die Flasche hob, um noch einmal zuzuschlagen.

Licht funkelte von einer offenen Rasiermesserklinge auf dem Waschbecken. Die Tränen verschleierten ihm die Sicht. Buster griff danach, spürte den harten Plastikgriff in der Hand. Er holte blind aus, ein einziger wilder, mörderischer Hieb, voller Todesangst und Wut. Die große Hand ließ seine Schulter los.

Die Ginflasche krachte zu Boden, Glas flog herum, Schnapsgeruch breitete sich im Raum aus. Busters Vater starrte fassungslos auf seine offene Hand, betrachtete, wie das rote Blut spritzte.

»Du – du hast mich geschnitten, du kleiner Dreckskerl! Verdammte Scheiße, du hast mich geschnitten.«

Die Worte verloren sich; das Bild von seinem Vater löste sich auf. Buster kam in seiner Zelle schwerfällig zu sich, lederbesohlte Schritte, die sich von ihm entfernten, drangen in sein Bewußtsein. Er öffnete die Augen.

Er konnte spüren, daß seine rechte Hand hinter seinem Kopf ausgestreckt war. Er versuchte, sie zu bewegen, konnte es nicht, spürte den heftigen Ruck und hörte die Kette rasseln. Busters rechtes Handgelenk war ans Kopfende der Pritsche gefesselt.

Die zurückweichende Gestalt des Mannes war dünn; sein Körper warf einen sich bewegenden Schatten ans Oberlicht der Zelle. Buster konnte die graue Gefängniswärteruniform erkennen, als der Mann zur halboffenen Zellentür ging.

Buster sagte: »He, Mann, was –«

Die Tür schwenkte mit nachhallendem Scheppern hinter dem Wärter zu, und Buster blieb allein zurück. Im gleichen Moment explodierte etwas Feuchtes, Warmes und Klebriges in einem Schwall an Busters Backe, ließ nach und spritzte erneut. Sein linkes Handgelenk war bis zum Knochen aufgeschlitzt.

Panik stieg wie Galle in seiner Kehle auf. Das Blut spritzte in pulsierendem Rhythmus weiter, als er nach der Fessel an seinem rechten Handgelenk griff und heftig daran zog. Sie gab nicht nach. Blut schoß auf seine Fingerspitzen. Sekundenlang starrte er sprachlos darauf, bis ihm schließlich dämmerte, daß das gefesselte Handgelenk ebenfalls aufgeschlitzt worden war.

Er schrie.

Es war ein wortloser, widerhallender Schrei, ein langer Ton aus der Tiefe seiner Kehle, der den Flur hinunter echote. Er legte sich zurück und lauschte, während das Geräusch immer schwächer wurde und dann erstarb, spürte sein Herz pochen, als wolle es sich durch seinen Brustkorb hindurchhämmern. Niemand antwortete.

Buster schrie noch einmal. Diesmal war der Ton schwächer, und vor Anstrengung wurde ihm schwindlig.

Vom Flur her drang die gleiche Stimme, die ihm schon vorher zugeschrien hatte, erneut zu ihm: »Ich hab dir doch gesagt, daß du verdammt noch mal die Luft anhalten sollst, Arschloch.«

Das Blut machte ein platschendes Geräusch, als es auf die Plastikmatratze traf. Buster versuchte zu brüllen: »Herrgott noch mal, holt doch wen, ich krepier hier drin, verdammt noch mal!« Aber er konnte nicht reden. Nur ein erstickendes Krächzen kam aus seinem Mund.

Schließlich senkte sich ein roter Schleier langsam über Busters Augen. Er verlor das Bewußtsein und träumte die letzten Augenblicke seines Lebens vom Angeln mit Jimmie Bratton. Gnädigerweise tauchte das Bild seines Vaters nicht wieder auf.

◇

Als Bino erfuhr, daß Buster Longley tot war, verschüttete er seinen Kaffee. Nicht vor Entsetzen oder Kummer. Sondern nur, weil Dodie die Papptasse mit der dampfenden, schwarzen Flüssigkeit zu dicht an Binos Arm gestellt hatte und er daher die Tasse mit dem Ellbogen umstieß, als er nach einem Notizblock angelte, ohne die Füße von der Schreibtischkante zu nehmen. Der Kaffee sammelte sich in einer schwarzen Pfütze auf Binos liniertem Block und begann sich auszubreiten und in seine Schreibtischunterlage zu sickern.

Bino sagte zu Mac Strange: »Warten Sie eine Minute, ja?« Dann drückte er die Unterbrechertaste, was das Lämpchen auf dem Apparat ununterbrochen blinken ließ, stand auf und eilte ins Vorzimmer. »Kleenex, Dode. Papiertücher, irgendwas.«

Dodie hatte eine hauchdünne beige Bluse und einen dunkelblauen Rock an, ihr Haar war am Oberkopf mit einem passenden blauen Tuch zusammengebunden. Sie sagte: »Du brauchst einen schweren Becher, Bino. Einer, der verankert ist. Das ist schon das dritte Mal in diesem Monat und . . .« Sie plapperte unaufhörlich weiter, während sie sich eine Handvoll Papiertücher schnappte, zu Binos Schreibtisch ging und soviel aufsaugte, wie sie konnte. Bino kam wieder ans Telefon.

»Um das mal klarzustellen, Mac. Sie erzählen mir, daß jemand, während mein Mandant sich im Gewahrsam des Dallas County Sheriff's Department befand, in eine verschlossene Zelle eindringt, ihn an eine Pritsche fesselt und ihm die Handgelenke aufschlitzt. Und niemand weiß was drüber?«

Nach einer Pause sagte Strange: »So ist es. Wir ermitteln gerade.«

»Weiß Goldman Bescheid?«

»Klar. Hab grade mit ihm telefoniert.«

Bino sagte: »Lassen Sie mich eine Minute nachdenken, Mac«, unterbrach dann die Verbindung mit dem Ankläger, schob sich von seinem Schreibtisch weg und ließ Dodie ihre Putzarbeit zu Ende bringen. Durch die dünne Bluse waren die Konturen ihres BHs zu sehen.

Bino dachte: Könnte jeder von ihnen gewesen sein. Tirelli. Winnie Anspacher, obwohl das nicht wahrscheinlich ist. Vielleicht sogar jemand noch weiter oben, jemand, dessen Name noch nicht aufgetaucht ist. Jemand, der das Geld und die Verbindungen hat, um einen Mord in einer verschlossenen Zelle zu bewerkstelligen.

Wieder am Telefon, sagte Bino: »Ich kann eine Zeugenaussage machen. Zu dem, was Buster mir erzählt hat. Und Winnie Anspacher.« Und dachte dabei: *Erzählt* hat mir Winnie im Grunde gar nichts. Hat lediglich nichts bestritten.

»Nun – darüber muß ich nachdenken, Bino. Bei einem Fall wie dem, über den wir reden, werden sich, das wissen Sie genausogut wie ich, ein paar erstklassige Strafverteidiger tummeln. Ich weiß nicht, ob wir das, was Longley Ihnen erzählt hat, in die Beweisführung einbringen können oder nicht, nun, da er tot und niemand mehr da ist, der Ihnen Schützenhilfe leistet.« Stranges Stimme klang seltsam zögerlich.

Bino rieb die Hand an der Schreibunterlage ab. Sie war feucht. »Tja – also, überlegen Sie sich's, Mac. Schließlich wollen wir ja auf keinen Fall ohne Sicherheit vor Gericht gehen, wenn jetzt eine Chance besteht, daß das Büro des D.A. *verlieren* könnte, nicht wahr?« Er knallte den Hörer auf die Gabel, ließ sein Telefonverzeichnis bei *H* aufschnappen und rief im Holiday Inn an.

Die Stimme am Apparat gehörte wahrscheinlich dem Pickelknaben, der am Samstagabend am Empfang gestanden hatte. Sie klang nach ihm. »Nein, Sir. Mr. Featherston ist gestern abend abgereist.«

Bino warf seinen Kugelschreiber hin. »Unmöglich. Würden Sie das noch mal überprüfen, bitte?«

»Brauch ich nicht, Sir. Ich hatte Dienst. Featherston ist ein kleiner, glatzköpfiger Typ mit Brille. Er ist mit einer Dame und zwei Herren weggegangen.« Nach einer kurzen Pause: »Unter uns gesagt, die sahen wie Bullen aus.«

Bino dachte: Klar, dieser Knabe sollte es wissen. Ein Portier in einem Motel erkennt einen Bullen aus einer Meile Entfernung. Bino dankte dem Knaben und legte auf. Er telefonierte erneut.

Eine unpersönliche Stimme sagte: »FBI.«

»Agent Karen Allen, bitte.«

»Tut mir leid, Sir, Agent Allen ist nicht mehr bei dieser Dienststelle. Ihre Fälle wurden übergeben an –«

Bino legte auf. Herrgott noch mal.

Zunächst wollte sich Marvin Goldman überhaupt nicht mit Bino unterhalten. Schließlich sagte er: »Hören Sie, Bino. Tun Sie sich einfach einen Gefallen und klinken Sie sich aus. Die Dame ist versetzt worden. Sie werden nicht herausfinden, wohin. Nicht mal *ich* weiß, wohin, ehrlich. Verziehen Sie sich, Bino. Die Sache geht Sie nichts an.«

Binos Hals wurde warm, und er umklammerte den Hörer mit einem Todesgriff. »Was ist mit Winnie Anspacher, Marv?«

Goldman wählte seine Worte wie jemand, der nach faulen Früchten sucht, als er sagte: »Winnie Anspacher? Also, von Winnie Anspacher wissen wir nichts, Bino. Wenn Sie mit ihm sprechen wollen, versuchen Sie's in seinem Büro oder zu Hause.«

Binos Stimme war eiskalt. Ihm dämmerte, was da lief. »Damit kommen Sie nicht ungeschoren davon, Goldman. Darauf geb ich Ihnen mein Wort.«

»Womit ungeschoren davonkommen, Bino?« sagte Goldman. »Hören Sie, alter Freund, ich würde ja liebend gerne weiter mit Ihnen plaudern, aber da wartet noch ein anderes Gespräch. Melden Sie sich mal wieder, ja?« Die Verbindung brach ab.

Binos Puls jagte, als er erneut die Nummer des County wählte und nach Mac Strange fragte. Er zögerte, als die Telefonistin wissen wollte, wer am Apparat sei. Dann sagte er achselzuckend: »Hier ist Bino Phillips.« Warum nicht gleich herausfinden, ob Strange auch mit drinsteckte.

Innerhalb von wenigen Minuten war ein Klicken zu hören, gefolgt von »Bino?« Die Stimme war rauher, näselte stärker. Es war nicht Mac Strange.

Bino sagte: »Yeah?«

»Hier ist Hardy Cole«, sagte die Stimme. »Hören Sie, Mac ist im Moment beschäftigt, Bino. Kann ich irgendwas für Sie tun?«

»Sie wissen verdammt gut, was ihr Dreckskerle für mich tun könnt, Hardy. Bringen wir den Scheiß gleich hinter uns. Werdet ihr Klage gegen Winnie Anspacher und Tirelli erheben oder nicht?«

Der Ermittler ging für einen Moment aus der Leitung, und Bino stellte sich vor, wie er Mac Strange, dem rundlichen Bezirksankläger, der in greifbarer Nähe des Telefons saß, Fragen zuflüsterte. Dann sagte Cole: »Bino, wissen Sie, wo das Hidden Door ist? Die Bar gleich bei der Lemmon Avenue, die um acht Uhr morgens aufmacht?« Er lachte in sich hinein. »Manche Betrunkene wissen nicht, wieviel Uhr es ist.«

Der Laden war nur ein paar Blocks von Joe Millers entfernt. Bino sagte: »Ich kenn den Schuppen, Hardy.«

»Yeah. Also, hören Sie, Bino, treffen wir uns dort in einer Stunde. Ich hab da ein paar Sachen, die ich mit Ihnen durchsprechen muß.«

◇

Es ging einfach nichts über die Geräuschkulisse und den Geruch einer Bar, die ihre Pforten um acht Uhr morgens öffnete. Der Geruch im Hidden Door war kein richtiger Gestank. Er setzte sich aus abgestandenem Bier und abgestandenem Rauch in einem Lösungsmittel aus abgestandener Luft zusammen. Die Geräuschkulisse war ein schwaches, surrendes Brummen, eine Mischung aus dem Vibrieren des Bierkühlermotors und dem Lärm eines summenden elektrischen Schildes. Das Schild hing an einer Messingkette über der Barplatte; es bestand aus einer beleuchteten, rotierenden Scheibe in einer durchsichtigen Plastikkugel. Auf der einen Seite der Scheibe stand der Schriftzug des Schlitz-Firmenzeichens. Auf der entgegengesetzten Fläche war eine Szene mit einem zu gut aussehenden Jüngling und einer zu hübschen Blondine, die sich vor einem grandiosen blauen Wasserfall, dessen Fuß mit weißem Schaum bespritzt war, in die Augen grinsten. Das Pärchen sah aus, als amüsiere es sich weit mehr, als Bino das im Moment tat.

Eine Wolkendecke war aufgezogen, daher dauerte es nicht lange, bis Binos Augen sich an die schummrige Beleuchtung im Hidden Door gewöhnt hatten. Das Lokal war zwei Blocks von der verkehrsreichen Lemmon Avenue entfernt und lag auf der anderen Straßenseite von einigen Wohnhäusern aus rotem Backstein, die schon bessere Zeiten gesehen hatten. Die meisten Bewohner waren Rentner, und Bino nahm an, daß er gerade drei von ihnen vor sich an der Bar sah. Es waren zwei Frauen und ein Mann, alle in den Fünfzigern oder Sechzigern, vollständig ergraut oder auf schnellstem Wege dazu. Sie leisteten einander mit einer Flasche Bier und einem Glas vor jedem von ihnen Gesellschaft, tranken ab und zu ein Schlückchen und betrachteten sich im Spiegel, der die ganze Länge der Rückwand einnahm. Keiner der drei schaute in Binos Richtung, als er hereinkam. Er fand einen leeren Tisch ziemlich weit hinten neben der stummen Jukebox, von wo aus er den Eingang im Auge behalten konnte. Er dachte daran, die Jukebox in Gang zu setzen, überlegte es sich jedoch anders. Die übrigen Gäste machten nicht den Eindruck, als ob sie Musik mochten.

Eine Kellnerin kam hinter der Bar hervor und wischte ihre Hände an einem feuchten Tuch ab. Sie hatte glatte Haare, die in der schummrigen Beleuchtung pechschwarz aussahen und ihr in einem einzelnen Zopf bis zur Taille herunterhingen, und ihre schlanke Figur verstand es vorzüglich, grüne Slacks und einen weißen, langärmeligen Pullover auszufüllen. Als sie näher kam, dachte Bino, daß die Dunkelheit es wahrscheinlich gut mit ihr meinte; sie war erheblich älter, als sie von weitem aussah.

Sie sagte: »Was solls'n sein?«

»Ich nehme nicht an, daß Sie Perrier servieren.«

»Nee. Wir ham zwei hiesige, Lone Star und Pearl, Schlitz in der Flasche und Bud vom Faß.« Sie kaute Kaugummi, ihr Unterkiefer mahlte in gemächlichem Rhythmus.

Bino sagte: »Perrier ist – geschenkt. Ich nehm ein schlichtes Soda, Stückchen Limone. Ich warte auf jemanden.«

Dazu hatte sie nichts zu sagen, zuckte nur die Achseln und brachte ein Glas mit Eis und eine Flasche Canada Dry. Ein Stück Limone war auf den Glasrand gespießt.

Hardy Cole betrat das Hidden Door, blinzelte und sah sich um, als Bino gerade darauf wartete, daß sein Drink zu sprudeln aufhörte. Bino beobachtete ihn und sagte nichts, da er annahm, daß es etwa fünfzehn Sekunden dauerte, bis Hardy sich an die Dunkelheit gewöhnt hatte und ihn sah. Es waren eher zwanzig Sekunden. Hardy erkannte Bino, hob grüßend die Hand und schlenderte zu ihm.

Bino hatte eigentlich keinerlei Grund, Hardy Cole nicht zu mögen, aber auch keinen, ihn zu mögen. Der Ermittler des County war dürr, fast schon klapprig, aber er redete knochenhart, und Bino vermutete, daß Hardy auf sich selbst aufpassen konnte. Er war ziemlich sicher, daß Hardy genauso über Bino dachte. Als Cop kannte sich Hardy aus und wußte, wie der Hase lief. Wenn es sich um ein hohes Tier handelte, Verdächtiger mit Geld, kam Hardy brav mit Durchsuchungs- und Haftbefehl an. War der Beklagte jedoch ein armer Schlucker, der im Getto lebte, pflegte Hardy, wie alle Cops, die Bino kannte, erst die Tür einzutreten und sich später um den Haftbefehl zu kümmern. Bino hatte noch nie gehört, daß Hardy Schmiergelder nahm, was bedeutete, daß er, wenn er Schmiergelder nahm, sehr vorsichtig damit umging.

Als die Kellnerin kam, sagte Bino: »Bestellen Sie kein Perrier, Hardy.« Hardy machte ein verdutztes Gesicht und bekam ein Bier vom Faß. Der Cop trug braune Slacks, Tweedsakko, helles Hemd und dunkle Krawatte.

Hardy trank einen kleinen Schluck, stellte das Glas ab und leckte sich die Lippen. »Ich bin nicht verkabelt, Bino. Dieses Treffen, ich sollte mir eigentlich Gedanken drüber machen, ob Sie verkabelt sind, nicht umgekehrt.« Er schaute zur Bar. Die drei Gäste waren immer noch mit dem Spiegel beschäftigt.

Bino zuckte die Achseln, sagte nichts. Er dachte: Tolle Art, durchs Leben zu gehen, wenn du dich bei jedem, mit dem du redest, fragst, ob er verkabelt ist oder nicht, und nie weißt, ob dein Fall nicht von jemand abgeschmettert wird, der ein Band abspielt, das belegt, daß ein bestimmtes Gespräch nicht genau so verlaufen ist, wie du es gerade bezeugt hast.

Hardy beugte seinen hageren, eckigen Kopf über den Tisch, als er fortfuhr. »'türlich sag ich Ihnen gleich ganz offen, daß es völlig egal ist, ob Sie verkabelt sind oder nicht, Bino. Nichts von dem, was ich Ihnen gleich sage, hab ich aus erster Hand – hat mir alles jemand erzählt. Verstehen Sie?«

Bino verstand. Solange Hardy nur Informationen aus zweiter Hand rausließ, wäre Binos Zeugenaussage über das, was Hardy ihm erzählt hatte, vor Gericht nicht zulässig. Was erklärte, warum Mac Strange nicht hier war.

»Klar, ich verstehe«, sagte Bino. »Alles, was Sie mir erzählen, ist Hörensagen. Also, was wollen Sie, Hardy?«

Hardy runzelte die Stirn, machte ein nachdenkliches Gesicht und nahm noch einen Schluck von seinem Faßbier, als läge ihm etwas schwer auf der Seele, von dem er nicht genau wußte, wie er es loswerden sollte. Schließlich sagte er: »Ich werde Ihnen nicht den üblichen Quatsch erzählen, Bino. Mac wollte das zwar, aber ich tu's nicht. Eigentlich sollte ich Ihnen sagen, daß wir ohne Longley keinen Fall haben. Aber das ist nicht wahr, und wenn ich versuche, Ihnen das zu sagen, würden Sie's besser wissen.« Er machte ein Gesicht, als warte er darauf, daß Bino etwas sagte. Über Hardys Schulter drehte sich das Barschild gerade, um den Jüngling, das Mädchen und den Wasserfall vorzuführen.

Bino war sich zwar nicht darüber im klaren, wofür ihm dies als Stichwort dienen sollte, aber falls Hardy glaubte, daß Bino den Dankbaren spielte, weil man ihm die Wahrheit sagte, dann hatte sich der County-Ermittler leider geirrt. Bino blinzelte ein- oder zweimal, ohne eine Miene zu verziehen. Er sagte: »Na schön. Ich wüßte es also, wenn Sie mir einen Haufen Scheiß auftischen würden. Damit weiß ich aber immer noch nicht, was Sie wollen.«

Die Unverblümtheit überraschte Hardy, da war Bino sicher. Hardy rutschte auf seinem Stuhl hin und her und straffte die Schultern, bevor er sagte: »Also, unterm Strich steht, daß der Bigelow-Fall abgehakt ist. Der offizielle Pressetext wird lauten, daß Longley gestanden hat, daß er und die beiden anderen Ganoven den Mord begangen haben, und daß er anschließend im Gefängnis Selbstmord beging, bevor er uns noch irgendwas erzählte. So wollen die Feds es haben, und so wird's auch gemacht.«

Bino spürte, wie ihm die Galle hochkam, und er zwang sich, darüber nachzudenken, was er als nächstes sagen sollte. Aber er konnte den Zorn nicht aus seiner Stimme heraushalten. »Das ist Sache des County, nicht nur der Regierung. O ja, ich kenne Goldman und seine Bande. Ich habe einige Zeit gehabt, über sie nachzudenken. Sie wollen nicht, daß Winnie Anspacher wegen dieser Sache eingelocht wird, nicht, wo die Wahlen bevorstehen und Winnie Art Stammers wichtigster Mann ist. Falls Art Stammer sich den Zeh anstoßen und verlieren sollte, könnte ja jemand an die Macht kommen, der ein bißchen Verstand hat. Jemand, der ihnen soviel Schwierigkeiten machen würde, wie Richard Bigelow es vorhatte, der der Öffentlichkeit klarmachen würde, was da läuft. Daß diese dämlichen Feds nämlich Millionen um Millionen von Steuergeldern verpulvern, indem sie rumrennen und gegen Windmühlen kämpfen wie ein Haufen Don Quijotes. Daß sie so tun, als ob sie gegen Drogen kämpfen, während sie in Wirklichkeit nichts anderes tun, als die harten Dealer soviel Drogen, wie sie wollen, verkaufen lassen, solange sie jemand anderen zum Sündenbock stempeln und verpfeifen können. Daß sie Banker strafrechtlich verfolgen, die überhaupt nichts verbrochen haben, außer daß ihnen ein paar Kredite sauer geworden sind, nur damit die FDIC die haftenden Firmen der armen Kerle abkassieren kann. Daß sie Millionen für einen Haufen FBIler und Ankläger verplempern, die sie genauso nötig haben wie ein zweites Arschloch, und ihnen dann auftragen, sich für irgendwen einen Fall auszudenken, damit es so aussieht, als würden sie was tun.

O ja, Hardy, ich kann Goldmans Standpunkt verstehen. Aber Ihren? Herrgott noch mal, Hardy, wir reden hier über einen kaltblütigen Mord. Gegen Bezahlung. Ich muß Ihnen sagen, daß ich vor den Methoden des Staates schon immer mehr Respekt hatte als vor den Feds. Zumindest jagt der Staat *Verbrecher*, Hardy, echte Räuber und Vergewaltiger und was nicht alles. Aber nun erzählen Sie mir, daß Sie einen Mord unter den Teppich kehren wollen, nur weil *Goldman* das sagt? Herrgott noch mal. Wenn ich euch höre, alle, wie Ihr da seid, möchte ich am liebsten in die nächste Gosse kotzen.« Binos Stimme hatte sich um eine Oktave erhoben, und eine der alten Frauen an der Bar drehte sich um und starrte ihn erbost an. Er machte eine Verschnaufpause.

Hardy blickte unverwandt und mit unverändert ausdrucksloser Miene auf das Glas Bier vor ihm, als er sagte: »Na gut, Bino, Sie haben sich eine Rede gehalten. Jetzt werde ich eine halten. Wir wissen nicht, wer Longley im Gefängnis abgemurkst hat, ich schwöre bei Gott. Es könnte Tirelli gewesen sein, war's wahrscheinlich auch. Aber er muß es nicht gewesen sein, verstehen Sie. Deswegen wollen die Feds ja unbedingt, daß das hier vertuscht wird. Und Sie können Ihren Arsch drauf wetten, daß die Anweisungen von sehr viel weiter oben als Marvin Scheiß-Goldman kamen. Goldman spielt hier nur den Laufburschen, den Boten.

Also, ich und Mac haben eine Menge drüber geredet. Klar, wir möchten an der Sache dranbleiben. Wenn Winnie Anspacher das getan hat, was er anscheinend getan hat, dann sollte er wie alle anderen Mörder in die Todeszelle. Keine Frage.«

Hardy blickte langsam auf und sah Bino direkt an, bevor er fortfuhr. »Aber was, glauben Sie, wird passieren, wenn wir's drauf anlegen, hä? Herrgott, Bino, ausgerechnet *Ihnen* muß ich das ja wohl nicht sagen. Stellen wir Ermittlungen an, wird als nächstes, wie Sie ja wissen, die Regierung über *uns*, das County, Ermittlungen anstellen. In den Unterlagen wird ein Haufen Scheiß drüber stehen, daß ich Schmiergelder genommen hätte, vermutlich auch Mac Strange.

Ist völlig egal, ob wir's getan haben oder nicht, in den Unterlagen wird stehen, daß wir's getan haben. Dann werden Anklagen erhoben, und sie werden uns beide in den Bundesknast verfrachten. Das sind deren Methoden, Bino. Verdammt, das wissen Sie doch. Einer ihrer eigenen Richter, drüben in Vegas – wie hieß er doch gleich, Claiborne? Er hat nichts weiter getan, als die Feds zu zwingen, vor Gericht keine krummen Touren zu machen, einen fairen Prozeß zu liefern. Also hängten sie ihm eine Einkommensteuersache an, schickten ihn in die Wüste. Mein Gott, Bino, wenn schon ein *Bundesrichter* sie nicht schaffen kann, was, glauben Sie wohl, werden sie dann mit Mac und mir machen? Tut mir leid, Bino, so ist es nun mal. Die sind zu verdammt mächtig, und wir legen uns nicht mit ihnen an. Und an Ihrer Stelle würd ich ebenfalls die Finger davon lassen, mein Freund. Sonst werden die nämlich Sie aus dem Verkehr ziehen.«

Bino dachte: Tja, das werden die vermutlich. Mich und Hardy Cole und Mac Strange samt allen anderen, die ihnen in die Quere kommen. Hardy band ihm auch keinen Bären auf. Unter normalen Umständen wäre Mac sofort bereit, Tirelli anzuklagen – oder Winnie Anspacher. Mac hatte eine Heidenangst. Hardy Cole ebenfalls, und dazu hatten sie auch allen Grund. Wenn er's recht überlegte, Bino Phillips ebenfalls.

Er sagte: »Wo ist Winnie Anspacher, Hardy? Ich nehme nicht an, daß es irgendeinen Grund für die Feds gibt, ihn aus der Stadt haben zu wollen, oder? Sie haben ja schon die Agentin, Karen Allen, auf Eis gelegt. Da sie jetzt aus dem Weg ist, kann niemand mehr beweisen, daß Goldman nichts von Nichts weiß. Ich meine, alles, was Goldman weiß, konnte er nur von ihr erfahren haben.«

Hardy zuckte die Achseln und schüttelte den Kopf. »Nee. Niemand. Mac wurde gestern abend gegen neun vom Gefängnis telefonisch verständigt, daß Longley tot ist. Nun wußte er aber schon die ganze Zeit, wo sich Winnie Anspacher angeblich aufhielt, Goldman sagte es ihm. Mac ruft also das Motel an. Und raten Sie mal? Sie waren bereits weg, Bino, das FBI, Anspacher, allesamt. Das bedeutet, daß die Feds noch vor *Mac* über Longley Bescheid wußten. Und was Miss Allen angeht, da haben Sie recht. Irgendwo anders wird sie wiederauftauchen, wahrscheinlich in einem Auslandsbüro. Ganz egal, wohin man sie steckt, niemand wird in der Lage sein, sie in den Zeugenstand zu stellen und zu vereidigen, darauf können Sie Ihren Arsch verwetten. Es ist aus, Bino. Erledigt. Winnie Anspacher kann rumspazieren, wie er lustig ist, und kein Mensch wird ihm auch nur ein Härchen krümmen. Er ist aus dem Schneider, ungeschoren davongekommen.«

Bino dachte: Nicht ganz. Sarah Anspacher weiß über alles Bescheid, und das wird Winnie das Leben schwerer machen. Nicht so schwer, wie's sein sollte, aber schwerer.

Er sagte: »Tja, Hardy, Sie werden wohl recht haben. Mir paßt das nicht, Ihnen paßt das nicht. Aber so läuft's eben manchmal.« Er sah auf die Wanduhr hinter der Bar. »Wir beiden sollten jetzt wohl besser gehen. Ich weiß nicht, was Sie machen, Hardy, aber ich werd was unternehmen, um diese Sache zu vergessen. Vielleicht eine Woche frei nehmen, mich in Mesquite verstecken. Mich besaufen, wer weiß?«

»Ich laß das Trinkgeld da.« Hardy kramte in seiner Tasche und zog einen Dollarschein heraus. »Ach, noch was, Bino. Nur, damit Sie's wissen. Vor fünfzehn, zwanzig Jahren hätten Mac und ich sie wie die Bluthunde gehetzt und zur Strecke gebracht, Feds oder nicht. Aber wir sind zu alt, und es ist zuviel passiert. Alles scheint einfach nicht mehr so wichtig zu sein wie früher.«

Bino dachte darüber nach, als er ging. Die alten Leutchen an der Bar tranken immer noch. Auch ihnen schien nicht mehr viel wichtig zu sein.

◇

Dodies Haltung auf dem Stuhl drückte aus, daß es ihr nicht paßte, daß Bino so leicht aufgab. Ihre Ellbogen lagen auf den Armlehnen, ihre Schultern waren leicht hochgezogen, und ihr Blick war über Binos Schulter hinweggerichtet, nicht direkt auf ihn. Sie fuhr sich mit der Zunge über die Oberlippe. »Also, was wirst du jetzt tun, Boss?«

Bino lehnte sich auf seinem Drehstuhl zurück und legte die Füße auf den Schreibtisch, die Hände hinter dem Kopf verschränkt. »Ich weiß es nicht, Dode. Wirklich nicht. Ich werde in zwei Wochen wieder hier sein, vielleicht früher. Bis dahin werd ich's wissen. Fürs erste hast du dein Gehalt für einen Monat bekommen, länger, wenn du's brauchst. Du mußt bestimmt nicht für mich arbeiten, Dodie. In dieser Stadt gibt's keinen Anwalt, der dich nicht in einer Minute einstellen würde.«

Sie ließ die Hände in den Schoß fallen und betrachtete sie. Als sie wieder aufblickte, verschleierten sich ihre Augen. »Darum geht's nicht, Bino. Um mich mach ich mir keine Sorgen, sondern um dich. Du brauchst den Anwaltsberuf nicht annähernd so sehr, wie er dich braucht. Ich kenn mich da aus. Und ich hatte schon andere Angebote. Aber ich kenn in dieser Gegend nicht viele Anwälte, die interessiert, was richtig und was falsch ist. Du tust das, und das will was heißen. Im Moment bist du am Boden, aber das gibt sich wieder. Das weiß ich.«

Es war Dodies mitfühlender Blick, und er brachte ihn aus der Fassung. Er mußte sich erst räuspern, ehe er sagte: »Danke für das Votum, Dodie. Ich brauch es. Bis jetzt hab ich noch nicht vor, eine Entscheidung zu fällen, aber ich –«

Er hielt inne, weil das Telefon klingelte. Dodie langte über seinen Schreibtisch und nahm den Hörer ab. Sie sagte: »Anwaltsbüro«, dann: »Einen Moment, bitte«, und ließ den Anrufer warten. »Es ist für dich. Mrs. Anspacher.«

Bino runzelte die Stirn, als er an den Apparat ging. »Sarah?«

Es war die feste, ruhige Stimme. Sie bebte ein wenig, aber fast unmerklich. »Ich fürchte, ich brauche einen Anwalt, Bino. Ich habe gerade Winnie erschossen. Er ist tot, glaube ich. Es ist doch richtig, daß ich erst einen Anwalt anrufen muß und dann die Polizei?«

Ein paar Sekunden vergingen, ehe er begriff. »Ich habe Winnie erschossen«, in dem gleichen ruhigen Ton, in dem sie am Samstagabend gesagt hatte: »Ich würde alles tun, um sie zu beschützen. Alles.«

Bino sagte: »Unternimm nichts weiter, Sarah. Setz dich hin und versuche, ruhig zu bleiben, bis ich da bin. Trink was Starkes.«

»Ach was, worüber soll ich mich denn noch aufregen? Aber ich werde was trinken, glaube ich. Beeil dich bitte, Bino.« Sie legte auf.

Als Bino aus dem Büro hetzte, sagte Dodie: »Ach, du meine Güte. Willst du mir nicht verraten, was los ist? Heute ist der Tag, an dem du dich mit Richterin Sanderson treffen sollst. Es ist kurz vor eins, Bino.« Ihre blauen Augen waren weit aufgerissen, erwartungsvoll.

Bino hielt an der Tür inne. »Es ist eine gute Freundin, Dodie. Sie ist in Schwierigkeiten. Was die Richterin angeht – nun ja, sie ist ein Fed. Von mir aus kann sie sich den Schädel an einem Ast einrennen.«

Als er in den Flur hinausging, sagte Dodie: »Ich werd's ihr ausrichten. Mit Vergnügen.«

15. Kapitel

Seltsam, aber so hätte er sich Winnie Anspachers Arbeitszimmer nicht vorgestellt. Es lag fast am Ende der ersten Etage des großen Wohnhauses und hatte nur ein kleines Fenster, das auf einen Garten mit Kletterwein blickte, der ein weißes Holzspalier völlig überwucherte. Der Garten war perfekt geformt, gestutzt und gepflegt. Kein Wunder. Sarah Anspacher hätte nichts anderes zugelassen.

Bino hatte sich vorgestellt, daß ein Mann wie Winnie Anspacher seine Bibliothek mit Federal Seconds und Southwestern Reporters und allen möglichen Büchern vollgestopft hätte, die einen über die jüngsten Gerichtsurteile informierten und darüber, wie man sie am besten einsetzte, um den Gegner übers Ohr zu hauen. Winnies Bücherregale waren jedoch größtenteils mit Romanen gefüllt. Moderne Romane, Robert B. Parker, Elmore Leonard. Himmel, sogar zwei von Stephen King. Sorgfältig darauf bedacht, nichts zu berühren, beugte sich Bino vor, um den Umschlag von einem Raymond-Chandler-Sammelband zu betrachten. *Der tiefe Schlaf. Die Tote im See.* Winnie hatte einen weitaus besseren Geschmack, als Bino ihm jemals zugetraut hätte.

Die unmittelbaren Nachbarn wohnten in einem weitläufigen Bungalow, dessen graues Schindeldach tiefer lag als Winnies Arbeitszimmerfenster. Niemand dort drüben konnte hier hereinsehen. Bino dachte: Gut so. Dann setzte er sich in einen Korbsessel und betrachtete Winnie.

Winnie befand sich hinter einem dunkel polierten Schreibtisch, der etwa halb so groß war wie der in seinem Stadtbüro, sein Kinn ruhte auf dem Brustbein. Die Brille war ihm auf die Nasenspitze gerutscht und thronte dort. Die 22er hatte ein kleines rundes Loch in seine linke Schläfe gemacht, das an den Rändern häßlich rot gefärbt war. Sein Mund stand offen wie eine Fliegenfalle. Er sah nicht sehr schön aus. Er war immer noch kleinwüchsig.

Von seinem Platz aus konnte Bino die Austrittswunde der Kugel nicht sehen, aber er hatte sie kurz zuvor bereits ziemlich genau studiert. Er war überrascht gewesen, wie klein sie war, etwa halb so groß wie das Loch in Winnies Schläfe. Und es war weit weniger Blut zu sehen, als man erwarten würde, das meiste war auf die lederne Kopfstütze des Sessels gespritzt, wo man es mit einem feuchten

Tuch ziemlich leicht entfernen konnte. Bino wünschte, Karen Allen hätte John-Boy mit einer 22er statt mit einer Walther PPK erschossen. Das Loch in der Rücklehne des Sessels war größer als die Austrittswunde, jenes Loch, das Bino vergrößert hatte, als er mit einem Taschenmesser darin herumbohrte. Die verschossene 22er-Kugel steckte jetzt in Binos Manteltasche, samt der Messinghülse, die er auf dem Teppich gefunden hatte. Bino wischte das Tischtelefon, das er ein letztes Mal benutzt hatte, sorgfältig mit seinem Taschentuch ab, sah sich noch einmal kurz und prüfend in dem Raum um und ging nach unten.

Sarah hatte sich nicht von der Stelle gerührt. Sie war immer noch in dem weitläufigen Wohnraum, wo Art Stammers Sponsorparty stattgefunden hatte, und saß jetzt auf einem hohen, schmiedeeisernen Hocker an der Bar. Bino hatte sie noch nie zuvor in Hose gesehen. Sie war braun und dezent geschnitten, und sie sah elegant darin aus. Aus dem Schwenker mit Brandy, den Bino ihr eingeschenkt hatte, fehlten vielleicht zwei Schlucke, nicht mehr. Bino starrte auf ihre gepflegten Hände. Sie zitterten nicht.

Bino sagte: »Bist du sicher, daß er niemand anderen angerufen hat? Daß niemand wußte, daß er zu Hause war?«

Ein stumpfer Schleier lag über Sarahs Augen. Im stillen Kämmerlein mochte sie die Beherrschung verlieren, aber niemand würde miterleben, wie sie eine Szene machte. Ruhig sagte sie: »Nein. Man vermutete ihn auf dem Weg zum Club. Ich habe das bereits bei den Sekretärinnen in seinem Büro überprüft. Sie glauben, daß er gerade Golf spielt. Und dort wollte er vielleicht auch hin, ich weiß es nicht. Er kam nur hier vorbei, um dieses« – ihre Oberlippe kräuselte sich leicht – »dieses verdammte Telefongespräch zu führen.«

»Und er wußte nicht, daß du hier warst?«

Sie nahm den Brandy in beide Hände und nippte, dann schüttelte sie langsam den Kopf. »Der Montag ist normalerweise ein Versammlungstag für mich – irgendeiner dieser gräßlichen Wohltätigkeitsvereine. Ich hatte keine Lust hinzugehen, nach dem, was vor kurzem passiert war. Ich hatte mich in meinem Zimmer hingelegt, als ich ihn reinkommen hörte. Ich nahm die Pistole nur mit, um ihm zu zeigen, daß ich sie hatte. In dem Moment hörte ich ihn telefonieren. Mein Gott, Bino, er *lachte* drüber.« Sie stellte das Glas ab und schlang die Arme um sich, als fröre sie plötzlich.

Bino ging hinter die Bar, so daß er Sarah gegenüberstand, und beugte sich leicht zu ihr hinüber.»Ich möchte, daß du jetzt nachdenkst, Sarah. Du weißt nicht, mit wem er gesprochen hat, das hast du mir schon gesagt. Aber hat er der Person am anderen Ende gesagt, von wo aus er anruft?«

Hinter Sarah lag der große Salon mit seinen meilenlangen Sofas und Polstersesseln. Neulich abends hatte er nicht so riesig gewirkt. Jetzt, wo er leer war, schien er die Größe des Astrodome zu haben.

Sie sagte: »Es war irgendein Flittchen, das ist alles, was ich weiß. Nein, er sagte nicht, von wo aus er anrief. Soviel weiß ich genau, und ich hörte das ganze Gespräch vom Flur vor dem Arbeitszimmer aus mit an. Vermutlich wollte er nicht mal, daß sie erfuhr, daß er Frau und Kinder hatte. O Gott, ich wünschte, ich hätte die Waffe nicht mitgenommen – dann hätte ich ihn wahrscheinlich nur rausgeworfen. Was wird denn jetzt mit mir geschehen, Bino?« Sie war kurz vor einem Zusammenbruch.

Bino dachte: Nichts, wenn ich was zu sagen habe. Er sagte: »Wann kommen deine Kinder aus der Schule, Sarah?« Er hatte ihre Bilder in Winnies Arbeitszimmer bemerkt. Ein hübsch aussehendes Pärchen.

»Gegen vier. In zwei Stunden. Warum?«

»Ich hab Winnies Caddy draußen vor dem Haus parken sehen. Die Schlüssel waren oben in seiner Tasche.« Bino zog eine Anzahl klimpernder Schlüssel hervor und zeigte sie ihr. »Du überstehst das wie ein Champion, Sarah. Meinst du, daß du fahren kannst.«

Ihre Lippen öffneten sich vor Überraschung. »Also, ja, Bino. Ich denke schon. Was hat du –?«

»Laß mir keine Zeit, drüber nachzudenken, Sarah. Sonst kneif ich wahrscheinlich. Aber ich versuche, das einzig Anständige zu tun, was in diesem ganzen widerlichen Schlamassel getan werden kann. Zur Zeit ist ein Mann hierher unterwegs, der mir helfen wird. Ich geh jetzt wieder nach oben, und ich möchte, daß du Winnies Wagen in die Garage fährst. Mach die Garagentür zu und laß den Kofferraumdeckel aufspringen.«

Sie starrte ihn mit offenem Mund an. Beide Hände hielten den Brandyschwenker umfaßt.

Bino zwinkerte ihr zu. »Setz dich in Bewegung, Sarah. Das ist der leichte Teil.«

◇

Barney Dalton stand in der betonierten, kreisförmigen Auffahrt ungefähr auf halbem Wege zwischen Straße und Garage. Seine Hände waren gespreizt, Handflächen nach oben. »Du willst mich wohl verscheißern, Bino. Er ist im Kofferraum?«

Bino stand dort, wo die Auffahrt anstieg, ungefähr anderthalb Meter näher zum Haus, Barneys Kopf war auf gleicher Höhe mit seiner Gürtelschnalle. Es war bedeckt und kühl, und Barneys Crooked-River-Windjacke war dunkelgrün. Bino hatte sein Sakko ausgezogen und war in Hemdsärmeln. Trotz des Wetters schwitzte er immer noch vom Transport Winnies. Der Muskelkater in seiner Brust schien sich am Morgen erheblich gebessert zu haben, aber jetzt fingen die Schmerzen wieder an.

Dort, wo die Auffahrt flacher wurde, um in die offene Garage zu münden, war das Heck von Winnies hellbraunem Seville zu sehen. Sarah stand mit verschränkten Armen neben dem Wagen. Sie hatte sich einen weißen Pullover um die Schultern geworfen. Barneys blauer Monte Carlo stand weit unterhalb von ihnen auf der Straße, aus seinem Auspuff stieg kräuselnd Rauch in die Luft.

Bino sagte: »Glaub mir, Barney. Wenn sie ihn finden, wird's nicht mal 'ne große Untersuchung geben.«

»Nee, Bino. Bestimmt nicht. Was gibt's da auch groß zu untersuchen? Sie werden sich bloß dich und mich schnappen und uns ungefähr dreißig Jahre pro Mann aufbrummen.«

Bino lachte. »Das können die sich nicht leisten. Nicht, wo die Feds alles zu vertuschen versuchen. – Hör zu, Barney, ich habe keine Zeit, deswegen jetzt ein großes Tamtam zu veranstalten. Aber glaub mir, es wird als Selbstmord durchgehen. Und noch was, Barney. Sollte es jemals rauskommen, wird keine Menschenseele erfahren, daß du mit mir zusammen warst. Aber irgendwer muß hinterherfahren, um mich abzuholen. Na, mach schon, Barney.«

Barney machte ein skeptisches Gesicht. »Ich weiß nicht, Bino. Du bist zwar der Anwalt und all das, aber –«

»Übrigens«, sagte Bino. »Du schuldest mir was. Dupard, weißt du noch?«

»Herrgott noch mal, Bino, das nächste Mal werd ich mich eben besser informieren. Du bist verrückt, weißt du das? Absolut scheiß –« Er hielt inne, schaute nach oben, wo Sarah stand. Dann drehte er sich um und stapfte wieder die Auffahrt hinunter zu seinem Wagen, wobei er über die Schulter zu Bino sprach. »Ein einziges Mal.

Nur dieses eine Mal. Wollt sowieso schon immer mal gern wissen, wie's so im Gefängnis ist. Beeil dich, Bino. Bevor ich's mir anders überlege.«

Als Bino in der Garage neben Sarah stand, sagte er zu ihr: »Hast du die Waffe?«

Sie reichte sie ihm, einen versonnenen Ausdruck in den Augen. »Du solltest das nicht tun, Bino. Ich sollte – na ja, ich sollte einfach die bittere Pille schlucken.«

Er spürte Tränen hinter seinen Augenlidern brennen. »Sei still, Sarah. Du hast bereits eine Menge bittere Pillen geschluckt. Und jetzt gehst du rauf und säuberst dieses Arbeitszimmer, wie ich es dir gesagt habe. Und, Sarah –«

Impulsiv beugte er sich vor und küßte sie auf die Stirn.

»Du wirst ein paar prima Kinder großziehen, Sarah«, sagte er. »Genau wie du.«

◇

Nachdem Bino den Caddy am Tiefland des South-County-Flusses geparkt und Barney ihm geholfen hatte, Winnie Anspacher hinter dem Lenkrad in eine Sitzposition zu bugsieren, gab es ein weiteres Problem. Es fiel Bino genau in dem Moment ein, als er die 22er auf den Boden des Seville fallenlassen wollte.

Bino murmelte: »Schmauchspuren.«

Barney sagte: »Was?«

»Ich werde ihn erschießen müssen, Barney.«

»Quatsch, Bino, der ist doch schon erschossen. Ich *dachte* bloß, du wärst verrückt. Als nächstes wirst du mich erschießen.«

Bino setzte den Pistolenlauf auf das Loch in Winnies Stirn, richtete ihn auf die Austrittswunde aus und drückte ab. Es gab einen Knall wie bei einem chinesischen Knallfrosch, der über stillen Feldern mit braunen Weiden und morastigen Bachufern widerhallte. Winnie zuckte einmal, heftig, dann regte er sich nicht mehr.

Bino reinigte die Waffe von Fingerabdrücken. Da er an Goldman, Mac Strange und Hardy Cole dachte, gab er sich keine allzu große Mühe damit. Er hoffte halbwegs, daß sie wüßten, wer es getan hatte.

◇

Die Lichter im Büro brannten nicht mehr, als Bino zurückkam. Es wurde gerade dunkel. Er mußte dem pummeligen Knaben in der Halle seinen Ausweis zeigen, sich eintragen und den Aufzug selbst bedienen. Teresa Valdez' Aufzug.

Er tastete nach dem Schalter direkt hinter der Tür zu seinen Büroräumen und knipste die Deckenbeleuchtung an. Dodies Stuhl war so dicht an den Schreibtisch geschoben, daß die gepolsterte Rücklehne an die Kante stieß. Jeder Kugelschreiber, jeder gläserne Briefbeschwerer und jedes Stück Papier lag perfekt ausgerichtet auf ihrer Tischauflage und drumherum.

Er wollte gerade Half-a-Points Licht einschalten, als er entschied, daß er mit der Beleuchtung aus dem Vorzimmer genügend sah. Halfs hölzerner Drehstuhl quietschte protestierend, als Bino sich draufsetzte. Halfs Sachen waren so unordentlich wie Dodies ordentlich waren, daher hatte Bino etwas Mühe, einen Umschlag zu finden. Das schwarze Telefon klingelte kurz, dann verstummte es. An diesem Abend war »Monday Night Football«, und die Anrufe wurden zu Pop durchgestellt.

Schließlich trieb Bino einen weißen Geschäftsumschlag auf und steckte fünf Hunderter und einen Fünfziger hinein. Er klebte ihn zu, schrieb »10-7, Texas. Barney sagt, daß er dich am Mittwoch aufsucht« auf die Rückseite und legte den Umschlag in die oberste Schublade.

Er starrte eine Weile aus dem Fenster. Auf der Main Street wurden allmählich die Lichter eingeschaltet. Die South I-45 war ein glitzerndes Band am Horizont. Halfs Büro bot die einzige Aussicht, die nicht von einem Gebäude versperrt wurde, das höher als das Davis Building war.

Bino hoffte, die Entdeckung von Winnies Leiche möge auf irgendeine Weise bewirken, daß Art Stammer die Wahl verlor. Aber das war nicht zu erwarten. Winnies angeblicher Selbstmord würde vertuscht werden, und jemand anderes würde Stammers Wahlkampf an dem Punkt übernehmen, an dem Winnie aufgehört hatte. Und die Konservativen würden am Drücker bleiben, und der Wähler bei seiner Meinung, es ginge ihm prächtig. Genau so lange, bis der Wähler selbst ein paar verfassungsmäßige Rechte brauchte. Dann wäre es zu spät. Bino dachte kurz daran, irgendeinem Enthüllungsreporter einen heißen Tip zu geben – jemandem wie Skip der Knüller. Aber das würde er Sarah niemals antun.

Nein, es war vorbei, und Bino hatte so ziemlich alles getan, was er konnte. Er stand auf und steuerte auf sein Büro zu. Er wollte ein paar Sachen einpacken.

Auf halbem Weg dorthin blieb er stehen. In Dodies Schreibmaschine steckte ein Zettel, den er vorher nicht bemerkt hatte, ein Zettel mit seinem Namen obendrauf. Er drehte die Walze, nahm das Blatt heraus, fing zu lesen an. Und grinste.

Auf dem Zettel stand:

Bino,
Es gibt eine ganze Menge Gründe, warum Du weiter als Anwalt praktizieren solltest. Ein paar davon sind:
Jemand muß für Cecil sorgen.
Jemand muß Half verteidigen, wenn er verhaftet wird.
Menschen wie Wimpy brauchen Hilfe.
Weißhaarige Anwälte sind clever.
Ruf mich an, wenn du hier bist, dann sag' ich Dir noch ein paar mehr.

D.

Er ließ sich auf den Stuhl an ihrem Schreibtisch plumpsen und rief ihre Privatnummer an. Sie meldete sich atemlos. »Bino?«

Er lehnte sich zurück. »Yeah, Dodie. Ich bin's.«

»Uff, ich war unter der Dusche. Ich hatte 'ne Heidenangst, ich würde dich verpassen. Hör zu, Bino. Es geht auch um mich. Ich will nicht für jemand andern arbeiten. Es wär einfach –«

»Nun warte doch mal, Dode. Ich –«

»– nicht dasselbe. Kein anderer könnte mich so inspirieren, und –«

»– weiß nicht, ob ich –«

»– außerdem bist du nur müde, das ist alles, und ich weiß genau, was du brauchst.«

»– aufhören werde – Was ich brauche? Was ist das, Dodie?« Er setzte sich auf.

Sie schwieg einen Moment. Dann ging im Hintergrund ein lautes Gebimmel los, und sie sagte: »Hörst du das? Weißt du, was das ist? Ich hab ihn ganz fest aufgezogen, und wenn du's nicht schaffst herzukommen, bevor er abläuft, werde ich –«

Bino hatte schon den Hörer aufgelegt und war auf halbem Weg

in den Flur hinaus. Es war lächerlich, auch nur daran zu denken, daß er die ganze Strecke bis zu Dodies Apartment vielleicht schaffen könnte, bevor der alte Drugstore-Wecker zu bimmeln aufhörte. Aber er würde es versuchen, auf Teufel komm raus.

Ullstein Kriminalroman

Über das Buch:

Zunächst wundert sich Rechtsanwalt Phillips, seiner Haarfarbe wegen kurz Bino genannt, nur, als einer seiner Klienten, ein kleiner Gauner, abgemurkst wird. Wer konnte schon so sauer auf Sonny Starr sein? Doch dann wird das mexikanische Liftmädchen in seinem Haus abgeschlachtet, und Unbekannte durchwühlen sein Büro. Ein kleiner Drogenhändler, den er verteidigt, gibt ihm schließlich einen Tip: Möglicherweise hängen die Morde mit dem Attentat auf einen Kongreßabgeordneten zusammen, der vehement gegen die schmutzigen Geschäfte zwischen Politik und organisiertem Verbrechen vorgehen wollte. Als Bino aber endlich die ganze Geschichte begreift, erwischen ihn die Killer im denkbar ungünstigsten Moment. Dank dem FBI.

Der Autor:

A. W. Gray ist im Hauptberuf nichtpraktizierender Rechtsanwalt. Er nahm einst an den Weltmeisterschaften im Poker teil, reiste mit Golfstar Lee Trevino nach Südamerika und schreibt seit drei Jahren Kriminalromane, die ihresgleichen suchen. So wurde bereits Grays erster Roman BINO mit den besten Werken des großartigen Elmore Leonard verglichen. A. W. Gray hält sich derzeit in Fort Worth, Texas, auf.

A. W. Gray

BINO

Aus dem Amerikanischen von Sigrid Gent

Ullstein Kriminalroman

Ullstein Kriminalroman
Ullstein Buch Nr. 10708
im Verlag Ullstein GmbH,
Frankfurt/M – Berlin
Titel der amerikanischen Originalausgabe:
Bino

Deutsche Erstaugabe

Umschlagentwurf:
Theodor Bayer-Eynck
Umschlagbild:
William Grant

Printed in Germany 1991
Gesamtherstellung:
Ebner Ulm
ISBN 3 548 10708 7

Januar 1992

Die Deutsche Bibliothek –
CIP-Einheitsaufnahme

Gray, Albert W.:
Bino / A. W. Gray. Aus dem Amerikan.
von Sigrid Gent. – Dt. Erstausg. –
Frankfurt/M; Berlin: Ullstein, 1992
(Ullstein-Buch; Nr. 10708: Ullstein-Kriminalroman)
ISBN 3-548-10708-7
NE: GT